솔라리스 Solaris

솔라리스 Solaris

최성은 옮김

스타니스와프 렘
Stanisław Lem

민음사

일러두기

1.

각주는 모두 옮긴이가 달았으며, 외래어는 주로 국립국어원의 표기법을 따랐다.

2.

거리를 나타내는 도량형의 경우, 원문에서는 킬로미터와 마일이 혼용되어 있지만 한국어 번역본에서는 이해를 돕기 위해 킬로미터로 통일하였다.

3.

등장인물 간의 관계에 따른 호칭과 어투를 옮기는 데 있어 정한 나름의 원칙은 다음과 같다. 폴란드어를 포함한 슬라브어, 나아가 대다수 유럽어에서는 상대와의 친소 관계나 화자가 처한 상황에 따라 대화에서 격식체, 비격식체를 구분하여 사용한다. 이러한 구별은 위계질서를 나타내기보다는 관계의 성격을 명시하기 위한 목적이 강하다. 그런 의미에서 한국어의 경어체, 평어체와는 개념적인 차이가 있다. 스나우트와 켈빈은 연구원으로서 직급도 비슷한 동년배이기에, 폴란드어 원문에서도 만나자마자 스스럼없이 비격식체로 대화를 나눈다. 하지만 사르토리우스와 켈빈의 대화에는 격식체가 사용된다. 사르토리우스는 우주 정거장의 책임자이면서 스나우트와 켈빈의 상급자다. 말할 때 거드름 피우는 경향이 있고, 옷차림에 신경을 쓰며, 흐트러진 자세를 보이기 싫어한다. 그래서 원문에서도 켈빈에게 끝까지 격식체를 일관한다. 이는 켈빈에 대한 존중의 표현이라기보다는 거리를 유지하겠다는 뜻으로 읽힌다. 한국어 번역에도 원문의 이러한 의도를 반영하고자 했다. 다만 하레이와 켈빈의 관계에는 신중한 접근이 필요했다. 폴란드어에서는 비공식적인 관계, 즉 격식을 차릴 필요가 없는 가족이나 연인, 부부 사이에서는 격식체를 사용하지 않는다. 한쪽은 격식체로 말하는데, 다른 한쪽은 비격식체를 사용하는 경우도 없다. 그보다는 부모 자식 간에도 비격식체를 사용하고, 자식 또한 부모를 '너'라고 지칭하는 경우가 일반이다.(그렇다고 한국어 번역본에서 원문에 충실하기 위해 자식이 부모에게 하는 말을 평어로 번역하고, 호칭을 '너'로 옮길 수는 없다고 생각한다.)『솔라리스』에서 하레이와 켈빈의 나이 차이는 적어도 열 살 이상이라 추정된다. 켈빈이 하레이와 연인 사이였을 때, 그는 이미 대학원을 졸업하고 어느 정도 경력을 쌓은 연구원 신분이었고, 하레이는 19세였다. 그래서인지 켈빈은 하레이를 "꼬마 아가씨"라고 부르며 줄곧 어린아이 취급 한다. 타르코프스키나 소더버그 영화에 등장하는 하레이는 꽤 성숙한 이미지인 데 반해, 소설 속 하레이는 소녀와 여인 사이에 있는, 어딘가 불안정하고 미성숙한 모습이다. 따라서 서로 간에 이름을 부르며 격의 없이 대화하는 원문의 친밀한 분위기는 그대로 전달하되, 한국적 현실을 고려하여 상대를 부르는 호칭은 '당신'으로 정하고, 하레이가 켈빈에게 사용하는 말투는 기본적으로 해요체를 쓰는 것으로 정리했다.

　　　4.

1961년에 출판된 『솔라리스』는 폴란드를 넘어 세계 SF 소설의 클래식으로 자리매김했지만, 놀랍게도 제대로 된 영어 번역본이 나온 시기는 렘이 사망하고도 오 년이나 지난 2011년이다. 폴란드 문학 전공자이면서 인디애나 주립대학교 교수인 번역가 빌 존스턴이 최초로 폴란드어 원전을 번역하여 오디오북으로 출간했다. 그전까지 영미권 독자들이 읽은 버전은 프랑스어판에서 영어로 중역된 판본이었다. 프랑스어판 자체가 원전의 내용을 임의로 축약한 데다 오역도 더러 있었으므로 이 판본을 통해 중역된 영어판 또한 여러 문제를 안고 있었다. 지금까지도 종이책 형태로 독자에게 판매되는 영어판은 바로 이 문제의 중역본이다. 렘은 생전에 『솔라리스』의 영어판에 대해 꾸준히 아쉬움을 토로했다. 하지만 일방적인 축약과 오역에도 불구하고, 소설 『솔라리스』는 1970년대에 이미 영미권에서 큰 인기를 얻었다. 2002년에 할리우드에서 이 작품을 영화화한 스티븐 소더버그 감독 역시 불완전한 영어판으로 원작을 접할 수밖에 없었다는 사실이 놀랍고도 안타까울 따름이다. 이 책은 폴란드어 원전에서 한국어로 직접 번역하였으며, 폴란드의 출판사 리테라츠키에 2012년판을 그 대본으로 삼았다.

차례

새로운 방문객

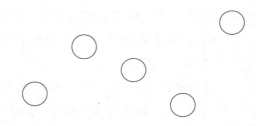

우주선 시각으로 19시, 나는 발사대 인근에 서 있는 사람들을 지나쳐서 철제 사다리를 딛고 캡슐로 내려갔다. 내부는 팔꿈치를 벌리면 간신히 양 끝이 닿을 정도로 비좁았다. 캡슐 내벽에 튀어나와 있는 접속 단자에 우주복의 밸브를 연결하자 우주복이 금방 부풀어 올랐다. 이제 나는 옴짝달싹 못하는 상태가 되었다. 철제 갑옷을 연상시키는 압축 우주복과 하나가 된 나는 허공에 매달린 듯한 자세로 서 있었다.

눈을 들어 올려다보니 볼록한 현창(舷窓) 너머로 발사대의 외벽이 보였고, 멀리 위쪽에서 고개를 숙인 채 내려다보고 있는 모다르드의 머리가 시야에 들어왔다. 하지만 그의 모습은 곧 사라졌다. 무거운 원뿔형 방호 덮개가 내려와서 캡슐에 덧씌워졌고, 이내 사방이 컴컴해졌다. 여덟 번에 걸쳐 추진기를 돌리는 전기 모터 소리에 이어 완충 장치가 쉭쉭거리며 공기를 빨아들이는 소리가 들려왔다. 내 눈이 점점 어둠에 익숙해졌다. 그러자 이 공간에서 하나뿐인, 계기판의 푸르스름하고 둥그런 윤곽이 보였다.

헤드폰에서 모다르드의 목소리가 들려왔다.

"준비됐나, 켈빈?"

"준비됐어, 모다르드." 내가 대답했다.

"아무 걱정 말게. 정거장에서 자네를 잘 맞아 줄 테니. 잘 다녀오게나."

미처 뭐라 대답도 하기 전에 위쪽에서 뭔가를 가는 듯한 드르륵 소리가 나더니 캡슐이 흔들리기 시작했다. 근육이 본능적으로 긴장되었지만, 별다른 문제는 없었다.

"언제 발사되는 거야?"

모다르드에게 묻는 순간, 고운 모래 알갱이들이 우주선의 겉면으로 와르르 쏟아지는 듯한 소리가 들려왔다.

"켈빈, 지금 막 출발했어. 몸조심하게나!"

모다르드의 목소리가 마치 바로 옆에서 말하는 것처럼 가깝게 들렸다. 그 말의 의미를 미처 실감하기도 전에 선체의 내벽에 넓은 틈새가 벌어지더니, 그 사이로 별들이 보였다. 프로메테우스 우주선이 현재 궤도 비행 중인 물병자리의 알파성을 찾아보려 했지만, 헛된 일이었다. 은하계에서도 이쪽 구역은 내게 낯선 곳이었다. 아는 성좌도 없었고, 방향도 가늠할 수 없었다. 그저 좁은 창문 너머로 점점이 반짝이는 먼지 같은 별무리만 보였다. 나는 그 무리 속에서 하나의 별이라도 선명하게 빛을 내며 눈에 들어오길 바랐지만, 결국 발견하지 못했다. 별들은 점점 희미해지더니 불그스름한 배경 속으로 스며들어 사라져 버렸다. 그 순간, 대기층의 성층권에 들어섰음을 깨달았다. 나는 에어쿠션에 눌려 꼼짝도 못 한 채 눈앞에 펼쳐지는 광경만 바라보았다. 하지만 수평선은 아직 보이지 않았다. 나는 비행 중이라는 사실을 전혀 느끼지 못한 채, 날고 또 날았다. 실내 온도가 상승하면서 조금씩 천천히 내 몸이 뜨거워졌다. 그 순간, 밖에서 젖은 유리를 날카로운 금속으로 긁어 대는 것 같은 마찰음이 들렸다. 계기판의 숫자가 점점 감소하는 것을 보지 못했더라면, 캡슐이 급격히 하강하고 있다는 사실을 알아차리지 못했을 것이다. 현창 너머로 밝은 선홍빛 광채가 가득했다. 묵직하게 뛰는 내 맥박 소리가 귓가에 생생하게 들려왔다. 얼굴은 불에 타는 듯 뜨거워졌지만, 목덜미에 부착된 냉각 장치에서 서늘한 바람이 느껴졌다. 나는 프로메테우스호의 선체를 제대로 봐 두지 못한 것을 후회했다. 자동 제어 장치가 작동하며 현창이 열린 순간, 우주선은 어느 틈에 내 시야를 벗어나 있었던 것이다.

두 번의 충격으로 캡슐이 심하게 덜컹거렸다. 그러다 어느 순간 캡슐이 통째로 격렬하게 요동치기 시작했다. 절연층을 통과한 진동이 에어쿠션을 뚫고, 내 몸속 깊숙이 전달되었다. 계기판의 푸르스름한 윤곽이 뿌옇게 번져 보였다. 하지만 나는 두려워하지 않고 침착하게 모든 걸 응시했다. 목적지를 코앞에 둔 채로 죽음을 맞기 위해 이렇게 먼 곳까지 날아온 것은 아니니까.

내가 소리쳤다.

"솔라리스 우주 정거장! 솔라리스 우주 정거장! 지금 캡슐의 상태가 불안정하다. 조치 바란다. 솔라리스 우주 정거장, 나는 방문객이다. 여기는 프로메테우스 우주선에서 발사된 캡슐이다. 이상."

나는 솔라리스 행성이 모습을 드러내는 소중한 순간을 또다시 놓치고 말았다. 어느 틈엔가 거대하고 평평한 지면이 내 시야를 가득 채운 것이었다. 하지만 지표면을 이루는 기다란 띠가 가느다랗게 보이는 것으로 미루어 아직은 꽤 높은 상공에 있음을 알 수 있었다. 나는 천체와의 거리를 '고도'라는 개념으로 측정하기 시작하는, 무형의 경계선을 막 통과하고 있었다. 나는 밑으로 내려가는 중이었다. 두 눈을 감고도 내가 하강 중이라는 사실이 생생히 느껴졌다. 하지만 감았던 눈을 금방 다시 떴다. 될 수 있는 한 많은 광경을 두 눈으로 직접 보아 두고 싶었다.

나는 침묵 속에서 몇십 초 정도를 기다렸다가 또다시 교신을 시도했다. 여전히 응답이 없었다. 헤드폰에서는 번개의 방전 시와 같은 잡음이 계속해서 들려왔다. 그 너머에는 깊고 낮은 음조의 윙윙거림이 깔려 있었는데, 그 소리가 마치 행성의 속삭임처럼 느껴졌다. 오렌지색 하늘이 희뿌연 막으로 뒤덮여 있었고, 그로 인해 창유리가 뿌옇게 흐려졌다. 나는 우주복의 탄력이 허락하는 한도에서 최대한 몸을 웅크렸다. 지금 막 구름 사이를 통과하고 있음을 느꼈다. 그러다 갑자기 누군가가 입김으로 불어서 날려 버리기라도 한 듯 구름층이 빠른 속도로 상층부로 빨려 올라갔다. 캡슐은 수직축을 중심으로 회전하고 있었다. 나는 빛과 그림자가 교차하는 가운데 계속해서 활강했다. 내 눈앞에서 거대한 원반과도 같은 태양이 완만한 곡선을 그리며 왼편에서 나타나 오른편으로 사라졌다. 윙윙거림과 지지직거리는 소음 너머, 저 멀리서 누군가의 목소리가 희미하게 들려왔다.

"여기는 솔라리스 우주 정거장! 솔라리스 우주 정거장이 방문객에게 공지한다! 모든 게 정상이다. 방문객은 정거장의 지시에 따른다. 솔라리스 우주 정거장이 방문객에게 공지한다! ∅을 셀 때, 착륙할 수 있도록 준비하라. 반복한다.

캡슐은 ∅을 셀 때, 착륙한다. 주목! 카운트다운을 시작한다. 250, 249, 248……"

한마디 한마디에 아주 짧고 날카로운 쇳소리가 섞여 음절이 또렷하게 구분되었다. 인간의 목소리가 아닌, 기계음이라는 증거였다. 우주 정거장에서 근무하는 사람들은 새로운 방문객, 특히 지구에서 오는 새로운 연구원을 열렬히 환영하기 마련인데, 이상했다. 하지만 나는 내 주변을 맴돌며 거대한 원을 그리고 있는 태양의 궤적에 정신이 팔려 아무런 신경도 쓸 수가 없었다. 태양의 빛줄기가 내가 지금 향하고 있는 지표면을 기준으로 수직으로 우뚝 섰다가 다시 급격하게 수평으로 방향을 틀면서 예측하기 힘든 경사각을 보였다. 나는 현기증과 싸우며 커다란 시계추처럼 이리저리 흔들려야만 했다. 바로 그때 어두운 자줏빛과 검은빛의 가느다란 띠로 에워싸인 행성 표면이 마치 거대한 장벽처럼 내 눈앞에 다가왔다. 그 혼란스러운 광경 속에서 나는 초록색과 흰색의 작은 점들로 이루어진 체스판 문양의 표식을 발견했다. 우주 정거장의 위치를 알려 주는 표지인 셈이었다. 그때 철커덩거리는 소리와 함께 캡슐의 표면에서 무언가가 떨어져 나갔다. 낙하산이 기다란 꼬리를 펄럭이며 급하게 펼쳐졌고, 거기서 지상에서나 듣던 익숙한 소리가 들려왔다. 지구를 떠난 뒤, 몇 달 만에 처음 듣는 진짜 바람 소리였다.

그다음부터는 모든 것이 눈 깜짝할 사이에 지나갔다. 방금 전까지는 내가 낙하하고 있다는 사실을 막연히 인지했지만, 이제는 두 눈으로 확인할 수 있었다. 초록색과 흰색의 체스판 문양이 빠른 속도로 확대되는 중이었다. 자세히 살펴보니 고래를 연상케 하는, 가늘고 기다란 은빛 구조물의 지붕 위에 체스판 표식이 그려져 있었고, 그 양쪽 측면에는 레이더 안테나들이 촘촘히 세워져 있었다. 이 거대한 금속 구조물은 행성 표면이 아니라, 암청색 타원형 그림자를 지표면 깊숙한 곳까지 드리운 채로 상공에 떠 있었다. 그와 동시에 핏빛 바다 위로 짙은 자줏빛 고랑을 만들며 일렁이는 잔물결이 보였다. 그러다 불현듯 가장자리에 진홍빛 테두리를 두른 구름층이 높은 상공으로 솟구쳤고, 주황빛 하늘이 구름 사이로 점점 멀어지더니 마침내 모든 윤곽이 희미해졌다. 캡슐이 빙글빙글 돌며 고속으로 회전 낙하를 시작한 탓이었다. 내가 미처 반응할 새도 없이 짧고 날카로운 충격이 캡슐을 다시 수직으로 곤두세웠다. 현창 너머로 수은처럼 반짝이며 물결치는 파도와 희뿌연 안개에 휩싸인 수평선이 보였다. 낙하산의 고리와 줄이 순식간에 분리되면서 일렁이는 파도를 타고 바람에 실려 날아갔다. 인공 자기장 속으로 들어온 것이었다. 캡슐은 자기장 덕분에 특유의 느린 동작으로 천천히 흔들리며 부드럽게 하강했다.

마지막으로 내가 본 것은 격자무늬로 포개진 우주선 발사대들과 포물선을 그리며 2~3층 높이까지 뻗어 나간 전파망원경 둘에 부착된 반사경뿐이었다. 강철과 강철이 강하게 부딪히는 날카로운 소음과 함께 비행장의 해치↓가 열렸다. 그러고는 캡슐이 마침내 작동을 멈췄다. 지금까지 나를 부동자세로 옭아매었던 철제 갑옷이 길고 거친 한숨을 토해 내며 여행을 마감한 것이었다.

자동 관제 장치로부터 생기 없는 기계음이 들려왔다.

"여기는 솔라리스 우주 정거장. 제로, 제로. 착륙 완료. 착륙 완료. 교신 끝."

가슴 언저리에서 정체를 알 수 없는 거북한 압박이 느껴졌고, 그와 동시에 속이 무겁고 더부룩해졌다. 나는 양손으로 제어용 레버를 잡아당기고는 동력 스위치를 껐다. '착륙'이라는 글자가 새겨진 녹색 표시등이 켜지고, 캡슐 외벽이 열렸다. 압축 패드가 내 등을 가볍게 떠미는 바람에 나는 넘어지지 않기 위해 걸음을 내딛어야만 했다.

체념의 한숨 같은 쉬익 소리를 내면서 우주복이 공기를 뱉어 냈다. 이제 해방이었다.

나는 교회의 측랑보다 높이 솟은, 은빛 깔때기 모양의 구멍 속에 서 있었다. 경사진 벽을 따라 내리막을 그리며 촘촘히 부착된 색색 파이프들이 벽에 난 원형 배수관과 연결되

어 있었다. 거대한 환풍기가 굉음을 내며, 캡슐이 착륙할 때 정거장으로 유입된 유해 가스를 빨아들였다. 터진 누에고치처럼 속이 텅 빈, 여송연 모양의 캡슐이 강철로 만든 오목한 받침대 위에 세워져 있었다. 캡슐 외벽은 비행 중에 열에 그을어 지저분한 적갈색으로 변해 있었다.

나는 비좁은 경사로를 따라 몇 걸음 내려갔다. 앞쪽의 강철 바닥은 플라스틱으로 용접되어 있었는데, 로켓 운반용 카트의 바퀴에 피복이 찢겼는지 군데군데 강철 파이프가 드러나 있었다. 어느 순간 환풍기의 부스터가 작동을 멈췄고, 정적이 흘렀다. 누군가가 나타나기를 기대하며 불안하게 주위를 둘러보았지만, 아무런 인기척도 없었다. 대신 화살표 모양의 초록빛 네온등이 조용히 움직이고 있는 무빙 워크웨이를 가리키고 있었다. 나는 그 무빙 워크웨이에 몸을 실었다. 비행장 천장이 우아한 포물선을 그리며 점점 내려앉더니 이어 터널처럼 난 복도로 연결되었다. 거기에는 압축 가스통과 계량 용기들, 낙하산과 각종 상자를 비롯한 온갖 잡동사니들이 아무렇게나 쌓여 있었다.

무빙 워크웨이는 복도가 둥글게 넓어지는 지점에서 끝났다. 그곳은 좀 전의 복도보다 어수선했다. 양철 깡통 더미에서 기름 같은 액체가 흘러나와 바닥에 흥건하게 번져 있었고, 악취가 코를 찔렀으며, 끈적끈적한 액체 탓인지 여기저기 발자국이 찍혀 있었다. 또한 전신 부호가 찍힌 흰 종이테이프들과 찢어진 종잇조각, 쓰레기 등이 양철 깡통에 너저분하게 엉겨 붙어 있었다.

또 다른 초록빛 네온등에 불이 켜졌고, 화살표가 가운데에 있는 문을 가리켰다. 그 문으로 들어서자 두 사람이 간신히 지나갈 만큼 비좁은 터널형 복도가 나왔다. 볼록 렌즈가 끼워진 창문이 하늘을 향해 뚫려 있었는데, 거기서 스며드는 햇빛이 실내를 밝혀 주었다. 그곳에 초록색과 흰색의 체스판 문양이 그려진 또 다른 문이 있었는데, 빼꼼히 열려 있었다. 나는 안으로 들어갔다. 오목한 벽으로 둘러싸인 반원형 방에는 옆으로 길게 퍼진 파노라마식 전망 창이 나 있었다. 창밖으로는 안개에 휩싸인 하늘이 펼쳐져 있고, 그 아래쪽에서는 시커먼 파도가 조용히 일렁였다. 벽면 대부분은 문이 없는 장식장으로 채워져 있었는데 거기에 온갖 기구들과 책, 뿌연 유리잔들과 먼지가 잔뜩 낀 진공 플라스크와 공병들이 그득했다. 지저분한 바닥에는 바퀴 달린 작은 탁자 대여섯 개와 바람이 빠져서 축 늘어진 튜브형 안락의자 몇 개가 아무렇게나 뒹굴었다. 공기가 제대로 주입된 의자는 하나뿐이었다. 바로 그 의자에 작고 여윈 몸집의 남자가 앉아 있었다. 얼굴은 햇볕에 검게 그을었고, 코와 광대뼈 주위가 군데군데 벗겨져 있었다. 내가 아는 인물이었다. 인공두뇌학자이면서 기바리안의 보좌 역할을 맡은 스나우트였다. 『솔라리스 연감』에서 그가 전성기에 발표한 독창적인 논문 몇 편을 읽은 적이 있었다. 하지만 그와 대면한 것은 오늘이 처음이었다. 스나우트는 희끗희끗한 가슴 털이 삐져나와 있는 올이 굵은 망사 셔츠에 주머니가 여러 개 달린 흰 리넨 바지를 입고 있었다. 손에는 인공 중력 시스템이 갖추어지지 않은 우주선에서 음료를 마실 때 쓰는 서양배 모양의 플라스틱 플라스크가 들려 있었다. 스나우트는 눈부신 불빛이라도 마주한 것마냥, 두 눈을 찡그리며 나를 쳐다보더니 깜짝 놀라며 플라스크를 떨어뜨렸다. 그 바람에 플라스틱 플라스크가 바닥에서 풍선처럼 두어 번 튕겨지면서 투명한 액체가 바닥에 쏟아졌다. 나 또한 놀라서 아무 말도 할 수가 없었다. 어색한 침묵이 계속되었다. 스나우트의 두려움이 설명하기 힘든 방식으로 내게 전이되었다. 내가 한 걸음 앞으로 다가가자 스나우트는 의자에서 몸을 웅크렸다.

　"스나우트……" 내가 속삭이듯 그를 불렀다. 스나우트는 내게 얻어맞기라도 한 것처럼 몸을 움찔했다. 나를 바라보는 스나우트의 눈빛에는 형언할 수 없는 혐오감이 담겨 있었다. 그가 쉰 목소리로 말했다.

　"난 당신을 몰라…… 당신은 내가 모르는 사람이요. 대체 내게 뭘 원하는 거지?"

바닥에 쏟아진 액체는 금방 증발했다. 알코올 냄새가 코를 찔렀다. 술을 마시고 있었던 걸까? 지금 취한 건가? 대체 무엇을 저렇게 두려워하는 거지? 나는 여전히 선실의 한가운데에 서 있었지만, 다리가 후들거리기 시작했고, 마치 솜으로 틀어막아 놓은 듯 귀가 윙윙거렸다. 두 발을 지탱하고 서 있는 바닥이 자꾸만 밑으로 꺼져 드는 느낌이었다. 곡면으로 처리된 유리창 너머로 바닷물이 규칙적으로 일렁거리고 있었다. 붉게 충혈된 스나우트의 두 눈이 내 얼굴을 계속해서 응시하고 있었다. 그의 얼굴에서 두려운 기색은 점차 사라졌지만, 뭐라 표현하기 힘든 혐오감은 여전히 남아 있었다.

"왜 그래요? 어디 불편한가?" 내가 나직이 물었다.

"날 걱정하는군……" 그가 작은 소리로 말했다. "아하, 근데…… 왜 날 걱정하는 거지? 난 당신이 누군지 모르는데."

"기바리안은 어디에 있나?"

내가 물었다. 순간 스나우트가 숨을 멈췄고, 그의 눈이 몇 초간 반짝이다가 빛을 잃었다.

"기…… 기바…… 안 돼! 안 돼!!!"

스나우트가 입속말로 웅얼거렸다. 그러고는 몸을 들썩이며 바보처럼 웃어 대다가 갑자기 웃음을 뚝 그쳤다.

"그러니까 자네는 기바리안을 만나러 왔군, 그렇지? 용건이 뭔가?"

어느 정도 진정된 목소리로 스나우트가 물었다. 이제 내가 더는 위협적인 존재가 아니라는 듯한 말투였다. 대신 그의 어조에는 적대적인 반감이 서려 있었다.

"무슨 말을 하는 거야……? 기바리안은 지금 어디에 있지?"

나는 당혹스러움에 말을 얼버무렸다.

그가 놀란 표정으로 나를 쳐다보았다.

"정말 모르나?"

술에 취한 게 분명했다. 취해서 제정신이 아닌 모양이다. 갑자기 화가 치밀어 올랐다. 그쯤에서 선실을 나왔어야 했는데, 나는 그만 인내심을 잃고 소리쳤다.

"정신 차려! 지금 막 이곳으로 날아온 내가 기바리안이 어디에 있는지 알 게 뭐야! 스나우트, 대체 무슨 일이 있었나?"

스나우트가 놀라서 입을 벌렸다. 한순간 또다시 숨을 멈췄다. 그의 눈동자가 조금 전과는 달리 생기로 반짝였다. 스나우트는 떨리는 손으로 의자 팔걸이를 붙잡고는 관절에서 우두둑 소리가 날 정도로 힘 주며 벌떡 일어섰다.

"뭐라고? 지금 막 날아왔다고? 어디서 왔는데?"

갑자기 술이 깬 말투로 스나우트가 물었다.

23

"지구에서 왔지!" 나는 화가 나서 쏘아붙였다. "설마 지구가 어딘지도 모르는 건 아니겠지? 그 아무것도 모르겠다는 표정은 뭔가?"

"지구? 맙소사! 그럼 자네가…… 켈빈?!"

"맞아. 어째서 그런 눈으로 날 보는 거야? 내가 여기 온 게 그리 놀랄 일인가?"

그가 빠르게 눈을 끔뻑이며 대답했다.

"아니, 전혀 그렇지 않아." 스나우트가 이마의 땀을 훔쳤다.

"미안해, 켈빈. 별일 아니야. 그저 좀 놀랐을 뿐이네. 자네를 만나게 될 줄은 몰랐거든."

"날 만날 줄 몰랐다는 게 도대체 무슨 소리야? 이미 몇 달 전에 연락을 받지 않았나? 더구나 오늘도 모다르드가 프로메테우스호에서 무전을 보냈을 텐데?"

"그래, 그랬지…… 다만 보다시피 여기가 지금 아수라장이어서."

"그래, 딱 봐도 아수라장이구먼." 내가 건성으로 대답했다.

스나우트는 내 주위를 한 바퀴 돌면서 내가 착용한 우주복을 이리저리 살펴보았다. 가슴팍에 각종 케이블이 달려 있고, 벨트에 와이어가 연결된 지극히 평범한 우주복이었다.

그가 몇 차례 헛기침을 하고는 뼈만 앙상한 코를 문질렀다.

"샤워하고 싶지 않나? 씻고 나면, 기분이 한결 나아질 걸세. 저기 보이는 맞은편의 파란 문을 열면 욕실이 나오네."

"고마워. 정거장의 구조는 이미 알고 있네."

"혹시 배는 안 고픈가?"

"아니. 그건 그렇고 기바리안은 어디 있지?"

스나우트는 마치 내 질문을 못 들었다는 듯, 내게서 몸을 돌려 말없이 창가로 다가갔다. 등을 돌린 그의 뒷모습은 앞에서 보는 것보다 훨씬 나이 들어 보였다. 바짝 치켜 깎은 머리는 허옇게 세었고, 햇볕에 검게 그을은 목덜미에는 주름이 깊게 패어 있었다. 창밖에서는 산처럼 거대한 파도가 천천히 솟아올랐다가 내려앉으며 반짝이고 있었다. 그렇게 석양에 물든 진홍빛 바다를 바라보고 있자니 정거장이 미세하게 움직이는 느낌이 들었다. 눈에 보이지 않는 토대의 한 부분이 살짝 기울어졌다가 다시 반대편으로 돌아오면서 균형을 맞추는 느낌이었다. 아마도 착각일 것이다. 파도의 이랑 사이로 피처럼 시뻘건 점액질 거품이 수북하게 일어났다. 순간 목구멍에서 메스꺼움이 느껴졌다. 문득 프로메테우스 우주선에서 보낸 나날이 떠올랐다. 그곳에서 통용되던 엄격한 규율과 질서가 다시는 돌이킬 수 없는, 소중한 가치로 느껴졌다.

스나우트가 갑자기 몸을 돌리더니 양손을 신경질적으로 비비며 말을 꺼냈다.

"잘 들어…… 당장은 나 말고 아무도 만날 수 없을 걸세…… 당분간은 말일세. 그러니까 나하고 지내는 것에 익숙해져야만 해. 나를 '생쥐'라고 부르고, 편하게 대하게나. 지금까지는 사진으로만 날 봐 왔겠지만, 뭐, 상관없어. 다들 날 그렇게 부르니까. 사실 우리 부모님은 나에 대해 포부가 대단했었네만, 지금 나는 '생쥐'처럼 평범하기 짝이 없는……"

"그래서 기바리안은 어디에 있나?"

내가 다시 한번 고집스럽게 물었다. 그는 눈만 껌뻑거렸다.

"자네를 이런 식으로 맞이하게 된 건 정말 미안하네. 하지만…… 내 잘못만은 아니야. 보다시피…… 워낙 많은 일이 이곳에서 벌어지는 바람에 그만 까맣게 잊고 있었어……"

"그런 건 아무래도 상관없어. 하지만 기바리안은 어떻게 된 거지? 정거장에 없는 건가? 어디 탐사 비행이라도 나갔나?"

"아니야." 스나우트가 케이블이 뒤엉킨 채 뒹굴고 있는 구석을 쳐다보며 고개를 적었다. "기바리안은 아무 데도 안 갔어. 탐사 비행에 나서지도 않을 거고. 실은…… 어떻게 된 거냐면……"

"뭐라고? 그게 무슨 말이야? 그럼 그가 지금 어디에 있다는 거지?"

착륙 이후 먹먹했던 귀는 여전히 뚫리지 않았고, 그래서인지 스나우트의 말소리가 점점 희미하게 들렸다.

"이미 자네도 짐작하고 있는 거 아닌가?"

스나우트가 아까와는 전혀 딴판인 음성으로 냉정하게 대답했다. 나를 바라보는 시선이 어찌나 차가운지 등줄기가 서늘해졌다. 스나우트는 취한 상태였지만, 자신이 무슨 말을 하는지는 명확히 알고 있었다.

"혹시 무슨 사고라도 있었나……?"

"있었지."

스나우트가 나의 반응을 유심히 살피면서 고개를 힘껏 끄덕였다.

"언제?"

"오늘 새벽에."

이상하게도 별로 충격이 느껴지지 않았다. 짧게 몇 마디 주고받는 과정에서 나도 냉정을 되찾은 모양이었다. 지금까지의 스나우트의 기묘한 행동이 어느 정도 이해되기 시작했다.

"어떤 사고였는데?"

"그만 방으로 돌아가서 우주복부터 벗고, 짐 정리를 하는 게 어때? 음…… 한 시간쯤 뒤에…… 이곳으로 다시 오게.”

나는 잠시 망설이다가 마지못해 동의했다.

“그렇게 하지.”

“잠깐!”

문을 향해 걸어가는 나를 그가 불러세웠다. 스나우트가 애틋한 눈빛으로 나를 쳐다보았다. 뭔가 하고 싶은 이야기가 있는데, 좀처럼 말을 꺼내기 힘든 모양이었다. 잠시 후 그가 입을 열었다.

“원래 이곳에는 세 명이 있었는데, 자네가 오면서 또다시 세 명이 되었군. 혹시 사르토리우스와 아는 사이인가?”

“자네와의 경우나 마찬가지야. 사진으로만 봤네.”

“사르토리우스는 지금 위층 실험실에 있어. 하지만 어두워지기 전에는 내려오지 않을 걸세…… 아무튼 그와 마주치면, 금방 알아볼 수 있을 거야. 혹시 나도 아니고, 사르토리우스도 아닌, 다른 누군가를 만나게 되면…… 그러면……”

“그러면…… 뭐?”

꿈을 꾸는 기분이었다. 검은 파도가 저물어 가는 석양 아래에서 핏빛으로 물들었다. 스나우트는 본래 있던 안락의자로 되돌아가서 머리를 숙이고는 한쪽 구석에 놓인 케이블 뭉치를 바라보고 있었다.

“그러면…… 아무 짓도 하지 말게나.”

"대체 여기서 누구를 만난단 말이지? 유령이라도 있다는 건가?!"

나는 다시 노여움에 북받쳤다.

"내가 돌았다고 생각하는군. 이해하네. 하지만 아닐세. 나는 미치지 않았어. 그저…… 지금 당장은 다른 방식으로는 설명할 길이 없을 뿐이야…… 어쩌면…… 아무 일도 일어나지 않을 수도 있으니까. 아무튼 기억하게나. 나는 분명 자네에게 조심하라고 경고했다네."

"아니, 무얼 조심하라는 거야!? 도대체 무슨 말을 하는 건가?"

"진정하게. 모든 것에 대비하고 있으라는 뜻이야. 거의 불가능한 일이라는 건 나도 알지만, 그래도 노력해 보게나. 이게 내가 자네에게 해 줄 수 있는 유일한 충고일세. 다른 방법은 떠오르지 않으니 말야."

"하지만 내가 뭘 보게 될지는 말해 줘야 하지 않나!!!"

나는 고함에 가까운 고성을 질렀다. 햇볕에 검게 타고, 피로에 찌든 얼굴로 의자에 앉아 멍하니 방구석을 응시하고 있는 스나우트의 모습을 보고 있노라니 당장이라도 그의 어깨를 움켜잡고 흔들어 버리고 싶었다. 스나우트는 한마디 한마디에 힘주어 쥐어 짜내듯 말했다.

"나도 확실히는 몰라. 어떤 의미에서 그건 자네한테 달린 일이니까."

"환각을 말하는 건가?"

"아니, 그건 실제로 눈앞에 존재한다네. 잊지 말게. 절대 공격하면 안 된다는 걸."

"그게 무슨 소리야?!"

내 목소리라고는 상상하기 힘든, 거친 음성이 내 입에서 튀어나왔다.

"우리는 지금 지구에 있는 게 아닐세."

"폴리테리움↓을 말하는 건가? 하지만 그들은 인간과는 전혀 다르지 않나?"

내가 소리쳤다.

스나우트는 계속해서 등골이 오싹할 정도로 괴상하고 터무니없는 소리를 지껄이고 있었다. 나는 당장이라도 저 몽상의 늪에서 스나우트를 건져내고 싶었지만, 아무런 방법도 떠오르지 않았다.

"바로 그래서 더 위험하다는 거야. 내 말을 잊지 말고, 부디 방심하지 말게나!"

스나우트가 속삭이듯 말했다.

"기바리안은 어떻게 된 거지?"

그는 아무런 대답도 하지 않았다.

→ Polytherium. 다수아강(多獸亞綱). poly는 라틴어로 다수, 많음을 뜻하고, therium은 포유동물(수아강)을 뜻한다.

"사르토리우스는 뭘 하고 있나?"

"한 시간 뒤에 다시 오게."

나는 몸을 돌려 그 방에서 나왔다. 문을 닫으면서 나는 다시 한번 스나우트를 돌아보았다. 얼룩투성이의 바지를 입은 그가 양손으로 얼굴을 감싸 쥔 채 작은 체구를 웅크리고 있었다. 바로 그 순간, 나는 그의 손가락 마디마디에 말라붙어 있는 핏자국을 발견했다.

솔라리스 학자들

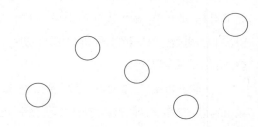

터널처럼 생긴 복도는 텅 비어 있었다. 나는 닫힌 문 앞에서 귀를 기울이며 잠시 서 있었다. 밖에서 부는 바람 소리가 안에서도 들리는 걸 보면, 벽의 두께가 상당히 얇은 듯했다. 그 순간 문틈에 비스듬히 끼워져 있는 네모난 반창고 조각이 눈에 띄었다. 거기에 연필로 '인간'이라고 쓰여 있었다. 아무렇게나 휘갈겨 쓴 그 단어를 보는 순간, 나는 곧장 스나우트에게로 되돌아가고 싶은 충동에 사로잡혔다. 하지만 그럴 수는 없었다.

　　미치광이의 헛소리 같은 그의 경고가 귓가에서 맴돌았다. 나는 걸음을 옮겼다. 우주복의 무게에 눌려 어깨가 자꾸만 구부러졌다. 보이지 않는 감시자의 시선으로부터 도망치듯이 슬그머니 발걸음을 떼어 놓던 나는 다섯 개의 문이 있는 원형의 공간으로 되돌아왔다. 방문에는 팻말이 달려 있었다. 기바리안 박사, 스나우트 박사, 사르토리우스 박사. 네 번째 문에는 팻말이 없었다. 나는 잠시 망설이다가 그 방의 문고리를 조용히 잡아당겨 보았다. 문이 서서히 열리는 동안, 나는 방 안에 누군가가 있는 것만 같은 예감에 사로잡혔다. 안으로 들어섰다.

방에는 아무도 없었다. 스나우트가 있던 방과 거의 흡사하지만, 그의 방에 있던 것보다는 조금 작은, 볼록한 파노라마 창이 바다를 향해 나 있었다. 이쪽의 바다는 햇빛을 듬뿍 받아 윤활유처럼 기름진 질감으로 붉게 반짝이고 있었다. 유람선의 선실을 연상케 하는 진홍빛 광채가 방에 가득했다. 한쪽 벽에는 책이 잔뜩 꽂힌 책장이 놓여 있고, 구석에는 접이식 침대가 접힌 채로 벽 쪽에 세워져 있었다. 반대편 벽면에는 선반들이 매달려 있었는데, 선반과 선반 사이에는 니켈 액자에 담긴, 우주 비행 사진들이 나란히 걸려 있었다. 금속 받침대 위에는 솜으로 틀어막은 시험관과 플라스크가 놓여 있고, 창문 아래쪽에는 하얀 에나멜 상자가 이 단으로 쌓여 있었다. 뚜껑이 열려 있는 상자 몇 개를 들여다보니 그 속에 다양한 기구와 플라스틱 튜브가 들어 있었다. 모퉁이에는 수도꼭지와 서리 제거 장치, 그리고 냉동고가 놓여 있었다. 창가에 있는 큼직한 탁자 위에는 이런저런 실험 도구들이 어질러져 있었는데, 빈자리가 없어서 현미경 한 대는 탁자 아래 바닥에 놓여 있었다.

　뒤를 돌아보니 출입문 옆에, 천장까지 닿을 정도로 커다란 옷장이 눈에 띄었다. 반쯤 열린 옷장 안에는 기밀복↓과 실험실용 작업복, 절연용 앞치마가 걸려 있고, 선반에는 속옷이 가지런히 놓여 있었다. 방사능 방지를 위한 탐사용 장화와 휴대용 산소통에 연결하는 알루미늄 실린더도 눈에 띄었다. 마스크가 달린 휴대용 산소통 두 개는 접어 놓은 침대의 난간에 묶여 있었다. 전체적으로 어수선했지만, 누군가 급히 정리하려고 했던 흔적이 남아 있었다. 나는 공기를 들이마셔 보았다. 희미한 화학 약품 냄새와 함께 뭔가 강력한 향이 코를 찔렀다. 염소가 아닐까 싶었다. 나는 반사적으로 천장의 환풍구를 올려다보았다. 환풍구의 격자무늬 창살에 매달린 종이테이프들이 가볍게 펄럭이고 있었다. 압축기가 원활하게 작동되고 있고, 공기가 정상적으로 순환되고 있다는 증거였다. 나는 두 개의 안락의자 위에 위태롭게 쌓여 있는 책들과 각종 도구를 한쪽 구석으로 옮겼다. 그러자 침대 주변, 선반과 수납장 사이에 어느 정도 공간이 만들어졌다. 나는 우주복을 벗어서 걸기 위해 스탠드형 옷걸이를 꺼냈다.

→　성층권이나 우주를 비행할 때 우주복 안에 입는 특수한 옷. 몸을 둘러싼 공간을 일정한 기압으로 유지하여 비행사를 보호한다.

그러고는 막 지퍼를 내리려다가 그만두었다. 우주복을 벗는 순간, 완전히 무방비 상태가 될 것만 같아서 선뜻 벗을 수가 없었다. 나는 다시 한번 방 안을 둘러보았다. 문이 제대로 닫혀 있는지 확인했지만, 자물쇠는 채워져 있지 않았다. 잠시 궁리한 끝에, 무거워 보이는 상자 두 개를 끌어다가 문 앞을 막아 놓았다. 이렇게 임시 바리케이드를 쳐 놓고 나서야 비로소 나는 세 번에 걸친 신속한 동작으로 무거운 우주복을 벗어 던질 수 있었다. 수납장의 문에 부착된 폭이 좁은 거울에 방의 단면이 비치고 있었다. 불현듯 거울 속에서 어떤 움직임이 곁눈질로 포착되었다. 나는 화들짝 놀라서 뒤를 돌아보았다. 알고 보니 거울에 비친 내 모습이었다. 우주복 안에 입고 있던, 몸에 붙는 타이즈형 기밀복은 땀에 흠뻑 젖어 있었다. 나는 기밀복을 벗어 던지고, 수납장을 옆으로 밀었다. 그러자 그 뒤쪽에 있는 벽감에서 밝은 색조의 타일이 깔린 작은 욕실이 나타났다. 안으로 들어서니 샤워기 아래쪽에 놓인 기다랗고 납작한 상자 하나가 눈에 들어왔다. 나는 상자를 방으로 옮겼다. 바닥에 상자를 내려놓자마자 스프링이 장착된 뚜껑이 튕기듯 열렸다. 상자 속은 여러 개의 칸막이로 나뉘어 있었는데, 칸마다 기묘한 물건들로 가득했다. 그 물건들은 선반에 놓인 다른 도구들과 비슷했지만, 시커먼 금속 덩어리로 대충 만든, 우스꽝스러운 복제품 같은 것들이었다. 불 속에서 막 끄집어낸 것처럼 형태가 구부러지고, 녹아 일그러져 있었다. 더욱 이상한 것은 불에 용해되지 않는 자기(磁器)로 된 손잡이조차 원 모습을 짐작할 수 없을 정도로 심하게 망가진 상태였다는 점이다. 원자로가 아닌 이상, 실험실의 그 어떤 용광로에 집어넣어도 자기는 절대 녹지 않는다. 우주복 주머니에 들어 있던 방사능 측정기를 꺼내어 손잡이에 들이대 보았지만, 수치의 눈금은 변함이 없었다.

그물 모양의 러닝셔츠와 팬티만 입고 있던 나는 그조차 모두 벗어던지고 샤워기를 향해 돌진했다. 물을 뒤집어쓰니 안도감이 들었다. 강렬하게 퍼붓는 뜨거운 물줄기 아래에서 나는 과장된 몸짓으로 물을 튀겨 가며, 코를 킁킁거리고, 살가죽을 문질러 댔다. 정거장에 떠돌고 있는 섬뜩하고 불안한 기운을 애써 떨쳐 버리기 위해서였다.

샤워를 마치고 옷장을 뒤적거리다가 편안한 작업복을 발견했는데, 필요한 경우에는 우주복 안에 기밀복으로도 입을 수 있도록 제작된 것이었다. 나는 그 작업복으로 갈아입고는 얼마 안 되는 소지품을 주머니에 옮겨 넣다가 수첩 사이에 끼어 있는 딱딱한 물체를 발견했다. 지구에 있는 내 아파트의 열쇠였다. 나는 열쇠를 어떻게 처리할까 고민하면서 잠시 손가락으로 열쇠를 빙빙 돌리다가 결국 탁자 위에 내려놓았다. 무기가 필요할 수도 있다는 생각이 퍼뜩 들었다. 다용도 주머니칼을 갖고 다니긴 하지만, 별 도움이 될 것 같지는 않았다. 하지만 머릿속이 너무 복잡한 나머지 광선총이나 이와 비슷한 종류의 강력한 무기를 찾아볼 생각은 하지도 못했다. 나는 가구들로부터 멀찌감치 떨어진 빈 공간에 철제 의자 하나를 갖다 놓고, 그 위에 앉았다. 그저 혼자 있고 싶었다. 약속 시간까지 삼십 분 정도 남아 있었고, 그동안은 혼자 있을 수 있다는 사실에 흡족한 기분이 들었다. 중요한 일이든, 사소한 일이든 나는 시간 약속을 철저히 지켜야만 직성이 풀리는 성격이었다. 이십사 등분으로 나뉜 숫자판의 시곗바늘은 7시를 가리키고 있었다. 태양은 벌써 저무는 중이었다. 현지 시각 7시, 프로메테우스호의 시간으로는 아마 20시에 해당할 것이다. 모다르드가 보고 있는 화면 속의 솔라리스는 다른 별들과 마찬가지로 그저 조그만 불꽃 정도의 크기에 지나지 않을 것이다. 하지만 이 상황과 무슨 상관이란 말인가? 나는 두 눈을 감았다. 환기 파이프에서 규칙적인 주기로 새어 나오는 미세한 소음과 욕실에서 물 떨어지는 소리 말고는 그야말로 사방이 고요했다.

기바리안은 죽었다. 내가 스나우트의 말을 제대로 이해한 것이 맞다면, 기바리안이 사망한 지 몇 시간밖에 안 지났을 것이다. 그렇다면 시체는 어떻게 처리했을까? 땅에 묻었을까? 하지만 이 행성에서 매장은 불가능하다. 나는 꽤 오랜 시간, 망자의 운명이 대단히 중요한 사안이라도 되는 것처럼 이런저런 생각에 잠겼다. 그러다 문득 이 모든 상상이 쓸데없는 짓이라는 생각이 들었다. 자리에서 일어나 천천히 방 안을 서성거리는데, 책더미 속에 반쯤 가려져 있던, 작은 야전 가방 하나가 발끝에 채였다. 허리를 숙이고 가방을 집어 들었다. 가방 안에는 작은 색유리병 하나가 들어 있었는데, 종이로 만든 것처럼 가벼웠다. 나는 창가로 다가가서 거무스름한 안개에 휩싸인 음울한 자줏빛 여명에 그 병을 비춰 보았다. 내가 지금 뭘 하는 거지? 어쩌다 내 손에 들어온 이 괴상하고 보잘것없는 물건에 왜 이렇게까지 신경 쓰는 걸까?

갑자기 전등이 켜지는 바람에 나는 흠칫 놀랐다. 일몰에 민감하게 반응하는 광전지↓에 자동으로 불이 들어온 것이다. 나는 정체를 알 수 없는 기대감에 긴장하기 시작했다. 등 뒤의 빈 공간에서 뭔가가 불쑥 나타날 것은 불안감에 신경이 곤두섰다. 그러다 마침내 더는 견딜 수 없는 지경에 이르렀다. 이 문제를 어떻게든 해결해 보기로 결심했다. 나는 의자를 책꽂이 앞으로 끌고 가서 낯익은 책 한 권을 꺼내 들었다. 휴즈와 유겔이 쓴 오래된 연구서인 『솔라리스의 역사』2권이었다. 나는 단단하게 제본된 그 두툼한 책을 무릎 위에 올려놓고 책장을 뒤적이기 시작했다.

솔라리스가 발견된 것은 내가 태어나기 백여 년 전 일

→　　光電池. 입사광이 일정한 값에 이르면 작동하는 계전기. 　　39

이다. 이 행성은 두 개의 태양, 즉 붉은 태양과 푸른 태양의 둘레를 공전하고 있다. 발견된 지 사십 년이 지났을 무렵까지도 솔라리스를 찾아간 우주선은 한 대도 없었다. 당시에는 "두 개의 태양을 가진 행성에서는 생명체가 발생할 수 없다."라는 가모프·셰이플리의 이론이 확고한 지지를 받고 있었다. 태양이 두 개라면, 두 항성 간의 상호작용으로 인한 불규칙한 인력 때문에 행성의 공전 궤도가 끊임없이 바뀌기 때문이다.

중력장에 변화가 일어나면, 행성의 궤도가 단축되거나 연장되기도 한다. 그 탓에 생명체가 등장한다 해도 광선의 고열이나 혹한의 냉기 탓에 멸종할 운명에 처할 수밖에 없다는 것이 이 이론의 핵심이다. 이러한 변화는 수백만 년을 주기로 일어나게 된다. 이것은 천문학이나 생물학적 관점에서는 극히 미미한 시간에 불과하다.(하나의 생명이 진화하기 위해서는 수십억 년, 아니 적어도 수억 년 세월이 걸린다는 점을 상기해 보자.)

초기의 연구에 따르면, 향후 50만 년 이내에 솔라리스와 붉은 태양과의 거리는 현재의 이분의 일 이하로 줄어들 것이며, 그로부터 100만 년 후에는 붉은 태양의 열기가 솔라리스를 완전히 집어 삼키리라는 계산이 나왔다. 하지만 그로부터 십수 년이 지난 뒤에 발표된 연구 결과에서는 이 행성의 궤도가 기대치만큼의 큰 변화를 나타내지는 않으리라는 예측이 나왔다. 솔라리스는 우리 태양계 내의 다른 행성과 마찬가지로 일정한 공전 궤도를 유지하고 있었던 것이다.

그러자 다시금 고도의 정밀한 관측과 계산이 반복해서 시도되었다. 그러나 이미 알려진 사실, 그러니까 솔라리스의 궤도가 일정하지 않다는 사실을 재확인하는 데 그치고 말았다.

해마다 발견되는 행성만 수백 개, 공식 통계에서 고작 몇 줄로 새로운 행성의 특징과 움직임을 설명하는 것이 관례로 여겨지던 상황에서 솔라리스는 그때부터 특별한 관심의 대상으로 주목받기 시작했다.

그로부터 사 년 후, 우주선 라콘호와 두 대의 보조 우주선으로 편성된 오텐스퀼트 탐사대가 솔라리스 주변을 비행하며 연구를 수행했다. 이 탐사대는 예비 조사의 임무를 띠었기 때문에 착륙에 필요한 장비는 갖추고 있지 않았다. 대신 오텐스퀼트는 솔라리스의 적도와 양극의 궤도에 여러 대의 자동 관측 위성을 진입시켰는데, 그 목적은 중력의 영향력을 측량하기 위함이었다. 그뿐만 아니라 면적의 대부분이 바다로 덮여 있는 솔라리스 행성의 표면과 그 위에 떠올라 있는 몇 개의 고원에 대한 연구도 함께 실시되었다. 솔라리스의 지름은 지구보다 20퍼센트가량 더 컸지만, 육지의 면

적은 유럽 대륙보다 작았다. 또한 불규칙적으로 분포된 바위 투성이의 황폐화된 섬들은 주로 남반구에 밀집되어 있었다. 탐사대는 솔라리스의 대기에 산소가 전혀 포함되어 있지 않다는 사실도 밝혀냈다. 또한 행성의 밀도나 알베도↓를 비롯한 여러 천문학적인 지표들도 정밀하게 측정했다. 그러나 예상했던 대로 생명체의 흔적은 얼마 안 되는 토양에서도 그리고 바다에서도 발견되지 않았다.

그로부터 십 년 동안 솔라리스는 이 구역에 관심을 가진 모든 관측소의 이목을 집중시켰다. 두 태양의 인력으로 인해 불안정할 수밖에 없는 궤도가 계속 일정하게 유지되는 기이한 현상을 보여 주었기 때문이다. 한동안 이 현상은 무수한 소문을 낳았고, 결국엔 연구에 참여한 과학자나 그들이 사용한 계측 기구의 신뢰도에 의문을 제기하는 목소리까지 등장했다.

이후 삼 년 동안은 예산 부족으로 인해 솔라리스 탐사대의 본격적인 활약이 지연되었다. 그러다 마침내 셰너한이 탐사대를 조직하고, C톤 급 탐사 우주선 석 대를 확보하면서 당시로서는 최대 규모의 우주선단이 구성되었다. 물병자리 알파성에서 출발한 이 탐사대가 솔라리스에 도착하기 일 년 반 전, 연구소가 직접 지휘하는 또 다른 탐사대가 '루나 247'이라는 이름의 인공위성을 솔라리스 주변 궤도에 진

→   albedo. 달이나 행성이 반사하는 태양 광선의 비율.

입시켰다. 이 위성은 대략 십 년 주기로 세 차례에 걸친 보수 작업을 거치면서 오늘날까지도 작동되고 있다. 루나 247 위성을 통해 수집된 데이터는 솔라리스의 바다가 매우 능동적이고 활발하게 움직이고 있다는, 오텐스퀼트 탐사대의 결론을 다시 한번 확인해 주었다.

셰너한이 이끄는 세 대의 우주선 가운데 한 대는 솔라리스의 위성 궤도에 머물러 있었고, 나머지 두 대는 몇 차례의 시도 끝에 솔라리스의 남반구에 위치한, 1000제곱킬로미터에 달하는 암반 지역에 착륙했다. 십팔 개월에 걸친 탐사 활동은 막판에 장비의 오작동으로 비롯된 불행한 사고 한 건을 제외하고는 전반적으로 순조롭게 진행되었다. 그동안 과학자들의 견해는 완전히 둘로 나뉘어 대립하게 되었다. 논쟁의 핵심은 솔라리스의 바다였다. 그간의 분석 결과를 토대로 바다가 유기적인 물질이라는 사실에 대해서는 의견이 일치했다.(당시만 해도 바다를 가리켜 '살아 있다'고 표현하는 사람은 아무도 없었다.) 하지만 생물학자들은 솔라리스의 바다를 생명체의 원시적인 형태, 즉 두께가 수 킬로미터에 이르는 젤리 같은 외피로 행성을 에워싸고 있는, 일종의 거대한 유동성 세포이자 무시무시한 단일체라고 생각한 반면(생물학자들은 '전(前)생물학적 형태'라는 표현을 사용했다.), 천문학자와 물리학자들은 이것이 고도로 진화된 유기체임에 틀림없다는 주장을 펼쳤다. 솔라리스의 바다가 행성의 궤도에 능동적이고 직접적인 영향을 미칠 수 있다는 가능성을 고려해 보면, 지구상의 그 어떤 유기체보다 복잡한 구조를 지닌 물질이 분명하다는 것이다. 바다를 제외하면, 솔라리스의 궤도가 일정하게 유지되는 현상을 설명할 수 있는 그 어떤 요인도 발견되지 않았다. 더구나 행성 물리학자들은 원형질 상태의 바닷속에서 일어나는 일정한 변화와 해양 물질의 '신진대사'에 따른 중력 분포의 국지적인 변동 사이에 상호 관계가 있음을 밝혀냈다.

결과적으로 '원형질의 기계'라는 역설적인 명칭을 공식화한 것은 생물학자가 아닌 물리학자들이었다. 솔라리스의 바다가 우리가 익히 알고 있는 일반적인 생명체의 형태는 아니지만, 천문학적인 규모로 다양한 의도적 기능을 수행할 능력을 보유하고 있다는 사실을 강조하기 위해서였다. 이러한 논쟁은 회오리바람처럼 당대의 가장 뛰어난 권위자들을 휩쓸었고, 이로 인해 지난 팔십 년 동안 아무도 반론을 제기하지 않았던 가모프·셰이플리의 이론이 처음으로 흔들리게 되었다.

그래도 한동안은 여전히 가모프·셰이플리의 이론을 지지하는 사람들도 적지 않았다. 바다는 생명체와는 아무런 상관이 없으며, '유사 생물학적' 혹은 '전(前)생물학적' 존재가

▽ ▽

아니라, 그저 지질학적 구성체에 불과하다는 주장이 제기되었다. 하지만 바다가 중력의 변화를 통해 솔라리스의 궤도를 안정화하는 특별한 능력을 보유하고 있다는 사실만큼은 그들도 부정하지 못했다. 그 과정에서 르 샤틀리에의 법칙이 참조되었다.

그러다 이러한 보수적인 견해에 맞서는 새로운 가설들이 등장했다. 솔라리스의 바다를 변증법적 발전의 산물로 보는 대표적인 사례는 시비토·비타의 가설이었다. 바다가 미처 그 형태를 갖추기 전인 원시 해양의 상태, 즉 반응 속도가 느린 갖가지 화학 물질들이 뒤엉킨 용해물의 상태로 존재할 때, 어떤 외적인 압력(궤도의 변화로 말미암아 그 존재가 위협받는 단계)이 가해지면서 지구에서의 통상적인 발전 단계, 즉 단세포와 다세포 생물의 형성, 식물과 동물의 진화, 신경계와 대뇌 중추의 발달과 같은 지구적 진화의 단계를 생략한 채, '항상성↓을 갖춘 바다'의 단계로 곧바로 진화해 버렸다는 주장이었다. 다시 말해서 지구의 유기체처럼 수억 년에 걸쳐 주변 환경에 적응하며 종의 기원을 만들어 낸 것이 아니라, 단번에 환경을 지배하는 힘을 가진 존재가 되었다는 것이다.

이것은 상당히 독창적인 가설이었지만, 끈적거리는 젤리 같은 솔라리스의 바다가 대체 어떤 방식으로 천체의 궤

→   외부 환경과 생물체 내의 변화에 대응하여 체내 환경을 일
     정하게 유지하려는 현상.

도를 안정시키는지는 설명하지 못했다. 이른바 '중력 발생기'라 불리는, 인공적인 자기장과 중력장을 생성하는 장치는 이미 한 세기 전에 개발되었다. 그러나 중력 발생기가 있어도 복잡한 핵반응과 초고온 상태를 거쳐야만 얻어 낼 수 있는 효과를 이 무정형의 걸쭉한 액체가 어떻게 만들어 내는지에 대해서는 아무도 대답하지 못했다. 언론에서는 연일 "솔라리스의 신비"라는 타이틀 아래 얼토당토않은 기사들을 쏟아 내며, 일반인의 흥미와 과학자들의 분노를 부추겼다. 어느 기자는 솔라리스의 바다가 지구의 전기뱀장어와 먼 친척뻘이라는 황당한 주장을 제기하기도 했다.

제기된 문제가 어느 정도 풀리는 듯싶으면, 곧바로 그보다 더 복잡한 의문점이 꼬리를 물고 발생하는 과정이 솔라리스 연구에서 여러 차례 되풀이되었다. 연구 결과, 솔라리스의 바다는 우리가 아는 중력 발생기와 같은 원리로 작동하는 것이 아니라(애초에 불가능한 일이었겠지만) 시간과 공간의 사양을 직접적으로 구성하고 제어할 수 있다는 사실이 밝혀졌다. 그 결과 솔라리스와 동일 자오선상의 다른 지점에서도 시간 측정에 있어 변화가 감지된다는 사실이 밝혀졌다. 이는 솔라리스의 바다가 아인슈타인·뵈비아의 이론을 인지하고 있을 뿐 아니라 이를 효과적으로 활용하는 단계, 즉 인간으로서는 상상할 수 없는 높은 수준에 이르렀다는 증거로 해석

되었다.

이러한 가설이 발표되자 학계에서는 지난 백 년을 통틀어 가장 격렬한 논쟁이 벌어졌다. 누구나 보편적인 진리로 받아들였던 이론들이 한순간에 권위를 잃었고, 과격하고 이단적인 시각의 논문들이 앞다퉈 발표되었다. '천재적인 바다'인지, 아니면 '중력을 조정하는 젤리'인지, 두 개의 선택지를 놓고 논쟁에 불이 붙었다.

이 모든 사태가 벌어진 건 내가 태어나기 십수 년 전의 일이었다. 내가 학교에 입학할 무렵에는 그때까지 축적된 다양한 데이터를 바탕으로, 솔라리스는 생명체가 존재하는 행성, 그것도 단 하나의 생명체로 이루어진 행성으로 알려졌다.

내가 지금 기계적으로 뒤적거리고 있는 휴즈와 유겔의 저서에는 매우 독창적이고도 재미있는 분류 체계가 등장한다. 거기에 나와 있는 솔라리스 행성의 분류표는 다음과 같다.

　　문(門) — 폴리테리아
　　목(目) — 신시티알리아↓
　　강(綱) — 메타모르파↓2

→　 Syncytialia. 다핵 세포, 합포체.
→2 Metamorpha. 변형 생물.

우리 인간이 수많은 종의 표본을 줄줄이 꿰고 있다는 듯한 논조이지만, 실제로 솔라리스는 무게가 1700억 톤에 달하는 단 하나의 개체에 불과하다.

책장을 넘기는 내 손끝 아래로 솔라리스의 기본적인 변화의 유형과 속도, 화학 반응 등을 보여 주는 색색의 삽화와 분석표, 스펙트럼 사진, 현란한 그래프 등이 펼쳐졌다. 이 두꺼운 저서를 깊게 파고들수록 분필처럼 새하얀 페이지마다 가장 빈번하게 눈에 띄는 건, 수학 공식들이었다. 책을 읽다 보니, 네 시간 동안 이어지고 있는 솔라리스의 밤, 그 깊은 암흑에 둘러싸인 채 정거장의 강철 밑바닥으로부터 수백 미터 아래에 도사리고 있는 '메타모르파' 과(科)의 대표 격인 솔라리스의 바다에 관한 우리의 지식이 완벽한 것처럼 느껴졌다.

하지만 실제로 모두가 솔라리스의 바다를 살아 움직이는 '생물체'라고 생각하는 것은 아니었다. 더구나 '이성적인 바다'라는 가설에 대해서는 더욱 많은 의구심이 야기될 수밖에 없었다. 나는 읽고 있던 두꺼운 책을 책꽂이에 도로 꽂아 놓고 다른 책을 꺼내 들었다. 그 책은 크게 두 개의 장으로 나뉘어 있었는데, 첫 번째 장에는 지금까지 솔라리스의 바다와 접촉하려던 무수한 시도와 탐사 활동이 요약되어 있었다. 대학 시절, 이러한 노력들이 온갖 소문과 조롱거리, 비유와 풍자의 소재로 회자되던 것을 기억한다. 솔라리스학과 비교해 보면, 복잡하고 난해하기로 유명한 중세 시대의 스콜라 철학은 훨씬 알기 쉽고 명확한 학문일 것이다. 1300쪽에 달하는 두 번째 장에는 오롯이 서지 정보만 담겨 있었다. 거기에 소개된 책들만 모아도 내가 지금 앉아 있는 이 도서실에 빈자리가 아예 없을 것 같았다.

솔라리스와의 최초 접촉은 특별히 고안된 쌍방향 전자 장치를 동원해서 이루어졌는데, 이 장치는 변형이 가능한 일종의 자극 장치로서 기기와 솔라리스가 서로 자극을 주고받는 시스템이었다. 놀랍게도 당시 솔라리스의 바다가 이 장치의 개조에 적극적으로 개입했다고 책에 적혀 있었다. 하지만 실제로 그것이 뜻하는 바는 명확하지 않았다. '적극적인 개입'이라는 게 과연 무슨 의미일까? 솔라리스의 바다는 바닷속으로 투하한 장비의 일부 구성 요소를 수정했고, 그로 인해 등록된 방전 주파수도 변경되었다. 또한 기록 장치는 방대한 분량의 분석 불가능한 신호를 수신했으며, 이를 놓고 고도의 연구와 해독 작업이 이루어졌다. 그렇다면 바다가 보낸 이 모든 신호는 무엇을 의미하는 것일까? 자극에 노출된 솔라리스의 바다가 일시적인 흥분 상태에 빠진 결과일까? 어쩌면 연구자들로부터 수천 킬로미터 떨어진 곳에서 바다가 단독으로 행한, 거대한 창조 활동의 부산물일 수도 있다.

아니, 해독이 불가능한 전자파의 언어로 변환된, 바다가 보내는 영원한 진리의 표현일 수도 있다. 그도 아니면 솔라리스의 바다가 창조한 예술 작품일지도 모른다. 정답은 아무도 알 수 없었다. 하나의 자극에 대한 동일한 반응이 두 번 이상 나타나지 않았기에 일관된 결론을 도출하는 것은 불가능했다. 똑같은 신호를 보내도 처음에는 기계가 고장을 일으킬 정도로 폭발적인 반응이 나타나는가 하면, 그다음에는 바다가 완전히 침묵하면서 아무런 반응도 보이지 않았던 것이다. 따라서 이전의 실험에서 관측된 현상을 재현하는 것도 불가능했다. 정보와 자료는 산더미처럼 쌓여 갔지만, 속 시원히 밝혀지는 것은 아무것도 없었다. 지금껏 그 어떤 문제의 해결에도 요구되지 않았던, 놀라운 정보 처리 용량을 보유한 전자 두뇌가 특별히 제작된 것도 온전히 솔라리스 때문이었다.

그 결과 어느 정도의 성과를 얻을 수 있었다. 전기와 자기, 중력파의 원천이기도 한 솔라리스의 바다가 일종의 수학적인 언어로 소통하고 있다는 사실이 밝혀진 것이다. 게다가 수학에서 가장 추상적인 분석 방법인 집합론(集合論)을 적용하면, 전류 방전의 수열(數列)에서 특정한 신호를 추출하고 분류하는 작업이 가능해진다. 그 과정에서 에너지와 물질, 소립자와 장(場), 유한과 무한의 상호 작용을 연구하는 물리학의 영역에서 알려진 것과 유사한, 구조적 상동 관계가 솔라리스의 바다에서 발견되기도 했다. 이 같은 사실을 기초로 해서 과학자들은 지금 자신이 연구하고 있는 솔라리스의 바다가 '사고력을 지닌 괴물'이라는 결론을 내렸다. 또한 행성의 거의 전부를 뒤덮고 있는 거대한 원형질 형태의 이 바다가 그 자체로 하나의 두뇌라는 사실도 깨달았다. 그리고 그 두뇌는 세상에 존재하는 모든 물질의 본질에 대해 무수히 많은 시간을 할애하여 대규모의 이론적 연구를 수행하고 있었다. 인간이 만든 각종 계기들은 이 거대한 두뇌의 깊숙한 곳에서 끊임없이 송출되는 정체불명의 거대한 독백 중에서 지극히 사소한 일부만을 포착하는 데 그치고 말았다. 게다가 그 독백은 인간이 지닌 인식의 한계를 넘어서는 것이었다. 여기까지가 수학자들이 내세우는 가설이었다.

하지만 또 다른 학자들은 수학자들의 가설이 인간의 가능성을 과소평가하는 것이라며 비판했다. "이그노라무스 에트 이그노라비무스(ignoramus et ignorabimus)."↓ 라고 외치면서 스스로를 비하하는 케케묵은 교리를 부활시킨 것이나 다름없으며, 이것은 결국 이해하지 못한다는 이유로 미지의 세계에 무조건 순종하는 비겁한 태도에 불과하다는 것이다. 또 다른 이들은 수학자들의 견해를 쓸모없는 헛소리라고 몰아세웠다. 수학자들의 주장 속에는 그것이 원형

→ "우리는 몰랐고 앞으로도 모를 것이다."라는 뜻의 라틴어
    문장.

질의 형태이든, 전기적 형태이든 거대하고 복잡한 두뇌를 존재의 궁극적인 목적이자 존재의 총합으로 바라보는 시각이 담겨 있는데, 이것이 과학에 대한 왜곡된 현대판 신화를 양산하는 결과를 초래한다는 비판이었다.

그 밖의 다른 이들, 수많은 연구 지망생들 또한 각자 계파를 형성하며 자신의 견해를 주장했다. '접촉'을 통한 솔라리스 연구를 지향하는 학파의 경우, 최근 이십오 년 동안 급속도로 전문화가 이루어진 다른 학파와 비교해 보면, 확실히 진전이 늦은 상태였다. 그래서 같은 솔라리스 연구자라 할지라도 인공두뇌학 솔라리스 연구자와 대칭적 균형론을 주장하는 솔라리스 연구자 간에는 서로의 주장을 이해하는 것이 거의 불가능했다. 내가 우주 연구소에서 한창 학업에 몰두하던 시절, 연구소장이던 베우베케가 어느 날 농담 삼아 이런 질문을 던진 적이 있다. "우리가 서로를 이해하지 못하는데, 어떻게 솔라리스의 바다와 소통할 수 있겠어?" 그의 농담에는 뼈아픈 진실이 담겨있었다.

솔라리스의 바다를 메타포르파 과(科)로 분류하는 것은 우연한 결과는 아니었다. 바다의 물결치는 표면은 지구에서는 상상도 할 수 없는 다양한 형태를 만들어 냈는데, 어느 순간 급격하게 분출되는 이 원형질의 '창조 활동'은 그 목적이 환경에 대한 적응이든 적극적인 인식을 위한 시도이든 여전히 수수께끼로 남아 있었다.

읽던 책을 책꽂이에 올려놓으려는데 어찌나 무거운지 양손으로 들어 올려야만 했다. 문득 도서관에 잔뜩 쌓여 있는 솔라리스에 관한 우리의 지식이 쓸모없는 잡동사니이자 정보의 무덤 같다는 생각이 들었다. 본격적으로 자료를 수집하기 시작한 지 칠십팔 년의 세월이 흘렀지만, 그저 제자리걸음을 하고 있을 뿐이니까. 아니 좀 더 정확히 말하면 오히려 상황이 악화되었다고 할 수도 있을 것이다. 그 오랜 세월의 노고에도 불구하고, 별다른 성과를 거두지 못했으니 말이다.

그동안 우리가 명확하게 확인한 지식이라고는 전부 '부정(否定)의 영역'에 속하는 내용뿐이었다. 솔라리스의 바다는 기계를 사용하지도, 만들지도 않는다. 특정한 상황에서 기계를 만들어 내는 능력을 발휘한 적이 있긴 하지만, 그것도 아주 일시적인 경우였다. 탐사가 시작된 첫해와 이듬해에 우리가 조사를 목적으로 잠수시킨 장비의 일부를 솔라리스 바다가 그대로 복제한 적이 있었다. 하지만 그 뒤부터는 우리의 기계나 장비, 심지어는 인간에 대한 관심을 아예 잃었다는 듯, 우리가 집요하게 반복하는 모든 시도를 철저하게 무시해 버렸다. 부정의 영역에 속하는 정보를 좀 더 열거하자면, 솔라리스의 바다는 신경계나 세포를 갖고 있지 않았고, 단백질에 해당하는 조직도 없었다. 또한 아무리 강력한 자극을 보내도 항상 반응을 나타내는 건 아니었다.(예를 들어 기스가 이끄는 2차 탐사대가 탐사 활동을 벌이던 중에 보조 로켓 하나가 300킬로미터 상공에서 추락하여 행성 표면과 충돌한 사건이 있었다. 그 결과 핵연료 탱크가 폭발하는 바람에 바다의 원형질이 반경 0.8킬로미터에 걸쳐 방사능에 오염되었지만, 솔라리스의 바다는 이를 완전히 '무시'했다.)

학자들 사이에서는 '솔라리스 사태'라는 용어가 점차 실패로 끝난 연구의 대명사처럼 사용되기 시작했다. 특히 우주 연구소의 학술 행정부에서도 솔라리스 연구에 대한 재정 지원을 삭감해야 한다는 목소리가 나오기 시작했다. 하지만 그때까지만 해도 솔라리스를 관측하는 우주 정거장을 아예 폐쇄해야 한다고 주장하는 사람은 아무도 없었다. 그렇게 되면 노골적으로 패배를 인정하는 꼴이 되기 때문이다. 그러나 비공식적인 자리나 개인적인 토론에서는 솔라리스로부터 '명예롭게' 철수해야 한다고 주장하는 학자들이 꽤 있었다.

하지만 여전히 많은 학자들, 특히 젊은 과학자들은 이 사안을 자신의 가치를 판단하는 척도로 받아들였다. 그들은 이렇게 주장했다. "본질적으로 이것은 솔라리스의 문명에 대한 연구의 성패보다 훨씬 중요한 문제다. 결과적으로는 우리 자신, 즉 인간 인식의 한계를 실험하는 계기가 될 테니까."

　꽤 오랫동안 다음과 같은 의견이 대중적인 인기를 모았다. 솔라리스 행성의 거의 전부를 감싸고 있는 '생각하는 바다'는 우리 지구보다 수백만 년 이상 앞선 문명을 가진, 하나의 거대한 전자 두뇌라는 견해였다. 전지전능한 존재, 그러니까 '우주의 수행자'이자 '현인(賢人)'이라는 것이다. 그 현자는 이미 오래전에 모든 시도가 무의미하다는 것을 깨달았고, 그래서 지금 우리 지구의 인간들을 향해 단호하게 침묵을 고수하고 있다는 것이 이 주장의 핵심이었다. 그러나 이것은 사실이 아니었다. 왜냐하면 솔라리스의 바다는 살아 있고, 여전히 활동을 지속하고 있었기 때문이다. 물론 인간의 관점에서 보자면, 활동이라는 개념을 다르게 해석할 여지는 있었다. 솔라리스의 바다는 도시나 다리를 건설한 적도 없고, 비행 물체를 만들어 내지도 않았으며, 영토를 정복하거나 거리를 단축하려는 시도를 한 적이 없었다.(인간의 우월성을 주장하는 이들은 바로 이런 요소들을 중요한 판단 기준으로 삼고 있다.) 그 대신 쉼 없이 자신의 모습을 무수한 형태로 바꾸고 변형하는 활동, 다시 말해 '존재론적인 자기 변형'(솔라리스의 연구 과정에서 이런 과학적 조어가 정말 많이 탄생했다.)을 거듭하고 있을 뿐이었다.

　한편 솔라리스에 대한 온갖 문헌을 열심히 탐독하는 학

자들은 자신들의 연구 대상이 가히 천재적이라고까지 할 정
도로 지적인 구성체이지만, 한편으로는 아무런 질서도 갖고
있지 않은, 광기와 무지의 경계를 넘나드는 존재가 아닐까
하는 의구심을 품고 있었다. 바로 그렇기 때문에 '수행자의
바다'와는 상반된 개념으로 '자폐증적인 바다'라는 표현이
등장하게 되었다.

　　이러한 가설은 물질과 정신, 혹은 물질과 의식의 상관
관계라는, 철학의 가장 오래된 화두를 부활시키는 작용을 했
다. 솔라리스의 바다가 의식을 갖고 있다는 과감한 주장을
용기 있게 발표한 최초의 과학자는 두 하르트였다. 방법론
자들이 성급하게 '형이상학'이라고 단정한 이 주장은 이후에
벌어진 거의 모든 토론과 논쟁의 불씨가 되었다. 의식을 배
제한 생각이 과연 존재할 수 있는가. 솔라리스의 바다에서
관측된 일련의 과정들을 가리켜 '생각'이라고 부를 수 있을
까. 산(山)을 가리켜 단지 하나의 거대한 돌덩이라고 지칭해
도 무방할까, 그렇다면 행성은 거대한 산일 수 있는가. 이런
식의 비유는 얼마든지 통용될 수 있지만, 그러기 위해서는
우선 지구의 기준과는 다른 새로운 척도와 기준이 마련되어
야 한다. 그래야만 새로운 가능성과 새로운 현상을 논할 수
있다.

　　이 문제는 결국 '원과 똑같은 면적의 정사각형을 구하

는 문제'의 현대판이 되어 버렸다. 유명한 사상가들은 저마다 솔라리스 연구사에 자신의 족적을 남기고 싶어 했다. 덕분에 또다시 새로운 이론과 가설이 대거 등장했다. 솔라리스의 바다는 생명체가 다다를 수 있는 '지적 발달'의 정점에 도달한 뒤 나타나는 퇴보나 퇴화의 산물이라는 주장이 그 대표적인 예다. 먼 옛날 행성에 존재했던 고대 생물체의 사체(死體)로부터 탄생된, 새로운 교모 세포종이라는 의견도 등장했다. 그 새로운 세포종이 생물체를 모두 집어삼키고, 그 유골과 찌꺼기들을 용해하면서 그 잔해들을 모아 영원히 자가 재생을 하는 초세포 조직으로 융합했다는 것이다.

나는 지구의 조명과 비슷한 백색의 전등불 아래에서 플라스틱 탁자 위에 널려 있던 여러 실험 도구와 책들을 정리했다. 그러고는 탁자 위에 깔린 플라스틱 매트 위에 솔라리스의 지도를 펼쳤다. 나는 철제로 마감된 탁자의 테두리를 양손으로 짚은 채 한참 동안 지도를 들여다보았다. 살아 있는 바다에는 여울과 해연(海淵)이 있고, 점점이 흩어져 있는 섬들은 풍화된 퇴적물들로 뒤덮여 있었다. 먼 옛날 그것들이 해저(海底)의 일부였다는 증거였다. 그렇다면 바다는 해저 깊숙이 잠겨 있는 암반층을 자유롭게 수면 위로 융기시키거나 침식시킬 수 있을지도 모른다. 다만 그 사실을 확인한 사람은 아무도 없었다. 지도에 그려진, 다채로운 색조의 하늘색과 보라색으로 채색된 두 개의 커다란 반구(半球)를 응시하면서 나는 지금껏 살면서 느낀, 몇 안 되는 짜릿한 흥분을 맛보았다. 학창 시절, 솔라리스의 존재를 처음으로 알게 되었을 때의 감회가 고스란히 되살아났다.

이유는 알 수 없지만, 지금껏 나를 짓누르고 있던 모든 것들, 기바리안의 죽음을 둘러싼 수수께끼와 불확실한 내 미래에 대한 불안감 따위가 갑자기 대수롭지 않게 여겨졌다. 나는 아무것도 생각하지 않고, 오로지 눈앞에 펼쳐진 두렵고도 신기한 지도에만 몰두했다.

솔라리스 행성에는 각각의 장소마다 그곳을 탐사한 과학자들의 이름이 붙어 있었다. 적도 부근의 군도를 둘러싸고 있는 멕살 지역의 해팽↓을 살펴보고 있는데, 불현듯 누군가가 뒤쪽에서 나를 지켜보고 있다는 느낌이 들었다.

나는 여전히 지도를 향해 고개를 숙인 채 서 있었지만, 공포로 인해 몸이 굳어서 지도가 더는 눈에 들어오지 않았다. 출입문은 내 정면에 있었고, 문 앞에 끌어다 놓은 상자들은 여전히 그 자리에 놓여 있었다. 로봇일 수도 있겠다는 생각이 들었다. 하지만 지금까지 이 방에서 로봇을 본 적이 없었고, 혹시 문을 열고 들어왔다면, 내가 알아차리지 못했을 리가 없다. 목덜미와 등줄기가 마치 불에 덴 것처럼 달아올

→ 海膨. 대양(大洋)의 밑바닥에서 길고 폭이 넓게 도드라진 부분. 남아메리카 대륙과 나란히 뻗어 있는 동태평양 해팽이 대표적이다.

랐고, 뚫어질 듯 나를 응시하는 시선이 느껴져서 숨이 막혔다. 나는 본능적으로 웅크린 두 어깨 사이로 머리를 집어넣다시피 하면서 탁자에 점점 더 강하게 몸을 실었다. 그러자 내 체중에 탁자가 천천히 앞으로 밀리며 움직이기 시작했다. 덕분에 정신이 들었다. 나는 재빨리 뒤를 돌아보았다.

거기에는 아무도 없었다. 어둠이 짙게 드리워진, 커다란 반원형 유리창뿐이었지만 누군가가 나를 지켜보고 있다는 찜찜한 기분은 떨칠 수가 없었다. 경계도 없는 무정형의 무한한 어둠이 나를 쳐다보는 것만 같았다. 유리창 너머 캄캄한 밤하늘에는 한 점의 별빛조차 없었다. 나는 빛을 차단하는 두꺼운 커튼을 잡아당겨 창문을 가렸다. 솔라리스 관측 정거장에 도착한 지 한 시간도 채 안 되었지만, 이곳의 연구원들이 피해망상에 사로잡혀 있는 이유를 알 것 같았다. 나는 직감적으로 기바리안의 죽음을 떠올렸다. 내가 알던 기바리안은 결코 정신 이상을 일으킬 인물이 아니었다. 그러나 이제는 그런 확신이 사라지고 있다.

나는 방 한가운데 놓인 탁자 옆에 서 있었다. 호흡이 서서히 정상으로 돌아오면서 이마에 맺힌 땀방울이 점차 식었다. 내가 좀 전까지 무슨 생각을 하고 있었지? 그래, 로봇! 그러고 보니 복도나 방에서 로봇과 한 번도 마주친 적이 없었다. 뭔가 이상하다는 생각이 들었다. 다 어디로 사라진 걸까? 내가 본 유일한 로봇은 비행장에서 일하는 승무원들뿐이었다. 그렇다면 나머지는?

시계를 들여다보았다. 스나우트에게 가야 할 시각이었다.

나는 방을 나섰다. 복도의 조명은 어두웠다. 터널처럼 생긴 천장을 따라 나란히 부착된 전등에서 희미한 불빛이 새어 나오고 있었다. 나는 두 개의 방을 지나 '기바리안'이라는 팻말이 붙은 방 앞에 도착했다. 그리고 꽤 오랫동안 문 앞에 서 있었다. 정거장은 쥐 죽은 듯 고요했다. 한 손으로 문고리를 잡았다. 굳이 안으로 들어가려는 생각은 없었는데, 손잡이가 밑으로 스르르 내려가면서 문이 열렸다. 그 바람에 컴컴한 어둠 속에서 한 줄기의 틈이 생겼다. 방 안에서 자동으로 불이 켜졌기 때문이다. 지금 누군가가 복도를 지나간다면, 내 모습을 똑똑히 볼 수 있었을 것이다. 나는 재빨리 문지방을 넘어섰고, 조용하지만 확실하게 문을 닫은 다음 몸을 돌렸다.

나는 등이 거의 문에 닿을 정도로 문 가까이에 서 있었다. 방은 내 방보다 컸다. 분홍색과 파란색 꽃무늬가 그려진 커튼(원래부터 이 방에 구비된 물품은 아닐 것이다. 지구에서 가져온 개인 소지품이 분명했다.)이 파노라마 창 사분의 삼 정도를 가리고 있었다. 벽면을 따라 나란히 설치된 책장과 선반의 겉면은 은빛 광채가 감도는 밝은 연두색 에나멜로 코팅되어 있었다. 책장과 선반이 비어 있는 것으로 보아 바닥에 잔뜩 쌓여 있는 책들이 원래는 거기에 놓여 있었던 듯했다. 안락의자와 탁자 사이의 빈 바닥에 책들이 아무렇게나 쌓여 있었다. 발밑에는 바퀴 달린 미니 탁자 두 개가 뒤집힌 채로 길을 막고 있었고, 찢어진 서류 상자에서 쏟아져 나온 듯한 잡지와 노트들이 여기저기 어질러져 있었다. 부채꼴로 펼쳐져서 나뒹구는 책들은 깨진 증류기와 마개가 부식된 실험용 플라스크에서 흘러나온 액체가 묻어 심하게 얼룩진 상태였다. 플라스크는 워낙 두꺼운 유리로 만들어져서 웬만한 높이에서 떨어트린다 해도 이렇게까지 산산조각 나기는 힘들 텐데, 이상한 일이었다. 창문 밑의 책상도 쓰러져 있었고, 작업용 램프 또한 몸체가 부러진 채 그 밑에 깔려 있었다. 의자 또한 다리 두 개가 반쯤 열린 책상 서랍에 처박혀 있었고, 수많은 서류와 쪽지, 종이 조각이 바닥에 널려 있었다. 그 종이 더미 속에서 나는 낯익은 기바리안의 필체를 발견했다. 종이를 집기 위해 허리를 굽혀 손을 내미는 순간, 나는 내 손의 그림자가 하나가 아닌 두 개라는 사실을 발견했다.

　나는 뒤를 돌아보았다. 분홍빛 커튼의 상단이 마치 불타는 듯 환히 빛나고 있었다. 가느다란 푸른 광선이 커튼에 날카롭고 선명하게 내리쬐였는데, 그 빛줄기가 시시각각 옆으로 번져 가는 중이었다. 나는 단숨에 커튼을 열어젖혔다. 수평선 삼분의 일을 차지한 거대하고 강렬한 불길이 순간 내 눈을 마비시켰다. 길쭉하게 뻗은 기묘한 형상의 빛줄기가 순식간에 그림자를 걷어 내며 파도의 일렁임에 실려 정거장을 향해 다가왔다. 일출이었다. 단 한 시간 만에 밤이 끝나고, 솔라리스 행성의 두 번째 태양이 푸른 빛을 내뿜으며 떠오르고 있었다.

한동안 창가에 서 있다가 종이 더미가 쌓여 있는 곳으로 돌아온 순간, 자동 스위치가 작동되면서 천장의 전등이 꺼졌다. 나는 종이 뭉치 속에서 어떤 실험의 개요가 적힌 종이 한 장을 발견했다. 날짜를 확인해 보니 삼 주 전쯤에 기획된 것 같았다. 기바리안은 바다의 원형질에 강력한 X선을 투사할 계획을 세우고 있었다. 그리고 이 실험 계획서는 실제로 실험을 담당하는 임무를 맡은 사르토리우스를 위해 작성된 것으로 내 손에 들려 있는 것은 복사본이었다.

흰 종이에 반사된 태양의 광채에 눈이 부셨다. 지금 막 밝아 오는 '오늘'은 앞서 지나간 어제와는 확연히 달랐다. 어제는 서늘하게 식어 가는 붉은 태양의 기운을 받아 오렌지빛으로 물든 하늘 아래로, 핏빛 잔영이 드리워진 쪽빛 바다에 어두운 장밋빛 안개가 드리워 있었고, 하늘과 파도와 구름이 모두 안개 속에 파묻혀 있었다. 하지만 지금은 그 모든 게 자취를 감췄다. 분홍빛 커튼 사이로 투사된 햇빛은 강력한 할 로겐 버너의 불꽃처럼 눈부신 광채를 내뿜었다. 검게 탄 내 팔뚝조차 그 강렬한 햇빛 아래에서는 옅은 회색으로 보였다. 방 전체의 색조가 확연히 달라졌다. 여태껏 붉은 색조를 띠 던 모든 사물이 갈색으로 변하거나, 색이 바래며 회적색으로 바뀌었다. 반면에 흰색과 녹색, 노란색을 띤 물체들은 명도 가 또렷해지자 스스로 빛을 내뿜는 것처럼 밝게 빛났다. 나 는 눈을 껌뻑이며 열린 커튼의 틈새로 밖을 내다보았다. 하 늘은 허연 불바다였고, 그 아래에서 모든 것이 녹아내린 금 속 덩어리처럼 전율하듯 어른거렸다. 나는 눈꺼풀을 닫았지 만, 붉은 동그라미들이 여전히 시야에서 어른거렸다.

나는 세면대 위에 부착된, 가장자리가 부서진 작은 수 납장에서 선글라스 하나를 발견했다. 내 얼굴의 절반은 가 릴 정도로 큰 사이즈였다. 선글라스를 끼자 창문에 드리워진 커튼의 색깔이 나트륨 불꽃 색으로 바뀌었다. 나는 방 안에 서 유일하게 넘어지지 않고 바로 세워져 있는 탁자 위로 종 이 뭉치를 옮긴 다음, 거기 적힌 내용을 읽기 시작했다. 중간 에 몇몇 페이지는 누락되어 있었다. 확인해 보니 계획된 실 험은 이미 수행되었고, 관련 보고서도 작성되어 있었다. 나 는 기바리안과 사르토리우스가 정거장의 현 위치에서 북동 쪽으로 2300킬로미터 떨어진 바다에 나흘 동안 방사선을 투사했다는 사실을 보고서를 통해 확인했다. 국제 연합의 협약에 따르면, X선은 그 치명적인 유해성 때문에 사용이 엄격히 금지되어 있었다. 그러므로 이 실험은 지구로부터 승인을 받으려는 시도조차 하지 않고, 몰래 진행된 것이 틀림없었다. 나는 고개를 들어 반쯤 열린 수납장 문의 안쪽에 부착된 거울에 얼굴을 비춰 보았다. 검은 선글라스에 가려진, 죽은 사람처럼 창백한 얼굴이 나타났다. 방은 흰색과 푸른색의 반사광 탓에 기괴한 분위기를 풍겼다. 잠시 후 밖에서 삐걱거리는 소리가 들려오더니 차단용 셔터가 내려와 창문을 덮었다. 실내가 깜깜해졌지만, 곧바로 전등이 켜졌다. 하지만 전등의 불빛이 이상하리만치 희미했다. 방 안은 점점 더워졌고, 일정하던 온도 조절 장치의 소음이 쥐어 짜내는 흐느낌처럼 고조되었다. 정거장의 냉방기가 최대치로 가동되는 모양이었다. 그럼에도 실내의 폭염은 점점 더 심해졌다.

어디선가 발소리가 들렸다. 누군가가 복도를 걸어오고 있었다. 나는 까치발로 두세 걸음을 옮겨서 살그머니 문 앞으로 다가섰다. 발소리가 점점 느려지더니 멎었다. 복도를 걸어오던 누군가가 바로 문 반대편에 멈춰 선 것이다. 문고리가 살며시 움직였다. 나는 생각할 겨를도 없이 반사적으로 문고리를 붙잡았다. 문고리를 통해 전달되는 상대의 힘은 강해지지도, 약해지지도 않았다. 그도 나와 마찬가지로 놀란 모양인지, 아무런 기척도 없이 조용히 서 있었다. 그렇게 상대와 나는 문고리를 사이에 두고, 한동안 대치 상태를 유지했다. 그러다 어느 순간 문고리가 위로 쑥 올라가더니 내 손아귀를 빠져나갔다. 상대가 슬그머니 문고리를 놓은 모양이었다. 옷깃이 스치는 가벼운 바스락거림이 들리다가 상대의 기척이 사라졌다. 나는 잠시 그대로 서서 문짝에 귀를 대고 밖을 살폈다. 더는 아무 소리도 들리지 않았다.

손님들

나는 서둘러 기바리안의 보고서를 사등분으로 접은 뒤 주머니에 쑤셔 넣었다. 그러고는 천천히 옷장으로 다가가서 그 안을 들여다보았다. 기밀복과 다른 의복들이 한쪽 구석에 처박혀 있었는데, 마치 사람이 서 있는 것 같았다. 바닥에 쌓여 있는 종이 뭉치 아래에서 귀퉁이가 삐져나와 있는 봉투 하나가 눈에 띄었다. 나는 그 봉투를 집어 들었다. 수신자로 내 이름이 적혀 있었다. 나는 목구멍이 바싹 마르는 것을 느꼈다. 하지만 정신을 가다듬고 봉투 안에 들어 있는 종이쪽지를 펼쳐 보았다.

　특유의 가지런하고 깨알 같은 필체, 하지만 명확히 알아볼 수 있는 글씨체로 기바리안은 이렇게 적어 놓았다.

『솔라리스 연감』1권에 첨부된 부록
F-문제와 관련된 메신저의 별쇄본도 참조
라빈체르의『작은 외전』

이게 전부였다. 서둘러 쓴 듯했다. 과연 이것이 결정적인 정보일까? 기바리안은 언제 이것을 썼을까? 최대한 빨리 도서실에 가서 확인해 봐야겠다고 생각했다.『솔라리스 연감』1권에 부록이 첨부되어 있다는 사실은 나도 알고 있었지만, 그 존재에 대해서만 들었을 뿐 내 눈으로 읽어 본 적은 없었다. 그저 역사적인 의미가 있는 문서 정도라고만 생각했다. 반면에 라빈체르와 그가 쓴『작은 외전』에 대해서는 한 번도 들어 본 적이 없었다.

어떻게 할까?

스나우트와의 약속에 벌써 십오 분이나 늦었다. 나는 문을 등지고, 다시 한번 방 안을 둘러보았다. 그때 비로소 벽에 부착된 접이식 붙박이 침대가 눈에 들어왔다. 솔라리스 행성의 대형 지도에 가려서 눈에 띄지 않았던 것이다. 가까이 가서 살펴보니, 지도의 뒤쪽에 뭔가가 매달려 있었다. 작은 케이스에 담긴 초소형 녹음기였다. 나는 녹음기만 꺼내어 주머니에 집어넣고, 케이스는 다시 제자리에 걸어 두었다. 테이프가 거의 다 감겨 있는 것으로 미루어 뭔가가 녹음되어 있다는 걸 알 수 있었다.

나는 잠시 눈을 감고 문간에 서서, 문밖 소리에 온 신경을 집중했다. 아무런 기척도 들리지 않았다. 조심스럽게 문을 열자 복도에서 어두운 심연이 나를 맞이했다. 그제야 나는 선글라스를 벗었다. 천장의 전등이 희미하게 빛나고 있었다. 나는 방문을 닫고, 무선실로 가기 위해 왼쪽으로 향했다. 원형으로 설계된 무선실을 기준으로 부챗살 모양으로 여러 개의 복도가 사방으로 뻗어 있었다. 욕실로 이어지는 구석의 좁은 통로를 지나는 순간, 희뿌연 어둠 속에서 흐릿하고, 커다란 그림자 하나가 불쑥 나타났다.

나는 그만 얼어붙은 듯이 그 자리에 멈춰 섰다. 어둠 저편에서 덩치가 매우 큰 흑인 여자가 천천히 뒤뚱거리며 내쪽으로 걸어오고 있었다. 나는 그녀의 흰자에서 뿜어나오는 광채를 똑똑히 보았고, 그녀의 맨발이 부드럽게 바닥을 스치는 소리도 분명히 들었다. 그녀는 밀짚으로 짠 듯한 누런 빛깔의 치마 하나만 걸치고, 상체에는 아무것도 입고 있지 않았다. 축 늘어진 커다란 젖가슴이 발걸음을 옮길 때마다 출렁거렸고, 검은 팔뚝은 보통 사람의 허벅지만큼이나 굵어 보였다. 여자는 내 곁에서 1미터도 채 안 되는 거리를 스쳐 지나가면서도 내 쪽은 쳐다보지도 않았다. 누런 치마에 가려진 그녀의 엉덩이가 율동적으로 흔들렸다. 마치 인류학 박물관에 전시된 석기 시대의 여신상 같았다. 복도의 모퉁이에 이르자 여자가 몸을 돌려 기바리안의 선실로 들어갔다. 그녀가 기바리안의 방문을 열자, 안에서 흘러나오는 강렬한 불빛에 그녀의 실루엣이 또렷하게 보였다. 문이 닫히자마자, 나는 또다시 혼자였다. 나는 오른손으로 왼쪽 손목을 으스러질 듯 움켜쥐고는 반쯤 넋이 나간 상태로 주위를 둘러보았다. 방금 무슨 일이 일어난 거지? 내가 본 것은 무엇일까? 그러다 불현듯 누군가에게 한 대 얻어맞기라도 한 것처럼, 스나우트의 경고가 떠올랐다. 그 괴상한 아프로디테는 도대체 누구인가? 어디서 나타난 걸까? 나는 기바리안의 방문을 향해 한 걸음 다가갔지만, 그 이상은 움직일 수가 없었다. 결국 방 안으로 들어가지 못하리라는 걸, 나는 너무나 잘 알고 있었다. 나는 코를 벌름거리며 공기를 들이마셨다. 뭔가 이상하고 찜찜했다! 아, 그렇다! 나는 그녀가 내 곁에서 한걸음 떨어져 있을 때, 당연히 땀 냄새를 맡을 수 있으리라 생각했지만, 아무것도 느끼지 못했던 것이다.

그렇게 얼마나 오랫동안 서늘한 금속 벽에 기대어 서 있었을까. 정거장은 고요했다. 멀리서 냉방 장치의 압축기가 돌아가는 단조롭고 낮은 소음이 간간이 들려올 뿐이었다. 나는 양손을 펼쳐 뺨을 몇 번 두드린 뒤, 마음을 다잡고 무선실

로 향했다. 문고리를 잡자마자, 안에서 날카로운 목소리가
들렸다.

"거기 누구요?"

"나야. 켈빈."

스나우트는 알루미늄 상자와 송신기 사이에 놓인 탁자
앞에 앉아서 농축된 고기 통조림을 먹고 있었다. 스나우트가
왜 하필이면 무선실을 거처로 정했는지는 알 수 없었다. 나
는 문간에 우두커니 서서 그가 고기를 씹고 있는 모습을 바
라보았다. 그러자 문득 허기가 느껴졌다. 나는 선반을 뒤져
먼지가 제일 적게 내려앉은 접시를 골라 들고는 스나우트의
맞은편에 앉았다. 우리는 말없이 음식을 먹었다. 스나우트가
자리에서 일어나더니 벽장에서 보온병을 꺼내 와서 뜨거운
수프를 유리컵에 부었다. 탁자 위에 빈자리가 없어서 보온병
을 바닥에 내려놓았다.

"사르토리우스는 만나 봤어?" 그가 물었다.

"아니. 그는 어디에 있지?"

"위층에."

위층이라면 실험실을 의미했다. 우리는 묵묵히 식사를
이어 갔다. 사방이 어찌나 조용한지 포크로 통조림의 바닥을
긁는 소리가 선명하게 들릴 정도였다. 무선실에는 이미 밤이
내려앉아 있었다. 창문은 셔터로 차단되어 있었고, 천장에

달린 네 개의 둥근 전등만이 켜져 있었다. 송신기의 플라스틱 덮개에 전등 불빛이 투사되어 어른거렸다.

나는 스나우트를 훑어보았다. 그의 광대뼈 부근에서 불그스레한 실핏줄이 도드라져 보였다. 닳아서 헐렁해진 스나우트의 검은 스웨터가 눈에 들어왔다.

"무슨 문제라도 있나?" 그가 물었다.

"아니, 꼭 무슨 문제가 있어야 하나?"

"땀을 흘리고 있잖아."

나는 손등으로 이마를 훔쳤다. 이마가 정말로 축축하게 젖어 있었다. 아마도 조금 전의 충격 때문인 듯했다. 스나우트는 나를 면밀하게 관찰하고 있었다. 그에게 사실대로 고백하는 게 좋을까? 나는 그가 먼저 내게 비밀을 털어놓고, 믿음을 주기를 바랐다. 대체 지금 이곳에서는 어떤 게임이 벌어지는 걸까? 누가 적이고, 누가 아군일까?

"여긴 좀 덥군. 온도 조절 장치의 성능이 이보다는 낫기를 기대했는데."

내가 말했다.

"한 시간쯤 지나면 온도가 맞춰질 걸세. 그런데 정말 더위 탓에 그렇게 땀범벅이 된 건가?"

스나우트가 퉁명스럽게 말하며 눈을 들어 나를 살폈다. 나는 모르는 척하며 음식물만 씹어 댔다.

"그래서 자네 계획이 뭔가?"

식사가 끝나자 마침내 스나우트가 내게 물었다. 그는 접시와 빈 깡통을 벽 쪽 싱크대에 갖다 놓고는 자신의 안락의자로 돌아왔다.

"나는 자네들의 계획에 따르겠네. 뭔가 계획이 있을 거 아닌가. 솔라리스 행성에 새로운 자극을 준다든지, 아니면 ×선을 동원한다든지 말야."

내가 담담한 어조로 말했다.

"×선이라고? 그런 이야기는 누구한테 들었지?"

스나우트가 눈썹을 치켜 올렸다.

"기억은 안 나지만…… 아무튼 누군가가 그런 말을 했어. 프로메테우스호에서 들었던 것 같은데. 그래서 어떻게 되었나? 계획대로 시행 중인가?"

"자세한 건 나도 잘 몰라. 그건 기바리안의 아이디어였으니까. 그가 사르토리우스와 함께 시작한 일이었어. 그런데 자네가 어떻게 그런 내용을 알고 있는지 모르겠군."

나는 어깨를 으쓱해 보였다.

"자세한 걸 모른다고? 자네의 연구 분야인데, 당연히 자네가 관련이 있을 수밖에……"

나는 말을 끝맺지 않고 입을 다물었다. 스나우트도 말이 없었다. 온도 조절 장치의 끽끽거리는 동작음이 점차 잦아들

73

면서 온도는 그럭저럭 견딜 만해졌다. 하지만 죽어 가는 파리의 윙윙거림 같은 간헐적인 소음은 여전했다. 스나우트가 송신기의 제어판으로 다가가서 자판을 눌러 대기 시작했다. 하지만 전원을 켜지 않은 상태라 별 소용이 없었다. 그가 계속해서 송신기를 만지작거리면서 내 얼굴은 쳐다보지도 않은 채 말을 꺼냈다.

"그러니까 그 문제와 관련해서…… 처리해야 할 몇 가지 절차가 있는데…… 알지?"

"그런가?"

스나우트가 몸을 휙 돌리더니 어딘가 적대적인 표정으로 나를 쳐다보았다. 나도 모르게 그의 신경을 건드린 모양이었다. 하지만 그가 어떤 역할을 담당하고 있는지 알지 못하는 이 게임판에서 내가 할 수 있는 것이라고는 냉철한 자세를 유지하는 것뿐이었다. 스나우트의 목울대가 검은 스웨터 옷깃 속에서 부풀어 올랐다.

"기바리안의 방에 들어갔었지?"

느닷없이 스나우트가 화제를 돌렸다. 그것은 질문이 아니었다. 나는 눈썹을 치켜 올리며 냉정하게 그의 얼굴을 마주 보았다.

"자네는 그의 방에 갔었어." 그가 되풀이했다.

나는 그랬을 수도 있다는 의미로 가볍게 고개를 끄덕였

다. 이참에 스나우트와 좀 더 많은 이야기를 나눌 수 있기를 바랐다.

"그 방에 혹시 누가 있었나?"

그가 물었다. 스나우트도 그 흑인 여자를 본 것이다!

"아니, 아무도 없었어. 도대체 누가 있단 말인가?"

내가 물었다.

"그럼 왜 나를 방으로 들어가지 못하게 했지?"

나는 미소를 지어 보였다.

"놀라서 그랬네. 문고리가 움직이는 것을 보니 자네의 경고가 떠올라서 나도 모르게 문고리를 잡았어. 왜 자네라고 밝히지 않았나? 그랬다면 바로 문을 열었을 텐데."

"방 안에 있는 사람이 사르토리우스인 줄 알았거든."

스나우트가 애매하게 대답했다.

"그래서?"

스나우트는 나의 질문에 질문으로 대꾸했다.

"그 방에서 무슨 일이 벌어졌지? 거기서 무슨 일이 있었다고 생각하나?"

나는 잠시 망설였다.

"그거야 나보다 자네가 더 잘 알 텐데. 기바리안의 시체는 어디에 있지?"

"냉동실에." 스나우트가 바로 대답했다. "오늘 아침에 발견하자마자 그리로 옮겼어. 폭염 때문에."

"어디서 그를 발견했지?"

"옷장 속에서."

"옷장이라고? 발견 당시 이미 사망한 상태였나?"

"심장은 뛰고 있었지만, 호흡은 멎은 뒤였네. 임종 직전의 상태였지."

"심폐 소생술은 시도해 봤나?"

"아니."

"왜 안 했지?"

스나우트가 얼버무렸다.

"그럴 틈이 없었으니까. 바닥에 막 눕히려는데, 숨을 거두었어."

"그럼 그가 옷장 안에 서 있었다는 거야? 그러니까 기밀복들 틈바구니에?"

"그래."

스나우트는 구석에 있던 작은 책상 위에서 종이 한 장을 집어 들고는 내게 건네주었다.

"검시 보고서 초안을 작성해 봤어. 자네가 기바리안의 방 안을 둘러보았으니 오히려 잘된 일이야. 직접적인 사인은 치사량의 페르노스탈을 주사했기 때문이었어. 여기에 써 있듯이⋯⋯."

나는 스나우트가 내민 서류를 재빨리 훑어보며 중얼거렸다.

"자살로 인정된다…… 이유가 뭐지?"

"신경 쇠약…… 우울증…… 뭐, 어떤 식으로 표현해도 상관없네. 그 방면으로는 자네가 나보다 잘 알 테니까."

"내 눈으로 직접 본 게 아니면, 안다고 할 수 없네."

어느 틈에 내 옆으로 다가와서 내 얼굴을 쳐다보고 있는 스나우트를 향해 내가 말했다.

"대체 하고 싶은 이야기가 뭔가?"

스나우트가 침착하게 물었다.

"기바리안은 스스로에게 페르노스탈을 주사한 다음 옷장 속에 숨었어, 그렇지? 그게 사실이라면, 신경 쇠약이나 우울증이 아니라 심각한 편집증에 시달리고 있었던 거라고 봐야 하네. 기바리안은 분명히 자기가 뭔가를 보았다고 생각했던 거야……"

스나우트의 눈을 똑바로 쳐다보며 천천히 말했다.

스나우트가 다시 송신기로 다가가서 자판을 만지작거리기 시작했다.

잠시 정적이 흐른 뒤, 내가 다시 입을 열었다.

"여기 자네의 서명이 있군. 그렇다면 사르토리우스의 서명은 어디에 있지?"

"그는 지금 실험실에 있어. 이미 말했잖아. 오래전부터 나타나지 않고 있다고. 내 생각에는……"

"자네 생각에는?"

"사르토리우스는 자신을 감금해 버린 것 같아."

"자신을 감금했다고? 흠…… 그러니까 그가 실험실 안에서 스스로 바리케이드를 치고 있다는 건가?"

"아마도."

"스나우트…… 정거장에 정체불명의 누군가가 있네."

"봤군!"

스나우트가 내 쪽으로 몸을 기울이며 나를 바라보았다.

"자네가 경고했었잖아. 대체 무엇에 대한 경고였지? 환영을 말한 건가?"

"뭘 본 거지?"

"사람…… 맞지?"

스나우트는 아무런 대답도 하지 않았다. 내게 얼굴을 보이기가 싫은 듯, 벽을 향해 몸을 돌린 채, 손톱으로 탁자의 철제 테두리를 두드리고 있었다. 나는 그의 손을 유심히 보았다. 손가락 마디에 묻어 있던 핏자국은 지워지고 없었다. 섬광 같은 깨달음이 스치고 지나갔다.

"그건 진짜 사람이었어. 만질 수도 있고…… 상처도 낼 수 있는…… 자네는 오늘도 그것을 본 거야."

마치 누군가가 내 비밀을 엿듣기라도 하는 듯, 나는 속삭임에 가까운 조용한 음성으로 스나우트에게 말했다.

"자네가 어떻게 알지?"

그의 몸은 여전히 내 쪽으로 향하지 않았고, 벽을 향해 돌아서 있었다. 어찌나 벽에 가까이 있었는지 가슴이 벽에 닿을 것만 같았다.

"내가 도착하기 직전에…… 자네는 그녀를 봤어. 그렇지 않나?"

그는 마치 한 대 얻어맞은 것처럼 몸을 움츠렸다. 나는 광기에 사로잡혀 있는 그의 눈동자를 보았다.

"너는?! 그러는 너는 누구야?"

스나우트가 숨을 헐떡였다.

당장이라도 내게 덤벼들 것만 같은 기세였다. 내가 기대했던 반응은 이게 아니었다. 상황이 이상하게 돌아가고 있었다. 그는 내 정체를 곧이곧대로 믿지 않고, 내가 누군가인 척한다고 믿고 있었다. 이것은 도대체 무슨 의미일까? 나를 바라보는 스나우트는 극심한 공포에 사로잡혀 있었다. 정신 착란인가? 뭔가에 감염되거나 중독된 것일까? 어느 쪽이든 가능성은 충분했다. 하지만 나도 이 두 눈으로 직접 그 여자를 보지 않았는가…… 그렇다면 내가 그 여자와 비슷한 허깨비가 아니라는 보장 또한 어디에도 없는 셈이었다.

"그 여자는 누구지?"

내 질문이 스나우트에게 어느 정도 안도감을 준 모양이었다. 하지만 여전히 의구심이 사라지지 않은 듯 스나우트는 한동안 나를 주의 깊게 뜯어보았다. 나는 그가 입을 열기도 전에, 제대로 대답을 할지 말지 망설이는 중이라는 걸 알 수 있었다.

스나우트가 안락의자에 털썩 주저앉더니 양손으로 머리를 감싸쥐었다.

"여기서 벌어지고 있는 일은…… 그러니까 일종의 섬망이야."

스나우트가 조용히 입을 열었다.

"그 여자는 누구지?" 내가 집요하게 되물었다.

"자네가 그녀를 모른다면……" 그가 중얼거렸다.

"그러면?"

"그건 아무것도 아닌 거야."

"스나우트! 우리는 지금 지구에서 까마득히 멀리 떨어진 곳에 와 있어. 이제 우리 각자 가진 패를 전부 꺼내 보세. 안 그래도 모든 게 혼란스럽고 복잡하니 말야."

"무슨 말이 하고 싶은 건가?"

"자네가 알고 있는 것을 전부 말해 주게."

"그럼 자네는?" 스나우트는 여전히 의심에 찬 기색으

로 물었다.

"좋아. 그럼 내가 먼저 말할 테니 자네도 말해 주게나. 걱정하지 말게. 자네가 미쳤다고 생각하지는 않을 테니……"

"미쳤다고? 맙소사!" 그가 억지로 헛웃음을 터뜨렸다. "이보게, 자네는 아무것도 모르는군…… 정말 아무것도 모르고 있어. 만약 기바리안이 단 한 순간이라도 자신이 미쳤을지도 모른다고 생각했다면…… 아마도 그런 극단적인 선택은 하지 않았을 테고, 지금도 버젓이 살아 있을 걸세."

"그렇다면 자네가 쓴 보고서, 신경 쇠약 운운하는 그 서류는 거짓이었군?"

"물론이지!"

"왜 사실대로 쓰지 않았나?"

"왜냐고……?" 그가 내게 되물었다.

긴 침묵이 이어졌다. 나는 여전히 암흑 속을 헤매는 중이었다. 불과 조금 전까지만 해도 스나우트를 설득하는 데 성공했고, 수수께끼를 풀기 위해 정보를 나눌 수 있을 것만 같았다. 그런데 그는 왜 입을 열지 않는 걸까?!

"로봇들은 어디에 있나?" 내가 물었다.

"창고 안에 있어. 우린 비행장의 로봇만 빼고는 전부 치워 버렸네."

"이유가 뭔가?"

스나우트는 또다시 아무런 대답도 하지 않았다.

"아무 말도 안 할 셈인가?"

"말할 수 없어."

스나우트에게는 내가 도저히 이해할 수 없는 독특한 성향이 있는 듯했다. 그렇다면 위층에 있는 사르토리우스를 만나 볼까? 그 순간 나는 기바리안이 남긴 쪽지를 떠올렸다. 지금 가장 중요한 건 바로 그 쪽지에 적힌 내용이었다.

"이런 상황에서 탐사를 계속할 생각인가?" 나는 또 다시 질문을 던졌다.

스나우트는 무시하듯 어깨를 으쓱거렸다.

"그래 봤자 무슨 의미가 있겠나?"

"아, 그래? 그렇다면 앞으로 뭘 할 작정이지?"

스나우트는 끝내 아무런 대답도 하지 않았다. 멀리서 맨발로 바닥을 딛는 듯한 희미한 발소리가 들려왔다. 니켈과 플라스틱으로 도금된 각종 설비들, 전자 장비가 들어 있는 높다란 수납장들, 그 밖에 유리 제품들과 정밀 기기들 사이에서 울려 퍼지는 질질 끄는 듯한 발소리는 들킬 게 뻔한, 바보 같은 속임수를 떠올리게 했다. 발소리가 점점 가까이 다가오고 있었다. 나는 극도로 긴장한 나머지, 자리에서 벌떡 일어나 스나우트를 쳐다보았다. 눈을 가늘게 뜬 채 문밖 소리에 귀를 기울이고 있는 스나우트에게서 두려움의 기색이라고는 조금도 느껴지지 않았다. 스나우트는 그녀가 무섭지 않은 걸까?

"그 여자는 대체 어디에서 온 거지?"

스나우트가 헛기침을 했다.

"끝내 말하지 않을 생각인가?"

내가 물었다.

"나는 모르네."

발소리가 점점 멀어지더니 완전히 사라졌다.

"자네는 내 말을 못 믿는군?" 스나우트가 말했다. "맹세코 나는 정말 아무것도 몰라."

나는 말없이 기밀복이 걸려 있는 옷장 문을 열었다. 무겁고 빳빳한 기밀복을 옆으로 밀쳐 보니 예상했던 대로 그 안쪽에 무중력 진공 상태에서 사용 가능한 가스총이 나란히 걸려 있었다. 그다지 쓸모는 없어 보였지만, 그래도 무기는 무기이니 없는 것보다는 나았다. 나는 탄약통을 점검한 다음, 가스총 하나를 골라 어깨에 둘러멨다. 스나우트는 그런 내 모습을 유심히 지켜보고 있었다. 내가 탄띠의 끈을 조정하고 있는데, 그가 누런 이를 드러내며 조롱하듯 미소를 지어 보였다. "사냥 잘하게!"

나는 출입구를 향해 걸어가며 대꾸했다. "고마워."

스나우트가 안락의자에서 벌떡 일어났다.

"켈빈!"

나는 그를 돌아보았다. 냉소적인 미소는 이미 사라지고 없었다. 그의 얼굴에서 이토록 근심스러운 표정이 떠오른 것은 처음이었다.

스나우트가 더듬거리며 말했다.

"켈빈, 그건 말이지⋯⋯ 나로서는⋯⋯ 정말로⋯⋯ 뭐라고 말할 수가 없는⋯⋯"

나는 그가 말을 계속하기를 기다렸다. 스나우트의 입술이 뭔가를 내뱉고 싶은 듯 달싹였지만, 결국 아무런 말도 하지 못했다.

나는 몸을 돌려 말없이 무선실을 나왔다.

사르토리우스

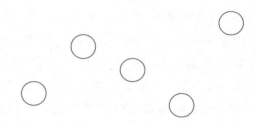

복도에는 아무도 없었다. 직선으로 이어진 복도를 따라가면, 오른쪽으로 꺾어지게 되어 있었다. 한 번도 정거장에 와 본 적은 없지만, 지구에서 사전 훈련의 일환으로 우주 정거장을 재현해 놓은 연구소 내 시설에서 육 주 동안 생활한 경험이 있었다. 그래서 나는 복도 끝에 있는 알루미늄 계단이 어디로 통하는지 이미 알고 있었다.

　도서실은 어두웠다. 나는 우선 벽을 더듬어 전등 스위치부터 찾았다. 먼저 자료 목록에서 『솔라리스 연감』 1권과 그 부록을 찾아 제목을 키보드에 입력했다. 그러자 빨간불이 켜졌다. 대출 현황을 살펴보니 『작은 외전』과 함께 기바리안이 대출한 상태였다. 나는 도서실의 전등을 끄고 아래층으로 내려왔다. 조금 전에 발소리가 멀어지는 것을 분명히 확인했음에도, 선뜻 기바리안의 방으로 들어가 볼 엄두가 나지 않았다. 그 여자가 돌아올지도 모르기 때문이었다. 나는 문 앞에서 한동안 망설이다가 결국 이를 악물고 방으로 들어섰다.

전등이 훤히 켜진 방 안에는 아무도 없었다. 나는 창문 아래, 바닥에 놓인 책들을 뒤적이다 말고 벌떡 일어나서 옷장 문을 닫았다. 옷장 속에 걸린 기밀복들 사이의 빈 공간이 어쩐지 신경에 거슬렸기 때문이었다. 창 밑에 쌓여있는 책더미 속에는 내가 찾고 있던 책은 없었다. 나는 방 안 여기저기 흩어진 책들을 한 권 한 권 살펴보기 시작했다. 침대와 옷장 사이에 쌓여 있던 마지막 책더미 속에서 마침내 찾고 있던 『솔라리스 연감』 1권을 발견했다.

책에서 단서가 될 만한 것을 찾을지도 모른다는 내 추측은 틀리지 않았다. 인명 색인에 책갈피가 끼워져 있었다. 그리고 앙드레 베르통이라는, 처음 듣는 이름에 붉은 밑줄이 그어져 있었다. 베르통이라는 이름은 본문 중 두 군데에서 언급되고 있었다. 대충 훑어보니 처음에는 셰너한이 이끄는 우주선의 예비 조종사라고 소개되었고, 두 번째로 그의 이름이 등장한 것은 백 쪽가량이 지나서였다. 셰너한의 탐사대는 솔라리스 행성에 착륙한 이후, 상당히 조심스럽게 탐사 작업을 진행한 듯했다. 그러나 십육 일이 지나도록 플라스마의 바다는 탐사대에 대응할 기미를 보이지 않았다. 그뿐만 아니라 무언가가 바다의 표면을 향해 접근하는 순간, 즉시 물러서는 경향을 보였고, 사람이나 기계와의 직접적인 접촉은 무조건 피했다. 셰너한과 그의 부관인 티몰리스는 그동안 시행해 온 일부 규제를 폐지하기로 결정했다. 그러한 규제들이 원활한 탐사 활동을 방해하고, 작업을 지연한다고 판단했기 때문이었다.

탐사대는 두세 명 단위의 소그룹으로 나뉘었고, 반경 수백 킬로미터에 걸친 해상을 비행하며 정찰 활동을 벌였다. 탐사 지역의 경계를 명확히 하고, 방어막의 역할도 하기 위해 설치해 놓았던 방사기들도 모두 본부로 수거했다. 탐사 방식을 바꾸고 나서 처음 나흘은, 우주복의 산소 공급 장치가 예기치 않게 망가진 사건을 제외하면(행성의 대기는 거의 매일같이 산소 밸브를 교체해야 할 정도로 부식성이 강했다.) 이렇다 할 사고나 말썽 없이 지나갔다.

그런데 닷새째 되는 날, 즉 탐사대가 착륙한 지 21일째 되던 날에 카루치와 페흐너라는 두 과학자(카루치는 방사선 생물학자, 페흐너는 물리학자였다.)가 이인용 공기 부양선↓을 타고 대양 탐사에 나섰다. 그것은 일반적인 비행 물체가 아니라 선체의 하면으로부터 압축한 공기를 수면에 강하게 내뿜어서 쿠션을 만들어 무게를 받치고, 수면과 거의 같

→ 호버크라프트(hover Craft) 또는 에어쿠션선(air cushion boat)이라고도 한다.

은 높이로 항주하는 일종의 고속 모터보트였다. 그런데 출발 후 여섯 시간이 지나도록 공기 부양선이 돌아오지 않았다. 셰너한의 부재 시 탐사 기지의 지휘권을 갖고 있던 티몰리스는 비상 경보를 발령하고, 동원 가능한 모든 인원을 수색대로 파견했다.

엎친 데 덮친 격으로 그날 아침 수색대가 출발한 지 한 시간 뒤부터 장거리 무선 통신도 두절되고 말았다. 붉은 태양에 거대한 흑점이 발생한 탓에 강력한 입자 방사선이 대기권 상층을 뒤덮었기 때문이다. 그나마 사용 가능한 것은 반경 30킬로미터 내에서만 교신이 가능한 초단파 송신기뿐이었다. 게다가 일몰 직전부터 짙은 안개가 깔리기 시작하는 바람에 수색 작업은 부득이하게 중단될 수밖에 없었다.

기지로 돌아오던 수색대 하나가 해변에서 불과 130킬로미터 떨어진 지점에서 공기 부양선을 발견했다. 엔진은 켜져 있었고, 기체도 별다른 손상 없이 바다의 상공에 떠 있었다. 그러나 투명한 유리 덮개로 덮인 조종실 안에서 발견된 생존자는 반쯤 의식을 잃은 카루치뿐이었다.

공기 부양선은 기지로 후송되었다. 카루치는 응급 치료를 받고, 곧바로 의식을 회복했지만, 페흐너의 생사에 대해서는 알지 못했다. 카루치가 기억하는 건, 기지로 돌아가야겠다고 판단한 직후 갑자기 호흡 곤란을 일으켰다는 사실뿐

STANISŁAW LEM

이었다. 산소 공급 장치의 밸브 하나가 이상을 일으키는 바람에 숨을 들이쉴 때마다 소량의 유독 가스가 우주복 속으로 유입된 탓이었다.

페흐너는 카루치의 고장 난 밸브를 고치기 위해 안전띠를 풀고 조종석에서 일어났다. 그것이 카루치가 기억하는 마지막 풍경이었다. 사건을 재구성해 본 전문가들의 견해는 다음과 같았다. 페흐너는 카루치의 밸브를 수리하다가 움직임에 불편을 느껴서 조종실의 덮개를 열었을 것이다. 규정에 어긋나는 행동은 아니었다. 공기 부양선의 덮개는 차단 처리가 되어 있지 않았고, 그저 유해 가스나 바람을 막아 주는 역할에 그쳤다. 작전을 수행하던 중, 페흐너의 산소 공급 밸브도 고장을 일으켰을 가능성이 높다. 결국 페흐너는 호흡이 가빠지고 의식이 몽롱해진 상태에서 기체 바깥으로 기어 나왔다가 바다로 추락했을 것이다.

솔라리스 바다의 첫 번째 희생자는 그렇게 발생했다. 페흐너는 물에 뜨도록 제작된 우주복을 착용하고 있었지만, 그의 시신을 찾기 위한 수색 작업은 결국 실패로 끝나고 말았다. 물론 시체가 여전히 수면 위에 떠 있을 가능성도 있었지만, 안개가 자욱하고 파도가 넘실대는 수천 킬로미터에 이르는 거대한 바다를 샅샅이 뒤질 만한 여력이 없었다.

다시 이야기를 앞으로 돌려 보자. 해 질 무렵, 수색선 한

척을 제외하고 모두가 기지로 돌아왔다. 그러나 앙드레 베르통이 조종하는 화물용 대형 헬리콥터는 나타나지 않았다. 일몰 후 한 시간쯤 지난 뒤, 모두가 베르통의 안부를 심각하게 걱정하기 시작할 무렵, 간신히 헬기가 돌아왔다. 베르통은 심각한 정신적 충격에 사로잡힌 상태였다. 헬기가 착륙하자마자 필사적으로 조종석에서 빠져나오더니 온 힘을 다해 헬기에서 도망쳤다. 동료들이 베르통을 붙잡았지만, 그는 고함을 지르며 흐느껴 울었다. 십칠 년 동안 우주 비행으로 산전수전 다 겪은 사내가 보이기에는 놀라운 행동이었다.

의사들은 베르통 역시 유독 가스에 중독된 것으로 추측했다. 이틀이 지난 뒤, 어느 정도 평정을 되찾았음에도, 베르통은 기지에서 한 발자국도 나가려 하지 않았고, 바다가 내다보이는 창가 근처에는 다가가지도 않으려 했다. 그는 아주 중요한 사안이 있다면서 비행 보고서를 제출하겠다고 했다. 탐사 위원회는 그의 보고서를 검토한 뒤, 솔라리스 대기 속의 유독 가스에 노출된 탓에 정신이 심각하게 손상된 상태에서 쓰인 보고서라는 결론을 내렸다. 덕분에 베르통이 폭로한 내용은 탐사 활동의 역사에 공식적으로 기록되지 못하고, 그저 베르통 개인의 병력으로 치부된 채 조용히 묻히고 말았다.

부록에 기술된 내용은 거기까지였다. 베르통의 보고서

야말로 그동안 우주 공간에서 수많은 거리를 비행했던 베테랑 우주 비행사를 신경 쇠약으로 몰고 간 원인이 무엇인지 밝혀낼 핵심적인 단서라는 생각이 들었다. 나는 또다시 책더미를 뒤졌지만 『작은 외전』은 발견되지 않았다. 결국 지칠 대로 지친 나는 자료 조사를 다음 날로 미루기로 결심하고, 선실을 나섰다. 알루미늄 계단을 막 지나는 순간, 천장에서 내리쪼이는 빛줄기가 계단에서 점점이 반짝이는 게 보였다. 이 늦은 시각에도 사르토리우스는 작업에 몰두하고 있던 것이다! 반드시 그를 만나야 한다는 생각이 들었다.

위층은 아래층보다 더웠다. 폭이 넓고 천장이 낮은 복도에서 미풍이 살랑이고 있었다. 환풍구에 매달린 종이테이프들이 여전히 윙윙거리는 기계음에 맞추어 흔들리고 있었다. 중앙 실험실의 출입문에는 두툼하고 울퉁불퉁한 판유리가 끼워져 있고, 유리의 안쪽에는 어두운 커튼이 쳐 있었다. 빛이라고는 천장 아래, 좁은 창문 틈으로 새어 나오는 희미한 광선이 다였다. 나는 문고리를 힘주어 돌렸다. 하지만 예상대로 문은 꿈쩍도 하지 않았다. 이따금 가스가 새는 듯한 쉭쉭거리는 소음만 미세하게 들려올 뿐, 방 안은 쥐 죽은 듯 고요했다. 문을 두드렸지만 아무런 인기척도 없었다.

"사르토리우스! 사르토리우스 박사님! 켈빈입니다. 오늘 이곳에 왔어요. 박사님을 꼭 만나고 싶습니다. 문 좀 열어 주세요!"

나는 큰소리로 외쳤다. 실험실 안에서 누군가가 종이 더미 위를 걷는 듯, 부스럭거리는 소리가 들렸다.

"저는 켈빈입니다. 박사님도 제 이름은 들어 보셨을 거예요. 몇 시간 전에 프로메테우스 호에서 착륙했습니다!"

나는 문틈에 대고 소리쳤다.

"사르토리우스 박사님, 지금 여기에는 저 말고 아무도 없습니다. 제발 문 좀 열어 주세요!"

여전히 묵묵부답이었다. 조금 전과 마찬가지로 부스럭대는 소리가 나더니, 이어서 누군가가 철제 접시 위에 금속 실험 도구를 거칠게 내려놓기라도 했는지 쨍그렁대는 소리가 요란하게 들려왔다. 잠시 후…… 나는 온몸이 굳어 버렸다…… 어린아이가 종종거리며 뛰어다니는 듯한, 짧고 가벼운 발소리가 연이어 들리기 시작했기 때문이다. 아주 작은 발이 잰걸음으로 뛰어다니는 것 같기도 하고, 어쩌면…… 누군가가 공명이 잘되는 빈 상자를 날렵한 손가락으로 두드리며 아이의 종종걸음을 흉내 내는 것 같기도 했다.

나는 다시 한번 소리쳤다.

"사르토리우스 박사님, 문을 열 겁니까, 안 열 겁니까?"

역시 대답이 없었다. 예의 그 종종걸음과는 별개로 누군가가 좀 더 큰 보폭으로 빠르게 방 안을 걸어 다니는 소리가 동시에 들려왔다. 마치 발꿈치를 들고 걷고 있는 듯했다. 만약 사르토리우스 본인이 실험실 안을 걷는 중이라면, 동시에 손으로 상자를 두드리며 어린아이의 발소리를 흉내 내는 것은 불가능한 일이다! 이런저런 생각을 하다 보니 점점 화가 치밀어 올라 견딜 수가 없었다. 그래서 나는 또다시 있는 힘을 다해 소리를 질렀다.

"사르토리우스 박사님! 제가 십육 개월 동안 이 먼 우주를 날아온 것은, 당신들이 벌이고 있는 이 코미디 같은 짓거리에 동참하기 위해서가 아닙니다! 자, 지금부터 열까지 세는 동안 나를 안 들여보내면, 문을 부수겠습니다!"

과연 이런 방법이 통할지는 나도 의문이었다. 가스총의 위력이 대단치 않다는 것도 알고 있었지만, 그래도 한번 내뱉은 협박이니 실행에 옮겨야겠다고 결심했다. 최악의 경우에는 창고에서 폭약을 가져와야겠다고, 마음을 모질게 먹었다. 이제 와서 물러설 수도 없고, 그렇다고 내 의지와 상관없이 휘말리게 된 이 정신 나간 게임을 계속할 수도 없었으니까.

그때 누군가가 또 다른 인물과 실랑이를 벌이는 소리가 들렸다. 물건이나 가구를 옆으로 밀어젖히는 소리 같기도 했다. 그러다 갑자기 안쪽의 커튼이 50센티미터 정도 옆으로 젖혀지면서 서리가 낀 듯 뿌연 유리문 너머에서 호리호리한 그림자 하나가 어른거렸다. 이어서 약간 거친 듯한, 보이 소프라노 음역대의 목소리가 들렸다.

"문을 열 테니, 절대 안으로 들어오지 않겠다고 약속하시오."

"그럴 거면 뭐 하러 문을 엽니까?!"

내가 소리를 버럭 질렀다.

"내가 나가겠소."

"좋습니다. 약속하죠."

자물쇠에서 뭔가가 돌아가며 딸깍거리는 소리가 났다. 그림자는 유리문을 반쯤 가리고 있던 커튼을 조심스럽게 열었다. 그러는 동안에도 실험실 안쪽에서는 뭔가 혼잡한 소동이 벌어지는 듯했고, 나무로 만든 무거운 탁자를 바닥에서 질질 끄는 듯한 소리도 들렸다. 이윽고 유리문이 안쪽으로 빼꼼히 열리더니 사르토리우스가 좁은 틈새를 비집고 재빨리 복도에 모습을 드러냈다. 자신의 몸으로 문을 가리면서 내 앞에 선 사르토리우스는 키가 매우 컸으며, 흰 스웨터 속의 몸뚱이는 뼈만 남은 듯 여위었다. 목에는 검은색 스카프를 감고 있었고, 화학약품에 그을린 자국이 있는 실험실 가운을 어깨에 걸치고 있었으며, 비정상적으로 홀쭉한 그의 머리는 한쪽으로 약간 기울어져 있었다. 얼굴을 절반 이상 가릴 만큼 큼직한 선글라스를 쓰고 있어서 그의 눈동자는 보이지 않았다. 하관이 상당히 긴 편으로 두툼한 입술은 냉기 탓인지 푸르스름한 빛이었고, 귀에도 푸른빛이 감돌았다. 오랫동안 면도를 안 했는지 수염이 덥수룩했고, 양쪽 손목에는 방사능으로부터 손을 보호하기 위한 붉은 고무장갑이 끈에 묶인 채 매달려 있었다.

우리는 잠시 노골적인 적대감을 드러내며 마주 보았다. 삐쭉삐쭉 솟은 사르토리우스의 머리카락(자신이 손수 짧게 치켜 자른 듯했다.)은 납빛이었고, 얼굴에 난 수염은 회색빛이었다. 스나우트와 마찬가지로 이마가 햇볕에 그을어 있었지만, 평소에 모자를 쓰고 다닌 모양인지, 이마 위쪽은 원래의 창백한 피부색 그대로였다.

"자, 말해 보시오."

사르토리우스가 마침내 입을 열었다.

하지만 내가 무슨 말을 하더라도 그는 별로 관심을 보이지 않을 것 같았다. 손으로 유리문을 꽉 누른 채, 가로막듯 문을 등지고 선 사르토리우스는 유리문 안쪽에 온 신경을 집중하고 있었기 때문이다. 말실수를 하지 않으려면, 무슨 말부터 꺼내는 게 나을지 몰라 나는 잠시 머뭇거렸다.

"제 이름은 켈빈입니다…… 박사님도 이름은 들어 보셨을 겁니다. 저는 기바리안의 동료입니다. 아니, '동료였다'는 게 맞겠네요."

주름이 잔뜩 팬 사르토리우스의 야윈 얼굴에서는 아무런 표정의 변화도 찾아볼 수 없었다. 돈키호테가 살아있다면, 틀림없이 이런 얼굴이었으리라. 나를 향하고 있는 찌그러진 검은 선글라스에 자꾸만 신경이 쓰여서 적당한 어휘가 좀처럼 떠오르지 않았다.

"이곳에 와서…… 기바리안이 죽었다는 사실을 알았습니다……" 내 목소리가 떨렸다.

"네. 그래서요……?"

사르토리우스의 음성에는 초조함이 묻어 있었다.

"자살인가요? 박사님과 스나우트 중에 누가 시체를 발견했죠?"

"무엇 때문에 내게 그런 걸 묻는 거요? 스나우트 박사가 이미 다 설명했을 텐데요……?"

"이 문제에 관해 박사님의 의견을 직접 듣고 싶습니다."

"당신은 심리학자죠, 켈빈 박사님?"

"네, 그런데 그건 왜요?"

"과학자이기도 하고요?"

"물론입니다. 근데 그게 무슨 상관이죠……?"

"난 또 당신이 법조인이나 경찰관인 줄 알았소. 지금 시각이 오후 2시 40분, 정거장에서 한창 주어진 연구를 수행할 시간이 아니오? 그런데 지금 내 실험실로 쳐들어오겠다고 협박이나 하면서 마치 내가 용의자라도 되는 듯이 이것저것 캐묻고 있으니 어찌 된 일입니까?"

나는 감정을 가라앉히기 위해 안간힘을 썼다. 그 바람에 이마에 땀방울이 송글송글 맺혔다.

"당신은 용의자입니다, 사르토리우스 박사님! 박사님도 그 사실을 잘 알고 있을 텐데요."

어떻게든 그의 기를 꺾어 놓아야겠다는 생각에 나는 일부러 고집스럽게 말을 내뱉었다.

"당신이 지금 한 말을 취소하거나 정식으로 사과하지 않는다면, 무선 통신으로 당신을 당국에 고발하겠소."

"내가 뭘 사과해야 하죠? 당신은 나를 맞이하지도 않았고, 이곳에서 벌어진 일들을 사실대로 말해 주기는커녕, 실험실에 혼자 틀어박혀 있지 않았습니까?! 이성을 완전히 잃어버린 건가요?! 박사님은 대체 뭐 하는 사람이죠? 과학자, 아니면 불쌍한 겁쟁이? 어디 한번 대답해 보시죠, 네?!"

나는 스스로 무슨 말을 지껄이는지도 모른 채, 마구 떠들어 댔다. 하지만 사르토리우스는 꿈쩍도 하지 않았다. 모공이 도드라져 보이는 창백한 그의 얼굴 위로 땀이 줄줄 흘러내리고 있었다. 불현듯 나는 사르토리우스가 내 말을 아예 듣고 있지 않다는 사실을 깨달았다! 양손 모두 뒤쪽을 향하고 있어 잘 보이진 않았지만, 온 힘을 다해 문을 누르고 있는 중이었다. 마치 누군가가 반대편에서 돌진이라도 하는 것처럼 문이 계속해서 덜컹거렸다.

사르토리우스는 쥐어 짜내는 높은 음조의 목소리로 더듬거리며 말했다.

"제발…… 가 주시오…… 부디 너그러운 아량을 베풀어서…… 그만 좀! 먼저 아래층에 내려가 있으면, 나도 곧 따라가겠소. 당신이 원하는 건 뭐든 할 테니, 지금은 그냥 좀 가 달란 말이오!"

사르토리우스의 목소리에는 지친 기색이 역력했다. 그래서 나도 모르게 문을 막느라 안간힘을 쓰고 있는 그를 돕기 위해 손을 내밀었다. 그러자 사르토리우스는 마치 내가 자신의 목에 칼이라도 겨눈 것처럼 공포에 질린 목소리로 비명을 질렀다. 내가 물러서자 그는 특유의 가성으로 소리를 질렀다.

"가, 가란 말이오! 곧 내려가겠소, 내려간다니까! 간다고! 안 돼! 안 돼!!!"

그 순간 사르토리우스가 문을 확 잡아당기고는 튕기듯 안으로 사라졌다. 그 와중에 그의 가슴팍 높이에서 금빛 원반 같은 것이 번쩍이는 모습을 얼핏 본 듯했다. 실험실 안쪽에서 희미한 소음이 들려왔다. 순간적으로 커튼이 옆으로 젖혀지면서 키가 큰 그림자 하나가 유리문 너머에서 힐끗 나타나는가 싶더니, 금세 다시 커튼이 드리워졌고, 그 후로는 아무것도 보이지 않았다. 도대체 저 방 안에서 무슨 일이 일어나고 있는 것일까?! 광란의 추격전이라도 벌어지는 듯 쿵쾅대는 발소리가 이어지다가 느닷없이 유리가 와장창 깨지는 소리와 함께 멈췄다. 이어 어린아이가 숨넘어가게 웃어 대는 소리가 들렸다.

다리가 후들거렸다. 사방을 둘러보니 정적만이 흐르고 있었다. 나는 넋을 잃고 플라스틱 창틀에 털썩 주저앉아 십오 분 정도 그대로 있었다. 뭔가를 기다리고 있었는지, 아니면 한계치에 도달해서 도저히 서 있을 기력이 없어서 그랬는지는 나도 모르겠다. 머리가 깨질 듯 아팠다. 저 멀리 위쪽 어딘가에서 뭔가를 가는 듯한 드르륵거리는 소리가 계속해서 들려왔고, 동시에 주위가 훤히 밝아졌다.

내가 앉아 있는 지점에서는 실험실을 둘러싼 원형 복도의 일부만 보였다. 실험실은 정거장 내의 최상부, 즉 정거장을 에워싸는 원형 방어막 바로 아래쪽에 있었다. 경사진 외벽은 오목한 곡면으로 이루어져 있고 몇 미터 간격으로 창문이 뚫려 있어, 마치 사격 훈련장처럼 보였다. 푸른 태양이 저무는 중이었다. 창밖 셔터가 일제히 올라가자 두꺼운 창유리를 뚫고 눈부신 광선이 쏟아져 들어왔다. 니켈로 도금한 온갖 테두리와 손잡이들이 작은 태양처럼 빛을 반사하기 시작했다. 중앙 실험실 문에 끼워진 커다랗고 뿌연 판유리 또한 용광로의 구멍처럼 밝게 빛났다. 유령 같은 빛 속에서 무릎 위에 올려진 내 손은 빛바랜 회색으로 보였다. 오른손에는 가스총이 쥐어져 있었다. 대체 이 총을 언제 권총집에서 꺼냈는지 기억나지 않았지만, 일단 도로 집어넣었다. 이런 상황에서는 설령 원자포를 갖고 있다 해도 아무런 쓸모가 없다는 걸 나는 알고 있었다. 문을 날려 버리는 것? 실험실 안으로 쳐들어가는 것? 전부 불가능한 일이었다.

나는 자리에서 일어났다. 커다란 원반 모양의 태양이 수소 폭발의 섬광처럼 바닷속으로 서서히 가라앉으며 내 뒤쪽에서 수평으로 강렬한 빛줄기를 내뿜었다. 내가 계단을 절반쯤 내려왔을 때, 그 생생한 빛줄기가 내 뺨에 닿았는데, 불에 벌겋게 달구어진 인두처럼 뜨거웠다.

계단 중간쯤에서 나는 걸음을 멈추고, 잠시 생각에 잠겼다가 다시 위로 올라갔다. 그러고는 실험실을 빙 둘러싼 복도를 걸었다. 백 발자국 정도 걷자 맞은편에 조금 전에 본 것과 똑같은 구조의 유리문이 나왔다. 반대편에 있는 것과 똑같은 형태의 유리문이었다. 어차피 잠겨 있을 게 뻔했으므로 나는 아예 문고리에 손도 대지 않았다.

나는 플라스틱 벽에 창문이나 조그만 틈이 있는지 살피기 시작했다. 사르토리우스를 몰래 훔쳐보겠다는 이 생각이

〉⊖⊖

적절하지 못한 짓이라는 가책조차 들지 않았다. 이제는 막연한 추측에 매달리기보다는 진상을 확인하고 싶었다. 설사 내 이성으로는 이해하기 힘든 장면이 펼쳐진다 해도.

문득 아이디어가 하나 떠올랐다. 실험실은 천장의 채광창들을 통해 위쪽에서부터 빛이 스며들어 오는 구조로 설계되어 있었다. 그렇다면 채광창들은 방어막의 외각에 뚫려 있다는 뜻이다. 밖으로 나가면, 창문으로 실험실 내부를 들여다볼 수 있을지도 모른다. 그러나 그렇게 하려면, 우선 아래층으로 내려가서 우주복과 산소 공급 장치부터 확보해야만 한다. 나는 계단에서 잠시 멈춰 서서 고생과 불편을 감수하고서라도 이 계획을 실현하는 게 좋을지 한 번 더 고민했다. 실험실 천장의 채광창들이 불투명 유리로 되어 있을 가능성도 있었다. 만약 그렇다면, 내 시도는 헛수고가 된다. 하지만 다른 뾰족한 수가 있는 것도 아니었다. 중간층으로 내려왔다. 무선실 앞을 지나치는데, 문이 활짝 열려 있었다. 스나우트는 내가 무선실을 나설 때와 똑같은 자세로 안락의자에 앉아 잠들어 있었다. 내 발소리를 들은 그가 몸을 부르르 떨면서 눈을 떴다.

"어이, 켈빈!" 그가 갈라진 목소리로 나를 불렀다. 나는 아무런 대꾸도 하지 않았다.

"뭐 좀 알아냈나?" 스나우트가 다시 물었다.

"물론이지……" 내가 잠시 뜸을 들이다가 대답했다.

"사르토리우스는 혼자가 아니었어."

스나우트가 일그러진 미소를 지었다.

"오, 그래? 흠, 보통 일이 아닌걸. 손님이라도 와 있다는 건가?"

"나는 정말 이해할 수가 없군. 당신들은 왜 내게 아무 말도 안 해 주는 건가?" 나도 모르게 불만이 터져 나왔다. "여기서 계속 지내다 보면, 어차피 나도 곧 진실을 알게 될 텐데, 굳이 내게 비밀로 하는 이유가 뭐지?"

"자네에게도 손님들이 찾아오면, 이해하게 될 걸세."

스나우트가 말했다. 뭔가를 기다리고 있는지, 나와의 대화가 별로 내키지 않는 듯했다.

"어딜 가나?"

내가 말없이 문을 향해 몸을 돌리자 스나우트가 물었다. 나는 아무 대답도 하지 않았다.

비행장은 내가 착륙했을 당시와 별반 달라진 게 없었다. 발사대에는 한 면이 검게 그을은, 내가 타고 온 캡슐이 그대로 세워져 있었다. 우주복들이 걸려 있는 간이 탈의실을 향해 다가가려는데, 문득 정거장 밖으로 나가서 실험실 내부를 들여다보려던 나의 계획이 터무니없이 느껴졌다. 그래서 몸을 돌려 아래층 창고로 이어지는, 가파른 나선형 계단을 내려갔다. 아래쪽 비좁은 통로에는 온갖 상자와 가스통 같은 잡동사니들이 아무렇게나 쌓여 있었다. 페인트칠이 안 되어 금속 재질을 그대로 드러낸 벽이 전등불 아래에서 푸르스름하게 빛나고 있었다. 수십 발자국을 더 걸어가니 원통형 천장 아래에 희뿌연 성에가 낀, 냉동 장치의 납 파이프들이 보였다. 나는 파이프가 뻗어 나가는 방향으로 계속 걸어갔다. 파이프는 두꺼운 플라스틱 피복에 싸인 플랜지⌄를 통해 벽을 통과하여 밀폐된 냉동실 안으로 연결되어 있었다. 냉동실 출입문은 성인의 손 두 개를 겹쳐 놓은 정도의 두께에 밀폐용 고무로 가장자리가 마감 처리되어 있었다. 출입문을 열자마자 뼛속으로 냉기가 훅 끼쳤다. 나는 추위에 몸을 떨며 문간에 잠시 서 있었다. 천장에는 복잡하게 뒤얽힌 새하얀 코일들 사이로 고드름이 매달려 있었다. 서리와 얼음으로 뒤덮인 바닥에 상자와 실린더들이 어지럽게 널려 있었고, 벽에 부착된 선반에는 누런 빛깔의 기름진 물체가 담긴 투명한 플라스틱 용기와 깡통들이 놓여 있었다. 안으로 들어갈수록 아치 형태의 원통형 천장이 아래쪽으로 기울어졌다. 냉동실 뒤쪽은 성에가 잔뜩 낀 두꺼운 커튼으로 가려져 있었다. 나는 몸을 숙여 그 커튼을 피하며 안으로 들어섰다.

격자 형태의 알루미늄으로 만든 간이침대 위에 길쭉한 물체 하나가 회색 캔버스 천에 덮힌 채 놓여 있었다. 시트의

→ 관(管)과 관, 관과 다른 기계 부분을 결합할 때 쓰는 부품.

한쪽 귀퉁이를 살짝 들쳐 보니, 뻣뻣하게 굳은 기바리안의 얼굴이 보였다. 새치가 섞인 검은 머리카락은 두개골에 눌어붙어 있었고, 목의 울대가 높이 솟아 있었다. 물기 없이 마른 눈은 천장을 바라보고 있었는데, 한쪽 눈 언저리에 뿌연 얼음 방울 하나가 맺혀 있었다. 너무 추운 나머지 이빨이 저절로 마주치는 바람에 어금니를 꽉 깨물어야만 했다. 나는 한 손으로 수의를 연상시키는 시트를 들친 채, 나머지 손으로 기바리안의 뺨을 만져 보았다. 딱딱하게 굳어서 나무토막을 만지는 느낌이었다. 뻣뻣하게 돋아난 검은 수염이 점점이 박혀 있는 그의 뺨은 까칠까칠했다. 억지로 뭔가를 참고 있는 듯한 경멸 섞인 인내심이 입술의 곡선에 어려 있었다. 막 시트를 내려놓으려는데, 발치 쪽 시트 주름 아래로 마치 검은 진주나 검은 콩알 같은 다섯 개의 타원형 물체가 작은 것부터 큰 것까지 순서대로 나란히 삐져나와 있는 것이 눈에 띄었다. 그 순간, 공포로 온몸이 굳어졌다.

그것은 발등이 바닥으로 향해 있는 다섯 개의 발가락이었다. 빼꼼히 삐져나와 있는 이 타원형 발가락의 주인공, 구겨진 시트 자락 아래에서 배를 침대에 대고 납작하게 엎드려 있는 것은 바로 아까 봤던 흑인 여자였다.

그녀는 마치 깊은 잠에 빠진 듯 편안해 보였다. 나는 천천히 시트를 걷어 올려 보았다. 반으로 접어서 포갠, 검고 육중한 팔 위에 머리가 놓여 있었다. 푸르스름한 머리카락은 여러 가닥으로 땋아 올린 상태였고, 반들반들 윤기가 흐르는 등의 피부는 척추 쪽으로 팽팽하게 당겨져 있었다. 거대한 몸뚱이는 미동도 없이 생명의 기운을 전혀 내뿜고 있지 않았다. 나는 다시 한번 그녀의 발바닥을 살펴보다가 놀라운 사실을 발견했다. 거기에는 몸무게에 짓눌려 납작하게 눌리거나 긁힌 상처가 전혀 없었다. 맨발로 다니면, 발가락에 각질이나 굳은살이 박히기 마련인데, 그녀의 발바닥은 팔이나 등의 피부처럼 얇고 보드라웠다.

직접 발을 만져 보면서 감촉을 확인하는 것은 기바리안의 시신을 만질 때보다 훨씬 무섭고 어려운 일이었다. 그 순간 도저히 믿기 힘든 일이 벌어졌다. 영하 20도의 강추위 속에 방치되어 있던 여인의 육체가 갑자기 꿈틀거렸기 때문이다. 마치 누군가가 곤히 잠든 강아지의 발을 건드리는 바람에 강아지의 발가락이 꼼지락거리는 것처럼 흑인 여자는 움찔하면서 발가락을 안쪽으로 끌어당겼다.

이대로 두면 여자가 얼어 죽을지도 모른다는 생각이 스쳤지만, 의외로 그녀의 몸은 차갑지 않았고 평온해 보이기까지 했다. 맥박의 섬세한 박동이 손끝을 타고 고스란히 내게 전해졌다. 나는 물러섰다. 그리고 그녀를 그대로 내버려 둔 채, 복도로 뛰쳐나왔다. 숨 막힐 듯 더웠다. 나는 나선 계단을 통해 비행장으로 돌아갔다. 그러고는 둘둘 말아 놓은 낙하산 위에 걸터앉아 두 손으로 머리를 감쌌다. 흠씬 두들겨 맞은 것처럼 지치고 피곤했다. 도대체 지금 내게 무슨 일이 벌어지고 있는 것일까. 나는 충격에 휩싸였다. 온갖 상념들과 함께 낭떠러지 밑으로 가라앉는 듯했고, 의식이 점점 희미해지는 것 같았다. 문득 육신의 소멸이 형언할 수 없을 만큼 놀라운 자비이자 크나큰 은총인 것처럼 느껴졌다.

스나우트나 사르토리우스를 찾아가 봤자 아무런 소용이 없었다. 지금껏 내가 보고, 겪고, 만진 것들을 완벽히 이해해 줄 사람이 어디 있겠는가. 이 상황에서 기대할 수 있는 유일한 논리적 설명이 있다면, 그것은 내가 미쳐 버렸다는 진단일 것이다. 그래, 나는 미친 게 틀림없다. 어쩌면 이곳에 도착하자마자 정신 착란을 일으켰는지도 모른다. 솔라리스의 바다에서 뿜어져 나오는 미지의 기운이 내 뇌로 스며든 것이 틀림없다. 그래서 환각이 꼬리에 꼬리를 물고 나타나는 것뿐이다. 만약 이러한 가설이 사실이라면, 말도 안 되는 이 수수께끼를 해결하려고 쓸데없이 발버둥 치기보다는 의료 지원을 요청하거나 무선 통신을 통해 프로메테우스나 다른 우주선에 SOS 신호를 보내는 편이 나으리라.

그러자 내게 예상치 못했던 변화가 일어났다. 스스로가 미쳤다고 생각하니 이상하게도 마음이 차분하게 가라앉았던 것이다.

하지만 내게는 스나우트와 나눈 대화가 생생한 기억으로 남아 있었다. 스나우트가 실존 인물이며, 내가 그와 이야기를 나눈 것이 엄연한 현실이라면 말이다. 어쩌면 나의 환각은 훨씬 더 일찍 시작되었을지도 모른다. 혹시 나는 아직도 프로메테우스호에 머물고 있는 것은 아닐까. 거기서 갑작스레 정신 질환에 걸렸고, 지금껏 내가 경험한 모든 사건은 내 병든 두뇌가 만들어 낸 가상 현실이었는지도 모른다. 만약 내가 아픈 게 사실이라면, 적어도 치료를 통해 해방될 희망이 남아 있다는 의미기도 하다! 솔라리스에서 몇 시간 동안 경험한 이 끔찍한 악몽 속에서는 결코 기대할 수 없었던 그런 희망 말이다.

그러므로 내게 지금 가장 필요한 것은, 나 자신을 대상으로 한 논리적인 실험, 즉 엑스페리멘툼 크루시스(Experimentum Crusis)↓다. 내가 정말로 미친 게 맞는지, 그렇다면 지금의 나는 스스로의 상상이 만들어 낸 착란의 희생양인지, 그게 아니라면 내가 경험한 이 모든 황당하고 부조리한 일들이 실제 상황인지를 확인해 볼 수 있는 실험 말이다.

나는 이런저런 생각에 사로잡힌 채, 발사대를 떠받치고 있는 철제 캔틸레버↓2를 바라보았다. 벽에서 돌출된 형태

→   라틴어로 '결정적 실험'을 뜻한다.

→2   다리나 기타 다른 구조물을 떠받치는 대들보. 여기서
     는 발사대를 받치고 있는 구조물을 말한다.

∧①∧

의 그 레버는 볼록한 패널들로 싸인 강철 돛대처럼 보였고, 회청색 페인트로 칠해져 있었다. 밑에서 2~3미터 정도 부근에서 페인트칠이 군데군데 벗겨져 있었는데, 로켓 운반용 카트의 바퀴에 마모된 듯했다. 그 차가운 쇳덩어리에 잠시 손바닥을 대 보았더니 내 체온으로 받침대가 따뜻해졌다. 그러다 강철로 덧댄 구부러진 가장자리를 손으로 툭툭 두들겨 보았다. 환각 속에서 이토록 생생한 감각을 느낀다는 것이 가능한 일일까? 그럴 수도 있다고, 나는 스스로의 질문에 대답했다. 이것은 심리학자로서 누구보다 내가 잘 아는, 내 전문 분야니까.

그렇지만 내 정신 상태를 객관적으로 판별할 수 있는, 꼭 맞는 실험을 설계하고 실행하는 작업이 과연 가능할까? 처음에 나는 그것이 불가능하다고 생각했다. 왜냐하면 나의 병든 두뇌(정말로 병들었다는 전제 아래)는 평소 내가 욕망하던 온갖 환영을 양산해 낼 것이기 때문이다. 정신이 멀쩡한 사람들도 꿈에서는 평소에 전혀 모르던, 낯선 사람에게 말을 걸기도 하고, 질문을 하거나 대답을 듣곤 하지 않는가. 이런 경우 꿈속의 등장인물은 결국 우리 자신의 심리적인 활동에서 비롯된 산물임에 분명하지만, 어떤 의미에서는 일시적인 독립성을 확보한 듯 보이는, 우리와는 분리된 개체다. 왜냐하면 꿈속에서 그들이 입을 열 때까지는 그들의 입에서 어떤 말이 나올지 알 수 없기 때문이다. 하지만 실제로 그들이 내뱉는 언어는 분명 우리 정신의 고유한 어떤 부분에서 조합된 것이다. 그렇기에 가상의 존재가 어떤 말을 하려면, 우리 스스로가 먼저 그 말에 대해 알고 있다는 전제가 성립되어야 한다. 결과적으로 내가 계획하고 실행에 옮기는 실험이 어떤 것이든 간에, 나는 현실에서나 꿈에서나 동일한 방식으로 행동하고 있다고 볼 수 있는 것이다. 그렇다면 스나우트도, 사르토리우스도 현실 속의 실체가 아닐 수도 있다. 따라서 그들에게 뭔가를 물어본다는 것은 어차피 무의미한 일이다.

나는 페요틀↓ 같은 강력한 약물을 복용함으로써 생생한 환영과 환각을 유도하는 방법을 고려해 보았다. 그래서 환각 증세가 나타난다면, 최근에 내가 경험한 일련의 현상들 역시 나를 둘러싼 명백한 현실이자 물질세계의 일부임을 입증하게 될 것이다. 하지만 문득 다른 생각이 뇌리를 스쳤다. 나는 약의 효능과 복용 후 결과에 대해 이미 잘 알고 있다. 심지어 약의 종류를 선택하는 것도 내 의지에 달려 있다. 그러므로 내 상상력은 그 약의 효과까지 고려한 이중적인 환상을 만들어 낼 테고, 그렇게 되면 내가 원하는 '결정적 실험'은 불가능해진다.

결국 나는 광기의 덫에 갇힌 채, 원점을 맴돌고 있는 셈

→   멕시코산 선인장에서 추출해 내는 환각 성분.

이었다. 탈출구는 보이지 않았다. 뇌를 쓰지 않고 사고한다는 것은 애당초 불가능한 일이고, 신체에 미치는 두뇌의 작용을 객관적으로 살펴보기 위해 몸밖에서 자신을 들여다볼 수도 없는 노릇이었다. 그러다 갑자기 단순하면서도 효과적인 방법이 하나 떠올랐다.

나는 벌떡 일어서서 곧장 무선실로 달려갔다. 거기엔 아무도 없었다. 벽에 걸린 전자시계를 흘끗 보았다. 4시가 되어 가고 있었다. 다시 말해 정거장에서 인위적으로 설정한 밤이 시작된 지, 네 시간이 지났다는 의미였다. 밖에서는 붉은 여명이 떠오르고 있었다. 나는 재빨리 원거리 송신기를 연결한 다음, 계기판에 불이 들어오는 동안, 어떤 방식으로 실험을 진행할지 머릿속으로 단계적인 계획을 세웠다.

솔라리스 인근의 위성에 설치된 자동 기지국의 호출 신호가 기억나지 않았다. 하지만 중앙 계기판 위에 부착된 전자 게시판에서 신호를 찾아내어 모스 부호로 타전했다. 그 결과 팔 초 후에 회신이 왔다. 위성, 정확히 말하면 위성에 설치된 전자 두뇌가 반복되는 리드미컬한 파동으로 응답했다.

나는 인공위성이 솔라리스의 궤도를 선회하는 동안, 이십이 초의 간격으로 지나가는 은하계 자오선의 위치를 소수점 이하 다섯 자리까지 정확히 계산해 달라고 요청했다. 그리고 자리에 앉아서 회신을 기다렸다. 십 분 후 답변이 도착했다. 결과 값이 적혀 있는 종이테이프를 재빨리 뽑아 들고는 일부러 그 내용을 확인하지 않고 서랍 속에 숨겼다. 그런 다음 도서실로 달려가서 은하계 천체도와 대수(對數)표, 인공위성의 경로를 하루 단위로 표시한 운행표, 그 밖에 참고 서적 몇 권을 꺼냈다. 위성에게 질의한 수치를 나 스스로 먼저 계산해 보기 위해서였다. 방정식을 세우는 데만 꼬박 한 시간이 걸렸다. 이런 복잡한 수식은 대학에 다닐 때 치른 천문학 실기 시험 이후로 처음이었다.

실제 계산은 정거장이 보유한 초대형 계산기로 수행했다. 나의 추론은 다음과 같았다. 천체도를 토대로 내가 직접 계산한 수치와 위성이 보내온 수치는 정확하게 일치할 수가 없다. 솔라리스와 그 주변을 선회하는 두 태양의 인력으로 인해 인공위성에 복잡한 변화가 일어나게 되고, 솔라리스 바다로 인해 국지적인 중력의 변수가 발생하기 때문이다. 인공위성이 관측한 수치, 그리고 천체도를 근거로 이론적으로 계산한 수치, 이렇게 두 개의 결과값이 도출되면, 후자의 내 계산에 수정을 가하게 될 것이다. 그렇게 두 결과치를 놓고 비교해 보면, 소수점 이하 넷째 자리까지는 완전히 일치할 것이며, 소수점 이하 다섯 번째 자리부터는 불일치할 것이다. 왜냐하면 예측 불가능한 솔라리스 바다의 작용을 계산에 넣을 수는 없기 때문이다.

ㅅㅅㅅ

만약 인공위성을 통해 입수한 수치가 현실이 아닌, 나의 정신 착란으로 인한 것이라면, 두 수치가 일치할 가능성은 전혀 없다고 봐야 한다. 뇌가 정상이 아닌 상태에서 우주 정거장의 거대한 계산기를 동원하지 않고, 복잡한 계산을 해낼 수는 없을 것이며, 혼자서 그 수치를 계산하려면, 적어도 몇 달 동안은 씨름을 해야만 한다. 따라서 만약 두 수치가 근접하게 일치한다면, 그것은 곧 우주 정거장의 전자계산기가 실제로 존재하며, 내가 실제로 그 계산기를 사용했다는 의미이므로 내가 꿈을 꾸고 있는 게 아님을 증명할 수 있게 된다.

　　나는 흥분한 나머지 손을 부들부들 떨면서, 서랍 속에 숨겨 두었던 종이테이프를 꺼내 계산기에서 출력된 종이 옆에 나란히 펼쳐 놓았다. 내가 예상한 대로 두 수치는 소수점 이하 넷째 자리까지 완벽히 일치했고, 다섯 번째 자리에서는 빗나갔다.

　　나는 두 용지를 모두 서랍 속에 집어넣었다. 전자계산기는 내 의지와는 상관없이 엄연히 존재하고 있었다. 그러므로 우주 정거장과 거기에 거주하는 사람들 역시 실재한다는 사실이 입증된 것이나 다름없었다.

　　책상 서랍을 막 닫으려는데, 안쪽에 누군가가 급히 휘갈겨 계산을 수행한 종이 묶음이 보였다. 나는 그것을 꺼내 훑어보았다. 누군가 나와 비슷한 실험을 하기 위해 인공위성에 자료를 요구했다는 사실을 확인할 수 있었다. 차이점이라면, 은하 자오선의 위치에 대한 정보 대신, 솔라리스의 알베도를 사십 초 간격으로 측정한 자료를 요청했다는 것뿐이었다.

　　나는 미친 게 아니었다. 이렇게 마지막 희망의 불씨마저 꺼져 버렸다. 나는 무선 송신기의 스위치를 뽑고, 보온병에 남아 있던 수프를 마저 들이킨 다음, 잠자리에 들었다.

하레이

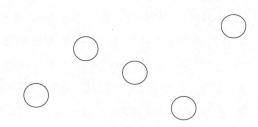

나는 묵묵히 그리고 집요하게 계산 작업을 수행했다. 덕분에 겨우 버틸 수 있었다. 그러고 나니 너무 지쳐서 선실의 벽 침대를 펼칠 힘도 남아 있지 않았다. 위쪽의 손잡이 대신, 침대 난간을 잡아당기는 바람에 그만 매트리스가 내 머리 위로 굴러떨어지고 말았다. 나는 겉옷과 속옷을 벗어서 아무렇게나 바닥에 내팽개치고는 반쯤 잠든 상태에서 베개에 공기를 불어넣었다. 피로한 나머지 베개가 제대로 부풀려지기도 전에 전등불도 안 끄고 잠들어 버렸다.

그러다 눈을 떴다. 처음에는 그저 몇 분 동안 잠들었었나 보다고 생각했다. 방 안에 어둑어둑한 붉은빛이 가득했다. 서늘하고 쾌적했다. 나는 완전히 벌거벗은 상태로 몸에는 아무것도 덮지 않고 있었다. 그런데 내 맞은편, 반쯤 걷혀 있는 커튼 사이로 붉은 태양이 비치는 창가에 누군가가 앉아 있었다. 하레이였다. 맨발에 다리를 꼬고 앉아 있는 그녀는 검은 머리카락을 빗어넘긴 채, 젖가슴 바로 위를 단단하게 졸라맨 새하얀 해변용 드레스를 입고 있었다. 팔꿈치 부근까지 까무잡잡하게 탄 두 손을 축 늘어뜨리고서 미동도 없이 검고 긴 속눈썹 너머로 물끄러미 나를 바라보는 중이었다. 나는 꽤 오랫동안 그녀를 찬찬히 뜯어보면서 아주 평화롭게 침대에 누워 있었다. 제일 먼저 떠오른 생각은 이랬다. '내가 지금 꿈을 꾸고 있는데, 꿈속에서 내가 꿈을 꾸고 있다는 사실을 알고 있으니 얼마나 다행인가.' 그럼에도 나는 그녀가 내 눈앞에서 사라져 주기를 바랐다. 나는 다시 눈을 감고는 부디 그녀가 이 공간에 없기를 간절히 기도했다. 하지만 내가 다시 눈을 떴을 때, 하레이는 여전히 내 앞에 앉아 있었다. 마치 휘파람이라도 불려는 듯 입술을 뾰로통하게 내민 특유의 입 모양을 짓고 있었지만, 그녀의 두 눈에서 웃음기라고는 찾아볼 수 없었다. 나는 간밤에 잠들기 전에 꿈에 관해 떠올린 모든 생각을 더듬어 보았다.

하레이는 내가 마지막으로 본 생전의 모습과 조금도 달라진 것이 없었다. 그때 열아홉 살이었으니, 살아 있다면 지금은 스물아홉 살이 되었을 것이다. 그러나 그녀는 하나도 변하지 않았다. 젊어서 죽은 이들은 영원히 젊음을 유지하는 법이다. 그녀는 매사에 놀라는 듯한 예전의 그 눈빛으로 나를 응시하고 있었다. 그녀에게 아무거나 집어 던져 볼까 하는 생각을 했지만, 비록 꿈속일망정 죽은 하레이에게 그런 짓을 하고 싶지는 않았다.

나는 중얼거렸다. "가여운 우리 꼬마 아가씨, 날 찾아온 거야?"

내 목소리가 어찌나 선명하게 들리는지 순간 섬뜩했다. 방도, 하레이도, 모든 것이 너무나도 현실적이었다.

꿈이 어찌나 생생한지, 비단 총천연색이기만 한 게 아니었다. 어제 잠자리에 들 때만 해도 미처 보지 못했던 몇몇 물건들이 바닥에 뒹굴고 있었다. 꿈에서 깨어나면, 저 물건들이 여전히 저기에 있는지, 아니면 하레이와 마찬가지로 꿈에서만 존재하는 것들인지 확인해 보기로 결심했다.

"그런데 언제까지 거기에 앉아 있을 작정이지?"

나는 그렇게 물어 놓고, 마치 누가 엿들을까 봐 두려워하는 사람처럼, 내 목소리가 아주 작고 조심스럽다는 사실을 깨달았다.

어느새 수평선 너머로 태양이 조금씩 떠오르고 있었다. 좋은 징조라고 생각했다. 붉은 태양이 떠 있을 때 잠자리에 들었으니, 그다음에는 푸른 태양이 떴을 것이고, 그렇다면

ㅅㅅㅅ

그 뒤로는 다시 붉은 하루가 이어져야 한다. 내가 한 번도 깨지 않고, 열다섯 시간이나 내리 잤을 리가 없다. 따라서 이것은 분명 꿈이다!

　　나는 마음을 진정하고, 하레이를 주의 깊게 살펴보았다. 그녀의 등 뒤에서 햇빛이 조명처럼 그녀를 비추었다. 커튼 틈으로 스며드는 한 줄기 햇빛이 왼쪽 뺨에 돋아난 보드라운 솜털을 금빛으로 물들였고, 긴 속눈썹은 그녀의 얼굴에 기다란 그림자를 드리웠다. 너무나도 아름다웠다. 잠결인데도 내 시선이 이처럼 꼼꼼하고 정확하다는데 스스로도 놀랐다. 나는 태양의 움직임을 주시하면서, 다른 이들과는 달리 입꼬리 근처, 특별한 지점에 옴폭 패는 그녀만의 보조개를 확인했다. 그러면서도 한편으로는 이 모든 게 끝났으면 싶었다. 이제 슬슬 탐사 작업을 시작해야만 하니까. 나는 두 눈을 꼭 감았다. 하지만 삐걱대는 소리에 곧바로 다시 눈을 떴다. 하레이가 침대 위로 올라와 내 옆에 앉아서 진지하게 나를 바라보고 있었다. 내가 그녀를 향해 미소를 지어 보이자, 그녀도 미소를 지으며 내 쪽으로 몸을 기울였다. 첫 번째 입맞춤은 마치 어린아이들의 뽀뽀처럼 가볍고 수줍었다. 나는 그녀를 끌어안고 오랫동안 입을 맞추었다. 꿈이 이렇게까지 생생하리라고는 믿기 힘들었다. 하지만 이것은 그녀에 대한 추억을 배신하는 행위가 아니다. 내가 꾸고 있는 꿈에 그녀가 스스로 나타난 것이니까. 나로서는 생전 처음 겪는 체험이었다…… 우리는 여전히 아무 말도 하지 않았다. 나는 등을 침대에 대고 누워 있었다. 그녀가 고개를 들자, 창틈으로 스며드는 햇볕을 받아 반짝이는 그녀의 작은 콧구멍이 보였다. 콧구멍은 평소 그녀의 기분을 짐작할 수 있는 척도였다. 나는 손끝으로 그녀의 머리를 귀 뒤로 쓸어 넘겼다. 그녀의 귓볼이 입맞춤으로 인해 분홍빛으로 물들어 있었다. 어쩌면 그 달아오른 귓볼이 나를 그처럼 불안하게 했는지도 모르겠다. 이것은 꿈이라고, 스스로에게 몇 번이고 타일렀지만, 가슴이 터질 듯 답답했다.

나는 신경을 바짝 곤두세우고, 언제라도 침대에서 뛰어내릴 태세를 갖췄다. 하지만 마음속으로는 이미 실패를 예견하고 있었다. 꿈속에서는 몸이 마비된 것처럼, 제대로 말을 듣지 않는 경우가 종종 있다. 지금 이 상황이 꿈이 아니라 현실이라면, 침대에서 거뜬히 뛰어내릴 수 있을 것이고, 꿈속이라면 적어도 긴장감으로 인해 잠에서 깨어날 수는 있겠지. 하지만 꿈은 계속되었다. 나는 상반신을 일으켜 침대에 앉았고, 다리를 바닥으로 떨어트렸다. 하는 수 없었다. 끝까지 이 꿈을 꾸는 것 말고는 다른 방법이 없었다. 그러자 유쾌했던 기분이 흔적도 없이 사라졌다. 나는 두려웠다.

"원하는 게 뭐야?"

헛기침으로 쉰 목소리를 가다듬으며 내가 물었다.

나는 무의식중에 맨발로 바닥을 더듬어 슬리퍼를 찾았다. 이 선실에는 슬리퍼가 없다는 사실을 깨닫기 직전, 침대의 뾰족한 모서리에 발가락을 부딪치고 말았다. 나는 순간적으로 비명을 지르면서도 '이 정도면 꿈에서 깨어나겠지!'라는 생각에 만족감을 느꼈다.

하지만 결국 아무 일도 일어나지 않았다. 내가 침대에 걸터앉자 하레이는 흠칫 물러나서 침대 등받이에 몸을 기댔다. 숨을 쉴 때마다 그녀의 왼쪽 가슴팍 언저리에서 드레스가 가볍게 들썩였다. 그녀는 호기심이 깃든, 차분한 눈빛으로 나를 바라보고 있었다. 나는 찬물로 샤워를 해 보면 어떨까 생각했다. 하지만 꿈속의 샤워가 잠을 깨우는 데 도움이 될 것 같지는 않았다.

"어디서 온 거야?"

하레이는 내 손을 잡고는 공중으로 던져올렸다가 받은 다음, 내 손가락을 만지작거렸다. 예전에 그녀는 곧잘 이런 장난을 하곤 했다.

"나도 몰라요. 내가 와서 싫은가요?"

예전과 다를 바 없는 나지막하고 무심한 목소리였다. 하레이는 자신이 무슨 말을 하는지 개의치 않고, 딴 데 정신이 팔려 있는 것처럼 무심하게 들리는 말투를 갖고 있었다. 게

다가 두 눈에 놀라움을 담은 채 상대를 응시하는 버릇이 있었기 때문에 남들에게 이따금 경솔하거나 무례하다는 인상을 주기도 했다.

"누군가…… 당신을 본 사람이 있어?"

"모르겠어요. 어쩌다 보니 여기에 왔고, 그게 다예요. 근데 그게 그렇게 중요해요, 크리스?"

하레이는 여전히 내 손가락을 만지작거리고 있었지만, 그녀의 표정은 굳어 있었다.

"하레이……?"

"왜요, 자기?"

"내가 여기 있다는 걸 어떻게 알았지?"

그녀가 잠시 생각에 잠겼다. 그러다 이내 가지런한 치아를 드러내며 활짝 미소를 지어 보였다. 그녀의 입술은 워낙 어두운 빛을 띠고 있어서 검붉은 체리를 먹어도 티가 나지 않곤 했었다.

"나도 몰라요. 우습지 않나요? 내가 이 방에 들어왔을 때, 당신은 자고 있었어. 하지만 당신이 워낙 화를 잘 내니까 일부러 안 깨웠어. 화도 그렇고, 늘 투덜거리니까."

하레이는 나에 대한 이야기를 하면서 내 손을 힘껏 던져 올렸다.

"아래층에 내려가 봤어?"

"응, 하지만 너무 추워서 금방 올라왔어요."

하레이는 내 손을 놓고는 침대의 구석에 누웠다. 머리카락이 한쪽으로 가지런히 흘러내리도록 머리를 젖히고는 반쯤 웃는 듯한 신비스러운 미소를 지으며 나를 바라보았다. 내가 그녀와 사랑에 빠졌던 그 시절에, 화가 저절로 풀리게 만들던 바로 그 미소였다.

"하지만…… 하레이…… 하지만……."

나는 말을 더듬었다. 나는 그녀를 향해 몸을 숙이고는 드레스의 짧은 소매를 걷어 올렸다. 예방 접종 자국 바로 위에 주삿바늘에 찔린 붉은 점이 있었다. 그러리라고 예상은 했지만(불가능하다는 걸 알면서도 본능적으로 계속해서 논리의 타당성을 찾고 있었기 때문이다.), 그래도 속이 울렁거렸다. 나는 손가락으로 그 붉은 점을 눌러보았다. 그날 이후 이 붉은 자국은 밤마다 내 꿈에 나타나서 나를 괴롭혔고, 그때마다 나는 구겨진 시트 위에서 몸을 반쯤 접은 것처럼 웅크린 채, 늘 똑같은 자세로 신음을 내뱉으며 깨어나곤 했다. 하레이의 시신이 거의 차갑게 식은 상태로 발견되었을 때, 그녀 또한 이런 자세로 누워 있었다. 꿈속에서나마 나는 그녀와 똑같은 자세를 취하고 싶었다. 그렇게 함으로써 용서를 구하고 싶었고, 그녀가 생의 마지막 순간, 주사의 효과를 서서히 느끼며 두려움에 사로잡혔을 때, 그녀의 곁에 함께 있고 싶었다. 하레이는 언제나 주삿바늘을 무서워했으므로 틀림없이 공포에 떨었을 것이다. 평소에 살짝 베인 상처만 봐도 놀라고, 고통을 참거나 피를 보는 것을 끔찍하게 여기던 그녀가 다섯 단어로 이루어진 짧은 쪽지 한 장만을 내게 달랑 남긴 채, 그런 무시무시한 짓을 단숨에 저질렀다는 사실을 도저히 믿을 수가 없었다. 나는 그 쪽지를 다른 서류들과 함께 문서철에 보관했고, 거처를 옮길 때마다 항상 가지고 다녔다. 접힌 부분이 희미해지고, 닳아 해진 그 쪽지를 나는 차마 버릴 수가 없었다. 나는 그녀가 그것을 쓰던 순간, 과연 어떤 심정이었을지 수천 번도 넘게 되새겨 보았다. 그때마다 나는 그녀가 그저 장난을 치려 했을 뿐이라고, 나를 놀라게 해 주려다가 본의 아니게 치사량을 주사해 버린 것이라고 스스로를 위로하곤 했다. 친구들도 입을 모아 어차피 이렇게 될 수밖에 없었다고 말하거나 우울증에 사로잡혀 순간적으로 저지른 짓에 불과하다며 나를 위로했다. 하지만 그들은 그 일이 일어나기 닷새 전에 내가 그녀에게 무슨 말을 했는지 전혀 알지 못했다. 나는 그녀에게 상처를 주기 위해 짐을 쌌다. 그때 그녀는 유난히 차분한 목소리로 말했었다. "이게 무슨 의미인지는…… 당신도 알고 있는 거죠?" 물론 나는 너무나도 잘 알면서 모른 척했다. 당시의 나는 하레이가 겁쟁이라고 생각했고, 그녀에게도 대놓고 그렇게 말했다. 그랬던 그녀가 지금 내 침대에 비스듬히 누운 채 나를 물끄러미 바라보고 있다. 마치 자신을 죽인 장본인이 바로 나라는 사실을 전혀 모르는 것처럼.

"이게 당신이 할 수 있는 전부예요?" 그녀가 물었다. 햇빛 때문에 방 안이 온통 붉은빛이었고, 그녀의 머리카락도 붉게 반짝였다. 내가 한참 동안 자신의 팔을 들여다보자 하레이 역시 호기심 어린 시선으로 자기 팔을 내려다보았다. 내가 팔에서 손을 떼자 그녀는 보드랍고도 서늘한 자신의 뺨에 내 손바닥을 갖다 댔다.

"하레이." 내가 더듬거리며 말했다. "이건 말도 안 되는……"

"쉿!"

그녀는 두 눈을 감고 있었지만, 감긴 눈꺼풀 아래에서 눈동자의 떨림이 느껴졌다. 그녀의 길고 짙은 속눈썹이 내 뺨 언저리에 닿았다.

"우린 지금 어디에 있는 거지, 하레이?"

"우리 집에요."

"그게 어딘데?"

하레이가 한쪽 눈을 살짝 뜨는 듯하다가 금방 도로 감았다. 그녀의 긴 속눈썹이 내 손바닥을 간지럽혔다.

"크리스!"

"왜?"

"나 기분이 너무 좋아."

나는 누워 있는 하레이를 내려다보며 그녀의 곁에 조용히 앉아 있었다. 고개를 들어 보니 세면대 앞에 부착된 거울에 침대의 일부와 하레이의 헝클어진 머리카락, 그리고 벌거벗은 내 무릎이 비치고 있었다. 나는 방바닥에서 뒹굴고 있던, 반쯤 녹아서 모양이 일그러진 실험 도구 하나를 발끝으로 끌어당긴 다음, 비어 있는 한 손으로 그것을 집어 들었다. 한쪽 끝이 녹아 바늘처럼 뾰족하고 날카로운 도구였다. 나는 허벅지의 안쪽, 반원형의 분홍빛 흉터 바로 옆에 그 도구를 갖다 대고는 힘껏 찔렀다. 통증은 예리했다. 흘러나온 피가 허벅지 안쪽을 따라 바닥에 뚝뚝 떨어지는 광경을 나는 무력하게 쳐다보았다.

다 소용없는 일이었다. 머릿속에 떠올랐던 끔찍한 상상이 점점 더 확고해질 따름이었다. 이제 더는 스스로에게 '이건 꿈이야.'라고 타이를 수 없게 되어 버렸다. 확신은 이미 오래전에 사라졌고, 지금 내 머릿속에는 어떻게든 나 자신을 보호해야 한다는 생각뿐이었다. 나는 하레이의 등을, 그리고 등에서부터 이어지는 흰 드레스에 가려진 엉덩이를 유심히 살펴보았다. 그녀는 맨발을 침대 밑으로 떨구고 있었다. 나는 손을 뻗어 그녀의 분홍빛 발꿈치 한쪽을 잡고는 손가락으로 발바닥을 쓰다듬어 보았다. 피부가 갓 태어난 아기처럼 부드러웠다.

바로 그 순간, 나는 그녀가 하레이가 아니라는 사실을 깨달았다. 게다가 그녀 자신도 그 사실을 알지 못하고 있음을 확신했다.

하레이의 맨발이 내 손아귀에서 꼼지락거리더니, 그녀의 검붉은 입술에 소리 없는 웃음이 피어올랐다.

"멈춰요." 그녀가 중얼거렸다.

나는 그녀의 발에서 조심스럽게 손을 뗀 다음, 자리에서 일어났다. 그때까지도 여전히 알몸이었던 나는 서둘러 옷을 입었다. 그동안 하레이는 침대에 일어나 앉아서 나를 빤히 쳐다보고 있었다.

"당신 짐은 어디 있지?"

물어보기는 했지만, 이내 후회스러운 마음이 들었다.

"내 짐?"

"지금 입고 있는 드레스 말고는 아무것도 안 가져온 거야?"

이제부터는 연극이나 다름없었다. 나는 마치 우리가 어제 헤어진 것처럼, 아니 한 번도 헤어졌던 적이 없다는 듯 태연하고 자연스럽게 굴었다. 하레이가 자리에서 일어섰다. 그러고는 가볍지만 날렵한 동작으로 드레스 자락을 잡아당겨 주름을 폈다. 내게는 익숙한 모습이었다. 그녀는 아무 말도 안 했지만, 내 질문에 확실히 흥미를 느낀 듯했다. 그녀가 무언가를 찾는 듯한 심각한 눈빛으로 주변을 이리저리 살피는 건 여기 와서 처음이었다. 그러더니 곤혹스럽다는 말투로 입을 열었다.

"모르겠네." 하레이가 속수무책이라는 듯 말했다. "어쩌면 옷장 안에 있을지도……?"

그녀가 이렇게 덧붙이면서 옷장 문을 열었다.

"아니, 거긴 기밀복과 작업복밖에는 없어."

내가 대답했다. 나는 세면대 옆에 놓여 있는 전기 면도기를 발견하고는 면도를 시작했다. 그녀가 누구이건 간에 그녀에게 등을 보인 채 눈을 돌리고 싶지는 않았다.

그녀는 방 안을 분주히 돌아다니며, 구석을 샅샅이 살피고, 창밖을 내다보았다. 그러다 마침내 내게로 다가와서는 말했다.

"크리스, 아무래도 무슨 사고가 있었던 것 같아. 그런 느낌이 들어요."

그녀가 말을 멈췄다. 나는 면도기의 스위치를 끄고서 그녀가 다음 말을 잇기를 기다렸다.

"그러니까…… 내가 꼭 뭔가를 잊어버린 것만 같아요…… 그것도 아주 많은 것을. 내가 기억하고, 알고 있는 건…… 오로지 당신뿐인데…… 그것 말고는…… 아무 생각도 안 나.”

나는 그녀의 말을 들으며, 표정을 애써 가다듬었다.

“내가…… 어디 아팠었나요?” 그녀가 물었다.

“그래…… 어떤 의미에선 그랬다고 할 수도 있지. 응, 당신은 몸이 좀 안 좋았어.”

“아하, 그래서 그런 거였나.”

하레이의 표정이 다시 밝아졌다. 그 순간의 내 심정은 어떤 말로도 표현하기 힘들었다. 잠자코 서 있다가, 방 안을 이리저리 돌아다니다가, 자리에 앉았다가, 미소를 짓고 있는 그녀를 보고 있노라니, 지금 이 순간 내 앞에 있는 이 여자가 진짜 하레이라는 기묘한 확신이 두려움보다 강하게 밀려들기 시작했다. 그러다 또 어떤 순간에는 눈앞의 이 여자가 몇 가지 독특한 표정과 몸짓, 동작으로만 한정된, 하레이의 단순화된 버전인 것처럼 느껴졌다. 그녀가 내게로 가까이 다가와서 목 아래, 가슴팍에 두 주먹을 갖다 대면서 물었다.

"우리 사이는? 좋은가요, 아님 나쁜가요?"

“이보다 더 좋을 수는 없지.” 내가 대답했다.

하레이가 희미하게 미소를 지었다.

“당신이 그런 식으로 대답한다는 건, 이보다 더 나빠질 게 없다는 뜻이기도 하죠.”

“아냐, 전혀 그렇지 않아. 하레이, 자기, 난 지금 잠시 나가 봐야 해." 내가 서둘러 말했다. "날 기다려 줄 거지? 혹시…… 배가 고프진 않아?"

갑작스러운 허기를 느끼며 내가 물었다.

"배가 고프냐고요? 아뇨."

그녀가 단호하게 고개를 내젓는 바람에 머리카락이 물결치듯 흔들렸다.

"오래 기다려야 해요?"

"한 시간쯤……" 내가 막 설명하려는데, 그녀가 내 말을 끊었다.

"나도 같이 갈래요.."

"그건 안 돼. 나는 할 일이 있어."

"그래도 함께 갈래요."

이것은 하레이가 아니었다. 진짜 하레이는 자신의 주장을 내게 강요한 적이 없었다. 단 한 번도.

"꼬마 아가씨, 안 된다니까……"

그녀가 눈을 치켜뜨고 나를 올려다보면서 갑자기 내 손을 움켜잡았다. 내 손이 그녀의 따뜻하고 통통한 팔을 어루만지며 어깨로 올라갔다. 내 의지와는 상관없이 나는 그녀를 애무하고 있었다. 내 몸이 먼저 그녀의 몸을 알아보았고, 그녀를 원했다. 내 몸은 논리와 근거, 두려움 따위를 초월하여 그녀의 몸을 갈구하고 있었다.

나는 냉정을 잃지 않으려 필사적으로 애쓰면서 같은 말을 되풀이했다.

"하레이, 그건 곤란해. 여기서 기다려야만 한다고."

"싫어요."

그녀의 이 한마디가 너무 낯설게 들렸다.

"왜 그러는데?"

"그건…… 나도 모르겠어요."

그녀는 주위를 둘러보다가 다시 한번 눈을 들어 나를 바라보았다.

"아무튼 그럴 수가 없어요……"

그녀가 들릴 듯 말 듯 한 목소리로 대답했다.

"대체 왜!?"

"나도 몰라요. 그냥 그럴 수가 없어요. 그건 마치…… 그러니까 마치…… "

그녀는 적당한 대답을 찾아내려 애쓰고 있었다. 그러다 마침내 할 말을 찾은 듯 기쁜 표정을 지었다.

"그러니까…… 당신에게서…… 한 시라도 눈을 떼면 안 될 것 같은 생각이 들어."

그녀의 현실적인 말투는 애정 표현과는 거리가 멀었고, 뭔가 예전과는 확실히 달랐다. 그러자 그녀의 몸을 안고 있던 내 손길에서 변화가 일어났다. 겉으로는 알아차리기 힘

人3ㅂ

든 미세한 변화였다. 나는 그녀의 두 눈을 응시하면서 그녀의 양손을 천천히 등 뒤로 향하게 밀었다. 애초부터 의도가 명확한 동작은 아니었지만, 막상 시작하고 보니 목적이 뚜렷해졌다. 나의 두 눈은 이미 그녀의 손을 묶을 만한 것을 찾기 위해 방 안을 훑어보는 중이었다.

　뒤로 꺾여 있는 그녀의 양 팔꿈치가 서로 가볍게 부딪혔다. 순간 그녀가 무시무시한 힘을 가하면서 팔꿈치를 앞으로 폈다. 나는 그녀의 갑작스러운 완력에 불과 1초도 버티지 못했다. 비록 힘센 레슬링 선수라 해도 하레이처럼 양손이 뒤에서 고정된 채, 발이 바닥에 닿지 않을 정도로 몸이 위로 들어 올려진 상태면, 내 손을 뿌리치는 게 게 결코 쉬운 일이 아니었을 것이다. 하지만 하레이는 힘을 주는 기색이라고는 전혀 없이 태연하게 미소를 지으며 조용히 내 손을 뿌리치고는 상체를 꼿꼿이 세우고, 두 팔을 내려놓았다.

　그녀는 마치 내가 잠에서 막 깨어났던 처음 그때처럼 침착하면서도 흥미로운 표정으로 나를 바라보았다. 조금 전 내가 얼마나 절박한 심정으로 두려움을 느끼며 공격을 시도했는지 따위는 개의치 않는 듯했다. 지금 그녀의 모습은 수동적이면서 뭔가를 기다리는 것처럼 보이기도 하고, 무관심한 듯하면서도 동시에 뭔가를 골똘히 생각하는 것 같기도 했다. 약간 당황스러운 기색도 엿보였다.

ㅅㄹㅅ

온몸에서 기운이 빠졌다. 나는 하레이를 방 한가운데에 그대로 세워 둔 채, 세면대를 향해 다가갔다. 상상도 못 할 만큼 끔찍한 덫에 걸린 기분이었다. 나는 더욱 무자비한 방법을 저울질하면서 탈출구를 찾고 있었다. 내게 무슨 일이 벌어지고 있는지, 그리고 이 모든 일이 무엇을 의미하는지 누군가 내게 묻는다면, 아마도 나는 한마디도 대답하지 못했을 것이다. 하지만 나는 이 정거장에서 내가 처한 상황이 다른 사람들의 상황과 크게 다르지 않다는 사실을 깨달았다. 끔찍하고 불가사의한 일들이 계속 일어나고 있지만, 이 모든 것이 일종의 전체를 구성하고 있다는 것만은 분명했다. 하지만 내가 지금 생각하고 있는 것은 이런 게 아니었다. 나는 어떻게든 이 난관으로부터 빠져 나갈 묘수를 필사적으로 찾고 있었다. 굳이 뒤돌아보지 않아도 하레이의 시선이 나를 좇고 있음이 느껴졌다. 세면대 위에는 약품을 넣어 두는 수납장이 달려 있었다. 나는 그 안의 내용물들을 재빨리 훑어보고는, 수용성 수면제가 든 병을 발견했다. 거기서 최대 허용량인 수면제 네 알을 꺼내어 더운물이 담긴 컵에 넣었다. 지금 내가 하는 작업을 하레이에게 딱히 숨기려고 하지도 않았다. 왜 그랬는지는 설명하기 어렵지만, 별로 신경이 쓰이지 않았다. 나는 알약이 뜨거운 물에 녹아 형제가 완전히 없어질 때까지 기다렸다가 여전히 방 한가운데 서 있는 하레이에게로 다가갔다.

"나 때문에 화났어요?"

하레이가 나지막한 목소리로 물었다.

"아냐. 이거 좀 마셔 봐."

이유는 알 수 없었으나 나는 그녀가 내 말에 복종하리라는 걸 알고 있었다. 예상한 대로 그녀는 말없이 컵을 받아 들고는 단숨에 들이켰다. 나는 빈 잔을 탁자에 내려놓고, 옷장과 책장 사이에 놓인 안락의자에 앉았다. 하레이가 내 곁으로 천천히 다가와서 평소 습관대로 두 다리를 한쪽으로 웅크린 자세로 의자 옆의 바닥에 주저앉았다. 그리고 예의 그 낯익은 몸짓으로 머리카락을 쓸어 넘겼다. 나는 이 여자가 하레이라고는 전혀 믿기지 않았음에도, 대화를 나누는 동안 그녀가 습관적으로 취하는 익숙한 동작이나 세세한 몸짓이 자꾸만 눈에 들어와서 목이 메었다. 그것만으로도 충분히 괴로웠지만, 무엇보다 끔찍한 것은 내가 그녀를 하레이라고 믿는 척하면서 그녀를 속여야만 한다는 사실이었다. 그녀 자신도 스스로를 하레이라고 철썩같이 믿고 있었으며, 거짓 연기를 하는 것처럼 보이지도 않았다. 내가 왜 이런 결론에까지 이르렀는지는 나도 잘 모르겠다. 하지만 이것은 모든 게 불확실한 작금의 상황에서 내가 품을 수 있는 유일한 확신이었다.

135

나는 그대로 의자에 앉아 있었고, 그녀는 내 무릎에 등을 기댔다. 그러자 그녀의 머리카락이 내 손등을 간지럽혔다. 우리는 한동안 이런 자세로 꼼짝도 하지 않았다. 시계를 몇 번 보는 사이에 삼십 분이 흘렀다. 수면제의 약효가 슬슬 나타날 시간이었다. 하레이가 속삭이듯 뭐라고 중얼거렸다.

"뭐라고 했어?"

내가 물었지만, 그녀는 답이 없었다. 나는 그녀가 잠들었기 때문에 대답이 없다고 생각하면서도 다른 한편으로는 수면제가 제대로 효력을 발휘할 수 있을지 의심스러운 마음이 들었다. 왜 그런 생각이 들었을까? 이 질문에 대한 답을 나 자신도 알지 못했다. 아마도 내가 기껏 생각해 낸 계략이 너무 단순했기 때문이었을 것이다.

그녀의 머리가 차츰 내 무릎으로 기울어지더니 검은 머리카락이 그녀의 얼굴을 완전히 덮어 버렸다. 그녀의 숨소리가 잠든 사람처럼 새근새근 규칙적으로 바뀌었다. 나는 그녀를 침대로 옮기기 위해 몸을 숙였다. 그러자 그 순간, 그녀가 두 눈을 감은 채 한 손으로 내 머리를 휘감더니 날카로운 웃음을 터뜨렸다.

나는 온몸이 뻣뻣하게 굳었다. 하지만 그녀는 웃음을 멈추지 않았다. 순진함과 교활함이 교묘하게 섞인 표정으로 그녀는 눈을 가늘게 뜬 채 나를 쳐다보았다. 나는 얼빠진 사람마냥 무기력한 모습으로 자리에 털썩 주저앉았다. 하레이가 한 번 더 낄낄거리고는 마침내 웃음을 멈추었다. 그리고 자신의 얼굴에 내 손을 갖다 댔다.

나는 무뚝뚝한 음성으로 물었다. "왜 웃는 거야?"

그녀의 얼굴에 잠시 불안한 기색이 어렸다. 나는 그녀가 나에게 솔직하게 대답하고 싶어 한다는 걸 알 수 있었다. 그녀는 자신의 작은 코를 문지르면서 긴 한숨을 내쉬었다. 그리고 마침내 입을 열었다.

"나도 모르겠어요." 그녀는 정말로 궁금한 듯했다.

"내가 너무 바보처럼 굴고 있네요, 그렇죠? 뭔가 갑자기 이렇게…… 하지만 당신도…… 만만치 않아요. 어딘가 부루퉁해 보이네요…… 꼭 펠비스처럼……"

순간 나는 내 귀를 믿을 수가 없었다.

"누구처럼이라고?" 내가 되물었다.

"펠비스요. 그 뚱뚱한 남자 말이에요."

하레이는 절대로 펠비스를 알 리가 없고, 내게서 펠비스에 대한 이야기를 들었을 리도 만무했다. 이유는 간단했다. 그가 우주 탐사에서 돌아온 것은 하레이가 세상을 떠난 지 삼 년이나 흐른 뒤의 일이었기 때문이다. 그 전까지는 나는 그를 알지 못했고, 연구소에서 회의를 주재할 때, 쓸데없이 시간을 질질 끄는 그의 고질적인 습관에 대해서도 알지 못했다. 더구나 그의 본명이 펠 빌리스였는데, 그걸 줄여서 '펠비스'라는 별명이 생겨났다는 사실도 그가 지구로 돌아오기 전까지는 전혀 몰랐다.

하레이는 내 무릎에 양 팔꿈치를 고인 채로 내 얼굴을 똑바로 올려다보았다. 나는 그녀의 어깨에 양손을 얹고 천천히 움직이기 시작했다. 내 두 손은 견갑골을 지나 가늘게 맥박이 뛰고 있는 그녀의 목덜미 부근에서 서로 만났다. 언뜻 보기에는 내가 그녀를 애무하는 것처럼 보였을 것이다. 그녀의 눈빛을 보니 그녀 또한 내 손길을 그렇게 받아들이는 것 같았다. 하지만 실제로 나는 그녀의 몸이 뼈와 근육과 관절을 가진, 보통 인간의 따뜻한 육신과 다를 바가 없다는 것을 한 번 더 확인해 보고 싶었을 따름이었다. 그녀의 차분한 눈동자와 마주한 순간, 그녀의 목덜미를 어루만지고 있는 내 손가락에 갑자기 힘을 주고 싶다는 강렬한 충동을 느꼈다.

내 손에 막 힘이 들어가려는 찰나에 갑자기 스나우트의 피 묻은 손가락이 떠올랐다. 결국 나는 두 손을 내려놓았다.

"왜 그런 눈으로 나를 보는 거죠?"

하레이가 차분한 목소리로 물었다.

심장이 어찌나 격렬하게 두근거리는지 아무런 대답도 할 수가 없었다. 나는 잠시 눈을 감았다.

바로 그 순간, 어떤 계획 하나가 처음부터 끝까지, 아주

세부적인 사항까지 완벽하게 떠올랐다. 잠시도 지체할 수 없었다. 나는 자리에서 벌떡 일어났다.

"그만 가야겠어, 하레이. 혹시 함께 가고 싶다면, 나를 따라와도 돼."

"좋아요."

그녀가 펄쩍 뛰어올라 두 발로 섰다.

"왜 맨발로 다니는 거야?"

옷장 문을 열고, 다양한 빛깔의 기밀복 중에서 나와 그녀의 몸에 맞을 만한 것을 고르면서 내가 물었다.

그녀가 머뭇거리며 대답했다.

"나도 모르겠어요…… 신발을 어딘가에 벗어 놓고 왔나봐요."

나는 더 추궁하지 않았다.

"이걸 입으려면, 그 드레스를 벗어야 할 거야."

"기밀복이네요……? 왜 이걸 입어야 하죠?"

그녀는 질문을 하면서도 동시에 드레스를 벗기 위해 몸을 움직였다. 그 순간 이상한 사실이 밝혀졌다. 그녀가 입고 있는 드레스에는 여밈 장치가 하나도 없어서 옷을 마음대로 벗을 수가 없었던 것이다. 앞면에 일렬로 달린 빨간 단추는 장식용일 뿐이고, 지퍼나 후크가 아예 없었다. 하레이는 당황스럽다는 듯이 미소를 지었다. 나는 옷을 벗는 가장 일반적인 방법이 바로 이것이라는 듯, 바닥에 떨어져 있던 메스 같은 도구를 집어들고는 등 뒤의 목선 중간에서부터 허리까지 그녀의 드레스를 쭉 찢었다. 그제야 비로소 드레스를 머리 위로 당겨서 벗을 수 있었다. 기밀복은 그녀에게는 약간 헐렁헐렁했다.

기밀복으로 갈아입은 뒤, 둘이서 막 선실을 나서려는데, 그녀가 캐물었다.

"지금부터 비행을 하는 건가요……? 당신도 함께 가는 거죠?"

나는 말없이 고개만 끄덕였다. 스나우트와 마주칠까 봐 몹시 걱정스러웠다. 하지만 비행장으로 통하는 복도는 텅 비어 있었고, 무선실의 문도 굳게 닫혀 있었다.

정거장에는 여전히 무덤 속 같은 적막이 감돌고 있었다. 하레이는 내가 중앙의 격납고에서 로켓 하나를 골라서 이륙용 전기 카트에 싣고 통로로 운반하는 모습을 지켜보고 있었다. 나는 소형 원자로와 원격 조종 장치, 그리고 노즐을 차례로 점검했다. 그런 다음 로켓이 담긴 카트를 중앙에 있는 원통형 깔때기 아래에 놓인, 발사대의 원형 리프트에 싣고 방향을 조정했다. 내가 타고 온 빈 캡슐은 이미 발사대에서 내려놓은 상태였다.

내가 고른 로켓은 정거장과 인공위성 사이를 정기적으

130

로 오가는 소형 로켓이었는데, 사람이 아닌 화물 운반용이었기 때문에 로켓 내부에서는 승강구를 열 수 없는 구조였다. 하지만 그것도 내 계획의 일환이었다. 물론 로켓을 발사할 생각은 추호도 없었지만, 그래도 실제 상황에 맞추어 모든 준비를 꼼꼼하게 진행했다. 하레이도 나와 함께 몇 번인가 우주 비행을 한 적이 있었으므로 발사 준비 과정에 대해서는 어느 정도 알고 있었다. 나는 조종실 안으로 들어가서 온도 조절 장치와 산소 공급 장치가 제대로 작동하는지 점검한 뒤, 두 장치의 작동 버튼을 모두 눌렀다. 중앙 제어 장치를 켜니 계기판의 지시등에 불이 들어왔다. 나는 비좁은 조종실에서 나와 사다리 발치에서 기다리고 있는 하레이에게 말했다.

"어서 타."

"당신은요?"

"나도 금방 탈 거야. 먼저 승강구부터 닫고 나서."

하레이가 내 계략을 눈치챈 것 같지는 않았다. 그녀가 사다리를 타고 올라가서 로켓 안으로 들어서자마자, 나는 승강구 안으로 머리를 들이밀고는 자리가 불편하지 않은지 물었다. 밀폐된 공간에서 괜찮다는 희미한 대답이 들려왔다. 나는 물러서서 있는 힘껏 승강구의 문을 닫았다. 그러고는 재빨리 두 개의 빗장을 고리에 끼워 잠근 뒤, 미리 준비한 특수 스패너로 강철 외벽의 홈통에 박혀 있는 다섯 개의 고정용 볼트를 조였다.

갸름한 여송연 모양의 로켓은 우주 공간을 향해 당장이라도 이륙할 수 있도록 꼿꼿하게 수직으로 서 있었다. 그 안에 갇혀 있더라도 조금도 위험하지 않다는 것을 나는 알고 있었다. 산소 탱크는 가득 채워져 있었고, 조종실 안에 약간의 식량도 마련되어 있었다. 그녀를 그곳에 영원히 가둬 둘 생각은 추호도 없었다.

나는 그저 앞으로의 계획을 세우고, 스나우트와 함께 작전을 짜는 데 필요한 두세 시간 정도의 자유를 얻기 위해 대가를 치를 각오가 되어 있었을 뿐이다.

끝에서 두 번째 볼트를 막 조이는데, 세 면이 돌출부에 매달린 채 로켓을 지탱하고 있는 강철 받침대가 가볍게 흔들리는 것이 느껴졌다. 무겁고 커다란 스패너를 휘두르며 작업하다 본의 아니게 로켓을 흔들게 된 모양이었다.

혹시나 하는 마음에 몇 걸음 물러서서 살펴보던 나는 두 번 다시 보고 싶지 않은 광경을 목격하고야 말았다.

로켓 전체가 내부에서 발생한 연속적인 충격으로 인해 강하게 흔들리고 있었다. 그것은 아주 초인적인 힘이었다! 철제 로켓 안에 있는 존재가 검은 머리의 연약한 여자가 아니라 강철 로봇이라 해도, 8톤짜리 로켓을 이런 식으로 흔들어 댈 수는 없었다!

　로켓의 표면에 투사된 비행장의 조명이 어른어른 흔들리고 있었다. 하지만 로켓 안에서 무언가를 두드리거나 하는 소리는 들리지 않았다. 발사체의 내부는 완전한 적막에 휩싸여 있었다. 다만 로켓을 받치고 있는 철제 구조물이 균형을 잃고, 마치 바이올린 줄처럼 끊임없이 흔들리는 중이었다. 진동의 빈도가 갈수록 높아지고 파동도 커졌기에 로켓 표면을 에워싸고 있는 강철 패널의 결합이 느슨해지는 건 아닐까 걱정스러울 정도였다. 나는 떨리는 손으로 마지막 볼트를 조이고 난 뒤, 스패너를 내던지고 사다리에서 뛰어내렸다. 조금씩 뒷걸음질 치던 나는 일정 한도 내의 압력만을 견딜 수 있도록 제작된 완충 장치의 바늘이 계기판에서 격렬하게 움직이는 것을 발견했다. 로켓의 외피가 균일하게 반짝이던 광채를 잃어버린 채 더욱 격렬하게 흔들리고 있었다. 나는 미친 사람처럼 원격 제어반을 향해 달려갔고, 두 손으로 원자로의 시동 레버를 들어 올렸다. 그러자 로켓의 내부와 접속된 스피커에서 날카로운 절규가 들려왔다. 그것은 동물의 울부짖음이나 거센 바람 소리 같기도 한, 뾰족하고 날선 소음이었다. 인간의 목소리라고는 도저히 생각할 수 없었지만, 나는 그 괴상한 소음 속에서 연거푸 나를 부르는 울부짖음을 느낄 수 있었다. "크리스! 크리스! 크리스!"

ㅅ ◁▷ ㅅ

물론 명확하게 내 이름을 들은 건 아니었다. 한시라도 빨리 로켓을 쏘아 올리기 위해 정신없이 달려들다가 어딘가에 손가락을 베이는 바람에 내 손에서는 피가 뚝뚝 흘러내렸다. 비행장의 외벽이 푸르스름한 빛으로 물들었다. 발사대 아래, 배기가스 분사구에서 먼지구름이 폭발하면서 독성의 불기둥으로 변했고, 지속적인 포효가 다른 모든 소음을 집어삼켰다. 그러다 세 개의 화염이 하나의 굵은 불기둥으로 합쳐지면서 로켓이 발사되었다. 깔때기 모양의 원통형 발사 장치를 빠져나온 로켓은 아른거리는 열기의 흔적을 남긴 채, 개방된 발사구를 통해 날아갔다. 반구형 천장의 조리개가 즉시 닫혔고, 자동 환풍기가 비행장을 가득 메우고 있는 매캐한 자극성 연기를 빨아들이면서 사방에 신선한 공기를 분사하기 시작했다.

　　나는 두 눈으로 직접 목격하고도 방금 벌어진 상황을 도저히 이해할 수가 없었다. 양손은 제어판의 손잡이를 움켜쥐고 있었고, 얼굴은 뜨거운 불길에 벌겋게 달아올랐으며, 머리카락은 열풍에 타서 곱슬곱슬하게 말린 채로 헐떡이며 공기를 들이마셨다. 연료 타는 냄새와 오존이 이온화될 때 풍기는 특유의 향내가 코를 찔렀다. 로켓이 이륙하는 순간, 본능적으로 두 눈을 감았지만, 섬광이 눈꺼풀을 파고들어 눈이 부셨다. 한동안 내 눈에는 검정과 빨강, 금빛의 소용돌이밖에는 보이지 않았다. 윙윙거리는 소음을 내며 통풍구로 연기와 먼지, 안개가 차츰 사라졌다.

시력이 안정되고 내가 처음 본 것은 레이더 스크린의 초록빛이었다. 나는 로켓의 위치를 파악하기 위해 탐색 안테나를 조종하기 시작했다. 내가 겨우 그 위치를 확인했을 때 로켓은 이미 대기권을 벗어나 있었다. 나는 살면서 지금껏 목적지도, 속도도 지정하지 않은 채, 이런 식으로 아무렇게나 우주선을 이륙시킨 적은 한 번도 없었다. 지금 내가 취할 수 있는 가장 쉬운 대책은 로켓을 솔라리스 주변의 정지 궤도로 진입시키는 것이었다. 그렇게 되면 엔진을 멈출 수도 있을 것이다. 만약 로켓이 우주 공간에서 너무 오랫동안 작동한다면, 어떤 사고를 일으킬지 알 수 없었기 때문이다. 나는 도표를 통해 고도 1000킬로미터의 궤도에서 로켓을 멈출 수 있다는 계산을 산출해 냈다. 그렇게 해도 로켓의 안전을 100퍼센트 장담할 수 있는 건 아니지만, 현재로서는 다른 대안이 없었다.

이륙하는 순간, 즉시 꺼 버린 통화 스피커를 다시 켤 용기가 나지 않았다. 인간의 목소리와는 조금도 닮지 않은 그 소름 끼치는 굉음을 두 번 다시 듣고 싶지 않았던 것이다. 드디어 모든 환영을 물리쳤다고 말할 수 있을 것 같았다. 하지만 광기의 산물인 가짜 하레이의 환영 너머에서 다른 하레

ㅅ🅇3

이, 즉 진짜 하레이가 내 기억으로부터 해방되어 모습을 드
러내기 시작했다.

　내가 비행장을 나온 것은 새벽 1시쯤이었다.

ↄ ▽ ▽

『작은 외전』

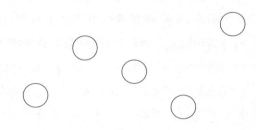

나는 얼굴과 손에 화상을 입었다. 내가 하레이에게 사용할 수면제를 찾고 있을 때(지금 생각해 보니 너무 유치하고 단순했던 나 자신을 비웃고 싶을 지경이다.) 약품 선반에서 화상 연고가 담긴 약병을 본 기억이 났다. 나는 곧바로 내 방으로 가서 문을 열었다. 그런데 붉은 석양빛에 물든 방 안 안락의자에 누군가가 앉아 있었다. 얼마 전까지는 하레이가 그 안락의자 앞에서 웅크린 채 앉아 있었다. 두려움에 몸이 굳어졌다. 나는 도망치려고 한 걸음 물러섰다. 불과 일이 초 사이에 벌어진 일이었다. 자리에 앉아 있던 인물이 고개를 들었다. 스나우트였다. 그는 내 쪽으로 등을 돌린 채, 다리를 꼬고 앉아서(여전히 화학 약품 얼룩이 묻어 있는 리넨 바지

차림이었다.) 작은 탁자 위에 놓인 서류들을 훑어보고 있었다. 내가 나타나자 그가 손에 들고 있던 종이를 탁자에 내려놓았다. 그리고 미간을 찌푸린 채, 코끝으로 미끄러진 안경알 너머로 잠시 나를 빤히 쳐다보았다.

나는 아무 말 없이 세면대로 가서 약품 선반에서 반액체 상태의 연고를 꺼내 이마와 뺨의 화상이 심한 부위에 바르기 시작했다. 다행히 얼굴은 생각만큼 많이 붓지 않았고, 본능적으로 눈꺼풀을 닫은 덕분에 눈도 무사했다. 나는 살균된 바늘로 관자놀이와 광대뼈 근처에 잡힌 커다란 물집 몇 개를 터트려 그 속에 있는 묽은 액체를 빼내고, 습포용 거즈 두 장을 잘라서 얼굴에 붙였다. 이런 내 모습을 스나우트가 줄곧 지켜보고 있었지만, 나는 일부러 무시했다. 겨우 응급처치를 끝낸 나는(내 얼굴은 점점 벌겋게 달아오르고 있었다.) 맞은편 안락의자에 앉았다. 앉기 전에 의자에 걸쳐 놓은 하레이의 드레스부터 치워야만 했다. 잠금 장식이 하나도 없다는 사실만 빼면, 겉보기에는 그저 평범한 드레스였다.

스나우트는 뼈가 앙상하게 도드라진 무릎을 두 손으로 감싼 채, 못마땅한 표정으로 내 동작 하나하나를 관찰하고 있었다.

"자, 우리 이제 이야기 좀 해 볼까?"

내가 의자에 앉자마자 스나우트가 말했다. 나는 그의 말에는 아무 대답도 하지 않고, 뺨에서 자꾸 떨어지려는 거즈를 손으로 눌렀다.

"손님이 다녀갔군, 그렇지?"

"그래."

내가 퉁명스럽게 대답했다. 그의 말에 장단 맞춰 줄 생각이 전혀 없었다.

"그런데 벌써 손님을 내보냈나 보네? 흠, 상당히 신속하게 처리했는걸!"

스나우트는 이렇게 말하면서 햇볕에 그을려 껍질이 벗겨지고 있는 제 이마에 손을 갖다 댔다. 군데군데 연분홍빛 새살이 돋아나고 있었다. 그 순간 불현듯 나 자신이 바보가 된 기분이 들었다. 어째서 나는 지금까지 검게 탄 스나우트와 사르토리우스의 얼굴을 보고도 이상히 여기지 않았던 걸까? 줄곧 햇볕에 탔을 거라고만 여겼는데, 솔라리스에서 일광욕을 하는 사람은 아무도 없지 않은가.

순간 갑작스러운 깨달음에 내 눈빛이 반짝였지만, 스나우트는 개의치 않고 계속 지껄였다.

"뭐, 처음엔 소소한 방법으로 시작했겠지. 마약이나 독극물, 아니면 격투기…… 어떤 방법을 시도했지?"

"대체 원하는 게 뭔가? 서로 대등한 입장에서 진지하게 의논하는 게 아니고, 그저 말장난이나 하려는 거면, 당장 이

ㅅ◁ㅅ

방에서 나가 주게!"

스나우트가 눈을 가늘게 뜨고 나를 바라보았다.

"때에 따라선 본인의 의지와 상관없이 말장난을 해야만
할 때도 있다네. 어디 말해 보게. 밧줄이나 망치로 해치우려
고 한 건 아닌가? 아니면 루터가 그랬던 것처럼 잉크병을 조
준해서 던진 건 아니고? 아니라고? 흠."

스나우트가 얼굴을 찡그렸다.

"뭐, 자네는 수완이 남다른가 보네! 세면대도 멀쩡하고,
손님의 머리를 벽에 찧어 버리려고 하지도 않았군. 방도 엉
망으로 만들지 않았고. 그저 곧바로 손님을 데리고 나가서
로켓에 태우고 문을 쾅 닫고는, 바로 우주로 쏘아 올렸다, 그
건가?!"

스나우트가 시계를 들여다보았다.

"어쨌든 두어 시간 정도 여유가 생겼군."

스나우트가 기분 나쁜 냉소를 지으며 덧붙였다.

"그래서 자네는 나를 나쁜 놈이라고 생각하나?"

"그래. 아주 나쁜 자식이라고 생각하고 있지."

나는 확실하게 동의했다.

"그래? 근데 만약 내가 처음부터 사실대로 얘기했다면,
자네가 내 말을 단 한 마디라도 믿었을까?"

나는 잠자코 있었다. 스나우트가 예의 그 어색한 미소를

⅄ ▽ ◌

지으며 말을 이었다.

"맨 처음 그 일을 경험한 건, 기바리안이었어. 자신의
방에 틀어박혀 문 너머로 우리와 이야기를 나누었지. 그래서
우리는…… 그때 우리가 그의 말을 어떻게 받아들였을지는
짐작할 수 있겠지?"

충분히 짐작이 갔지만, 나는 일부러 아무 대답도 하지
않았다.

"당연하게도 기바리안이 미쳤다고 판단했어. 문 너머에
서 대충 털어놓긴 했지만, 그렇다고 모두 말한 건 아니었거
든. 어쩌면 자네도 기바리안이 손님의 존재를 우리에게 왜
숨겼는지 알 거야. '숨 쿠이케(suum cuique)!'↓라는 경
구를 잘 알고 있을 테니 말야. 그러나 기바리안은 진정한 과
학자였어. 그는 우리에게 기회를 달라고 요청했네."

"무슨 기회?"

"흠, 내 생각으로는 기바리안이 그 정체불명의 손님과
관련된 진상을 규명해 보려고 했던 것 같아. 그는 밤낮으로
연구에 몰두했어. 그가 뭘 하고 있었는지 알겠나? 아마 자네
는 알고 있을 것 같은데!"

"그 계산 말인가? 무선실 책상 서랍에 있는 계산 용지
들. 기바리안이 한 건가?"

"그래. 그렇지만 그 당시에는 나도 아무것도 몰랐지."

→ 라틴어 경구로 "각자에게 자신의 몫을."이라는 뜻
  이다.

"얼마 동안 기바리안이 그러고 있었지?"

"그가 방에 틀어박혀 있던 기간 말인가? 일주일 정도였어. 대화는 항상 문을 사이에 두고 했어. 그러니 방 안에서 무슨 일이 벌어지고 있는지 통 알 수가 없었지…… 우리는 그저 기바리안이 운동 중추 신경에 자극을 받아서 환각에 시달리는 거라고만 생각했어. 그래서 나는 기바리안에게 스코폴라민↓을 주었지."

"아, 그에게…… 스코폴라민을?!"

"기바리안은 그걸 건네받긴 했지만, 자기 자신을 위해 쓰진 않았네. 그 대신 실험을 했어. 그렇게 며칠이 흘렀지."

"그동안 자네들은 뭘 했지?"

"우리 말인가? 사흘째 되는 날, 다른 뾰족한 수가 없으면, 문을 부수고라도 기바리안을 방에서 끌어내기로 했었다네. 우리는 그를 치료할 생각이었어."

"아…… 그래서 그랬군!"

나도 모르게 소리쳤다.

"맞아."

"그 방에서…… 그러니까 그 옷장 안에 기바리안이 숨은 건, 그래서……"

"그래, 켈빈. 하지만 그때쯤 우리에게도 손님이 찾아오

→   Scopolamine. 진통제와 수면제의 효과를 가진
    약물. 중추 신경을 억제하여 동공 확대, 신경 마비,
    분비 억제와 같은 진정 작용을 한다.

기 시작해서, 기바리안에게 무슨 일이 일어나고 있는지 신경 쓸 경황이 없었어. 기바리안 또한 그런 사정을 몰랐고. 지금 은…… 일상이 되었지만 말야."

스나우트가 속삭이듯이 말했기 때문에 마지막 몇 마디 는 직접 들었다기보다는 내가 적당히 추측해서 알아들었다 는 편이 정확할 것이다.

"잠깐. 난 아직도 잘 모르겠네. 대체 왜 자네들은 기바 리안이 미쳤다고 생각한 거지? 그의 방에서 이상한 소리가 들렸을 텐데? 문 앞에서 방 안의 소리에 귀를 기울였다고 자 네가 아까 말하지 않았나? 그렇다면 한 사람이 아니라 두 사 람의 목소리가 들렸을 텐데? 근데 왜……"

"아니, 문밖으로 들려온 건 기바리안의 목소리뿐이었 어. 설사 어떤 알 수 없는 술렁거림이 들렸다 해도 그게 뭔지 상상이나 할 수 있었겠나? 우리는 그저 기바리안의 광기 탓 이라고만……"

"기바리안의 목소리뿐이었다고? 도대체…… 어찌 된 일 이지?"

"나도 몰라. 실은 그 부분에 대해 나름대로 가설을 세우 긴 했는데, 공유하기에는 좀 이른 것 같네. 몇 가지 사실을 규 명할 수는 있겠지만, 그렇다고 큰 도움이 되는 건 아니거든. 하지만 자네도 어제 뭔가를 본 게 분명해. 그렇지 않았다면,

분명 나와 사르토리우스를 미치광이로 여겼을 테니 말야."

"나는 내가 미친 거라고 생각했네."

"아하, 그랬나? 그럼 자네는 아무것도 못 봤다는 말인가?"

"봤어."

"누구를?!"

스나우트의 찡그린 얼굴에서 미소는 이미 사라지고 없었다. 나는 대답을 하기 전에 잠시 스나우트의 얼굴을 바라보았다.

"그…… 흑인 여자를……"

스나우트는 아무 말도 하지 않았다. 그러나 상체를 앞으로 내민 그의 자세에서 어느 정도 긴장이 풀린 기색을 느낄 수 있었다.

"내게 미리 말해 줄 수도 있었잖나."

풀 죽은 목소리로 내가 입을 열었다.

"미리 얘기했고, 경고도 했었지."

"그런 식으론 별 소용이 없었네!"

"그게 내가 할 수 있는 유일한 방법이었어. 자네에게 무엇이 찾아갈지 내가 어떻게 알겠나? 그건 아무도 모르네. 예측할 수가 없으니……"

"이봐, 스나우트. 질문이 있어. 자네는 이미…… 이런 현

상을 겪어 봤으니 알고 있을 거 아닌가…… 그러니까 그녀
는…… 결국 어떻게 되는 거지?"

"그녀가 다시 돌아오는지를 묻고 싶은 건가?"

"그래."

"돌아올 수도 있고, 돌아오지 않을 수도 있네."

"그게 무슨 뜻이지?"

"어쩌면 돌아오긴 할 걸세…… 아무 일도 없었던 것처럼,
처음 자네를 찾아왔을 때와 똑같은 모습으로 말야. 하지만
그녀는 아무것도 모르고 있을 걸세. 아니, 좀 더 정확히 말하
면, 그녀는 자네가 그녀를 없애기 위해 무슨 짓을 했는지, 전
혀 모르는 것처럼 행동할 거야. 아무 일도 없었다는 듯 태연
한 얼굴로 말이지. 자네가 어쩔 수 없는 상황으로 몰아붙이
지만 않는다면, 그녀는 결코 난폭한 짓은 하지 않을 걸세."

"어쩔 수 없는 상황이라니?"

"그것은 경우에 따라 달라진다네."

"스나우트!"

"자네가 알고 싶은 게 뭔가?"

내가 건조한 말투로 대답했다.

"나는 지금 이런 수수께끼 놀음이나 하면서 여유를 부
릴 상황이 아니라네!"

"수수께끼 놀음이라고?" 스나우트 또한 메마른 음성으

로 끼어들었다. "켈빈, 자네는 여전히 상황을 제대로 파악하지 못한 것 같군…… 흠, 그렇다면 잠시만!"

스나우트의 눈이 갑자기 빛나기 시작했다.

"자네의 손님이 누구였는지 말해 주겠나?"

나는 침을 꿀꺽 삼키고는 고개를 숙였다. 스나우트의 얼굴을 마주 보고 싶지 않았다. 여기 이 자리에 스나우트 말고 다른 사람이 있었으면 했다. 하지만 내게는 선택의 여지가 없었다. 거즈 한 장이 뺨에서 미끄러져 내 손등에 떨어졌다. 그 축축한 촉감에 몸이 부르르 떨렸다.

"그녀는……" 말이 제대로 나오지 않았다. "그녀는 목숨을 끊었어. 자신의 몸에…… 주사를 놓고……"

잠시 기다리던 스나우트는 결국 내가 말을 끝마치지 못하리라는 걸 깨닫고는 먼저 물었다.

"자살이란 말인가?"

"그래."

"그게 전부인가?"

나는 잠자코 있었다.

"그게 전부는 아니겠지……"

내가 말을 못 잇는 걸 보고, 스나우트가 중얼거렸다.

나는 재빨리 고개를 들었다. 스나우트는 나를 쳐다보고 있지 않았다.

"어떻게 그걸 알지?"

스나우트는 아무 대답도 하지 않았다.

"맞아. 실은 사연이 있네."

나는 입술을 축이며 본격적으로 이야기를 시작했다.

"우리는 심하게 다투었어. 아니, 사실대로 말하자면, 너무 화가 난 나머지, 내가 그녀에게 일방적으로 심한 말을 했다네. 나는 짐을 싸서 집을 뛰쳐나와 버렸어. 그때 그녀는 분명 자신의 선택을 암시하는 얘기를 내게 했었다네. 대놓고 말한 건 아니었지만. 뭐, 남녀가 한동안 함께 살다 보면, 굳이 많은 말이 필요하진 않은 법이니까…… 하지만 난 그녀의 얘기가 그런 뜻이 아닐 거라고 확신했어. 겁이 워낙 많아서 감히 그런 짓을 저지르지는 못할 거라고…… 심지어 그녀에게도…… 그렇게 말해 버렸지. 다음 날, 나는 책상 서랍에…… 주사기와 앰플을 두고 온 게 생각났어. 그녀는 그 약에 대해 알고 있었어. 꼭 필요한 약품이라서 실험실에서 가져오면서 그녀에게 설명했었거든. 지나친 양을 복용하면 치명적이라고. 불현듯 두려운 마음이 들어서 당장이라도 돌아가서 그것들을 가져오고 싶었다네. 하지만 그렇게 하면, 내가 그녀의 발언을 진담으로 받아들였다는 인상을 줄 것 같아서…… 그래서 그냥 내버려 두기로 했지. 그렇게 사흘이 지나자 아무래도 불안해서 집으로 가 보았어. 그런데 내가 도착했을 때…… 그녀는 이미 죽어 있었다네."

"딱한 친구! 자네 잘못이 아닐세……"

나는 깜짝 놀라 고개를 들었다. 그의 얼굴을 살펴보니, 나를 비웃는 기색은 전혀 없었다. 나는 마치 그의 참모습을 처음 보는 것처럼, 스나우트의 얼굴을 찬찬히 뜯어보았다. 낯빛은 회색이었고, 깊게 주름이 파인 메마른 뺨에는 형언할 수 없는 피로의 기색이 감돌고 있었다. 오랫동안 중병을 앓은 환자처럼 초췌해 보였다.

나는 겸연쩍고 쑥스러운 심정으로 그에게 물었다.

"왜 내게 그런 말을 하는 거지?"

"왜냐하면 자네의 사건이 너무 비극적이라서 그러네. 아, 그러니까 내 말은……" 내가 감격스러워하는 것을 보고 그가 재빨리 덧붙였다. "아냐, 아냐, 자네는 여전히 아무것도 이해하지 못하고 있군. 물론 그 일로 인해 자네가 너무나도 큰 괴로움을 겪었고, 어쩌면 자신이 그녀를 죽인 당사자라고 자책했는지도 모르겠군. 하지만 말일세…… 최악의 상황은 그게 아니라네."

"무슨 말을 하고 싶은 건가?"

내가 냉소적으로 응수했다.

"뭐, 자네가 아직도 내 말을 믿지 않으니 오히려 내 맘이 편하군그래. 지금까지 벌어진 일들이 끔찍한 건 틀림없지만, 그러나 더욱 끔찍한 것은 아직 일어나지 않은 일, 지금껏 한 번도 벌어지지 않은 일이야."

"이해할 수가 없군." 나는 풀 죽은 목소리로 대답했다. "정말 무슨 말인지 도무지 모르겠어."

스나우트가 고개를 끄덕이며 말했다.

"평범한 사람이란 과연 어떤 사람을 의미한다고 생각하나? 떳떳하지 못한 행위를 한 번도 저지른 적 없는 사람? 그럴지도 모르지. 하지만 직접 실행에 옮기진 않더라도 떳떳지 못한 일을 생각조차 안 해 본 사람이 있을까? 뭐, 있다고 치고. 그럼 이건 어떨까? 예를 들어 십 년 혹은 삼십 년쯤 전에 본인의 의지와는 상관없이 어떤 사람의 내면에서 불순한 생각의 씨앗이 싹텄는데, 그 후 그 사람은 그러한 생각을 완전히 떨쳐 버렸고, 지금껏 그 일을 잊고 살았다고 가정해 봄세. 설사 그런 생각을 했다 해도 자기가 그런 짓을 할 리가 없다는 건 본인이 제일 잘 아니 꺼릴 게 없었지. 그런데 상상해 보게. 갑자기 벌건 대낮에 사람들 틈에서 과거의 망상이 구체적인 실체로 나타난 거야. 피와 살을 가진 사람의 모습을 하고 나타나서는 자기에게 달라붙어서 절대 떨어지지 않고, 무슨 짓을 해도 사라지지 않는다면? 그런 경우, 자네라면 어떻게 하겠나? 대체 그런 일은 어디서 벌어지는 걸까?"

"어디서지?"

"바로 여기라네. 솔라리스."

스나우트가 속삭였다.

"그래서 결국 이 모든 게 다 무엇을 뜻하는 건가? 자네도, 사르토리우스도 범죄자는 아니잖아······" 내가 주저하며 물었다. 그러자 스나우트가 초조한 듯 내 말을 가로막았다.

"켈빈, 그거야 심리학자인 자네가 더 잘 알지 않나? 살면서 그런 불순한 꿈이나 망상에 빠져 본 적이 단 한 번도 없는 사람이 과연 있을까? 더러운 속옷 조각에 비정상적인 애착을 갖는 성도착증을 예로 들어 보겠네. 자신에게는 더할 나위 없이 소중한, 그 구역질 나는 천 조각을 손에 넣기 위해 신변의 위험을 감수하고, 협박과 애원을 반복하는 페티시스트를 상상해 보게. 재미있지 않나? 어떤 인간은 한편으로는 자신이 그런 물건에 집착하는 걸 수치스럽게 여기면서도, 다른 한편으로는 그것을 손에 넣기 위해 기꺼이 목숨을 걸곤 하지. 열정의 강도로 보면, 줄리엣에 대한 로미오의 감정이 이와 비슷하다고 할 수 있을 걸세. 이런 사례들은 얼마든지 있어. 인간은 누구나 자신의 머릿속에만 넣어 두고, 감히 실행에 옮기거나 외부에 드러내고 싶지 않은 어떤 상황이나 대상을 품고 있게 마련이네······ 그런 심리를 가리켜 광기나 일탈, 도취, 현혹, 뭐라고 불러도 상관없네. 그런데 그런 생각이 어느 순간 피와 살을 가진 실체가 되어 현실로 나타나는 거야. 그게 다일세."

"그게 다라고……" 나는 맥 빠진 소리로 의미 없이 그의 말을 되풀이했다. 머릿속이 어지러웠다. "그렇다면 여기 이 정거장은? 그게 정거장과 무슨 상관이 있단 말인가?"

"자네, 일부러 못 알아들은 척하는군." 스나우트가 중얼거리며 나를 유심히 살폈다. "지금까지 내가 한 얘기는 전부 솔라리스에 관한 이야기라네. 솔라리스 말고 다른 이야기는 하나도 안 했어. 이곳에서 벌어지는 일들이 자네의 예상을 철저하게 벗어난다 해도 그건 내 탓이 아니라네. 어쨌거나 자네도 이미 겪어 보았으니, 적어도 내 말을 끝까지 들어 줄 순 있겠지!

우리는 우주로 떠나오면서, 모든 걸 감수할 마음의 준비를 하네. 외로움과 역경, 희생과 죽음까지 감내하겠다고 결심하지. 겸손이 미덕이라는 것을 알기에 겉으로 표현은 안 하지만, 속으로는 다들 자기 자신이 대단하다고 여기고 있어. 그러면서도 우리의 목적은 우주 정복이 아니라, 단지 지구의 경계를 우주로 확장하는 거라고 말한다네. 사실 이것은 거짓말이네. 행성 중에는 사하라 사막처럼 모래로 이루어진 행성도 있고, 북극이나 남극처럼 얼음으로 뒤덮인 곳이 있는가 하면, 브라질의 정글처럼 열대의 폭염에 휩싸인 곳도 있지. 우리는 스스로를 휴머니스트인 동시에 고귀한 품성의 소유자라고 자부하므로 이렇게 말한다네. 우리는 다른 행성에 사는 종족을 정복하려는 게 아니라, 단지 지구의 문화를 그들에게 전파하고 그들의 유산과 교환하고 싶을 뿐이라고. 그러면서 스스로를 '신성한 교류의 기사'라고 여기지. 이것 또한 거짓일세. 우리는 인간 말고는 아무것도 찾으려 하지 않아. 다른 세계는 필요치 않은 거지. 우리가 원하는 건, 우리 자신의 모습을 비추는 거울인 거야. 지구에서 포화 상태에 이르러 질식할 지경인데도 지구만 있으면 그만이라는 거지. 우주에서 우리는 우리 자신의 이상화된 이미지, 지구본과 같은 모양에 지구의 문명보다 완벽하고 이상적인 문명을 만나기를 기대하면서도, 실제로는 우리가 미개했던 시절의 원시적인 이미지를 찾으려고 애쓰고 있는 거야. 그런데 우주에는 우리가 받아들이지 못하는 존재, 우리가 그것으로부터 스스로를 방어하고 지키지 않으면 안 되는 대상도 있는 법이지. 우리가 지구에서 갖고 온 것이 미덕의 결정체나 인류의 영웅적인 자질만은 아니지 않나! 우리는 있는 그대로의 자기 모습으로 이곳에 도착한 걸세. 그런데 상대가 우리에게 진실의 단면, 즉 우리가 침묵 속에 영원히 묻어 두고 싶어 했던 어떤 일부분을 드러내 보인다면, 우리는 절대 동의하거나 받아들일 수가 없게 되지!"

"그렇다면 그것의 정체는 뭔가?"

나는 스나우트가 말을 끝낼 때까지 참을성 있게 기다렸다가 물었다.

"우리가 원하던 바로 그것일세. 다른 문명과의 접촉과 교류. 우리는 지금 그 접촉을 실현하는 중이라네! 현미경으로 들여다보듯이 우리 자신의 추악함과 어리석음, 그리고 수치스러움과 대면하게 된 거지. 그것도 엄청나게 확대된 형태로 말야."

스나우트의 목소리는 격렬한 분노로 떨리고 있었다.

"그렇다면 자네는 이 모든 게…… 바다 때문이라고 생각하나? 솔라리스의 바다가 한 짓이라고? 하지만 무엇 때문이지? 그런 일이 어떻게 일어났는지는 일단 나중에 따져 보기로 하고, 대체 왜 그런 일이 벌어졌는지 그 이유를 묻는 걸세! 자네는 진심으로 저 바다가 지금 우리를 데리고 장난을 치고 있거나 우리에게 벌을 주려 한다고 생각하는 건가?! 그 거야말로 원시적인 데모놀로지↓ 아닌가? 이 솔라리스라는 행성이 거대한 악령에 사로잡혔고, 그 악령이 자신의 짓궂은 장난기를 발동하여 우리 학술 탐사 대원들을 홀리기 위해 여자의 혼령이라도 보낸다는 건가? 설마 그런 터무니없는 이야기를 믿는 건 아니겠지?!"

"이곳의 악마는 어리석은 존재가 아니야……"

스나우트가 어금니를 깨물며 말했다. 나는 깜짝 놀라 스

나우트의 얼굴을 보았다. 설령 이 정거장에서 벌어진 모든 일을 미친 짓으로 단정할 수는 없다 해도 스나우트만큼은 머지않아 신경 쇠약에 걸려 돌아 버리고 말 거라는 생각이 들었다. 혹시 반응성 정신 이상이 아닐까……? 스나우트가 거의 소리도 안 내고 킬킬대며 웃기 시작하는 것을 보고, 나는 그렇게 생각했다.

"혹시 지금 나를 진단하고 있는 건가? 서두르지 말게. 자네는 이제 겨우 딱 한 번 겪었을 뿐이네. 그것도 아주 온건한 형태로 말야. 그래서 자네는 여전히 본질을 제대로 이해하지 못하는 걸세!"

"오, 그렇다면 악마가 나를 불쌍히 여긴 모양이군."

나는 퉁명스럽게 내뱉었다. 이런 식의 대화에 넌더리가 나기 시작했다.

"그럼 정확히 자네가 원하는 게 뭔가? 몇백 억의 분자로 이루어진 이 거대한 변형성 원형질이 우리를 공격하기 위해 계획을 세우고 있다고 내가 말해 주기를 바라는 건가? 아마도 그런 계획은 없을 걸세."

"계획이 없다고?"

나는 깜짝 놀라서 물었다. 스나우트는 계속해서 웃고 있었다.

"왜 이런 일이 일어났는지 그 원인보다는 당장 일어나

고 있는 현상에 집중하는 것이 과학의 본질이라는 것쯤은 자네도 알고 있지 않은가? 들어 보게나. 이곳에서 이런 현상이 나타나기 시작한 것은 X선을 사용해서 실험을 시작한 지 8일째, 혹은 9일째부터였네. 어쩌면 바다는 우리가 쏜 방사선에 대응하기 위해 뭔가 다른 방사선을 우리의 뇌에 투사해서 '심리적인 피낭체'[↓] 같은 것을 끄집어냈는지도 모르겠네."

"심리적인 피낭체?"

그 말이 내 흥미를 끌었다.

"정신의 나머지 부분과 분리되어 있던 어떤 심리적인 프로세스, 그러니까 고립되고 억압당하고 벽으로 둘러싸여 있던 기억의 쓰라린 상흔 같은 것 말일세. 바다는 그런 것들을 뭔가를 재생시키는 단서, 그러니까 일종의 처방전으로 본 거야…… 자네는 염색체의 비대칭 결정 구조가 기억 활동의 기초가 되는 세레브로사이드[↓2]의 핵산 화합물과 아주 흡사하다는 사실을 기억하지? 이 유전적인 원형질이 바로 '기억하는 원형질'인 거야. 그래서 바다는 그 심리적인 피낭체를 우리의 뇌 속에서 끄집어내어 정밀하게 기록한 거라네. 그러고는…… 그다음에 무슨 일이 일어났는지는 자네도 이미 알고 있는 그대로일세. 그런데 과연 무엇 때문에 그런 짓을 했

→ 원생 동물이나 일부 세균이 몸 표면에 단단한 막을 분비하고 휴지 상태에 들어간 것.

→2 뇌와 신경 조직에 들어 있는 갈락토스의 글리코사이드 형태인 당지방.

을까? 문제는 바로 그것일세! 어쨌든 우리를 파괴하려는 의사가 없었다는 건 확실해. 만약 그게 목적이었다면, 훨씬 더 간단하게 처리할 수 있었을 테니까. 보통 이 정도로 뛰어난 기술력을 갖고 있다면, 원하는 것은 무엇이든 할 수 있었을 걸세. 예를 들면 우리 자신과 똑같은 복제 인간을 만들어 우리와 대적하게 했을 수도 있지."

"아하! 그래서 내가 도착한 첫날 밤에 자네가 그렇게 놀란 거군!" 내가 소리쳤다.

"맞아. 얼마든지 있을 법한 상황이니까. 지금 여기 있는 내가 이 년 전에 이곳에 온 그 늙은 생쥐가 틀림없다고 자네는 어떻게 단언할 수 있는가?"

스나우트는 당황하는 내 모습이 만족스러운 듯 나지막하게 낄낄거렸다. 하지만 곧 정색을 했다.

"아냐, 아냐. 지금 한가하게 농담이나 할 때가 아니지…… 그들과 우리 사이에는 여러 차이점이 있겠지만, 내가 아는 건 한 가지일세. 나도 자네도 죽여 없앨 수 있는 존재라는 것."

"그럼 손님들은 안 그렇다는 거야?"

"그런 바보 같은 짓은 아예 하지 않는 게 좋을걸. 끔찍한 일이 벌어질 테니!"

"그럼 방법이 전혀 없다는 건가?"

"그건 나도 모르겠네. 어쨌든 독약이나 칼, 밧줄 따위로는 어림없어."

"원자총을 쓰면?"

"자네가 한번 해 볼 텐가?"

"잘 모르겠군. 상대가 인간이 아니라는 확신만 있다면야……"

"하지만 어떤 의미에서는 그들도 '인간'이라네. 주관적인 관점에서 보면 말이지. 그런데 그들은…… 자신들이 어떻게 생겨났는지, 그 기원에 대해서는 아무것도 모르고 있어. 그건 이미 자네도 눈치챘겠지?"

"그래. 하지만…… 어떻게 그런 일이 가능하지?"

"그들은 놀랍도록 빠르게 재생되는 존재라네. 우리의 눈으로는 확인조차 안 되는 어마어마하게 빠른 속도로 되살아나곤 하지. 그러고는 모든 걸 처음으로 되돌려 반복하는데, 그건 마치……."

"마치, 뭐?"

"우리가 상상하는 그들의 모습, 우리의 기억 속에 입력되어 있는 그들의 이미지 그대로 행동한다네……"

"맞아. 확실히 그랬어." 내가 맞장구를 쳤다. 벌겋게 달아오른 내 볼에서 연고가 녹아 손등에 뚝뚝 떨어졌지만, 나는 의식조차 못하고 있었다.

"그런데 기바리안은 알고 있었나?"

내가 불쑥 물었다. 스나우트가 나를 주의 깊게 보았다.

"우리가 아는 내용을 기바리안도 알고 있었냐고?"

"그래."

"아마 알고 있었을 거야."

"그걸 자네가 어떻게 알지? 기바리안이 자네에게 그런 얘기를 했었나?"

"아니. 하지만 나는 기바리안의 방에서 책을 하나 발견했어……"

내가 자리에서 벌떡 일어서며 소리쳤다.

"『작은 외전』!"

"맞아. 그런데 자네가 어떻게 그 책을 알고 있지?"

스나우트는 놀라움을 드러내며 눈을 동그랗게 뜨고, 나를 빤히 쳐다보았다. 나는 아니라는 의미로 고개를 옆으로 힘껏 내저었다.

"진정하게. 화상을 입은 내 피부를 좀 보게나. 지금 이게 자동으로 재생되고 있는 것처럼 보이나? 기바리안의 방에 내 앞으로 쓴 편지가 있었다네."

"뭐라고?! 편지라니? 거기 뭐라고 씌어 있었는데?"

"별 내용 없었어. 정확히 말해서 편지라기보다는 짧은 메모였지. 『솔라리스 연감』의 부록과 『작은 외전』이라는 두

권의 책 제목이 전부였으니까. 그런데 『작은 외전』은 어떤 책인가?"

"오래된 책이야. 어쩌면 지금 우리가 처한 상황과 관련이 있을지도 모르겠군. 자, 여기 있네."

스나우트는 호주머니에서 가죽 장정의 모서리가 닳은 얇은 책 한 권을 꺼내어 내게 건넸다.

"사르토리우스는 어떻게 된 건가?" 나는 책을 받아들며 화제를 바꾸었다.

"사르토리우스? 이런 상황에 처하게 되면, 사람마다 대처가 다른 법이지…… 그는 지금 정상적인 상태를 유지하려고 노력 중이라네. 그에게 정상적인 상태란 공식적인 차림새를 유지하는 걸 말하지."

"또 농담인가?"

"아니, 난 진지해. 전에도 그와 함께 곤경에 처한 적이 있었는데……. 자세한 사정은 생략하고, 아무튼 우리 일행이 모두 여덟 명이었는데, 산소가 500킬로그램밖에 남지 않은 절박한 상황이었네. 우리는 결국 일상의 사소한 행위들을 하나둘씩 포기하게 되었고, 나중에는 사르토리우스를 제외한 모두가 수염이 덥수룩한 몰골로 돌아다녔지. 끝까지 면도를 하고, 구두를 닦는 사람은 사르토리우스 한 명뿐이었다네…… 그는 그런 인간일세. 물론 지금 그가 하는 일은 연극이거나 범죄이거나 둘 중 하나겠지만.”

“범죄라니?”

“흠, 범죄라는 표현은 적절하지 않은 것 같군. 이런 상황에서는 새로운 어휘가 필요하네. 예를 들면 ‘로켓 발사에 의한 제트 추진식 이별’은 어떤가? 훨씬 듣기 좋지 않나?”

“자네는 정말 재치가 뛰어나군.” 내가 말했다.

“그럼 내가 눈물이라도 흘리길 바라는가? 내 표현이 마음에 안 들면, 뭔가 다른 표현으로 말해 보게나.”

“됐네, 그만하세.”

“아냐, 난 지금 진지하다네! 이제는 자네도 거의 나만큼 많은 걸 알고 있으니까. 그래서 뭔가 계획이라도 세웠나?”

“계획이라니! 만약 그녀가 다시 나타나면, 어떻게 해야 할지도 모르겠는걸. 근데 과연 그녀가 돌아올까?”

“아마 그럴 걸세.”

“그런데 그들이 어떻게 기지 안으로 들어오는 거지? 이 정거장은 전체가 밀폐형인데 말야. 혹시 외벽이⋯⋯”

스나우트가 단호하게 고개를 저었다.

“외벽의 상태는 완벽해. 그들이 어떻게 들어오는지는 나도 모르네. 손님은 대부분 우리가 잠에서 깨어날 때 나타나곤 하지. 그렇다고 잠을 포기할 수도 없지 않나.”

“방에 틀어박혀서 출입구를 막아 버리면?”

"효과는 그저 잠시뿐이네. 그렇다고 다른 방법이 없는 건 아니지. 그게 무엇인지 자네도 이미 짐작하고 있을 텐데."

스나우트가 자리에서 일어났다. 나도 따라 일어섰다.

"잠깐, 스나우트! ……그러니까 지금 이 정거장을 폐쇄하자, 그 말인가? 그리고 내가 그 결정에 대한 모든 책임을 지기를 바라는 거지?"

"그렇게 간단한 문제가 아닐세. 물론 우리는 언제라도 여기서 빠져나갈 수 있네. 인공위성까지만 가면, 거기서 구조 요청을 할 수도 있지. 하지만 그래 봐야 미치광이 취급이나 받는 게 고작일 걸세. 그러고는 우리가 모든 주장을 깨끗이 철회할 때까지 지구의 어느 정신 병원에 갇혀 있겠지. 이렇게 고립된 기지에서 집단적인 발광 현상이 나타나는 건 드문 일도 아니니까…… 하긴 생각해 보니 그것도 나쁘지만은 않겠는걸…… 고요한 정원에 하얀 병실, 그리고 간호사와의 산책……"

두 손을 호주머니에 찔러넣은 채, 멍한 눈으로 방 한구석을 응시하는 스나우트의 목소리는 사뭇 진지했다. 붉은 태양은 이미 수평선 너머로 가라앉았고, 굽이치는 파도는 스러져 가는 햇빛 아래에서 음산한 사막 같은 해면 속으로 녹아들고 있었다. 하늘은 벌겋게 타오르고 있었고, 가장자리가 보랏빛으로 물든 구름이 붉은빛과 검은빛으로 채색된 음울한 풍경 위로 떠다녔다.

"그래서 도망치고 싶다는 건가, 남겠다는 건가? 아니면 아직은 때가 아니라는 건가?"

스나우트가 미소를 지어 보였다.

"자넨 진짜 불굴의 투사로군! 어떤 대가를 치를지 알게 되면, 그렇게 고집을 부리지는 않을 텐데. 문제의 핵심은 내가 무엇을 원하냐가 아니라, 가능한 게 무엇이냐는 걸세."

"그래서 가능한 게 뭔데?"

"바로 그게 문제인데, 실은 나도 잘 모르겠네."

"그럼 계속 여기에 남아 있자는 건가? 그렇게 하면 뭔가…… 방법을 찾을 수 있을 거라고 생각하나?"

스나우트는 살갗이 벗겨지고 깊게 주름이 팬, 야윈 얼굴로 나를 마주 보았다.

"누가 알겠나, 여기 남는 게 결국엔 잘한 선택이 될는지? 비록 그들의 정체를 밝혀낼 가능성은 희박하다 해도, 우리 자신에 대해서는 더 많은 것을 깨닫게 될 수도……"

스나우트가 서류를 집어 들고는 몸을 돌려 밖으로 나갔다. 나는 그를 붙잡고 싶었지만, 입 밖으로 아무 소리도 나오지 않았다. 내가 할 수 있는 일이라고는 그저 기다리는 것뿐이었다. 나는 창가로 가서 검붉은 바다를 바라보았지만, 풍경이 눈에 들어오진 않았다. 문득 비행장에 세워진 로켓 속

ﻭﺳﻭ

에 틀어박혀 버릴까 하는 생각이 잠시 머리를 스쳤다. 하지만 그것은 진지하게 고려할 가치도 없는 아이디어였다. 설사 그 안에 들어간다 해도 언젠가는 밖으로 나와야만 할 테니.

　　나는 창가에 앉아 스나우트로부터 건네받은 책을 훑어보기 시작했다. 석양이 책장을 장밋빛으로 물들였고, 방 안은 온통 붉게 빛났다. 그 빛에 의지해서 활자가 보였다. 오토 라빈체르라는 철학 석사가 편집한 논문집으로, 학술적 가치가 별로 없는 각종 논문과 보고서들이 수록되어 있었다. 모든 학문은 지성의 특정한 유형을 기이하게 비틀고 왜곡한 사이비 학문, 즉 의사(擬似) 학문을 낳곤 한다. 천문학은 점성술이라는 희화화된 아류를 파생시켰고, 화학은 연금술이라는 부산물을 만들어 냈다. 그러므로 솔라리스학의 탄생 과정에서 괴상하기 짝이 없는 개념이나 터무니없는 이론이 난무했던 것도 어찌 보면 당연한 일이었다. 라빈체르의 책은 바로 그런 유의 정신적인 문제들을 다루는 내용으로 가득 차 있었다. 하지만 공정을 기하기 위해 덧붙이자면, 편집자인 라빈체르는 서문을 통해 자신이 학자로서 이러한 흥미 위주의 논문들과는 객관적인 거리를 두고자 한다는 점을 명확히 밝혔다. 그는 다만 이 문헌집이 역사가들이나 과학의 심리적 측면을 다루는 학자들에게 한 시대의 귀중한 자료로서 도움이 될 것이라 확신하고 있었다.

∧∧∧

베르통의 보고서는 이 책에서 몇 개의 장에 걸쳐 수록되면서 특별한 비중을 차지했다.

1장은 짧고 간결하게 기술된 베르통의 비행 일지였다.

현지 시각으로 14시부터 16시 40분까지의 기록은 간략한 부정(否定) 어구로 이루어져 있었다.

고도 1000 미터, 아니면 1200미터, 아니면 800미터. 아무것도 보이지 않는다. 바다에는 아무것도 없음.

위와 같은 문장이 몇 차례나 반복되었다.

그 후의 기록은 다음과 같다.

16시 40분: 붉은 안개가 피어오른다. 가시거리 700미터. 바다에는 아무것도 없음.

17시: 안개가 짙어짐. 고요. 날이 갬. 가시거리 400미터. 200미터로 하강.

17시 20분: 안개 속에 갇힘. 고도 200미터. 가시거리 20~40미터. 고요. 400미터로 상승.

17시 45분: 고도 500미터. 안개가 수평선까지 깔림. 안개 속에 거대한 깔때기 모양의 분화구 같은 것들이 보이고, 그 사이로 바다의 수면이 보임. 뭔가가 움직이고 있음. 틈새

중 하나로 진입.

17시 52분: 물기둥 같은 것이 보임. 노란 거품을 뿜어내고 있음. 안개벽에 휩싸임. 고도 100미터. 20미터로 하강.

베르통의 비행 일지는 여기서 끝나 있었다. 그다음은 베르통의 병력에 관한 기록에서 발췌된 보고서였다. 엄밀히 말하면, 조사 위원회의 질문과 그에 대한 베르통의 답변으로 이루어져 있었다.

베르통: 고도 30미터까지 하강했을 때, 갑자기 고도를 유지하기가 힘들어졌습니다. 안개로부터 차단된 깔때기 내부에서 거센 돌풍이 불고 있었기 때문입니다. 조종간을 붙잡고 씨름하느라 십 분에서 십오 분 정도, 조종석 밖을 내다보지 못했습니다. 그로 인해 제 의지와는 상관없이 헬리콥터가 강한 돌풍에 떠밀려 안개 속으로 빨려 나갔습니다. 그것은 보통 안개가 아니었습니다. 굳이 말한다면 콜로이드↓ 상태의 뿌연 현탄액↓2이었습니다. 그것이 헬리콥터의 창유리에 달라붙는 바람에 닦아 내느라 무척 힘들었습니다. 너

→ 기체·액체·고체 속에 분산 상태로 있고, 확산 속도가 느리며, 현미경으로는 볼 수 없으나 원자 또는 저분자보다는 커서 반투막을 통과할 수 없는 물질 또는 그렇게 분산하여 있는 상태.

→2 고체 입자가 분산되어 있는 액체로 서스펜션이라고도 한다.

무나 끈적끈적했거든요. 안개의 저항 때문에 프로펠러의 회
전수가 30퍼센트나 감소하면서 헬리콥터가 고도를 잃고
낙하하기 시작했습니다. 너무 낮은 지점까지 내려왔으므로
파도에 휩쓸릴까 봐 두려워서 저는 모든 동력을 총동원했습
니다. 헬리콥터는 간신히 일정한 고도를 유지했지만, 고도
를 더 높이기에는 역부족이었습니다. 가속용 로켓 분사관
이 네 개 남아 있었지만, 혹시 좀 더 나쁜 상황에 처할 때를
대비해서 아껴 두었습니다. 프로펠러가 전속력으로 돌아가
면서 매우 강한 진동이 기체에 전해졌습니다. 저는 그 괴상
하고 찐득찐득한 물질이 프로펠러에 달라붙어서 그런 거라
고만 생각하고, 하중 지시계를 확인했는데, 놀랍게도 눈금
은 여전히 $\oslash$을 가리키고 있었습니다. 어떡하면 좋을지 알
수가 없었습니다. 안개에 휩싸인 뒤부터 태양은 보이지 않
았지만, 그래도 태양이 떠 있는 쪽의 안개는 불그스름한 기
운을 뿜어내고 있었습니다. 저는 어떻게든 안개 속 공백 지
대인 깔때기 형태의 구멍 속으로 들어가기 위해 필사적으로
빙빙 돌며 비행을 지속했습니다. 그러다 삼십 분쯤 지난 뒤
에 겨우 성공했습니다. 안개가 차단된 직경 수백 미터의 원
통형 공간 속으로 탈출할 수 있었던 것입니다. 그 공간의 외
벽은 마치 강력한 대류에 솟구쳐 올라가는 것처럼 극적으로
소용돌이치는 안개로 둘러싸여 있었습니다. 그래서 저는 가

능한 한 그 구멍의 중심부에 머물려고 노력했습니다. 예상대로 그곳의 대기는 움직임이 훨씬 부드러웠습니다. 그때 저는 바다의 수면에서 변화가 일어나고 있다는 것을 알아차렸습니다. 파도가 잠잠해지면서, 액체의 상층부, 즉 바다를 구성하고 있는 알 수 없는 물질의 표층이 점차 투명해지고 있었습니다. 군데군데 남아 있던 뿌연 연기 같은 것이 걷히면서 잠시 후 해수면이 완전히 맑아졌고, 수미터 두께의 표층 아래로 바닷속 깊은 곳이 들여다보였습니다. 바다 밑에는 보드라운 금빛 진흙 같은 것이 쌓여 있었는데, 거기서 가느다란 실 같은 것들이 올라오고 있었습니다. 그 실들이 해수면 위로 용솟음치면서 유리처럼 반짝였고, 물거품을 일으키며 굳어지기 시작했습니다. 마치 불에 태운, 걸쭉한 설탕시럽 같았습니다. 이 점액질의 실들이 해수면 위로 솟아오르며 콜리플라워처럼 한데 엉겨 붙어 덩어리를 이루면서 천천히 다양한 형태를 만들어 냈습니다. 그때 갑자기 나를 태운 헬리콥터가 안개 벽 쪽으로 끌려가고 있음을 알아차렸습니다. 그것을 막기 위해 저는 몇 분 동안 방향타를 이리저리 움직이며 조종에 전념해야 했습니다. 간신히 좀 전의 위치로 돌아와 다시 내려다보니, 그곳에는 정원을 연상케 하는 풍경이 펼쳐져 있었습니다. 그래요, 정말 정원처럼 보였습니다. 작은 나무들과 울타리, 오솔길도 있었습니다. 하지만

ᄉᄉᄆ

그것들은 진짜가 아니었습니다. 모든 게 금빛 석고 같은 물질로 이루어져 있었습니다. 표면에는 반들반들 윤기가 흘렀습니다. 저는 자세히 살펴보기 위해 최대한 가까이 하강했습니다.

질문자: 당신이 본 나무와 식물에는 잎이 달려 있었습니까?

베르통: 아니오, 단지 모형 정원처럼 형체만 그렇게 보였을 뿐입니다. 아, 그래요! 모형! 정말 그렇게 보였습니다. 그것은 실물 크기의 모형 정원이었습니다. 그러다 잠시 후 모든 것이 갈라지고 부서지면서 시커먼 틈바구니에서 걸쭉한 현탄액이 파도처럼 뿜어져 나왔습니다. 액체의 일부는 흘러내리고, 일부는 응고되어 남았습니다. 정원 전체가 소용돌이치며 거품으로 덮이기 시작하더니, 결국 아무것도 보이지 않게 되었습니다. 그와 동시에 안개 장벽이 사방에서 헬리콥터를 에워싸기 시작했으므로 저는 프로펠러의 회전수를 늘려, 고도를 ３００미터까지 올라가야만 했습니다.

질문자: 당신이 본 대상이 정원과 유사하다고 어떻게 확신할 수 있죠? 다른 해석도 가능하지 않을까요?

베르통: 네, 확신합니다. 왜냐하면 저는 그곳에서 몇 가지 세부 사항들을 확인했거든요. 예를 들어 거기서 사각형의 상자 같은 것이 일렬로 늘어서 있는 걸 봤는데, 나중에 생각해 보니 벌통이었던 것 같습니다.

질문자: 나중에 생각났다고요? 그렇다면 실제로 그것을 본 순간에는 그렇게 생각하지 않았다는 말입니까?

베르통: 네. 모든 것이 석고로 만들어진 것처럼 보였기 때문입니다. 하지만 저는 그것 말고도 또 다른 걸 봤습니다.

질문자: 어떤 걸 봤죠?

베르통: 어떤 것이었다고 명확히 말할 수는 없습니다. 차분히 살펴볼 여유는 없었으니까요. 그래도 기억을 되살려 보면 여기저기 덤불 밑에 갈퀴 달린 기다란 연장 같은 것이 놓여 있었습니다. 아마 석고로 만든 모형 원예 도구인 것 같습니다만, 장담할 수는 없습니다. 아, 하지만 벌통만큼은 확실히 보았습니다.

질문자: 그 모든 게 환각일지도 모른다는 생각은 하지 않았

습니까?

베르통: 아뇨. 저는 그것이 신기루인 줄로만 알았지, 환각이
라고는 생각지 않았습니다. 컨디션도 아주 좋았고, 그런 것
을 본 게 난생처음이었기 때문입니다. 고도를 300미터까
지 올린 뒤 아래쪽을 내려다보니 안개의 장벽에 마치 치즈
처럼 불규칙한 크기의 구멍이 뚫려 있었습니다. 어떤 구멍
은 속이 비어 있어서 그곳을 통해 물결치는 바다가 보였고,
또 다른 구멍에서는 무언가가 소용돌이치며 거품을 뿜어 내
고 있었습니다. 저는 헬리콥터를 조종해서 텅 빈 구멍 중 하
나로 내려가 보았습니다. 고도 40미터까지 하강했을 때,
해수면 아래에 세워진 벽이 보였습니다. 마침 수심이 별로
깊지 않아 물결치는 파도 아래로 모든 게 훤히 들여다보였
는데, 커다란 건물의 외벽을 연상시키는 그 벽에는 창문 같
은 사각형의 구멍이 나 있었습니다. 그때 몇몇 창문의 너머
에서 뭔가가 움직이는 것을 본 것 같았지만, 진짜로 봤는지
는 확실치 않습니다. 그러다 그 벽이 수면 위로 천천히 떠올
랐고, 걸쭉한 점액질로 만들어진 응축액 같은 것이 벽 양쪽
으로 폭포처럼 흘러내렸습니다. 그러다 갑자기 벽이 두 개
로 쪼개지면서 다시 바다 밑으로 급속하게 가라앉았고, 눈
깜짝할 사이에 사라져 버렸습니다. 저는 헬리콥터를 다시

상승시켜서 안개 바로 위, 기체가 안개에 닿을 듯 말 듯 한 높이에서 비행했습니다. 그러다 아까 들어갔던 구멍보다 몇 배나 더 큰 깔때기 형태의 또 다른 빈 구멍을 발견했습니다. 그 안으로 들어서니 멀리서부터 수면에 뭔가가 떠 있는 것이 보였습니다. 흰색에 가까울 정도로 밝은색이었고, 인간의 형상을 하고 있었기에 저는 페흐너의 우주복이 틀림없다고 생각했습니다. 그래서 헬리콥터의 방향을 급선회했습니다. 한번 놓쳐 버리면, 다시는 찾을 수 없을 것 같았기 때문입니다. 그 형체는 몸을 가볍게 젖힌 채, 수영을 하는 것처럼 보이기도 했고, 일어선 채로 허리 근처까지 파도에 잠겨 있는 것 같기도 했습니다. 저는 급격하게 고도를 낮추고 하강을 시도했습니다. 어찌나 낮은 지점까지 내려갔는지, 헬기 표면이 무언가 부드러운 물체에 부딪히는 듯한 충격이 느껴졌습니다. 아마도 파도의 꼭대기에 닿은 듯했습니다. 마침 해면에 거대한 파도가 치고 있었기 때문입니다. 알고 보니 그것은 사람이었습니다. 우주복을 입고 있지는 않았지만, 분명 사람이었고, 몸을 움직이고 있었습니다.

질문자: 당신은 그 사람의 얼굴을 보았습니까?

베르통: 보았습니다.

ㅅㅅ◎

질문자: 누구였습니까?

베르통: 아이였습니다.

질문자: 어떤 아이였죠? 살면서 어디선가 본 적이 있는 아이였습니까?

베르통: 아뇨. 처음 보는 아이였습니다. 아무튼 제 기억에는 전혀 없는 아이였죠. 저는 헬리콥터를 좀 더 가까이 접근시켰습니다. 저와 아이의 거리가 40미터 정도, 아니면 그보다 조금 더 떨어져 있었을 즈음, 저는 뭔가 잘못되었다는 걸 깨달았습니다.

질문자: 그게 무슨 말입니까?

베르통: 네, 설명하겠습니다. 처음에는 저도 뭐가 이상한지 정확히 알 수가 없었습니다. 그러다 잠시 후 깨달았죠. 아이의 덩치가 비정상적으로 크다는 사실을요. '엄청나게 크다'는 표현으로는 부족합니다. 적어도 키가 4미터는 됐을 겁니다. 정확히 기억합니다만, 기체가 파도에 닿았을 때, 조종석의 높이가 수면에서 최소 3미터 정도였는데, 그 아이의

얼굴은 제 얼굴보다 더 높은 위치에 있었습니다.

질문자: 키가 그렇게나 큰데, 어째서 당신은 그것이 아이였다고 말하는 거죠?

베르통: 아주 작은 아이였거든요.

질문자: 베르통 씨, 당신의 대답이 논리적으로 말이 안 된다는 것을 모르겠습니까?

베르통: 아뇨, 제 이야기는 충분히 논리적입니다. 왜냐하면 저는 그 아이의 얼굴을 확실히 봤거든요. 신체의 비율도 그저 어린애 그 자체였습니다. 제게는…… 거의 갓난아기처럼 보였습니다. 아, 과장이 좀 심했네요. 아마 두 살 내지 세 살 정도의 유아였을 겁니다. 머리는 검고, 눈은 파랗고, 게다가 대단히 큰 눈동자를 갖고 있었습니다! 그리고 갓 태어난 아기처럼 알몸이었어요. 몸뚱이는 젖어 있다기보다는 미끈미끈했다는 표현이 맞겠네요. 피부에서 광채가 났거든요.
저는 엄청난 충격을 받았습니다. 더는 그것이 신기루라고 생각할 수가 없었습니다. 아이의 모습을 너무나 똑똑히 보았으니까요. 아이의 몸이 파도에 실려 오르락내리락하고 있

ㅅㅇㅅ

었습니다. 하지만 그것과는 별개로 아이의 온몸이 따로 움직이고 있었습니다. 그것은 소름 끼치는 광경이었습니다.

질문자: 왜죠? 아이가 무슨 동작을 하고 있었습니까?

베르통: 그것은 마치 박물관의 밀랍 인형, 그것도 움직이는 인형 같은 느낌이었습니다. 아이는 입을 벌리고 닫으며, 여러 가지 동작을 하고 있었습니다. 너무나 섬뜩했어요. 그건 아이가 스스로 취하는 동작이 아니었거든요.

질문자: 좀 더 구체적으로 말씀해 주시죠?

베르통: 아주 가까이 다가가지는 않고, 20미터쯤 떨어진 곳에서 아이를 지켜보았습니다. 어림짐작이지만, 아마 그 정도 거리였을 겁니다. 이미 말씀드렸듯이, 아이는 매우 컸습니다. 그래서 아주 정확하게 관찰할 수 있었죠. 두 눈은 빛났고, 전반적으로는 아무리 봐도 살아 있는 아이처럼 보였습니다. 마치 누군가가 시험하고 있는 것 같은 몸동작만 아니라면 말이죠. 그건 마치 누군가가…… 아이의 몸짓을 연구하고 있는 것만 같았습니다.

질문자: 좀 더 알기 쉽게 설명해 주세요.

베르통: 제대로 설명할 수 있을지 자신이 없습니다만, 아무튼 그런 느낌을 받았습니다. 이를테면 직감 같은 것이죠. 그리 깊게 생각해 본 건 아니지만, 어쨌든 아이의 움직임이 대단히 부자연스러웠습니다.

질문자: 그러니까 예를 들어 정상적인 인간의 손이라면, 관절의 움직임이 제한되어 있어서 불가능한 동작을 그 아이의 손이 하고 있었다는 건가요?

베르통: 아뇨, 그런 뜻이 아닙니다. 그러니까 제 말은……그 동작들에 아무런 의미가 없었다는 뜻입니다. 일반적으로 인간의 몸짓은 의미를 띠기 마련이고, 어떤 목적을 수행하기 마련인데 말이죠……

질문자: 왜 그렇게 생각하십니까? 갓난아기의 동작에 별다른 의미가 있다고는 생각되지 않는데요?

베르통: 그건 저도 알고 있습니다. 사실 보통 갓난아기의 동작은 제멋대로이고 혼란스럽기 마련입니다. 어떤 구체성을

띠고 있지도 않고요. 하지만 제가 본 그 아이의 동작은⋯⋯ 아, 그래요! 너무나 체계적이었습니다. 몇 개의 구획으로 나뉘어 한 동작이 끝난 후 다음 동작으로 질서정연하게 이어졌습니다. 마치 누군가가 이 아이의 손으로는 어떤 몸짓을 할 수 있는지, 몸통이나 입으로는 어떤 움직임이 가능한지를 조사하는 느낌이었습니다. 제일 소름 끼치는 건 얼굴이었습니다. 사람의 얼굴은 일반적으로 가장 감정이 풍부한 곳이니까요. 그런데 그 아이의 얼굴은⋯⋯ 아, 뭐라고 표현을 해야 좋을지 모르겠습니다. 분명 살아 있는 얼굴이지만, 인간의 얼굴은 아니었습니다. 그러니까 전체적인 윤곽이나 눈, 피부, 이 모든 것이 여느 인간과 다를 바 없었지만, 표정이나 얼굴 근육의 움직임은 전혀 달랐습니다.

질문자: 혹시 얼굴을 찡그리고 있진 않았나요? 간질 발작을 일으키는 사람의 얼굴이 어떤지 알고 있습니까?

베르통: 네, 알아요. 직접 본 적이 있거든요. 질문의 의도는 잘 알겠습니다만, 그런 증상과는 완전히 달랐어요. 간질에는 수축과 경련이 수반되지만, 그 아이의 몸짓은 너무나 부드럽고, 연속적이면서, 우아했어요. 정말 음악처럼 유연했습니다. 그것 말고는 딱히 다른 표현이 떠오르질 않는군요.

✂⊗▽

그리고 문제는 얼굴인데요, 그것도 마찬가지입니다. 얼굴의 표정이라는 게 절반은 기뻐하는데, 나머지 절반은 슬퍼한다 던가, 아니면 절반은 위협적인데, 다른 절반은 겁을 먹고 있 을 수는 없지요. 그런데 그 아이의 얼굴은 그런 식이었습니 다. 더군다나 그러한 표정과 근육의 변화가 믿을 수 없을 만 큼 빠른 속도로 이루어지고 있었습니다. 제가 거기에 머문 시간은 아주 짧았거든요. 십 초 혹은 그 미만이었던 것 같습 니다.

질문자: 그러면 그 짧은 시간 동안 지금 말한 모든 것을 목 격했다고 주장하는 겁니까? 게다가 시간이 얼마나 소요되 었는지 어떻게 알죠? 시계를 확인했습니까?

베르통: 아뇨, 시계를 보지는 않았습니다. 하지만 저는 십칠 년 동안 비행기를 탔습니다. 저 정도 경력의 비행사라면, 일 초 단위의 짧은 시간도 본능적으로 가늠하게 됩니다. 그러 니까 일종의 본능적인 반사 작용이라고 할 수 있는데, 이것 은 착륙 단계에서 특히나 중요합니다. 주어진 조건에 상관 없이 어떤 특정한 현상이 오 초 동안 지속되었는지, 아니면 십 초 동안 지속되었는지를 판단하는 능력은 비행에 있어 필수적인 요소이거든요. 관찰력도 매우 중요합니다. 그래서

찰나의 순간에 모든 것을 파악하는 훈련을 오랫동안 받는 거죠.

질문자: 당신이 본 것이 그게 다입니까?

베르통: 아닙니다. 하지만 그 밖의 다른 일들은 잘 기억나지 않습니다. 아마 한꺼번에 너무도 강렬한 인상을 받았기 때문이 아닐까 싶습니다. 마치 그 이상의 정보가 들어가지 못하도록 뇌에 코르크 마개를 막아 놓은 것 같았습니다. 안개가 내려오기 시작했으므로 저는 기체를 상승시켜야만 했습니다. 하지만 언제, 어떻게 상승했는지는 기억이 나지 않습니다. 손이 떨려서 조종간을 제대로 잡기가 힘들었습니다. 생전 처음으로 하마터면 기체가 전복될 뻔한 위기를 가까스로 넘겼습니다. 무선 연락이 불가능하다는 것을 알면서도 기지와 통신하려고 무턱대고 소리를 질렀던 기억이 납니다.

질문자: 그때 당신은 바로 귀환했습니까?

베르통: 아뇨. 간신히 위기를 벗어나 고도를 올렸는데, 안개 속의 구멍 중 하나에 페흐너가 있을지도 모른다는 생각이 들었습니다. 말도 안 되는 소리인 건 알지만, 그때는 그렇게

생각했습니다. 괴상한 현상들이 눈앞에서 버젓이 벌어지고 있으니, 어쩌면 페흐너를 발견할 가능성도 있지 않을까, 그렇게 판단했던 것 같습니다. 그래서 구멍마다 일일이 들어가서 그를 찾아보기로 결심했던 겁니다. 하지만 세 번째 시도에서 끔찍한 광경을 목격한 뒤, 포기하고 말았습니다. 그때 헬기를 상승시키면서 저는 페흐너를 찾는 것이 불가능하다는 것을 깨달았습니다. 결국 저는 아무것도 할 수 없었습니다. 갑자기 메스꺼움을 느끼며 조종실에서 구토를 했습니다. 지금까지 비행 중에 토한 적은 한 번도 없었는데 말이죠. 그렇게까지 메스꺼움을 느낀 것은 난생처음이었습니다.

질문자: 그게 바로 가스 중독 증상입니다, 베르통 씨.

베르통: 그럴지도 모르죠. 저도 잘 모르겠습니다. 다만 제가 세 번째로 본 것은 제 상상의 산물도 아니고, 가스 중독으로 인한 것도 아닙니다.

질문자: 어떻게 장담할 수 있죠?

베르통: 그것은 분명 환각이 아니었습니다. 환각이란 자기 자신의 뇌가 만들어 내는 것입니다, 그렇지 않습니까?

ㅅଡㅅ

질문자: 그렇죠.

베르통: 그렇다면 확실합니다. 제 뇌가 그런 것을 창조해 낼 리가 없습니다. 절대 그럴 리 없죠. 제 상상력으로는 도저히 그런 광경을 떠올릴 수가 없으니까요.

질문자: 그렇다면 당신이 본 게 무엇이었는지 털어놓으시죠?

베르통: 그 전에, 저는 지금까지 제가 진술한 내용이 어떤 평가를 받게 될지 알고 싶습니다.

질문자: 그게 무슨 의미가 있습니까?

베르통: 제게는 본질적인 문제입니다. 평생 잊지 못할 충격적인 뭔가를 보았다고 이미 말씀드렸지 않습니까? 만약 위원회가 제 이야기 가운데 단 1퍼센트만이라도 진실이라는 걸 인정하고, 솔라리스의 바다에 대한 적절한 연구를 수행할 필요성에 공감한다면, 모조리 털어놓겠습니다. 하지만 위원회가 제가 본 모든 것을 환각으로 치부한다면, 더는 아무런 발언도 하지 않겠습니다.

190

질문자: 어째서입니까?

베르통: 만약 그것이 저의 환각이었다고 한다면, 그 내용이 어떤 것이든 그것은 모두 저의 개인적인 문제가 되어 버립니다. 그러나 그것이 솔라리스의 바다에 대한 제 경험으로 인정된다면, 그것은 이미 제 개인의 문제가 아니기 때문입니다.

질문자: 그렇다면 탐사대의 최고 기관이 결정을 내릴 때까지 당신은 그 이상의 답변을 거부하겠다는 말인가요? 본 위원회에 즉각적인 결정을 내릴 권한이 없다는 것쯤은 당신도 잘 알고 있을 텐데요.

베르통: 네, 알고 있습니다.

첫 번째 회의록은 여기서 끝났다. 다음은 그로부터 11일 후에 작성된 두 번째 회의록의 일부분이다.

의장: ……이상 의사 세 명, 생물학자 세 명, 물리학자 한 명, 기계 공학자 한 명, 그리고 탐사대 부대장으로 구성된 당 위원회는 모든 것을 면밀히 검토한 결과, 베르통의 보고

가 솔라리스 대기의 유독 가스에 의해 대뇌 피질의 연상 영역이 흥분되어 발생한 환각 증세에서 비롯된 것으로 판단하고, 그의 증언이 현실과는 전혀 무관 혹은 거의 무관하다는 결론을 내렸습니다.

베르통: 실례합니다만, "전혀 무관 혹은 거의 무관"이라는 게 무슨 뜻입니까? "거의 무관"이라면, 대체 얼마나 무관하다는 겁니까?

의장: 아직 제 발언이 끝나지 않았습니다. 앞에서 말한 결론과는 별개로 물리학 박사인 아치발드 메신저의 '별도 의견'이 회의록에 첨부되어 있습니다. 메신저 박사는 베르통이 진술한 내용이 현실적으로 충분히 가능한 일이기에 심도 있는 연구를 수행할 필요가 있다고 주장하고 있습니다. 이상입니다.

베르통: 아까 제가 한 질문에 답변해 주십시오.

의장: 그건 단순한 문제입니다. "거의 무관"하다는 것은 실제로 발생한 어떤 현상이 당신의 환각을 불러일으키는 계기가 되었을지도 모른다는 뜻입니다, 베르통 씨. 지극히 정상

적인 인간이라도 바람이 심한 밤에 거리를 걷다가 흔들리는 덤불을 보고, 사람으로 착각하는 경우가 흔히 있습니다. 하물며 외계의 낯선 행성에 와 있고, 당사자의 뇌가 대기의 유독 가스에 노출될 수밖에 없는 환경이라면, 어떻겠습니까? 베르통 씨, 이것은 당신에 대한 모욕이 결코 아닙니다. 그러면 조금 전 위원회의 이름으로 발표한 결론에 대한 당신의 의견은 무엇인가요?

베르통: 저는 먼저 메신저 박사가 남긴 '별도 의견'이 어떤 영향을 미치는지 알고 싶습니다.

의장: 실질적으로 아무런 영향도 끼치지 못합니다. 다시 말하자면, 앞으로도 그 부분에 관한 조사나 연구는 없다는 뜻입니다.

베르통: 지금 우리가 하는 대화도 회의록에 기록됩니까?

의장: 네, 그렇습니다.

베르통: 그렇다면 본 위원회가 내린 결론이 나 자신에 대한 개인적인 모독은 아니라 해도(이 사안에서 '나'라는 존재는

중요치 않습니다.), 이번 탐사의 숭고한 정신을 모독하는 것임을 저는 주장하고 싶습니다. 첫 번째 회의에서 말씀드렸듯이 저는 이 문제에 관해서 추가 증언을 거부하는 바입니다.

의장: 그게 다인가요?

베르통: 그렇습니다. 다만 메신저 박사와 만나고 싶습니다. 가능할까요?

의장: 물론입니다.

두 번째 회의록은 여기서 끝났다. 페이지 하단에는 아주 작은 글씨체로 각주가 달려 있었는데, 거기에는 다음 날 메신저 박사가 베르통과 거의 세 시간 동안 비밀리에 대화를 나눴다는 내용이 기록되어 있었다. 그 결과 메신저 박사는 '탐사대 평의회'를 찾아가서 베르통의 진술을 확인하기 위한 심층 조사에 착수할 것을 촉구했다. 메신저 박사는 베르통이 자신에게 새로운 추가 자료를 제출했다면서, 평의회가 조사에 동의할 경우, 그 자료를 공개하겠다고 말했다. 하지만 셰너한과 티몰리스, 트라히에르로 구성된 평의회는 메신저 박사의 제안에 부정적인 견해를 전달했고, 사건은 그대로 종결되었다.

책에는 메신저 박사가 세상을 떠난 뒤, 그가 남긴 서류 속에서 발견된 서신의 한 페이지를 복사한 사진이 실려 있다. 아마도 편지의 초안이었던 것 같다. 라빈체르는 그 편지가 실제로 발송되었는지, 만약 발송되었다면 어느 정도의 파급력이 있었는지에 대해서는 결국 알아내지 못했다고 적고 있다.

편지의 내용은 다음과 같다.

……아둔하고 어리석은 인간들 같으니라고. 평의회, 좀 더 구체적으로 말하면, 셰너한과 티몰리스는(트라히에르의 표결은 논외로 하고) 자신들의 권위를 지키기 위해 내 요구를 묵살했다네. 그래서 나는 우주 연구소에 이 문제를 직접 항의하기로 했네. 하지만 자네도 알다시피 아마도 내 시도는 무력하게 끝날 걸세. 베르통과의 약속 때문에 자네에게 모든 사실을 털어놓을 수 없음을 이해해 주게. 평의회가 내린 결론의 배경에는 이 놀라운 현상의 발견자인 베르통이 아무런 학위도 갖고 있지 않다는 사실이 상당한 영향을 미친 것 같네. 그러나 이 조종사가 보여 준 명확한 판단력과 날카로운 관찰력은 많은 연구자에게 선망의 대상이 되리라고 생

각하네. 자네에게 부탁할 것이 있네. 부디 반송 우편을 통해 다음과 같은 자료를 내게 보내 주면 고맙겠네.

1) 페흐너의 이력과 경력. 특히 유년기와 관련된 상세 자료.
2) 페흐너의 가족 관계, 그리고 가족과 관련된 주요 사실 관계들. 아마도 그는 아주 어릴 때 고아가 되었을 걸세.
3) 페흐너가 성장한 지역의 지리적 환경.

내가 이 모든 것에 대해 어떻게 생각하는지 다시 한번 밝혀 두고 싶군. 자네도 알다시피 페흐너와 카루치가 정거장을 이륙한 후, 붉은 태양의 중심부에 흑점이 나타났고, 그 흑점의 입자 방사선↓으로 인해 무선 통신이 차단되었네. 인공위성의 관측에 따르면, 주로 솔라리스의 남반구, 그러니까 우리의 기지가 위치한 지역에서 그런 현상이 나타난 것이지. 그날, 제한된 영역에서 탐사 활동을 펼치던 다른 팀과는 달리 페흐너와 카루치는 기지에서 상당히 멀리 떨어진 지점까지 날아갔다네.
솔라리스에 발을 디딘 직후부터 사고 당일까지 그처럼 완전한 적막 속에, 그렇게나 짙은 안개가 낀 적은 없었다네.
내 생각에 베르통이 목격한 것은 그 점액질 괴물이 실행한 '인간 작전'의 일부가 아니었나 싶네. 베르통이 관측한 이

→ 방사학 용어로 X선, 감마선 이외의 방사선, 즉 원자
   나 아원자 입자로 이루어진 방사선을 가리킨다.

모든 현상의 근원은 페흐너, 정확히 말하면 페흐너의 두뇌인 것 같네. 솔라리스의 바다가 우리로서는 상상도 할 수 없는 방법으로 일종의 '정신적 부검'을 시도했고, 페흐너의 기억에 각인된 특정한 흔적(아마도 지속성이 가장 강한 흔적)을 토대로 그것을 실험적으로 재현하여 재구성한 것이 아닐까 싶네.

이 모든 것이 너무나 공상적으로 들린다는 것은 나도 잘 알고 있네. 혹시 내 생각이 틀렸을지도 모르지. 그래서 더욱 자네의 도움이 필요하네. 부탁하네. 나는 지금 알라릭에 있네. 여기서 자네의 답장을 기다리겠네.

자네의 벗 A로부터.

이미 해가 저물어서 더는 책을 읽기가 힘들었다. 내 손에 있는 책장은 회색으로 보였고, 인쇄된 글씨는 흐릿하게 번져서 알아볼 수가 없었다. 하지만 텍스트 아래의 허연 여백을 통해 이 이야기의 결말에 이르렀다는 사실을 알 수 있었다. 나 자신의 경험에 비춰 보면, 충분히 납득할 수 있는 내용이었다.

나는 창문 쪽으로 몸을 돌렸다. 창밖은 보랏빛 어둠에 싸여 있고, 수평선 위로 떠가는 구름 몇 점이 꺼져 가는 불씨처럼 연무를 피워 올렸다. 바다는 어둠에 휩싸여 보이지 않았다. 환풍구에 매달아 놓은 종이테이프들이 파닥거리며 나부끼는 소리가 들렸다.

오존 냄새를 풍기는 무더운 공기는 생명력을 잃었다. 완벽한 정적이 정거장을 감싸고 있었다. 우리가 정거장에 남기로 결정한다 해도, 영웅적인 의미는 전혀 없다는 생각이 들었다. 행성 간의 영웅적인 투쟁의 시대, 두려움 없는 탐사와 원정의 시대, 그리고 솔라리스 바다의 최초 희생자인 페흐너의 죽음을 떠올리게 하는, 끔찍한 죽음과 희생의 시대는 이미 머나먼 과거의 일이었다. 어느 틈엔가 나는 스나우트와 사르토리우스를 찾아온 '손님'의 정체에 대해 거의 관심을 잃게 되었다. 머지않아 우리는 서로에게 부끄러워하며 자신을 숨기는 행위도 그만두게 될 것이다. 만약 우리가 '손님'들을 제거할 수 없다면, 우리는 결국 그들의 존재에 익숙해지고, 그들과 함께 살아가는 법을 배우게 되리라. 만약 그들의 창조자가 게임의 규칙을 바꾼다 해도 우리는 또다시 새로운 상황에 적응하게 될 것이다. 비록 얼마 동안은 반발하고, 저항하고, 심지어 누군가가 또다시 스스로 목숨을 끊는 일이 발생할지도 모르지만, 결국 우리는 균형과 안정을 되찾을 테니까.

어둠이 방을 뒤덮었다. 주위가 깜깜해지니 지구에 있을

때와 비슷하게 느껴졌다. 단지 세면대와 거울의 희뿌연 윤곽만이 어둠 속에서 희미한 광채를 내뿜었다. 나는 일어나서 손으로 더듬어 선반 위의 탈지면 봉지를 찾아냈다. 탈지면 하나를 물에 적셔 얼굴을 닦은 후 침대에 벌렁 드러누웠다. 위쪽에서 퍼드덕거리는 나방의 날갯짓 소리가 들렸다. 환풍구에 매달아 놓은 종이테이프가 휘날리는 소리였다. 만물이 어둠에 휩싸여 창문조차 보이지 않는 암흑 속에서 어디서 왔는지 알 수 없는, 한 줄기 엷은 빛이 스며들었다. 빛의 출처가 벽인지, 아니면 창밖의 광활한 사막 같은 바다인지는 알 수가 없었다. 나는 어젯밤 솔라리스 행성에 도착했을 때, 이 공간의 공허한 시선과 마주하고는 얼마나 소름 끼쳤는지 떠올려 보았다. 그러자 입가에 저절로 미소가 떠올랐다. 이제 나는 아무것도 두렵지 않았다. 팔목을 들어 푸르스름하게 빛나는 손목시계의 형광 문자판을 들여다보았다. 한 시간 후면 푸른 태양이 떠오를 것이다. 나는 온갖 잡념에서 해방된 평온한 마음으로 사방을 휘감은 어둠의 아늑함을 만끽하며 깊게 심호흡을 했다.

몸을 뒤척이는데 문득 엉덩이 부근에 와 닿는 평평한 물체의 감촉이 느껴졌다. 바지 주머니에 넣어 두었던 녹음기였다. 그래. 기바리안! 테이프에는 그의 음성이 담겨 있으리라. 나는 그의 목소리를 재생해서 들어보는 일을 깜빡 잊고 있었

다. 내가 그를 위해 할 수 있는 유일한 일인데도. 나는 침대
밑에다 감추려고, 주머니에서 녹음기를 꺼냈다. 그때 뭔가
바스락거리는 소리가 들려왔다. 희미한 삐걱거림과 함께 문
이 살그머니 열렸다.

"크리스?"

속삭임에 가까운, 고요한 목소리가 내 이름을 불렀다.

"크리스, 거기 있어요? 너무 어둡네요……"

내가 대답했다.

"괜찮아. 겁내지 말고, 이리 와!"

토의

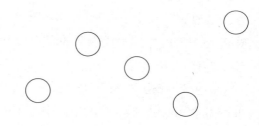

나는 아무 생각 없이 침대에 엎드려 있었고, 내 어깨에는 하레이의 머리가 얹혀 있었다. 방 안을 가득 채운 어둠이 점점 짙어지고 있었다. 어디선가 발자국 소리가 들려왔다. 벽이 사라지고 있었다. 내 위로 뭔가가 점점 높이, 끝없이 쌓여 갔다. 어둠이 내 몸을 관통했고, 손끝 하나 대지 않고 나를 에워쌌다. 나는 주변의 공기를 빨아들이는 밤의 날카로운 투명함을 고스란히 느끼면서 어둠 속에서 돌처럼 굳은 채 서 있었다. 심장 뛰는 소리가 아주 멀리서 들렸다. 나는 온 힘을 다해 신경을 곤두세우고, 임종의 고통을 기다렸다. 하지만 끝내 단말마는 오지 않았다. 나는 한없이 오그라들었다. 눈에 보이지 않는 하늘, 눈에 보이지 않는 수평선, 형체를 잃어버린 공간, 구름도, 별도 보이지 않는 공허가 물러나면서 나를 한가운데에 세워 놓고 점점 커져만 갔다. 나는 누워 있던 침대로 기어 들어가려고 했지만, 내 주위엔 아무도 없었다. 암흑은 이제 더 이상 아무것도 숨기지 않았다. 나는 손을 움켜쥐고 얼굴을 가렸다. 하지만 얼굴은 사라지고 없었고, 손가락이 그대로 통과해 버렸다. 소리치고, 울부짖고 싶어졌다……

방은 푸르스름한 잿빛이었다. 누군가가 붓을 들어 무광의 거친 터치로 스케치해 놓은 것처럼, 가구도, 선반도, 모퉁이도 고유한 색채를 잃고, 윤곽만 남았다. 창밖은 적막에 휩싸인 채 뽀얀 진줏빛으로 빛났다.

온몸이 땀으로 흠뻑 젖었다. 옆으로 눈을 돌리니, 하레이가 나를 쳐다보고 있었다.

"팔 저리지 않아요?"

"뭐?"

그녀가 고개를 들었다. 검은 속눈썹 밑에서 빛나는 그녀의 눈동자 역시 이 방과 같은 회색이었다. 나는 하레이의 말뜻을 알아듣기도 전에, 이미 속삭이는 듯한 그녀의 목소리에서 포근함을 느꼈다.

"아니. 아, 그러고 보니 좀 저리는군."

나는 한 손으로 하레이의 등을 감싸 안았다. 갑자기 손끝이 찌릿거렸다. 나는 천천히 다른 손으로 바꿔서 그녀를 끌어당겼다.

"나쁜 꿈을 꾸었나 보네."

"꿈? 아, 그래 꿈을 꾸었지. 그런데 당신은 안 잤어?"

"모르겠어요. 아마 안 잔 것 같아요. 하지만 하나도 안 졸려요. 당신은 더 자요. 그런데 왜 그런 눈으로 날 쳐다보는 거죠?"

나는 눈을 반쯤 감았다. 바로 내 옆에서 가냘프지만, 규칙적으로 고동치는 하레이의 심장이 느껴졌다. 문득 이 심장도 연극의 소품에 불과하다는 생각이 들었다. 그러나 나는 이제 그 어떤 것에도 놀라지 않았다. 모든 것에 무관심한 나 자신의 모습조차 이제 더는 내 관심의 대상이 아니었고, 공포나 절망도 이미 과거의 일이었다. 나는 스나우트나 사르토리우스보다 멀리 나아갔다. 나와 같은 단계에 도달한 사람은 지금껏 없었을 것이다. 나는 하레이의 목덜미에 입술을 대고, 서서히 아래쪽으로 내려가며 힘줄과 힘줄 사이 움푹 꺼진 곳, 조개의 내부처럼 매끈한 그곳에 키스했다. 거기서 맥박이 뛰고 있었다.

나는 팔꿈치로 체중을 지탱하면서 상체를 일으켰다. 새벽의 아련함도, 먼동의 은은함도 없었다. 전광처럼 푸른 빛이 수평선을 물들였다. 태양의 첫 번째 빛줄기가 화살처럼 날카롭게 방으로 침투하면서 곧 모든 사물이 일제히 빛을 발하기 시작했다. 거울과 문고리, 니켈로 만들어진 파이프에서 무지갯빛 반사광이 반짝거렸다. 광선이 마주치는 물체의 표면에 부딪치면서, 좁은 방 안에 갇혀 있던 사물들을 자유롭게 풀어 주는 것만 같았다. 빛의 강도가 점점 거세지는 통에 눈이 부셔서 앞을 똑바로 볼 수가 없었다. 나는 고개를 돌렸다. 하레이의 눈동자가 조그맣게 수축되어 있었고, 회색빛 홍채는 내 얼굴을 향하고 있었다.

"벌써 날이 밝았나요?"

하레이가 건조한 목소리로 물었다. 모든 게 비몽사몽인 것처럼 느껴졌다.

"하레이, 이곳은 늘 이런 상태야."

"그러면 우리는요?"

"우리라니?"

"언제까지 이곳에 있어야 하는 거죠?"

그녀의 말에 나는 큰 소리로 웃음을 터트릴 뻔했다. 하지만 내 가슴 깊은 곳에서 터져 나온 알 수 없는 탄식은 웃음과는 거리가 먼 것이었다.

"아마 꽤 오랫동안 여기에 있어야 할 거 같아. 당신은 싫어?"

하레이의 눈꺼풀은 흔들리지 않았다. 그녀가 나를 주의

깊게 바라보았다. 그녀가 이곳에 나타난 이후, 눈을 깜빡인 적이 있었던가? 잘 모르겠다. 하레이가 담요를 걷어내자, 오른쪽 어깨에 분홍빛으로 물든 삼각형의 반점이 보였다.

"왜 그렇게 쳐다보는 거죠?"

"당신이 너무 예뻐서."

그녀가 미소를 지었다. 하지만 그건 단지 칭찬에 대한 감사의 표시이자, 겸양의 표현이었다.

"정말요? 그런데 당신의 눈길이…… 마치……"

"마치 뭐?"

"마치 뭔가를 찾고 있는 거 같아요."

"무슨 소리야!"

"내게 뭔가 문제가 있다거나, 아니면 내가 당신에게 뭔가를 숨긴다고 생각하는 것 같아요."

"말도 안 돼!"

"당신이 부인하니까, 더욱 그런 것 같네요. 하지만 뭐, 상관없어요. 마음대로 생각하세요."

환하게 불타오르는 창밖의 광채 속에서 생기를 잃은, 푸른 열기가 솟아오르고 있었다. 나는 손으로 눈을 가리며, 선글라스를 찾았다. 탁자 위에 있었다. 침대에서 일어나 선글라스를 썼다. 벽에 걸려 있는 거울에 하레이의 모습이 비쳤다. 그녀에게서 뭔가를 기대하는 기색이 엿보였다. 내가 다

203

시 하레이의 옆에 눕자, 그녀가 살며시 미소를 지어 보였다.

"내 것은 없나요?"

나는 그녀의 의도를 금방 알아차렸다.

"선글라스?"

나는 다시 일어나서 탁자와 서랍, 창문 밑을 뒤지기 시작했다. 안경 두 개를 찾았고, 그것들을 하레이에게 건네 주었다. 하레이가 두 안경을 번갈아 써 보았다. 둘 다 너무 커서 그녀의 코끝까지 미끄러져 내려왔다.

그때 창문 너머에서 셔터가 삐걱거리는 소음을 내며 내려오기 시작했다. 잠시 후 정거장의 내부는 마치 두꺼운 껍질 속에 몸을 숨긴 거북이처럼 어둠으로 뒤덮였다. 나는 손을 더듬어 하레이의 선글라스를 벗겼다. 그러고는 내 것과 함께 침대 밑에 놓아두었다.

"이제 뭘 하면 되죠?" 그녀가 물었다.

"밤에 할 일은…… 자는 것뿐이지."

"크리스!"

"왜?"

"습포제를 갈아 줄까요?"

"아직은 괜찮아. 그럴 필요 없어…… 달링."

그렇게 말하면서도 내 행동이 진심인지 연기인지 나 스스로도 분간할 수가 없었다. 하지만 잠시 후 나는 어둠 속에서 그녀의 여윈 등을 끌어안고, 그녀의 몸에서 전율을 느끼며, 정말 하레이라고 생각했다. 확실한 건 아무것도 없다. 어쩌면 그녀를 속이고 있는 것은 내 쪽이고, 그녀는 나를 속이는 게 아닐지도 모른다. 왜냐하면 그녀는 오직 그녀 자신이었으므로.

그러고 나서 몇 번인가 선잠이 들었지만, 그때마다 나는 경련을 일으키며 잠에서 깨어났다. 심장의 박동이 어느 정도 가라앉고 나자, 나는 다시 그녀를 끌어안았다. 나는 완전히 녹초가 되어 있었다. 그녀가 조심스럽게 내 얼굴과 이마를 짚어 보면서, 열이 있는지 확인했다. 그래, 하레이다. 하레이가 틀림없다.

그렇게 생각한 순간, 나의 내부에서 변화가 일어났다. 나는 저항을 멈추었다. 그리고 곧바로 잠에 빠져들었다.

부드러운 손길이 나를 깨웠다. 이마에서 기분 좋은 서늘함이 느껴졌다. 뭔가 차갑고 축축한 것이 얼굴에 놓여 있다가 천천히 떼내어졌다. 나를 향해 몸을 숙인 하레이의 얼굴이 보였다. 하레이가 사기그릇에 대고, 습포용 거즈에 묻은 고름을 짜내고 있었다. 옆에는 화상 연고가 담긴 약병이 놓여 있었다. 하레이가 나를 향해 빙그레 웃어 보였다.

"아직도 졸린 모양이네요!"

하레이가 다시 습포용 거즈를 내 이마에 얹었다.

"아파요?"

"아니."

나는 이마의 피부를 움직여 보았다. 화상으로 인한 통증은 느껴지지 않았다. 하레이는 침대의 가장자리에 앉아 있었다. 흰 바탕에 오렌지색 줄무늬가 있는 남자용 목욕 가운을 입고, 검은 머리카락은 어깨에 늘어트린 채였다. 간호에 방해가 되지 않도록 옷소매를 팔꿈치까지 걷어 올리고 있었다.

문득 심한 허기가 느껴졌다. 생각해보니 벌써 스무 시간이나 아무것도 먹지 않았던 것이다. 하레이가 내 얼굴의 치료를 끝내자마자 나는 자리에서 일어섰다. 그러다 문득 의자 등받이에 나란히 걸쳐진, 똑같은 드레스 두 벌이 눈에 들어왔다. 두 벌 모두, 빨간 장식 단추가 달린 흰색 드레스였다. 하나는 등 부분을 가위로 잘라서 하레이가 벗을 수 있게 내가 도와주었던 바로 그 드레스였고, 다른 하나는 엊저녁에 그녀가 입고 나타난 드레스였다. 이번에는 그녀가 스스로 쪽 가위를 사용해서 박음질한 솔기를 뜯어냈다. 그러고는 지퍼가 고장 난 것 같다고 덧붙였다.

이 두 벌의 동일한 드레스는 지금껏 내가 겪었던 그 어떤 사건보다 섬뜩하게 느껴졌다. 하레이는 약품 선반을 정리하느라 정신이 없었다. 나는 그녀에게서 몰래 등을 돌리고 피가 날 정도로 세게 주먹을 깨물어 보았다. 한 벌이나 다름없는, 원본과 복제본의 드레스를 쳐다보면서 나는 조금씩 문 쪽으로 뒷걸음질 쳤다. 수도꼭지에서 물이 시끄럽게 흘러 나오고 있었다. 나는 문을 열고 조용히 빠져나가서 조심스럽게 방문을 닫았다. 방 안에서 희미한 물소리와 약병이 부딪치는 소리가 들렸다. 그런데 한순간에 모든 소리가 멈췄다. 천장에 부착된 길쭉한 전등의 조명이 복도를 비추었고, 거기서 반사된 불빛이 문의 표면에 희미한 얼룩을 만들었다. 나는 이를 악물고 기다렸다. 문을 계속해서 닫아 둘 수 있다고 기대한 건 아니지만, 그래도 나는 문고리를 있는 힘껏 꽉 움켜쥐고 있었다. 그때 반대편에서 순간적으로 엄청난 힘이 문을 잡아당겼고, 나는 얼떨결에 그만 문고리를 놓칠 뻔했다. 그러나 문은 열리지 않았고, 대신 격렬하게 흔들리면서, 요란하게 삐거덕거렸다. 나는 깜짝 놀라서 문고리를 놓고는 두세 걸음 뒤로 물러섰다. 그때 놀라운 일이 벌어졌다. 마치 내가 있는 바깥쪽에서 누군가가 방 안으로 밀고 들어가려 하는 것처럼, 문의 매끈한 플라스틱 표면이 안쪽으로 휘기 시작했다. 겉면에 칠해진 새하얀 페인트칠이 조각조각 떨어져 나가면서, 강철 골조가 드러났고, 문틀은 점점 더 활 모양으로 굽어졌다. 순간 나는 사태를 짐작할 수 있었다. 하레이가 문을 밖으로 미는 대신, 자기 쪽으로 잡아당겨서 열기 위해 온 힘을 쏟는 것이었다. 천장의 불빛이 오목 거울처럼 휘어진, 새하얀 문의 표면에 반사되어 일그러졌다. 갑자기 뭔가가 쩍하고 갈라지는 요란한 소리가 들리더니 이미 완전히 굽은 문짝에 수직으로 금이 갔고, 동시에 문고리가 문에서 떨어져나와 방 안으로 날아갔다. 뚫린 구멍 사이로 피투성이의 손 두 개가 나타나서는 하얀 페인트에 시뻘건 피를 묻혀 가며 더욱 강하게 문을 끌어당기기 시작했다. 마침내 문짝은 두 동강이 났고, 남은 부분은 경첩에 위태롭게 매달려 흔들거렸다. 죽은 사람처럼 푸르스름한 낯빛에 흰색과 오렌지색이 섞인 가운을 걸친 하레이가 눈물을 흘리며 내 품으로 달려들었다.

그 무시무시한 광경이 나를 옴짝달싹 못 하게 마비시키지 않았더라면, 나는 틀림없이 그 자리에서 도망쳤을 것이다. 하레이는 숨을 헐떡거리며 풀어헤친 머리를 내 어깨에 기댄 채 한동안 꼼짝 않고 서 있었다. 그러다 내가 부축할 사이도 없이 풀썩 쓰러졌다. 나는 하레이를 안고 부서진 문 사이의 좁은 틈새를 통과하여 방 안의 침대에 눕혔다. 그녀의 깨진 손톱에는 핏물이 고여 있었고, 손바닥은 찢어져서 생살이 그대로 드러나 있었다. 하레이의 얼굴을 살펴보았다. 나를 쳐다보고 있는 그녀의 두 눈에는 아무런 감정도 담겨 있지 않았다.

"하레이!"

그녀가 뭐라고 웅얼거렸지만, 알아듣기 힘들었다. 나는

손가락을 그녀의 눈가로 가져가서 그녀의 눈꺼풀을 닫아 주었다. 그러고는 약품 선반이 있는 쪽으로 다가갔다. 침대가 삐걱거렸다. 돌아보니 하레이가 어느 틈에 침대에 일어나 앉아서 공포에 가득 찬 눈으로 피투성이가 된 자신의 손을 내려다보고 있었다.

"크리스!" 그녀가 신음하듯이 말했다. "내가…… 내가…… 어떻게 된 거죠?"

"문을 부수려다 다친 거야."

나는 무뚝뚝하게 대답했다. 입술이 떨렸다. 특히 아랫입술은 개미가 기어가는 듯 근질거렸다. 나는 이빨로 아랫입술을 꽉 깨물었다.

하레이는 경첩에 매달린 채 흔들리는 플라스틱 문짝의 잔해를 잠시 바라보고는 다시 내 쪽으로 시선을 돌렸다. 그녀의 아래턱이 덜덜 떨리고 있었다. 두려움을 극복하려고 안간힘을 쓰는 것처럼 보였다.

나는 선반에서 거즈 한 묶음과 소독용 분말이 든 약병을 꺼내 침대로 돌아왔다. 하지만 갑자기 손가락의 힘이 빠지면서 젤라틴으로 밀봉되어 있던 약병이 바닥에 떨어져 산산조각 났다. 나는 굳이 그것을 주우려고도 하지 않았다. 약이 필요 없었기 때문이다.

나는 하레이의 손을 들어 올렸다. 말라붙은 핏자국이 아직 손톱 주위에 남아 있었지만, 멍은 어느 틈에 사라지고 없었다. 손바닥의 상흔에는 주변 피부보다 밝은, 장밋빛 새살이 돋아나 있었다. 그러다 내 눈앞에서 상처가 점점 희미해졌다.

나는 하레이의 곁에 앉아 그녀의 얼굴을 어루만졌다. 그녀에게 웃어 주고 싶었지만, 아무리 애를 써도 미소를 지을 수가 없었다.

"하레이, 왜 그런 짓을 했지?"

"아냐. 정말로…… 내가?"

하레이가 눈으로 문짝을 가리키며 물었다.

"그래…… 기억이 안 나?"

"안 나요…… 그러니까 당신이 없어진 것을 알고는 너무 겁이 나서, 그래서……"

"그래서?"

"당신을 찾기 시작했어요. 처음에는 욕실에 있는가 하고……"

그제야 나는 옷장이 옆으로 치워져 있고, 욕실 문이 열려 있다는 것을 깨달았다.

"그다음엔?"

"문을 향해 달려갔죠."

"그러고 나서?"

"기억이 안 나요…… 무슨 일인가가 벌어진 것 같기는 한데……"

"무슨 일?"

"모르겠어요."

"아무것도 생각 안 나? 그다음에는 어떻게 되었지?"

"여기, 이 침대 위에 내가 앉아 있었어요."

"내가 당신을 여기로 안고 왔는데, 기억나지 않아?"

하레이가 우물쭈물거렸다. 입술의 양 끝이 밑으로 축 처졌고, 표정에는 긴장이 감돌았다.

"내 생각에는…… 어쩌면…… 아, 역시 모르겠어요!"

하레이가 두 발을 바닥에 내딛으며 벌떡 일어섰다. 그러고는 부서진 문으로 다가갔다.

"크리스!"

나는 하레이의 등 뒤로 다가가서 그녀의 어깨를 가만히 끌어안았다. 그녀가 떨고 있었다. 그러다 갑자기 획 돌아서더니 내 눈을 빤히 들여다보았다.

"크리스, 크리스……"

그녀가 속삭였다.

"진정해!"

"크리스, 내가 정말로 이런 짓을 했다면…… 혹시 간질에라도 걸린 게 아닐까요?"

맙소사, 간질이라니! 무심코 웃음을 터뜨릴 뻔했다.

"말도 안 돼! 단지 문이 너무 약했던 거야, 방문이 문제였다고……"

창밖에서 금속제 셔터가 천천히 삐걱거리며 열렸다. 어느덧 수평선 너머로 푸른 태양이 저물어 가고 있었다.

나는 하레이를 데리고 방에서 나와 복도의 반대편 끝에 있는 작은 주방으로 갔다. 찬장과 냉장고를 닥치는 대로 뒤져서 하레이와 함께 식사 준비를 했다. 그녀는 통조림을 따는 것 말고는 나만큼이나 요리에 소질이 없고, 할 줄 아는 게 없었다. 나는 통조림 두 통을 허겁지겁 먹어 치우고, 커피도 몇 잔 마셨다. 하레이도 음식을 먹기는 했지만, 마치 어린아이들이 부모의 기분을 상하게 하지 않으려고, 기계적인 동작으로 억지로 입안에 음식물을 쑤셔 넣는 모양새였다.

식사를 마친 뒤 우리는 무선실 바로 옆에 있는 작은 진료실로 갔다. 내게는 분명한 계획이 있었다. 나는 하레이에게 만약의 경우를 대비해서 정밀 검사를 해 보자고 말하며, 등을 기댈 수 있는 안락의자에 그녀를 앉히고, 살균 장치 속에서 주사기와 바늘을 꺼냈다. 나는 어디에, 무슨 도구들이 있는지, 이미 알고 있었다. 지구에서의 체험 훈련 덕분이었다. 나는 하레이의 손가락에서 소량의 혈액을 채취한 뒤, 표본용 슬라이드에 떨어뜨렸다. 그러고는 배기 장치에 넣어 건조한 뒤, 고진공(高眞空) 상태에서 그 위에 은 이온을 분사했다.

기계적인 동작을 수행하다 보니 마음이 다소 진정되었다. 하레이는 접이식 안락의자의 쿠션에 기대앉아서 각종 도구가 즐비하게 널려 있는 진료실을 이리저리 둘러보았다.

갑자기 내선 전화벨이 울리면서 정적이 깨졌다. 나는 화상 통화용 수화기를 집어 들었다.

"켈빈입니다."

나는 전화를 받으면서도 하레이에게서 눈을 떼지 않았다. 지난 몇 시간 동안 겪은 일 때문에 지쳤는지 그녀는 망연자실한 표정이었다.

"진료실에 있었군? 겨우 찾았네!"

내 귀에 안도의 한숨이 들려왔다. 상대는 스나우트였다. 나는 수화기를 귀에 바짝 갖다 댄 채 그의 다음 말을 기다렸다.

"손님이 와 있군, 그렇지?"

"그래."

"그렇담 지금 바쁜가?"

"그렇다네."

"뭔가를 조사하는 중이겠군그래?"

"용건이 뭔가? 체스라도 한판 두자는 건가?"

"농담 말게, 켈빈! 사르토리우스가 자네를 만나고 싶어 해. 그러니까, 우리 셋이 모이자는 걸세."

"오, 반가운 소식인걸!" 내가 놀라며 대답했다. "혹시 그의 곁에⋯⋯"

나는 하려던 말을 삼키고, 재빨리 다른 말로 바꾸었다.

"사르토리우스는 지금 혼자 있나?"

"흠, 내 설명이 애매했나 보군. 사르토리우스가 우리와 대화를 하고 싶어 한다네. 삼자 화상 통화 모드로 연결할 걸 세. 하지만 화면은 가릴 예정이네."

"아, 그런가? 그런데 어째서 사르토리우스가 직접 내게 전화하지 않는 거지? 낯을 가리는 건가?"

"그런지도 모르지." 스나우트가 얼버무렸다. "그래서 자네 의견은 어떤가?"

"약속을 정하자는 말인가? 한 시간 후면 좋을 것 같은 데, 괜찮겠나?"

"좋아."

화면에는 주먹만 한 크기의 스나우트의 얼굴만 보였다. 전류가 흐르면서 잠시 희미한 잡음이 들렸다. 그가 한동안 내 눈을 빤히 쳐다보았다. 그러고는 마침내 머뭇거리며 물었다.

"자네, 괜찮은 거지?"

"견딜 만하네. 자네는?"

"자네보다는 좀 안 좋은 상황인 것 같네만…… 만일 가능하다면……"

"여기 오고 싶다는 건가?"

나는 스나우트의 의중을 떠 보면서 하레이를 흘끗 보았다. 그녀는 머리를 쿠션에 파묻은 채, 다리를 꼬고 앉아 있었다. 그러고는 지루해서 못 견디겠다는 듯, 안락의자의 팔걸이에 달린 은색의 작은 구슬을 무심히 만지작거리고 있었다.

"가만 놔둬. 안 들려? 가만 놔두라고 했잖아!"

갑자기 스나우트의 격앙된 목소리가 들려왔다. 화면에는 그의 옆모습만 보였다. 그러다 느닷없이 소리가 중단되었다. 스나우트가 손으로 마이크를 틀어막은 것이다. 소리는 안 들렸지만, 그래도 그의 입술은 계속 움직이고 있었다.

"안 되겠어. 아무래도 못 갈 것 같아. 혹시 나중에 갈지도 모르겠네. 어쨌든 한 시간 후에 연락하지."

그가 황급히 말을 끝내자마자 화면이 꺼졌다. 나는 수화기를 내려놓았다.

"누구죠?" 하레이가 심드렁하게 물었다.

"이름은 스나우트이고, 인공두뇌학자야. 당신은 모르는 사람이야."

"얼마나 더 기다려야 하나요?"

"벌써 지루해?"

나는 준비한 몇 개의 표본 중에 첫 번째 슬라이드를 중성자 현미경 판에 끼우고는 차례대로 색 단추를 눌렀다. 자기장이 작동되면서 낮게 윙윙거렸다.

"이곳에는 오락거리가 별로 없어. 그러니 나랑 함께 있는 게 지루하다면, 아마 앞으로 더욱 힘들어질 거야."

나는 일부러 단어 하나하나에 간격을 두면서 강조하듯이 말했다. 그러고는 양손을 사용하여 전자 현미경의 검은 제물대를 잡고 각도를 맞추면서, 접안렌즈가 끼인 고무마개에 한쪽 눈을 갖다 댔다. 하레이가 뭐라고 중얼거렸지만, 내 귀에 들어오지 않았다. 은빛 광채에 휩싸인 광대한 사막의 축소판을 높은 상공에서 내려다보는 듯한 이미지가 눈에 들어왔다. 그 사막 위로 여기저기 부서지고, 풍화된 것처럼 보이는 둥글고 평평한 바위들이 옅은 안개에 둘러싸인 채, 사방에 흩어져 있었다. 그것은 적혈구였다. 나는 접안렌즈에 눈을 고정한 채, 이미지의 초점을 선명하게 맞췄다. 그러자 눈부신 은빛 광채 속으로 더욱 깊이 빨려 들어가는 것만 같았다. 동시에 나는 왼손으로 현미경의 지지 손잡이를 돌려 외롭게 고립된 둥근 바위처럼 생긴 적혈구 하나를 렌즈의 십자선 중심에 오도록 하고, 배율을 높였다. 대물렌즈를 통해, 암석 분화구처럼 형태가 일그러지고 가운데가 움푹 파인 적혈구가 보였다. 그 가장자리에는 검고 선명한 그림자가 드리워져 있었다. 은 이온의 결정화된 축적물로 가득 찬, 분화구의 반짝이는 테두리가 점점 커지면서 현미경의 시야를 벗어났다. 그러자 반쯤 용해된 듯한, 일그러진 사슴 모양의 단백질이 희미하게 윤곽을 드러냈다. 일렁이는 유백색 액체의 수면을 통해 보는 것처럼 뿌옇게 보였다. 십자선 표시 중앙에 뒤엉킨 단백질 고리가 들어오자마자 나는 지지 손잡이를 돌리며 점진적으로 배율을 높였다. 이제 조금만 지나면, 이 여정의 마지막 단계에 도달할 터다. 분자의 평평한 그림자가 대물렌즈를 가득히 채웠다. 그러다 마침내 안개가 걷히고 맑아졌다! 지금이다!

그러나 눈앞에는 아무것도 나타나지 않았다. 젤리 상태의 원자 덩어리들이 요동치는 모습이 나타나야 정상인데, 아무것도 보이지 않았다. 티끌 하나 없이 깨끗한 은빛이 시야를 채울 뿐이었다. 나는 지지 손잡이를 돌리며 렌즈의 배율을 최대한으로 높였지만, 그래도 보이는 건 없었다. 경보음이 반복해서 울리며 장치에 과부하가 걸렸음을 알렸다. 나는 텅 빈 은빛 이미지를 다시 한번 확인한 뒤, 결국 스위치를 껐다.

나는 하레이에게 눈길을 돌렸다. 그녀가 하품을 하려고 입을 벌렸다가 황급히 미소로 바꾸었다.

"내 상태가 어때요?" 그녀가 물었다.

"아주 좋아. 더 바랄 게 없을 만큼." 내가 대답했다.

나는 하레이를 보면서, 다시 한번 아랫입술에서 뭔가가 기어다니는 느낌을 받았다. 대체 어떻게 된 걸까? 이게 무슨 의미일까? 겉보기에는 더할 나위 없이 연약해 보이는 하레이의 육체, 그러나 실제로는 불사조처럼 파괴 불가능한 이 육체가 실제로는 무(無)에서 성립되었다는 것인가? 나는 주먹으로 현미경의 원통형 동체를 두들겼다. 혹시 어딘가 고장 난 게 아닐까? 어쩌면 초점이 제대로 안 맞은 건 아닐까? 아니, 그건 아닐 것이다. 기계가 제대로 작동한다는 사실을 나는 알고 있다. 세포에서 단백질의 혼합물, 그리고 분자의 순서로 확대해 가며, 나는 단계와 절차에 따라 실험을 충실히 이행했다. 그것들은 내가 지금까지 보아 왔던 수천 개의 표본과 똑같았다. 그런데 가장 중요한 마지막 단계에서 갑자기 모든 게 사라지고, 아무것도 보이지 않게 된 것이다.

나는 하레이의 정맥에서 피를 뽑아 그것을 메스실린더에 옮겨 담았다. 그리고 정량으로 분할해서 좀 더 작은 시험관에 나눠 담은 뒤, 분석에 착수했다. 생각보다 시간이 오래 걸렸는데, 한동안 안 하던 작업이어서인지, 솜씨가 조금 무디어져 있었다. 모든 반응이 정상이었다. 다만 혹시……

나는 농축산 한 방울을 붉은 피 위에 떨어뜨렸다. 그러자 핏방울이 연기를 내며 잿빛으로 변하더니 뿌연 거품으로 뒤덮였다. 혈액이 분해되면서 변성 작용이 일어나고 있었다! 오, 조금만 더! 계속해, 계속! 나는 다른 시험관들을 살펴보다가 다시 실험 중인 혈액으로 눈길을 돌렸다. 순간 하마터면 시험관을 떨어뜨릴 뻔했다.

뿌연 거품막 아래의 시험관 바닥에서 검붉은 덩어리가 올라오고 있었다. 산에 타 버린 혈액이 재생된 것이다! 말도 안 돼! 절대로 있을 수 없는 일이었다!

"크리스!"

누가 굉장히 먼 곳에서 나를 부르는 소리가 들려왔다.

"크리스, 전화예요."

"뭐라고? 아, 그래, 고마워."

아까부터 전화벨이 울렸지만, 그제야 알아차린 것이다.

"켈빈입니다."

"스나우트일세. 우리 셋이 동시에 각자의 목소리를 들을 수 있도록 삼자 화상 통화 시스템에 연결했어."

사르토리우스 특유의 콧소리 섞인 고음이 수화기를 타고 들려왔다.

"반갑습니다, 켈빈 박사님!"

위태롭게 흔들리는 연단에 서기라도 한 것처럼 속으로는 불안해하고 조바심치면서, 겉으로만 평정을 가장하는 목소리였다.

"존경하는 박사님, 안녕하십니까?"

내가 대답했다. 갑자기 웃음이 터질 것만 같았는데, 이 근거 없는 유쾌함의 이유가 납득이 가지 않았다. 나는 대체 누구를 비웃고 싶은 걸까? 내 손에는 여전히 혈액이 담긴 시험관이 들려 있었다. 시험관을 흔들어 보았다. 피는 벌써 응고된 상태였다. 그렇다면 조금 전에 내가 본 것은 그저 나의 환상에 불과할까? 단지 내 눈에만 그렇게 보였나?

"동료분들과 주요 사안에 대해 토의를 좀 하고 싶은데요. 그것은⋯⋯ 그러니까⋯⋯ 유령에 대한 것입니다."

나는 사르토리우스의 말을 듣고 있었지만, 한편으로는 거부하고 있었다. 그의 음성이 자꾸만 내 의식을 파고들었지만, 나는 그 목소리에 저항하면서 시험관 속의 응고된 핏덩이, 그 놀라운 결과를 뚫어지게 바라보았다.

"유령 대신 F-형성물이라고 부릅시다."

스나우트가 재빨리 끼어들었다.

"그거 좋네요."

화면의 중앙에 세로로 그어진 검은 선이 현재 두 개의 채널에 동시에 접속되어 있다는 것을 나타내 주었다. 검은 선을 기준으로 양쪽 화면에는 각각 나와 얘기하는 상대의 얼굴이 보여야만 했으나, 둘 다 시커멓기만 했다. 단지 가장자리의 가느다란 테두리가 밝게 빛나고 있어 화면이 켜져 있음을 나타내고 있었다. 스나우트와 사르토리우스 모두 카메라 렌즈를 가려 놓은 모양이었다.

"지금까지 우리는 각자 여러 가지 실험을 해 왔소."

사르토리우스의 콧소리에는 여전히 경계심이 담겨 있었다. 잠시 침묵이 흘렀다.

"우선 지금까지 각자 수집한 정보들을 한데 모아 보는 게 어떻겠소? 그런 다음 내가 개인적으로 도달한 결론을 여러분에게 발표하겠습니다. 그럼 켈빈 박사님부터 시작해 주시겠습니까?"

"저부터요?"

불현듯 나를 지켜보는 하레이의 시선이 느껴졌다. 나는 시험관을 탁자 위에 아무렇게나 놓았다. 그 바람에 시험관이 테이블 유리 받침대 밑으로 떨어졌다. 나는 삼발이 의자를 발로 끌어당겨서 그 위에 앉았다. 처음에는 사르토리우스의 제안을 거절할까 싶기도 했는데, 어느 순간 나도 모르게 이야기를 시작하고 있었다.

"좋습니다. 간단한 토의를 하자는 거군요? 좋아요! 뭐, 지금껏 제가 한 일은 많지 않지만, 그래도 할 말이 아예 없는 건 아닙니다. 조직 표본을 하나 만들어서 그에 대한 몇 가지 반응을 실험했습니다. 일종의 미시 반응 검사였는데요. 그 결과 제 생각으로는……"

뭐라고 표현해야 좋을지 감이 오지 않았다. 그러다 갑자기 말문이 터져 나왔다.

"모든 것이 정상적으로 보이지만, 실은 속임수입니다. 위장인 거죠. 어떤 의미에서 보면, 그것은 슈퍼 카피, 즉 원본보다 정밀한 복제품입니다. 다시 말해 인간의 경우에는 통상 입자의 최종 단계, 즉 물질의 구조적 분할에 있어 마지막 단계가 존재하는데요, 이곳에서는 그 절대적 한계를 초월하는 현상이 나타납니다. 원자보다 작은 입자인 아원자↓의 구조를 적용함으로써 말이죠."

"잠깐, 잠깐! 그게 정확히 무슨 뜻이죠?"

사르토리우스가 따져 물었다. 스나우트는 한마디도 하지 않았다. 지금 수화기를 통해 들려오는 가쁜 숨소리는 스나우트의 것일까? 하레이가 나를 바라보고 있었다. 흥분한 나머지, 마지막 말은 고함치듯 말했다는 것을 뒤늦게 깨달았다. 나는 마음을 가다듬고 불편하기 짝이 없는 의자에서 등을 구부정하게 웅크린 채 두 눈을 감았다. 어떻게 표현하면 좋을까?

"우리 인간의 몸을 이루는 궁극적인 구성 요소는 원자입니다. 그런데 F-형성물은 원자보다 훨씬 작은, 아주 미세한 단위로 이루어진 것 같습니다."

→   亞原子. 중성자, 양성자, 전자처럼 원자보다 작은 입
    자를 의미한다.

"중간자↓를 말하는 건가요?"

사르토리우스가 불쑥 한마디 던졌다. 하지만 조금도 놀란 기색이 아니었다.

"아뇨, 중간자는 아닙니다…… 중간자라면 금방 알 수 있었을 테니까요. 내가 사용한 전자 현미경의 최대 해상도는 10^{-20}Å(옹스트롬)↓2까지였거든요. 그렇지만 최대한 배율을 높여 봐도, 결국 아무것도 보이지 않았습니다. 따라서 중간자는 아닙니다. 중성미자↓3일 가능성이 높습니다."

"그런 가설이 과연 신빙성이 있을까요? 중성미자의 구조는 상당히 불안정하지 않습니까……"

"그건 잘 모르겠습니다. 저는 물리학자가 아니니까요. 어쩌면 특정한 역장↓4이 발생해서 중성미자를 안정시키는 걸 수도 있습니다. 제 분야는 아니지만요. 어쨌든 제 관찰이 맞다면, F-형성물은 원자 만분의 일 크기밖에 안 되는 미립자로 이루어져 있습니다. 그뿐만이 아닙니다! 단백질이나 세포의 분자가 앞서 말한 '마이크로 원자'로 이루어져 있다면,

---

→　中間子. 전자보다 무겁고 양성자보다 가벼운 질량을 가진 소립자.

→2　길이의 국제 표준 단위. 빛의 파장이나 원자의 배열을 잴 때 쓴다. 1옹스트롬은 ∅.1나노미터(nm)다. 기호는 Å.

→3　中性微子. 뉴트리노라고도 하며, 중성자가 양성자와 전자로 붕괴될 때에 생기는 소립자. 전하를 가지지 않고, 질량이 극히 작다.

→4　力場. 힘의 작용이 미치는 범위.

225

그 분자 또한 마이크로 원자의 크기에 비례해서 훨씬 작아져 야 합니다. 또한 적혈구나 각종 효소에 대해서도 똑같은 원리가 적용되어야 하고요. 그렇지만 실제로는 전혀 그렇지 않습니다. 따라서 단백질도 세포도 세포핵도 실은 그저 위장 물질에 지나지 않는다는 결론에 이르게 됩니다. '손님'의 생물학적 기능을 밝힐 수 있는 진짜 구조는 여전히 베일에 싸여 있습니다."

"켈빈!"

스나우트가 질책하는 목소리로 외쳤다. 내 입에서 '손님'이라는 말이 나왔다는 사실을 뒤늦게 깨달은 나는 놀라서 말을 멈추었다. 하지만 하레이는 듣지 못한 듯했다. 설사 들었다 해도 무슨 뜻인지 이해하지 못했을 것이다. 하레이는 손에 턱을 괸 채, 창밖을 물끄러미 응시하고 있었다. 보랏빛 여명을 배경으로 그녀의 아름다운 옆모습이 또렷하게 드러났다. 스나우트와 사르토리우스, 둘 다 말이 없었다. 단지 멀리서 숨소리만이 들려왔다.

"켈빈의 말에도 일리가 있소."

스나우트가 혼잣말처럼 중얼거렸다.

"그럴지도 모르죠."

사르토리우스가 동의했다.

"다만 한 가지 모순이 있습니다. 솔라리스의 바다는 켈빈 박사가 주장하는 가상의 '마이크로 원자'로 이루어져 있지 않거든요. 이곳의 바다는 일반적인 원자로 이루어져 있습니다."

"그렇다면 바다가 그런 특별한 원자를 합성해 내는 게 아닐까요?"

내가 대답했다. 갑자기 대화에 싫증이 났다. 토론은 무의미했고 흥미롭지도 않았다.

"어쩌면 켈빈의 가설이 그들의 엄청난 저항력을 설명하는 단서가 될 수도 있습니다. 그리고 놀라운 재생 속도에 대해서도요. 어쩌면 자신의 내부에 자체적인 에너지원(原)이 내장되어 있을지도 모릅니다. 음식물을 섭취할 필요가 없는 걸 보면……"

스나우트가 중얼거렸다.

"제가 발언하겠습니다."

사르토리우스가 끼어들었다. 나는 사르토리우스의 말투가 견디기 힘들었다. 자신을 이 토의의 의장이라 여기며 거들먹거리는 태도가 계속 거슬렸다.

"저는 동기의 문제에 대해 언급하고 싶습니다. F-형성물이 출현한 동기 말입니다. 우선 F-형성물이라는 것이 무엇인지부터 짚어 봅시다. 이것은 인간이 아닐뿐더러, 실존 인물을 그대로 복제한 존재도 아닙니다. 그들은 그저 우리의 뇌가 어떤 특정 인물에 대해 가지고 있던 관념의 물질적 투영에 지나지 않습니다."

나는 그의 설명이 너무도 논리정연한 데 놀랐다. 사르토리우스는 호감형은 아니었지만, 적어도 머리가 나쁜 인간은 아니었다.

"네, 박사님의 의견에 공감합니다." 나는 대화에 다시 참여했다. "그렇다면 하필 왜 특정인…… 아니, 특정한 형성물만 나타나고, 그 밖의 다른 형성물은 나타나지 않는지에 대해서도 설명이 가능해집니다. 우리의 기억 속에 가장 깊이 각인된 흔적, 다른 모든 기억들로부터 고립된, 가장 강렬한 기억이 선택된 것이죠. 하지만 그 어떤 기억도 다른 기억으로부터 완전히 분리될 수는 없습니다. 따라서 '복제'의 과정에서 이따금 근처에 있던 관련 기억의 일부가 함께 흡수될 가능성도 있습니다. 그 결과 우리의 '손님'이 이따금 자신의 원형인 실존 인물보다 더 많은 지식을 지니는 경우도 발생하게 됩니다."

"켈빈!" 스나우트가 다시 한번 소리쳤다.

나의 말실수에 민감하게 반응하는 사람이 스나우트뿐이라는 사실이 마음에 걸렸다. 사르토리우스는 그런 부분에는 크게 신경 쓰지 않는 눈치였다. 혹시 사르토리우스의 '손님'이 스나우트의 '손님'보다 덜 영리한 인물이기 때문은 아닐

228

까? 아주 잠깐이지만, 나는 박식한 스나우트 박사와 나란히 앉아 있는, 난쟁이처럼 왜소하고 바보스러운 인물을 그려 보았다.

"그래요, 그 점은 우리가 관찰한 바와도 일치합니다."

사르토리우스가 곧바로 동의했다.

"자, 그럼 이제 그 F-형성물의 출현 동기를 짐작해 봅시다! 맨 처음 떠오른 생각은 혹시 우리에게 어떤 실험이 진행되고 있는 것은 아닐까 하는 것이었습니다. 하지만 만약 그렇다 치더라도…… 그것은 별 쓸모가 없는 괴상한 실험이라고밖에는 볼 수가 없습니다. 우리는 통상 실험을 하면서 그 결과에서 뭔가를 배우고 깨우칩니다. 특히 실수를 통해 많은 것을 알게 되고, 같은 실험을 반복할 경우 개선된 내용을 도입하게 마련입니다. 그런데 이곳에서는 그런 과정이 전혀 나타나지 않고 있습니다. 동일한 F-형성물이 항상 똑같은 모습으로 다시 나타납니다…… 그들을 제거하려는 우리의 시도에 대한 추가적인 대비책이나 개선의 징후 따위는 전혀 찾아볼 수 없는, 이전과 동일한 모습으로 말이죠."

"그러니까 한마디로 요약하면, 그들의 행동 주기에는 수정 피드백을 위한 연결고리 따위는 없다는 뜻이군요. 스나우트 박사가 말한 것처럼요. 그래서 결론은 무엇입니까?"

내가 끼어들었다.

"굳이 결론을 내리자면, 이것은 실험이라고 하기에는 서툴고 조잡한 작업이라고 할 수 있을 것 같습니다. 사실 납득하기가 힘듭니다. 이곳의 바다는…… 매우 정확하거든요. F-형성물의 이중 구조가 바로 이러한 정확도를 입증하고 있습니다. F-형성물은 규정된 한계 내에서는 진짜와 똑같은 방식으로 행동합니다…… 그러니까 실제의……"

여기서 사르토리우스의 말문이 막혔다.

"원본이라고 해 두지요……" 스나우트가 즉시 거들었다.

"아, 네, 그 원본과 조금도 다름없는 행동을 취합니다. 그러나 F-형성물이 보유한 일반적인 능력과 한계치를 넘는 상황이 발생하면, 그들은 일종의 '의식의 단절'을 경험하게 됩니다. 그러고는 갑자기 원본과는 전혀 다른 방식으로 행동하면서, 초인적인 성향을 발휘합니다……"

"사실입니다." 내가 거들었다. "하지만 그런 식의 설명만 갖고서는…… 그저 이 F-형성물의 행동 목록이나 만들 수 있을 뿐이죠. 실제로는 별 도움이 되지 않습니다."

"글쎄요, 나는 꼭 그렇다고만은 생각지 않습니다."

사르토리우스가 반박했다. 그 순간 나는 사르토리우스의 말투가 내 귀에 그토록 거슬리는 이유를 깨달았다. 사르토리우스는 대화를 하는 게 아니라 연설을 하고 있었다. 연구소의 학술회의에서 발표하는 듯한 말투였다. 어쩌면 그는 다른 방식으로는 의사 표현을 할 줄 모르는 듯했다.

　"여기서 우리는 인격의 문제에 직면합니다. 이 솔라리스의 바다에는 인격이라는 개념이 전혀 없습니다. 동료 여러분, 제 소견으로는 이 실험이 우리에게 미치는 충격과 공포는 솔라리스 바다의 이해의 범위를 넘어선 것이며, 바다는 전혀 인식하지 못하는 것 같습니다."

　"그렇다면 당신은 이것이 계획적인 실험이 아니라고 생각하는 겁니까?"

　내가 질문했다.

　사르토리우스의 견해가 당혹스럽게 느껴지긴 했지만, 곰곰이 생각해 보니 그것을 부정할 만한 근거도 없었다.

　"그렇습니다. 동료인 스나우트 박사와는 달리 나는 여기에 어떤 악의나 배신의 의도가 있다든지, 아니면 고의적인 잔혹성 같은 것이 개입되었다고는 보지 않습니다."

　그러자 스나우트가 처음으로 토의에 제대로 참여했다.

　"저는 솔라리스의 바다가 인간의 감정을 가졌다고 주장하는 게 아닙니다. 똑같은 존재가 끊임없이 되돌아오는 현상은 대체 어떻게 설명할 수 있죠?"

　"축음기 레코드판처럼 계속해서 회전하는 장치와 연결되어 있을지도 모른다는 생각이 드는군요."

　나는 사르토리우스의 심사를 건드리려는 의도를 숨김없

이 드러내면서 말했다.

"동료 여러분, 제발 논점을 벗어나지 맙시다!"

사르토리우스가 콧소리를 내며 언성을 높였다.

"본인의 발언이 아직 끝나지 않았습니다. 정상적인 상황이었다면, 지금 한창 진행 중인 연구에 대해 잠정적인 보고서를 제출하는 것은 시기상조라고 생각했을 것입니다. 그러나 상황의 특수성을 고려하여, 오늘은 예외로 하겠습니다. 저는 오늘 켈빈 박사가 이야기한 가설이 어느 정도 타당하다는 인상을 받았습니다. 물론 아직은 인상일 뿐입니다. 반복하지만 어디까지나 인상입니다. 그러니까 중성미자의 구조에 대한 켈빈 박사의 가설 말입니다. 현재 이 분야에 대한 우리의 지식은 이론적인 차원에 머물 뿐, 그러한 구조를 안정화할 수 있을지는 모릅니다. 이것은 우리에게 특별한 기회입니다. 구조에 영구성을 제공하는 역장을 중성화해서……"

아까부터 나는 사르토리우스의 영상에서 화면을 덮고 있던 어두운 장막이 조금씩 걷히고 있다는 것을 알아차렸다. 먼저 영상 꼭대기에서 밝은 틈새가 나타나더니 그 사이로 분홍빛의 뭔가가 천천히 움직이는 게 보였다. 그러다 카메라 렌즈를 덮고 있던 검은 덮개가 갑자기 아래로 미끄러졌다.

"저리 가! 저리 가라니까!!!"

쥐어 짜내는 듯한 사르토리우스의 고함이 울려 퍼졌다.

갑자기 훤히 밝아진 화면에 누군가와 씨름하는 사르토리우스의 모습이 나타났다. 실험실용 두툼한 토시를 낀 채, 버둥거리는 박사의 양팔 사이로 커다란 황금색 원반 같은 것이 보였다. 순간 화면이 다시 어두워졌다. 나중에야 그 황금빛 원형 물체가 밀짚모자였다는 사실을 알아차렸다.

"스나우트?"

내가 깊은 한숨을 내쉬며 입을 열었다.

"그래, 켈빈."

인공두뇌학자의 지친 목소리가 들려왔다. 그 순간 나는 그를 꽤 좋아하게 되었음을 깨달았다. 그를 찾아온 손님이 누군지 몰라도 상관없다는 생각이 들 정도였다.

"오늘은 이 정도로 마치는 게 어떨까?"

그가 물었다.

"동의하네."

나는 그가 통신을 끊기 전에, 재빨리 덧붙였다.

"이보게, 언제 가능하면 아래층으로 한번 내려와 주게나. 내 선실로 와 줘도 좋고. 괜찮나?"

"알겠네. 하지만 언제가 될지는 모르겠네."

스나우트가 대답했다.

주요 사안에 대한 우리의 토의는 이렇게 끝이 났다.

233

괴물

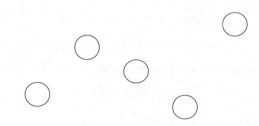

한밤중에 불빛 때문에 잠에서 깼다. 나는 두 눈을 비비며 팔꿈치를 짚고 상체를 일으켰다. 시트를 뒤집어쓴 하레이가 침대 밑에 몸을 웅크린 채 앉아 있었다. 긴 머리카락에 가려 얼굴은 잘 보이지 않았지만, 어깨가 조금씩 흔들렸다. 소리 죽여 울고 있었던 것이다.

"하레이!"

내가 부르자 그녀가 몸을 더욱 바짝 움츠렸다.

"무슨 일이야…… 하레이……"

나는 침대 위에 일어나 앉았다. 조금 전까지 나를 괴롭히던 악몽으로부터 헤어 나오는 중이었지만, 그래도 잠에서 아직 완전히 깨어난 건 아니었다. 하레이는 여전히 떨고 있었다. 나는 하레이를 끌어안았다. 하지만 하레이는 팔꿈치로 나를 밀어내고는 얼굴을 가렸다.

"달링……"

"그렇게 부르지 말아요!"

"하레이, 어떻게 된 거야?"

떨고 있는 하레이의 얼굴은 온통 눈물범벅이었다. 두 뺨을 타고 흘러내리던, 굵은 눈물이 턱 근처의 보조개에 고여 반짝이다가 시트 위로 떨어졌다.

"당신은 날 싫어해요."

"도대체 그게 무슨 소리야?"

"다 들었단 말예요……"

순간 내 얼굴이 굳어지는 게 느껴졌다.

"뭘 들었다는 말이지? 당신이 오해한 거겠지. 그건 단지……"

"아뇨, 분명히 들었는걸요. 당신이 그랬잖아요, 나는 하레이가 아니라고요. 어디론가 사라져 버렸으면 좋겠다고도 했죠. 나도 그러고 싶어요. 그런데 그럴 수가 없네요…… 나도 이유를 모르겠어요. 떠나 버리고 싶은데, 마음대로 안 돼요. 난 정말 아무 짝에도 쓸모가 없나 봐요."

"이리 와, 우리 꼬마 아가씨!"

나는 그녀를 붙잡고, 힘껏 끌어안았다. 눈물 때문에 찝

찢해진 그녀의 손가락에 입을 맞추고, 간청과 맹세와 사과를 되풀이했다. 모든 것이 어리석고 끔찍한 악몽일 뿐이라며 달래기도 했다. 하레이는 차츰 안정을 되찾았고, 마침내 울음을 그쳤다. 몽유병 환자처럼 몽롱한 그녀의 커다란 눈망울에서 물기가 사라졌다. 하지만 그녀는 여전히 내게서 얼굴을 돌리고 있었다.

"소용없어요. 당신은 내게 이미 예전의 크리스가 아니니까."

"내가 예전의 내가 아니라고?"

그 말이 신음처럼 내 목에서 튀어나왔다.

"그래요. 당신은 더 이상 나를 원하지 않아요. 나는 줄곧 그걸 느끼고 있었지만, 일부러 모른 척했을 뿐이에요. 어쩌면 내 예감이 틀렸을 수도 있다고 생각했어요…… 그렇지만 아니었어요. 당신의 태도는…… 완전히 달라졌어요. 당신은 나를 진지하게 대하지도 않고, 이 모든 게 꿈에 불과하다고 말하죠. 네, 맞아요. 꿈일지도 모르죠. 하지만 꿈을 꾼 사람은 당신이에요. 당신이 나를 꿈꾼 거라고요. 당신이 다정하게 내 이름을 불렀어요. 그런데 지금은 날 소름 끼쳐 하잖아요. 왜죠? 어째서죠?"

"우리 꼬마 아가씨……!"

"싫어. 그런 식으로 날 부르지 말아요. 듣기 싫다고요,

알겠어요? 나는 꼬마가 아니에요. 나는······"

하레이가 또다시 울음을 터뜨리면서 침대에 얼굴을 파묻었다. 나는 일어섰다. 환풍구에서 낮은 윙윙거림과 함께 찬 공기가 배출되었다. 추웠다. 나는 목욕 가운을 어깨에 걸치고, 침대에 앉아 하레이의 어깨에 손을 얹었다.

"하레이, 들어 봐. 당신에게 하고 싶은 말이 있어. 사실대로 말해 줄게."

하레이가 양손을 짚고 천천히 몸을 일으켜 침대 위에 앉았다. 그녀의 가느다란 목덜미에서 혈관이 꿈틀거리는 게 보였다. 내 얼굴은 다시 굳어졌다. 마치 영하의 날씨에 밖에 서 있는 것처럼 한기가 느껴졌다. 머릿속이 텅 비어 버렸다.

"진실을 말해 줄 거죠? 명예를 걸고요?"

갑자기 말문이 막혀서 대답이 바로 나오지 않았다. '명예를 건다'는 표현은 하레이와 내가 뭔가를 맹세할 때 습관처럼 사용하던 말이었다. 이 말을 입에 담는 순간, 우리 둘 중 누구도 거짓말을 해서는 안 될 뿐만 아니라, 상대방에게 뭔가를 숨겨서도 안 되었다. 숨김없이 진실을 털어놓기만 하면, 모든 게 해결되리라고 순진하게 믿으며 지나친 솔직함으로 오히려 서로를 힘들게 하던 과거의 추억이 이 표현에 서려 있었다.

"명예를 걸고 맹세할게, 하레이!"

나는 진지하게 대답했다······

"당신도 변했어. 사람은 누구나 변하게 마련이지. 그렇지만 내가 하고 싶은 얘기는 그게 아니야. 아무래도······ 우리 둘 다 이해할 수 없는 어떤 이유에서, 당신은 내게서 한시도 떨어질 수 없게 된 것 같아. 그렇지만 하레이, 오히려 잘된 일이야. 이젠 나도 당신과 떨어질 수가 없거든······"

"크리스!"

나는 시트를 뒤집어쓰고 있는 하레이를 안아 올렸다. 눈물에 젖은 시트의 한쪽 귀퉁이가 내 어깨를 적셨다. 나는 어린아이를 달래듯이 하레이를 어르며 방 안을 서성거렸다. 그녀가 계속해서 내 얼굴을 어루만졌다.

"아니에요, 크리스. 당신은 변하지 않았어요. 변한 건 나예요."

하레이가 내 귀에 대고 속삭였다.

"뭔가 잘못된 것 같아요. 어쩌면 전의 그 사고도?"

하레이는 그렇게 말하며 문짝이 달려 있던, 빈자리를 바라보고 있었다. 어젯밤 나는 너덜거리는 문짝의 남은 조각을 완전히 떼 내어 창고에 갖다 놓았다. 얼른 새로운 문짝을 구해 와서 달아야겠다는 생각이 잠시 뇌리를 스쳤다. 나는 하레이를 침대에 눕혔다.

"당신은 도대체 언제 잠을 자는 거지?"

내가 그녀를 내려다보며 물었다.

"나도 모르겠어요."

"모를 리가 없잖아. 잘 생각해 봐, 달링."

"하지만 내 잠은 어쩐지 진짜 잠이 아닌 것 같아요. 혹시 내가 어디 아픈 건 아닐까요? 밤에 자려고 누우면 이런저런 생각이 들어요. 그러니까……"

하레이가 몸을 부르르 떨었다.

"어떤 생각?"

내가 속삭이듯이 물었다. 목소리에서 내 감정이 드러날까 봐 조심스러웠던 것이다.

"굉장히 이상한 생각들이 떠오르곤 해요. 어째서 그런 생각이 드는지는 잘 모르겠지만."

"예를 들면?"

나는 어떤 대답을 듣더라도 침착해야 한다고 자신을 타이르면서, 혹시 모를 강한 일격에 대비해서 마음의 준비를 했다.

하레이는 곤란한 듯이 힘없이 고개를 저었다.

"그러니까…… 내 주위에서……."

"무슨 말인지 모르겠어."

"어쩐지 그 생각들이 내 머릿속에 있는 게 아니라 어딘가 멀리서 전달되는 느낌이에요. 마치…… 아, 안 되겠어요.

말로는 도저히 표현이 안 되네요."

"그건 틀림없이 꿈일 거야."

나는 반사적으로 대답하고는 긴 한숨을 내쉬었다.

"자, 그만 불 끄고 자야지. 아침까지는 아무 걱정도 하지 말고. 아침에 일어나서 마음이 내키면, 다시 새롭게 생각해 보는 거야. 알겠지?"

하레이가 손을 뻗어 스위치를 눌렀고, 방 안이 깜깜해졌다. 나는 차갑게 식은 시트 위에 누웠다. 나를 향해 다가오는 하레이의 숨결이 따뜻하게 느껴졌다.

나는 그녀를 끌어안았다.

"더 세게!" 그녀가 속삭였다. 그러고 나서 긴 침묵 끝에 그녀가 말했다.

"크리스!"

"왜?"

"당신을 사랑해요."

나는 하마터면 비명을 지를 뻔했다.

아침은 붉은빛이었다. 거대한 원반 같은 태양이 수평선 위에 낮게 떠 있었다. 문 앞에 봉투 한 개가 놓여 있었다. 나는 그 봉투를 뜯었다. 마침 하레이는 목욕을 하고 있었다. 흥얼거리는 콧노래가 욕실에서 흘러나왔다. 하지만 그녀는 가끔 젖은 머리카락이 착 달라붙은 얼굴을 욕실 밖으로 내밀며 내 동향을 살폈다. 나는 창가로 가서 편지를 읽었다.

켈빈, 이제 우리는 옴짝달싹 못 하게 되었네. 사르토리우스가 적극적으로 나서기로 한 모양일세. 그는 중성미자의 구조를 불안정하게 만드는 방법이 있을 거라고 믿고 있어. 실험을 위한 분석 자료로는 F-형성물을 탄생시킨 원형질이 필요하네. 당신이 바다로 정찰을 나가서 적정량의 원형질을 채집해서 용기에 담아와 주면 좋겠다고 사르토리우스가 말하더군. 임무를 완수하든 안 하든, 모든 건 자네에게 달렸네만, 어떤 결정을 내렸는지는 내게 알려 주게나. 내 의견은 따로 없네. 이제 나는 아무런 생각도 할 수 없게 된 것 같아. 그래도 자네가 이 일을 맡아 주기를 바라는 마음이 내게 있다면, 그것은 우리가 지금까지 연구하고 수행해 왔던 작업이 최소한의 진전이라도 보이기를 바라기 때문일 거야. 어떻게든 돌파구를 찾아내지 못하면, 우리에게 남은 선택지라고는 죽은 기바리안을 부러워하는 일밖에는 없을 테니까.
생쥐로부터

추신: 무선실에는 절대 오지 말게. 부탁하네. 용건이 있으면 전화로 연락 주게나.

편지를 읽으니 가슴 한구석이 답답하게 조여 왔다. 나는 다시 한번 주의 깊게 편지를 읽고 나서 그것을 조각조각 찢어서 개수대에 넣었다. 그러고는 하레이가 입을 우주복을 찾기 시작했다. 끔찍한 일이었다. 모든 게 지난번과 완전히 똑같았다. 그러나 하레이는 아무것도 눈치채지 못했다. 그렇지 않다면, 내가 정찰을 위해 정거장 밖으로 나갈 예정인데 함께 가 줄 수 있냐고 그녀에게 물었을 때, 그녀가 그토록 기뻐했을 리가 없다. 우리는 작은 주방에 들러 아침 식사를 했다. 하레이는 역시 한두 입만 억지로 삼켰다. 식사를 마치고 함께 도서실로 갔다.

나는 사르토리우스가 바라는 임무를 실행하기 전에 우선 역장과 중성미자의 구조에 관한 문헌을 훑어보고 싶었다. 어떻게 작업에 착수하면 좋을지 감이 잡히지 않았지만, 일단 사르토리우스가 하려는 작업에서 내가 주도권을 쥐어야겠다고 결심했다. 지금은 없지만, 머지않아 발견될 수도 있는 중성미자의 파괴자가 스나우트와 사르토리우스를 자유의 몸으로 해방시키는 광경이 떠올랐다. 그러면 나는 하레이와 함께 정거장 밖 어딘가에서, 예를 들면 로켓 안에서 기다리면 된다. 나는 한참 동안 전자 카탈로그에 갖가지 검색어를 입력했다. 하지만 그때마다 "해당 자료 없음."이라는 간략한 메시지가 화면에 나타나거나 전문적인 물리학 참고 문헌 목록이 산더미처럼 쏟아져서 당혹스러웠다. 벽면에는 수많은 마이크로필름과 전자 기록이 담긴 상자들이 바둑판 모양으로 질서정연하게 쌓여 있었다. 어떤 이유에서인지 나는 이 커다란 원형 공간을 떠나고 싶지 않았다. 정거장 한가운데 위치한 도서실은 창문이 하나도 없었고, 이 거대한 강철 구조물 내에서 가장 철저히 고립된 장소이기도 했다. 자료 조사가 원활하게 진행되지 않았음에도, 내가 이 공간을 좋아하는 것은 그 때문인지도 모른다. 나는 넓은 방 안을 배회하다가 책이 빽빽이 꽂힌, 천장까지 닿을 만큼 높은 책장 앞에 섰다. 과시용이나 장식용이라기보다는 솔라리스 연구의 개척자들이 이룩한 업적을 보존하고 기리기 위해 만들어진 책장으로 보였는데, 사실 여기에 진열된 모든 책이 그만한 가치가 있는지는 의문이었다. 책장에는 600권에 달하는 책들이 꽂혀 있던 것이다. 기념비적인 고전임에는 분명하지만, 상당 부분 시대에 뒤떨어진 기스의 아홉 권짜리 총서를 필두로 솔라리스 탐사와 관련된 고전 연구서들이 총망라되어 있었다. 나는 기스의 총서 중에 몇 권을 꺼냈는데, 어찌나 무거운지 팔이 휘청거렸다. 내키지는 않았지만, 안락의자의 팔걸이에 걸터앉아 책장을 넘기기 시작했다. 하레이도 읽을거리를 찾아내서 읽고 있었다. 그녀의 어깨 너머로 몇 줄의 문장이 눈에 들어왔다. 그것은 초기의 탐사 대원들이 남긴 몇 안 되는 저술 가운데 하나로, 어쩌면 기스가 개인적으로 소장했던 책일 수도 있었다. 제목은 『행성을 오가는 요리사』였다. 우주 여행이라는 혹독한 조건에 부합하는 적절한 조리법을 살펴보는 하레이를 보다가 나는 아무 말 없이 무릎 위에 올려놓은 오래된 책으로 눈길을 돌렸다. 기스가 쓴 솔라리스 연작 가운데 하나인 『솔라리스 연구 십 년사』였다.

기스는 영감이 풍부한 인물은 아니었는데, 사실 솔라리스 연구자에게 상상력은 오히려 장애물로 작용할 뿐이다. 지나친 상상력이나 섣부른 가설이 이곳에서만큼 치명적인 결과를 초래하는 경우는 또 없을 것이다. 어떤 의미에서 보면, 솔라리스 행성에서는 무엇이든 가능하기 때문이다. 바다의 원형질이 만들어 내는 다양한 배열을 아무리 허황된 말로 묘사하더라도 여러 가능성을 고려하다 보면, 결국엔 사실일 확률이 있다는 쪽으로 귀결될 수밖에 없다. 하지만 똑같은 작용을 두 번 다시 되풀이하지 않는 바다의 속성상, 그 진위를 확인하는 것은 거의 불가능하다.

솔라리스의 바다가 만들어 내는 다양한 형태들을 처음으로 목격한 사람은 누구나 그 생소함과 거대함에 간담이 서늘해질 수밖에 없다. 그 규모가 좀 더 작았더라면, 예를 들어 늪지대 정도의 규모였다면, 아마도 맹목적인 에너지가 우연히 발현된 '자연의 장난' 정도로 받아들일 수도 있을 것이다.

하지만 천재든 범인(凡人)이든 솔라리스 바다가 만들어 내는 변화무쌍한 형태 앞에서는 모두가 속수무책이었다. 바다의 불가사의한 현상에 정통한 연구자는 아무도 없었다. 기스는 천재도 범인도 아니었다. 그는 그저 현학적인 체하는 분류학자였다. 이런 부류는 겉으로는 냉정한 척하지만, 속으로는 자신의 일에 대한 불굴의 열정을 평생 간직한 채 살아간다. 기스는 그의 저서에서 가능한 한 서술적인 묘사를 지향했지만, 마땅한 용어를 찾지 못한 경우에는 종종 묘사하려는 현상에 어울리지 않는 어색하고 서툰 조어를 스스로 선보이곤 했다. 그러나 어떠한 용어를 사용해도 솔라리스 바다에서 일어나는 불가사의한 현상을 정확하게 표현할 수는 없었다. 기스가 고안한 신조어들, 예를 들어 '산수목(山−樹木)체', '신장체(伸張體)', '메가버섯형체', '미모이드', '대칭체', '비대칭체', '척추형체', '급변성체'와 같은 용어들은 지나치게 작위적이지만, 그래도 솔라리스와 관련된 희미한 사진들이나 불완전한 영상조차 보지 못한 사람들이 개념을 이해하는 데는 어느 정도 도움이 될 것이다.

하지만 성실한 분류학자인 기스도 솔라리스의 연구 과정에서 이런저런 실수를 범하고 말았다. 인간은 본인이 의식하든 의식하지 못하든, 마음속으로는 항상 가설을 세우게 마련이다. 기스는 '신장체'를 솔라리스 바다의 근본적인 형태라고 결론짓고, 그것을 지구의 바다에서 흔히 볼 수 있는 해일의 확장판에 비유했다. 실제로 기스가 쓴 초판본을 살펴보면, 그가 지구 중심적 사고방식에서 벗어나지 못한 채, 솔라리스 바다의 움직임을 해일이라고 명기했음을 알 수 있다. 솔라리스 앞에서 지구 중심주의를 내세우는 것은 무능력하고 우스꽝스러운 발상이다.

지구에서 굳이 비교 대상을 찾는다면, 신장체는 콜로라도 그랜드캐니언의 규모를 훨씬 웃도는 거대한 구성체다. 신장체의 가장자리 표면은 젤리와 거품이 뒤엉킨 혼합물이다. 여기서 거품은 부서지기 쉬운 거대한 꽃무늬 장식, 혹은 커다란 구멍이 있는 성긴 레이스 형태로 딱딱하게 굳어 있는데, 일부 과학자들은 이를 '골격형 종기'라고 부르기도 한다. 한편 그 구성체의 내부는 안쪽으로 갈수록 긴장된 근육처럼 점점 탄력이 붙게 되는데, 깊이 수십 미터에 이르면 그 내부가 바위처럼 단단하면서도 여전히 탄력성을 유지하고 있음을 확인할 수 있다.

이 신장체의 본체는 마치 괴물의 등뼈를 감싼 막처럼 보이는데, 골격형 종기로 뒤덮인 단단한 두 벽을 사이에 두고 수 킬로미터에 걸쳐 뻗어 있다. 마치 거대한 비단뱀이 몇 개의 산을 통째로 집어삼킨 후, 소화를 시키기 위해 물고기처럼 미끈거리는 동체를 천천히 흔들며 몸서리를 치는 느낌이

246

다. 하지만 신장체가 그렇게 보이는 것은 비행기를 타고 상공에서 내려다보는 경우에 한해서다. '협곡의 벽' 수백 미터 상공까지 비행기를 하강해 보면, '비단뱀의 몸통'이 수평선 너머까지 길게 뻗어 있으며, 압력을 가하여 부풀린 듯한 이 원통형 동체가 어지러울 정도로 빠르게 움직이고 있음을 알게 된다. 미끄러운 녹회색 점액이 소용돌이치면서 거기서 강렬한 햇볕이 뿜어져 나오는 것처럼 보인다. 하지만 비단뱀의 등 바로 위로 낮게 비행해 보면, 움직임이 훨씬 더 복잡하다는 것을 알게 된다.(신장체가 자리 잡은 협곡의 가장자리는 지질학적으로 함몰된 구덩이의 양 끝으로 보인다.)

신장체는 동심원 파동을 그리며 회전하는데, 그 안에서 빛깔이 어두운 해류가 교차한다. 이따금 바깥쪽 막이 반짝이는 거울이 되면서 하늘과 구름을 반사하다가 내부에서 가스와 유동체가 섞이며 굉음과 함께 분출 현상이 일어나고, 막이 뚫리기도 한다. 결국 신장체 내부에 있는 에너지의 중심점이 딱딱하게 결정화된 젤리 형태로 하늘을 향해 우뚝 솟은, 갈라진 두 벽을 지탱하고 있음을 확인하게 되는 것이다. 하지만 눈에 훤히 보이는 것은 과학적 지식으로는 쉽게 받아들여지지 않는 법이다. 살아 있는 광대한 바다를 뒤덮은 수백만 개의 신장체 내부에서 무슨 일이 벌어지는가를 두고, 오랫동안 격렬한 논쟁이 벌어졌다! 누군가는 괴물 신체 기관의 신진대사라고 주장했다. 호흡 과정이라는 견해, 영양소 공급이라는 설 등 수많은 이론이 먼지를 뒤집어쓴 채 도서관에 보관되어 있었다. 하지만 각 가설은 수천 번에 걸쳐 시행된, 고생스러우면서 위험한 다양한 실험에 의해 그때마다 뒤집어졌다. 이 모든 실험은 궁극적으로 가장 단순하고 안정된 형태라고 할 수 있는 신장체와 연관된 것이었다. 왜냐하면 모든 형태 중에서 유일하게 몇 주에 걸쳐 지속되는 존재는 신장체뿐이기 때문이다. 이러한 지속성은 솔라리스 바다에서는 극히 예외적이었다.

가장 복잡하고, 변화무쌍하며, 관찰자로부터 제일 큰 반감을 불러일으키는 형태는 미모이드였다. 기스는 이 미모이드에 완전히 매료되어 이것을 연구하고 기록하고 그 본질을 추측하고 해석하는 데 남은 생을 바쳤다. 그가 붙인 미모이드라는 명칭은 인간의 눈으로 볼 때 가장 독창적인 성향, 다시 말해 가까이 있든 멀리 있든 관계없이 주변의 모든 형상을 모방하려는 이 형태의 특징을 효과적으로 표현하기 위한 것이었다.

어느 화창한 날, 바다 깊은 곳으로부터 표면에 타르를 바른 듯 시커멓고 둘레가 들쭉날쭉하며 크고 납작한 원반이 어른거리기 시작한다. 열다섯 시간 정도 지나면, 그 원반이 겹겹의 층으로 나누어지고, 시간이 갈수록 여러 개의 덩어리로 갈라지면서 수면을 향해 조금씩 떠오른다. 관찰자의 눈에는 수중에서 무서운 격투가 벌어지는 것처럼 보인다. 왜냐하면 앙다문 일그러진 입술 같기도 하고, 살아 있는 근육질의 닫힌 분화구 같기도 한 거대한 원형의 파도가 사방에서 열지어 밀려와서 바다 밑에서 흔들리는 검은 환영을 향해 끊임없이 덤벼들기 때문이다. 처음에는 수직으로 솟구치던 파도가 나중에는 검은 덩어리들을 바닷속으로 겹겹이 밀어 넣는데, 수십만 톤의 끈적끈적한 점액이 급락 운동을 할 때마다 철썩철썩 때리는 듯한 엄청난 굉음이 몇 초 동안 이어진다. 천둥소리에 비견할 정도로 요란한 소음이 울려 퍼지는데, 이곳에서는 모든 것이 어마어마한 규모로 전개된다. 결국 검은 형성체들은 아래쪽으로 가라앉는다. 연속적으로 파도의 타격이 가해질 때마다 원반이 점점 납작해지면서 옆으로 흩어진다. 젖은 날개처럼 축 늘어진 각각의 막들이 기다란 송이를 이루고, 이것이 점차 가늘어지면서 좁고 기다란 목걸이 형태로 바뀐다. 이 목걸이들이 뭉쳐지고 융합되면서 다시 위로 떠오르는데, 이때 본래의 원반에서 떨어져 나온 파편들도 함께 끌려 올라간다. 한편 수면의 상층부에서는 파도가 쉼없이 고리 모양의 오목한 구멍을 만들며 점점 세차게 소용돌이친다. 이러한 현상은 하루 또는 한 달 가까이 계속되기도 하고, 때로는 이 단계에서 아무런 진전을 보이지 않고 멈추기도 한다. 정직한 학자인 기스는 그렇게 멈춰진 운동을 '유산(流産)된 미모이드'라 이름 지었는데, 어디서 그런 생각이 비롯되었는지는 정확히 알 수 없으나, 이 격변 현상의 궁극적인 목표가 '성숙한 미모이드', 다시 말해 주변의 형태를 모방하여 재현하는 기능을 가진 일종의 폴립↓과 같은 밝은 빛깔의 군체(이 군체 하나가 일반적으로 지구의 도시보다 그 규모가 크다.)를 형성하는 데 있다고 보는 듯했다…… 반면에 기스와는 견해가 다른 솔라리스 학자도 등장했는데, 그의 이름은 위벤스였다. 그는 이 최종 단계를 일종의 퇴화나 괴사와 같은 퇴행 현상으로 간주하면서, 갖가지 미모이드 형성체들이 모여 만들어진 하나의 거대한 '숲'은 결국 개별적인 '줄기'와 같은 복제물이 모태의 지배에서 해방되었음을 나타내는 명백한 표현이자 증거라고 주장했다.

하지만 기스는 주장을 굽히지 않았다. 솔라리스 바다의 다른 현상에 관한 연구에서는 빙하의 폭포를 기어오르는 개미처럼 조심스럽게 접근했지만, 유독 이 문제에 관해서만큼은 완강했다. 그는 미모이드의 모든 단계가 완전한 성숙에 이르기 위한 개별적인 과정을 드러낸다고 주장했다.

솔라리스의 바다가 만들어 낸 미모이드를 상공에서 보면 지구의 도시를 떠올리게 되는데, 그것은 어디까지나 익숙한 대상과의 유사점을 찾으려는 우리의 무의식적인 습관

→　자포동물의 체형 중 하나로, 히드라나 산호류에서 살펴볼 수 있다.

에 불과하다. 하늘이 맑은 날은 뜨거워진 공기가 아지랑이처럼 피어올라 다층으로 이루어진 폴립 군체와 그 봉우리에 솟아 있는 얇은 막 같은 울타리를 에워싸게 된다. 그로 인해 형태의 윤곽이 흔들리고 휘어져서 알아볼 수 없게 된다. 그러다 푸른 하늘에(나는 이 표현을 습관적으로 사용할 수밖에 없는데, 왜냐하면 이 '푸른색'이 붉은 날에는 불그스레한 빛을 띠고, 푸른 날에는 무섭도록 흰빛을 띠기 때문이다.) 첫 구름이 나타나면, 곧바로 반응이 나타난다. 급속한 발아 현상이 시작되는 것이다. 신축성이 강한 폴립의 외피가 완전히 분리되어 상공으로 피어오르면서, 콜리플라워처럼 부풀어 오르다가 동시에 점점 색이 바래며 창백해진다. 그러고는 몇 분 안에 폭신한 구름의 완벽한 복제물이 만들어진다. 이 거대한 형성체가 불그스름한 그림자를 바다에 드리우면, 또 다른 미모이드의 봉우리가 구름의 복제물을 만들어 내고, 그 다음에는 다른 봉우리로 전이된다. 단, 움직임의 방향은 항상 실제 구름이 흘러가는 방향과 반대다. 어째서 그런 현상이 일어나는지 알아낼 수만 있었다면, 기스는 자신의 오른팔을 잃는다 해도 아까워하지 않았을 것이다. 하지만 미모이드가 이렇게 '독자적으로' 만들어 낸 작품은 탐사 활동을 위해 지구에서 전달된 다양한 물건이나 형상에 '자극'받은 솔라리스의 바다가 행한 또 다른 미모이드 활동에 비교한다면 아무것도 아니었다.

솔라리스의 바다는 13킬로미터, 아니 16킬로미터 이내에 있는 모든 형태를 모방할 수 있다. 그러나 미모이드 활동의 결과물은 대부분 확대된 복제본으로서 원본을 정교하게 구현해 내지 못하는 경우가 많았다. 다시 말해 개체의 특징을 희화화한다든지, 그로테스크한 단순화를 추구하는 경우가 대부분이었다. 특히 기계를 복제하는 경우가 그랬다. 형체를 만들어 내는 기본적인 원료는 항상 똑같았는데, 가장 먼저 색조를 잃는 덩어리 형태의 외피가 그것이다. 이것이 공중에 떠오르면, 얇은 탯줄처럼 쉽게 끊기는 끈으로 바닷속 본체와 연결되어 바닥으로 떨어지지 않고 허공을 미끄러지듯이 활강하면서, 수축과 팽창을 반복하며 유동적인 운동을 거쳐 아주 복잡한 패턴을 완성하게 된다. 비행기든 울타리든 높은 기둥이든, 눈 깜짝할 사이에 고스란히 재현된다. 단 솔라리스의 바다는 인간에 대해서만은 좀 더 정확히 말하면, 동식물과 같은 살아 있는 존재에 대해서는 미모이드 반응을 나타내지 않는다. 반면 마네킹이나 인간의 모습을 본뜬 인형, 강아지 조각상이나 모형 나무 등은 그 재질을 가리지 않고 거뜬히 복제해 버린다.

안타깝지만, 솔라리스에서는 예외적인 현상이라고 할 수 있는 미모이드의 '복종'을 인간의 실험에 협조하겠다는 의사 표시로 간주해서는 안 된다는 사실을 덧붙이고 싶다. 성숙한 미모이드는 자신만의 '휴식기'를 갖고 있어서 이따금 활동을 중단하곤 한다. 이 시간 동안 미모이드의 맥박은 아주 천천히 박동한다. 하지만 그 맥박의 움직임은 육안으로는 절대 보이지 않고, 박동 주기 또한 두 시간이 넘을 정도로 길기에 이를 확인하기 위해서는 특수 카메라가 필요하다.

이 같은 '휴지기'에는 미모이드 중에서도 오래된 종류를 상세하게 관찰할 수 있다. 왜냐하면 바닷속에 잠겨 있는 원반과 그 위로 융기해 있는 형성체가 모두 딱딱하게 굳어 있어서 우리에게 안전한 발판을 제공해 주기 때문이다.

물론 '휴지기'가 아닌 '활동기'에도 미모이드의 내부로 들어갈 수는 있다. 하지만 이 시기에는 모방된 형태를 만들며 팽팽하게 부풀어 올랐던 줄기 형태의 돌기에서 싸라기눈 같은 회백색 콜로이드 현탁물이 끊임없이 뿜어져 나와 공중을 떠돌기 때문에 가시성은 제로에 가까워진다. 복제된 형상은 지구의 산(山)을 연상시킬 정도로 크기가 어마어마하므로 근거리에서는 형태를 제대로 관찰할 수 없다는 사실도 염두에 두어야 한다. 게다가 '활동' 중인 미모이드 형성체의 바닥은 콜로이드 형태의 현탁물이 쌓이며 끈적끈적한 진창이 된다. 하지만 몇 시간 후에는 그 눈이 경석(硬石)보다 몇 배는 가벼우면서 단단한 지층으로 변해 버린다. 그뿐만 아니라 반액체 상태의 희뿌연 물질이 간헐적으로 뿜어져 나오는, 수축이 가능한 기둥처럼 생긴 볼록한 줄기들이 뒤엉켜 있는 미로에서는 제대로 된 장비가 없으면, 길을 잃고 헤매기 십상이다. 태양이 화창하게 빛날 때조차 '모방 폭발'로 대기가 온통 희뿌연 구름으로 덮이기 때문에 낮에도 방향을 잃기 쉽다.

행운의 날(여기서 '행운'이란 연구자가 운 좋게 미모이드에 발을 디딘 날을 의미한다.)을 맞아 미모이드의 활동을 관찰할 수 있게 되면, 인상적인 광경을 끊임없이 목격하게 된다. 미모이드는 '창조적 열정'에 사로잡힌 것마냥 갖가지 형태의 초자연적인 작품을 쏟아 낸다. 주변에 있는 다양한 형상들을 고스란히 모방하기도 하고, 그것들을 결합해서 새롭고 복잡한 형태를 만들거나 혹은 '형식적 확장'의 일환으로 변형을 시도하기도 한다. 몇 시간이나 계속되는 이러한 활동은 추상화가에는 기쁨을 줄 수도 있겠지만, 과학자에게는 절망만을 안길 뿐이다. 이러한 과정을 논리적으로 이해한다는 것 자체가 불가능하기 때문이다. 미모이드의 형상은 때로는 유치하고 단순한 모양으로 구현되는 경우도 있고, 때로는 '바로크적 일탈'의 형태로 표출될 때도 있다. 후자의 경우, 창조되는 모든 형태가 거대한 코끼리처럼 부풀려지게 된다. 또한 오래된 미모이드일수록 극도로 희화화된 형태를 자주 만들어 낸다. 그럼에도 나는 미모이드를 찍은 여러 사진들을 보면서 차마 웃음을 터뜨리지는 못했다. 사진 속 광경의 신비에 늘 충격과 경악을 금치 못했기 때문이다.

당연한 일이지만, 연구의 초기 단계에 과학자들은 이 미모이드가 솔라리스 바다의 중심이자, 그토록 갈망해오던 두 문명 간 접촉이 실현되는 증거라고 기대했다. 그러나 얼마 못 가서 과학자들은 접촉의 가능성이 처음부터 존재하지도 않았다는 사실을 깨달았다. 미모이드의 모든 활동은 그저 복제로 시작해서 복제로 끝났다. 그것은 아무 의미도 개연성도 없는 단순한 모방에 지나지 않았다.

절망한 과학자들은 의인관↓ 혹은 동물 형태관↓2에 열중한 나머지, 솔라리스의 살아 있는 바다가 만들어 내는 새로운 생산물을 인체의 감각 기관이나 팔다리라고 보았다. 특히 마르텐스나 에코나이와 같은 과학자들은 기스가 분류한 척추형체나 급변성체를 인체와 연결 지어 인식했다. 그러나 상공 3킬로미터 높이까지 솟아오른 솔라리스 바다의 돌기를 팔다리라고 주장하는 것은 지진을 가리켜 지표면의 '체조'라고 우기는 것과 다를 바 없는 말도 안 되는 발상이다!

이십사 시간 동안 솔라리스의 해수면에 수십 번, 아니

→　擬人觀. 인간 이외의 존재인 신이나 자연에 대하여, 인간의 정신적 특색을 부여하는 경향으로 신화나 종교 같은 데서 찾아볼 수 있다.

→2　고대인이나 미개인이 숭배의 대상을 동물의 형태로 표상하는 관념.

수백 번에 걸쳐 지속적으로 생성되는 미모이드 형성체의 목록은 대략 300개 항목으로 이루어져 있다.

기스 학파에 따르면, 지구의 그 어떤 형태와도 비슷하지 않다는 점에서 가장 비인간적이라고 할 수 있는 유형이 바로 대칭체다.

대칭체에 대한 연구가 시작되었을 무렵에는 이미 솔라리스의 바다가 일말의 공격 의도도 갖고 있지 않다는 사실이 확인된 뒤였다. 그 원형질의 소용돌이에 빠져 죽는다는 것은 결국 탐사자 자신의 부주의나 경솔함이 아니라면, 불가능한 일이었다.(물론 산소 공급 장치나 온도 조절 장치의 고장으로 인한 사고는 예외다.) 신장체의 기다란 원통형 동체나 구름 사이에 불안정하게 뻗어 있는 척추형체의 경우에도 비행기나 다른 비행 수단을 이용하여 아무런 위험 없이 돌파할 수 있다는 사실도 알게 되었다. 바다의 원형질은 이질적인 비행 물체가 접근하면 솔라리스 대기의 음속과 같은 속도로 서서히 후퇴하며 길을 열어 주고, 필요한 경우에는 바다 밑에도 커다란 터널을 만들어 그 이물질을 통과시켜 준다.(스크리아빈의 계산에 따르면, 여기에는 10^{19}에르그↓에 달하는 막대한 에너지가 소요된다!) 그럼에도 대칭체의 내부로 들어가는 최초의 탐사는 극도의 주의와 경계 속에서 진행되

→   일이나 에너지의 단위. 1에르그는 1다인(dyne)의 힘이 물체에 작용하여 그 힘의 방향으로 1센티미터 움직일 때 필요한 일로, 1줄(joule)의 1000만분의 1에 해당한다. 기호는 erg.

었는데, 사실 대부분은 불필요한 조치들이었다. 지구에서는 맨 처음 대칭체 내부에 들어간 선구자들의 이름을 어린이들 조차 기억하고 있다.

이 거대한 대칭체가 보는 이에게 공포를 불러일으키는 이유는 한번 보고 나면 악몽을 절로 꾸게 만드는 무시무시한 외관 때문이 아니라, 구조 자체가 워낙 불안정하고 불확실한 데다 물리학의 법칙마저도 통용되지 않기 때문이다. "솔라리스의 바다는 살아 있으며, 이성적인 존재다."라는 주장을 가장 열렬히 되풀이한 것은 바로 이 대칭체를 탐사했던 과학자들이다.

대칭체는 느닷없이 출현한다. 그것이 형성되는 과정은 화산의 분화와 유사하다. 그 발생이 가까워지면, 한 시간 정도 앞두고, 바다의 표면이 수십 제곱킬로미터에 걸쳐 유리처럼 투명하게 빛나기 시작한다. 그러나 바다의 밀도나 파도의 리듬에는 전혀 변화가 없다. 때에 따라서 급변성체가 침하하며 생겨난 깔때기 모양의 구멍에서 대칭체가 발생되는 경우도 있지만, 여기에 특정한 법칙이 있는 것은 아니다. 한 시간쯤 지나면, 유리처럼 반짝이던 바다의 막이 엄청나게 커다란 기포로 변하며 떠오르게 된다. 거품의 표면에 하늘과 태양, 구름과 수평선이 반사되어 찬란하게 반짝이며 형태가 일그러진다. 빛의 흡수 또는 굴절에 따라 시시각각

변하는 색채의 어지러운 변화는 무엇과도 비교할 수 없을 만큼 다채롭다.

대칭체에 대한 빛의 효과가 두드러지게 나타나는 시점은 푸른 태양이 비치는 한낮 또는 붉은 태양이 저무는 무렵이다. 그럴 때는 이 솔라리스 행성이 순식간에 자신의 용량을 두 배로 늘려 쌍둥이 행성을 만드는 것처럼 느껴진다. 작열하는 불덩어리처럼 빛나는 구체가 바다에서 솟아오르다가 최고점에 다다르기 직전, 수직으로 갈라지는데, 그렇다고 붕괴되는 것은 아니다. 그다지 적절한 표현이라고는 생각지 않지만, '꽃받침 단계'라 불리는 이 과정은 불과 몇 초만 지속된다. 하늘을 향해 치솟은 둥근 막과 같은 아치가 다음 순간 보이지 않는 안쪽을 향해 접히면서, 웅크린 토르소 조각을 연상시키는 번쩍이는 형태를 만들어 낸다. 그러고는 그 내부에서 수백 개에 이르는 각양각색의 현상이 동시다발적으로 일어나는 것이다. 하말레이가 이끄는 일흔 명 규모의 탐사대가 최초로 조사한 바에 따르면, 이 동체의 중앙부에서는 방대한 규모의 복합 결정화가 진행되면서, '등뼈'라 불리는(나는 이 용어가 부적합하다고 확신하고 있다.) 회전축이 세워진다. 중앙에 세워진 기둥 모양의 가파른 건축물은 수 킬로미터 깊이의 협곡에서 끊임없이 분출되는, 거의 액체에 가깝게 묽은 젤리 상태의 수직축으로써 지탱되고 있다. 그 과정에서 거대한 등뼈가 낮게 포효하듯 계속해서 흔들리며, 눈처럼 새하얀 표면에 거친 질감을 가진 세포 거품이 끓어오르게 된다. 그러고 나서 해저에서 솟아오르는 연성 물질로 뒤덮인 단단한 평면이 매우 복잡한 회전 운동을 일으키며, 기둥의 중앙부에서 주변부를 향해 나아가게 된다. 동시에 젤리 상태의 묽은 간헐천이 응축되면서 촉수처럼 생긴 이동식 기둥으로 변형된다. 그 기둥은 대칭체의 구조적인 역동성을 고려하여 엄격히 지정된 좌표들을 향해 뻗어 나간다. 그것은 마치 정상보다 수천 배 빠르게 생장하는 배아의 특별한 아가미와 유사하다. 그리고 그 배아에는 분홍빛이 감도는 피와 거의 검정에 가까운 진녹색 액체가 흐르고 있다.

이 순간부터 대칭체는 더욱 놀랄 만한 특성을 보이기 시작하는데, 물리학의 법칙을 형상화하거나 혹은 그 법칙을 파괴하는 능력이 그것이다. 여기서 유의할 점은 같은 형태의 대칭체가 반복해서 나타나는 일은 절대 없으며, 모든 대칭체의 기하학적인 특성은 바다의 독창적인 '발명품'이라는 사실이다. 게다가 대칭체는 그 내부에 '순간적인 기계'라는 이름으로 불리는 장치를 만들어 낸다. 하지만 이 '기계'는 인간이 만든 기계와는 차원이 다르며, 특정한 '기계적' 작동만을 의미하는 좁은 의미로 해석해야 한다.

해수면 아래에서 분출되는 간헐천이 사방으로 갈라지면

서 두터운 벽으로 된 회랑이나 복도의 형태로 굳어지고, 얇은 막들에 의해 평면이나 돌출부 혹은 천장이 교차하는 복잡한 구조가 만들어진다. 대칭체라는 이름은 이 형성체가 어느 극점을 기준으로 잡아도 통로나 모퉁이, 경사의 배열에 있어 반대편 극점과 완벽한 대칭을 이룬다는 사실을 강조하기 위해 붙인 것이다.

이후 이삼십 분 정도 경과하면, 이 거대한 대칭물의 수직축이 8~12도가량 기울면서 천천히 바닷속으로 가라앉기 시작한다. 대칭체의 크기나 규모는 다양하지만, 가장 왜소한 것일지라도 가라앉다가 보통 80미터 높이까지 솟아오르기 때문에 수십 킬로미터 떨어진 곳에서도 충분히 관찰할 수 있다. 그 내부로 들어가려면, 이 거대한 대칭물이 살아 있는 바다 밑으로 가라앉는 것을 멈추고, 완전한 수직 상태로 돌아와 평형을 유지했을 때가 제일 안전하다. 최적의 진입로는 꼭대기 바로 아래, 천장에 해당하는 부분이다. 상대적으로 부드럽고 매끄러운 극점이라고 할 수 있는 그곳은 내부의 통로와 연결되는 깔때기 모양의 수많은 구멍이 뚫려 있는 벌집 모양을 이루고 있으며, 그 구멍 중 하나로 들어가면 안전하게 내부를 탐사할 수 있다. 이러한 구성은 전반적으로 고차 방정식의 3차원적 해법을 떠올리게 한다.

모든 방정식은 고등 기하학의 형상 언어로 표현될 수 있고, 나아가 그에 상응하는 3차원적 도형으로 구성이 가능하다는 것은 상식이다. 그런 관점에서 보면, 이 대칭체는 워바체프스키의 원뿔이나 리만의 마이너스 곡선과도 닮았다. 그러나 대칭물의 복잡성으로 말미암아 이런 유사성은 미미한 단계에 머문다. 몇 제곱킬로미터 면적을 차지하는 이 구조물 속에 수학적 체계의 전반적인 해법이 담겨 있다. 게다가 그 해법은 4차원적인 형태다. 왜냐하면 이 방정식의 필수 계수에는 일정한 시간 내에 일어나는 대칭물 내부의 변화를 나타내는 시간적 인자도 포함되기 때문이다.

우리 눈앞에 놓인 이 대칭체를 이해하는 가장 단순하고 자연스러운 방식은, 솔라리스의 바다가 우리의 이해를 초월한 어떤 목적을 달성하기 위해 스스로의 계산과 규모에 맞춰 설계한 일종의 '수학적 기계'로 보는 것이다. 하지만 페르몽의 이러한 가설은 오늘날에는 거의 인정되지 않는다. 가설 자체는 충분히 매력적이지만, 살아 있는 바다가 난해한 공식과 대대적인 분석이 요구되는 활동을 감수하면서 거대한 분화 활동, 그것도 각각의 분자를 분석하기 위해 물질과 우주, 그리고 존재의 복잡다단한 문제를 탐구하고 있다는 주장은 쉽게 받아들이기 힘들었다. 이처럼 지나치게 단순화된 개념 (어떤 이는 어린아이처럼 유치하다는 표현까지 서슴지 않았다.)만으로는 지금까지 관찰된 수많은 현상을 제대로 설명할 길이 없었다.

현재까지 납득할 만한 대칭체의 모델을 제시하고, 이를 시각화하려는 시도는 상당히 많았는데, 그중에서도 아베리안의 연구가 특히 좋은 평판을 얻었다. 그는 이 대칭체를 고대 바빌로니아 시대의 지상 건축물에 비유하면서, 그 건축물이 살아 있고, 반응을 나타내며, 진화하는 물질로 이루어져 있다고 가정해 보라고 권고했다. 그것의 형태는 일련의 단계를 거쳐 유동적으로 진화한다. 이를테면 그리스 양식에서 로마 양식으로 옮겨 가는 식이다. 기둥들은 줄기처럼 가늘어지기 시작하고, 천장은 점차 솟구쳐 오르며 좁아지다가 아치 형태가 가파른 포물선으로 바뀌면서 결국 화살처럼 접힌다. 이렇게 생겨난 고딕 양식은 점점 무르익다가 어느 순간 쇠퇴하게 된다. 후기로 접어들면서 가파르고 날카로운 상승감 대신, 풍성함과 윤택함이 그 자리를 대신하고, 우리의 눈앞에는 바로크 황금시대가 펼쳐진다. 이러한 장면들이 계속 이어지면서, 끊임없이 변형을 거듭하는 이 대칭체를 살아 있는 유기체의 연속적인 진화 단계로 간주한다면, 마침내 우리는 우주 시대의 건축물에 도달할 테고, 이 대칭체의 본질에 한층 가까이 다가갈 것이다.

그러나 이런 식의 비유를 아무리 확장하고 발전시켜 보아도(실제로 특정한 모형과 영상을 동원해 시각화해 보려는 시도들이 있었다.) 결국 얻게 되는 결론은 기껏해야 피상적인 수준이거나 최악의 경우에는 거짓 또는 회피라는 오명으로 마무리되곤 했다. 왜냐하면 대칭체는 지구상 어떤 물체와도 비교할 수 없는 대상이기 때문이다.

인간은 한 번에 몇 가지 사실들만 받아들일 수 있다. 우리는 그저 지금 이곳, 눈앞에서 벌어지는 일만을 볼 뿐, 그것이 아무리 통합적이고 상호보완적이라 해도 동시에 일어나는 다양한 과정을 한꺼번에 인식할 수는 없다. 우리의 인지 능력은 상대적으로 단순한 현상을 인식하는 경우에도 제한적일 수밖에 없다. 한 개인의 운명에 다양한 의미를 부여할 수는 있지만, 수백 명의 운명을 한눈에 파악하기는 힘들며, 수천 또는 수백만 명에 이르면, 의미를 부여하기 어려워진다. 대칭체는 부정수 N의 수백만, 아니 수십억 제곱에 해당하는 물체, 다시 말해 상상조차 불가능한 대상이다. 크로네커 공간의 열 배에 해당하는 면적을 자랑하는 거대한 측량의 안쪽, 깊숙한 곳으로 들어가서 숨을 쉬는 천장의 주름에 개미 떼처럼 다닥다닥 매달린 채, 탐조등 아래에서 잿빛으로 반짝이는 거대한 원반이 바다 위로 솟구치는 광경을 바라보는 일에 무슨 의미가 있을까? 그들의 상호 침투성, 부드러움, 구성의 완벽함은 그저 잠시만 지속될 뿐이다. 왜냐하면 모든 것이 유동적이기 때문이다. 이 건축물의 핵심은 결국 움직임, 의도, 그리고 목적성에 있다. 우리가 관찰하는 것은 과정의 극히 일부분에 지나지 않는다. 그것은 마치 거인들로 구성된 오케스트라의 웅장한 연주 속에서 단 하나의 현이 내는 떨림에만 귀를 기울이는 것이나 마찬가지다. 그러므로 우리가 가진 감각과 상상력의 한계를 넘어서는 미지의 영역에서, 마치 수학적인 대위법에 맞춰 적어 내려간 음표처럼 서로 촘촘히 연결된 수백만의 동시다발적인 변화가 일어남을 알면서도, 그것을 제대로 이해하기는 불가능한 것이다. 혹자는 대칭체를 가리켜 '기하학적 교향곡'이라고 불렀는데, 만약 그것이 적절한 비유라면, 우리는 그 교향곡을 감상할 줄 아는 귀를 갖지 못한 청중이라고 할 수 있다.

원거리 관측만이 전체적인 과정을 조망할 유일한 방법이지만, 대칭체의 모든 것은 내부에서 형성되며, 끊임없는 탄생과 생장의 반복을 통해 형태의 변형이 꼬리를 물고 이어진다. 그렇게 하나의 대칭체는 또 다른 대칭체를 생산해 내는 주체가 된다. 지구상의 그 어떤 미모사↓도 대칭체처럼 예민하지는 못하다. 현재 우리가 서 있는 대칭체에서 일어나는 미세한 변화의 양상을 이곳으로부터 수 킬로미터 떨어진, 다른 대칭체의 극점에서 생생하게 감지할 수 있기 때문이다. 시각적인 한계를 뛰어넘는 놀라운 아름다움을 지닌 순간적인 형상은 나머지 다른 형상을 만들어 내는 공동의 창조자이

→ 콩과의 한해살이풀. 잎을 건드리면 이내 오므리며 아래로 늘어지는 대단히 민감한 식물.

자 지휘자로서 또 다른 모형을 설계하는 데 영향을 미치고, 그러한 창조의 과정이 끊임없이 이어지면서 피조물이 창조자로 탈바꿈하게 되는 것이다.

교향곡이라…… 그럴듯한 명칭이다! 그런데 이 교향곡은 스스로 창조되었다가, 스스로 소멸된다. 그래서 이 교향곡의 대단원은 끔찍하다. 처음부터 모든 과정을 지켜본 사람은 살인 혹은 참사 현장의 목격자가 된 느낌을 받게 된다. 폭발적인 성장과 자기 증식, 그리고 복제에 이르기까지의 소요 시간은 두세 시간 정도, 그러고 나면 살아 있는 바다가 대칭체를 향한 대대적인 공격을 개시한다.

그 과정은 다음과 같다. 매끄러운 바다의 표면에 주름이 잡히면서 지금껏 진정되어 마른 거품으로 덮여 있던 차분했던 파도가 다시 액화되며 소용돌이치기 시작한다. 동심원을 공유한 일련의 거대한 파도들이 수평선으로부터 대칭체를 향해 몰려드는데, 그것은 미모이드의 생성 과정에서 형성되는 근육질의 분화구를 연상시킨다. 하지만 그 크기와 규모는 비교가 안 될 정도로 웅대하다. 해면 아래 잠겨 있던 기저부가 압축되면서 거대한 형성체가 행성의 인력권에서 튕겨 나오는 것처럼 천천히 솟아오른다. 그것에 반응하듯, 바다의 아교 물질로 덮인 해면의 상층부가 활동을 시작하고, 대칭체 측면까지 차올라서, 그 외벽들을 에워싸고, 단단하게 굳히며, 통로를 막아 버린다. 하지만 이 모든 것은 대칭체 내부에서 연출되는 상황에 비하면 아무것도 아니다. 먼저 스스로에게서 다양한 건축 양식을 만들어 내는 일련의 형성 과정이 이어지다가 잠시 소강 상태가 찾아온다. 그러고 나면 무시무시한 속도로 모든 것이 진행된다. 유동적으로 흐르고, 넘나들고, 접히고, 대들보와 천장이 양옆으로 추가되면서, 수 세기에 걸쳐 버텨 낼 수 있는 탄탄한 건축물을 세우려는 것처럼 규칙적인 속도로 매끄럽고 확실하게 진행되던 움직임이 느닷없이 맹렬한 돌진으로 돌변하는 것이다. 마치 이 거대한 형성체가 다가오는 위험을 감지하고는 자신의 임무를 서둘러 완수하기 위해 속도를 급격히 올리는 것처럼 느껴지는데, 그것은 관찰자의 입장에서는 더할 나위 없이 강렬한 체험이다. 그러나 그 속도가 빠르면 빠를수록 형성체 자체의 변형과 그 역동적인 움직임은 더욱 기괴하고 끔찍하게 느껴진다. 하지만 이 모든 게 정점에 이르면, 위쪽으로 급상승하며 마법처럼 휘어지던 모든 평면이 어느 순간 부드러워지면서 탄력을 잃은 채 늘어지고 처진다. 그러면서 일그러진 미완의 형태, 괴상한 기형이 나타나기 시작한다. 보이지 않는 깊은 해저에서 윙윙거림과 함께 쥐어 짜내는 듯한 포효가 올라오고, 임종 직전에 내뱉는 고통스러운 숨결 같은 공기가 뿜어져 나와 좁은 해협을 메운다. 덕분에 통로마다 쌕쌕거림과 함께 천둥 같은 굉음이 울려 퍼지고, 죽어 가는 생물체의 성대에서 울리는 흐느낌 혹은 끈적끈적한 점액질의 종유석으로 만들어진 괴물의 목구멍에서 터져 나오는 외침 같기도 한 기묘한 소리가 무너져 내리는 천장을 자극한다. 이처럼 격렬한 움직임(결국은 파괴의 움직임이다.)에도 불구하고, 이 광경을 목격하는 관찰자는 완연한 죽음을 느끼며 압도당하게 된다. 이 시점부터 우뚝 솟은 구조물은 심연에서 울부짖으며, 수천 개의 수직 통로를 통과하는 돌풍에 좌우된다. 구조물이 차츰 수면 아래로 가라앉으면, 불길에 휩싸인 석고상처럼 균열이 시작된다. 몸부림과 뒤틀림, 그리고 최후의 경련이 여기저기서 목격된다. 그사이 외부로부터의 공격이 끊임없이 이어지는 가운데, 맹목적이고 불규칙하던 경련이 점점 잦아들면서 마침내 이 거대한 형성체는 산이 무너져 내리듯 서서히 붕괴되기 시작한다. 그러고는 시야에서 완전히 사라진다. 빈자리에 남아 있는 것이라고는 대칭체의 탄생 과정에도 등장했던 거품의 소용돌이뿐.

그렇다면 이 모든 건, 무엇을 의미하는가?

내가 기바리안의 연구 보조원으로 일하던 시절의 일이다. 아덴에 있는 솔라리스 연구소에 청소년 방문단이 견학을 왔다. 일행은 마이크로필름이 담긴 상자들이 빽빽하게 진열된 중앙 열람실로 안내되었다. 거기에는 이미 오래전에 사라진 대칭체 내부에서 촬영한 다양한 자료들도 포함되어 있었다. 그것도 그냥 단순한 사진이 아니라 연속적인 움직임을 촬영한 영상 자료가 9만 개에 달하는 릴의 형태로 보관되어 있었던 것이다. 그때 열다섯 살 정도에 몸집이 통통하고, 영민해 보이는 안경잡이 소녀가 질문을 던졌다.

"이걸 다 어디에 쓰려고요?"

잠시 어색한 침묵이 흘렀다. 인솔자인 여자 선생이 이 엉뚱한 제자에게 나무라는 눈길을 보냈다. 안내 역할을 맡고 있던 솔라리스 학자들(나도 그중 한 명이었다.) 중에 소녀의 질문에 대답할 수 있는 사람은 아무도 없었다. 개개의 대칭체는 유일무이하며, 그 유일무이함의 대부분은 내부에서 일어나는 독자적인 현상에서 비롯되기 때문이다. 어떤 경우에는 공기가 그 안에서 소리를 전달하지 않을 때가 있고, 또 어떤 경우에는 빛의 굴절률 자체가 증가하거나 감소할 때도 있다. 또한 국지적인 중력의 변화를 동반한 리드미컬한 파동이 발생하기도 하는데, 이럴 때는 마치 대칭체의 심장이 중력에 따라 규칙적으로 박동하는 것처럼 보인다. 관찰자의 자이로컴퍼스↙가 미친 듯이 돌면서 이온화된 강력한 전리층이 나타났다가 사라지는 경우도 있다. 이런 식으로 대칭체의 형태는 끝도 없이 이어진다. 게다가 언젠가 우리가 대칭체의 수

→   빠른 속도로 회전하는 팽이의 축이 지구의 자전하는
    힘에 의하여 항상 남북을 가리키도록 한 장치. 철의
    영향을 받아 오차가 생기기 쉬운 자기 컴퍼스 대신
    에 선박, 항공기 따위에서 사용한다.

수께끼를 풀게 된다 하더라도 우리 앞에는 아직 비대칭체의 비밀이 남아 있다!

　　비대칭체는 대칭체와 비슷한 방식으로 생성되지만, 그 최후는 완전히 다르다. 경련과 광채 그리고 깜빡거림을 제외하면, 비대칭체 내부에서 무슨 일이 일어나는지 전혀 알 수가 없다. 우리가 아는 것은 물리적으로 가능한 속도의 한계를 넘나드는, 이른바 '확대 양자 현상'이라 불리는 과정이 비대칭체 내부에서 아찔한 빠르기로 진행되고 있다는 사실이다. 이따금 원자의 특정한 모형과 비교하여 수학적으로 유사성이 발견되기도 하는데, 이런 경우 대상 자체가 워낙 불안정하고 일시적이므로 부작용 혹은 순수한 우연의 일치로 간주되곤 했다. 비대칭체의 수명은 십오 분 내외로 대칭체보다 훨씬 짧으며, 그 마지막 모습 또한 훨씬 끔찍하다. 비대칭체 내부로 강풍이 불어닥치면서 팽팽해진 공기가 포효하며 내부를 가득 메운다. 지저분한 거품막 밑에서 액체가 소용돌이치면서 홍수가 일어나 사방을 덮치고, 거품이 부글부글 끓어오르며 진흙 화산이 분출하는 것과 유사한 형태의 폭발이 뒤따른다. 이어 쪼개지고 부서진 기둥 모양의 파편들이 바다 위로 떨어지면서 그 후 꽤 오랫동안 바다의 해면이 불안하게 동요한다. 그리고 그 위로 침연↓된 비대칭체가 비가 되어 내린다. 어떤 경우에는 잔해 일부가 바람에 떠내려가서 폭발의

→　浸軟. 고체를 액체에 침적시켜 물러지게 하는 과정.　　　　２７０

중심으로부터 수십 킬로미터 떨어진 곳에서 발견될 때도 있는데, 바짝 말라붙고, 납작해진 그 누런 잔해는 연골 파편처럼 보이기도 한다.

이따금 모체인 살아 있는 바다로부터 완전히 분리된, 독립적인 유형이 출몰할 때도 있다. 이런 경우, 그 지속 시간은 짧거나 길거나 제각기 다르게 나타나는데, 앞서 언급한 여러 현상과 비교해 보면, 그 빈도가 훨씬 드물어서 쉽게 관찰되지 않는다. 훗날 부정되긴 했지만, 이런 '분리체'의 파편이 처음 발견되었을 당시만 해도, 바다 생물의 사체(死體)의 일부로 여겨지던 시절도 있었다.

수많은 날개를 가진 괴상한 새들처럼 보이는 분리체들이 급변성체의 깔때기를 피해 도망가는 광경이 관측된 사례도 있었다. 하지만 지구에서 빌려 온 개념은 뚫을 수 없는 벽처럼, 솔라리스의 수수께끼를 푸는 데 아무런 도움도 되지 못한다.

매우 드문 일이긴 하지만, 바위섬의 기슭에서 바다표범을 닮은 기묘한 형체가 떼를 지어 드러누워 일광욕을 즐기다가, 천천히 기어가서 바다와 하나로 결합하는 광경을 목격한 사람도 있었다. 이런 식으로 인류는 솔라리스와 처음 접촉하는 단계에서 자꾸만 지구에서의 개념과 경험에 비추어 모든 것을 인식하려 했다.

조사대는 대칭체 내부를 수백 킬로미터에 걸쳐 측량했고, 다양한 기록 장치나 원격 조종 카메라를 동원했다. 인공위성의 TV가 대칭체나 신장체의 탄생 및 생장, 소멸의 단계를 영상으로 기록하여 전송하기도 했다. 도서관에는 갈수록 많은 자료가 쌓였고, 문서 보관소의 규모가 커지면서 지출 비용 또한 현저하게 늘어났다. 지금까지 모두 718명의 인원이 이런저런 재난에 부딪힌 거대 괴물들로부터 제시간에 탈출하지 못하고 사망했다. 그중에서 106명이 한꺼번에 같은 사고로 죽었는데, 그날의 참사가 악명을 떨치게 된 것은 당시 70세이던 기스도 사망자에 포함되었기 때문이다. 대칭체임이 틀림없다고 여겨지던 구조물에서 갑자기 비대칭체 특유의 폭발이 일어났다. 점액질의 진흙이 분출되면서 우주복으로 무장하고, 장비와 기계류를 장착했던 일흔아홉 명의 희생자를 집어삼켰고, 동시에 비행기와 헬리콥터를 타고 상공에서 조사 중이던 스물일곱 명의 탐사 대원들도 같은 분화에 목숨을 잃었다. 솔라리스 지도에는 위도 42도와 자오선 89도가 만나는 지점에 '106 분출'이라고 표시되어 있다. 그러나 그러한 지점은 지도에만 존재할 뿐, 실제 바다의 표면은 다른 지역과 별 차이가 없다.

솔라리스의 바다를 핵무기로 파괴해야 한다는 청원이 제기된 것은, 솔라리스 연구가 시작된 이래, 그때가 처음이었다. 하지만 그것은 단순한 복수보다 훨씬 가혹한 방식이었다. 우리가 이해할 수 없는 대상은 모두 파괴해야 한다는 식의 대응책이었기 때문이다. 기스 탐사대의 예비조를 지휘하던 찬켄은 '대참사의 날'에 기기 오작동으로 우연히 살아남았다. 자동 정보 전달 장치가 대칭체의 탐사 장소를 잘못 표시하는 바람에 바다 곳곳을 헤매고 다니던 찬켄은 폭발이 일어난 지 몇 분 뒤에야 검은 먹구름만 자욱하게 남은 비극의 현장에 도착했다. 때마침 솔라리스의 바다를 공격해야 한다는 주장이 강력하게 제기되는 와중이었다. 그러자 찬켄은 만약 솔라리스에 대한 선제 핵 공격이 실행된다면, 자신과 살아남은 나머지 18명의 동지들이 힘을 합쳐 우주 정거장을 폭파하겠다고 위협했다. 찬켄의 목숨을 건 최후통첩이 투표에 영향을 미쳤는지는 공식적으로는 기록된 바가 없다. 하지만 실제로는 효과가 있었으리라는 것을 부정하기는 힘들다.

이렇게 대규모 인원으로 구성된 조사대가 솔라리스를 탐사하던 시대는 과거의 일이 되어 버렸다. 정거장은 모든 건설 과정이 위성 통제 아래 지어졌고, 놀라운 기술적 업적을 이루어 냈다. 만약 솔라리스의 바다가 그것보다 백만 배나 큰 건축물을 단 몇 초 동안에 만들어 내지만 않았다면, 지구가 그 기술적 위용을 마음껏 뽐내도 좋을 만큼 유례없는 규모였다. 정거장은 중앙부가 4층, 주변부가 2층으로 이루어진, 직경 200미터가량의 원반형 건물이다. 이 건물은 소멸(消滅) 에너지에 의해 구동되는 중력 발생기를 사용하여 해면에서 500미터 상공에 떠 있다. 게다가 이 정거장은 대부분의 관측소나 다른 행성의 인공위성이 갖춘 기본적인 장비 말고도 특수한 레이저 장치를 보유하고 있어서 해면의 상태에 조금만 변화가 일어나도 예비 동력을 가동할 수 있도록 설계되어 있다. 따라서 정거장 밑의 매끄러운 해면에서 새로운 생명체가 출몰할 조짐이 보이면, 이 강철제 원반은 즉시 성층권으로 대피할 수 있는 것이다.

현재 정거장은 무인 상태에 가깝다. 내가 모르는 어떤 이유로 인해 로봇들을 동굴 같은 창고에 전부 가두어 버렸기 때문에 복도를 돌아다녀도 누군가와 만날 가능성은 완전히 없어졌다. 마치 승무원은 모두 죽고, 모터만 돌아가며 정처 없이 바다를 표류하는 난파선 같다.

기스의 저서 9권을 책장에 다시 꽂는 순간, 두꺼운 발포 고무로 덮인 강철 바닥이 흔들리는 느낌이 들었다. 나는 숨을 죽였다. 그러나 진동은 더 이상 없었다. 도서실은 정거장의 다른 공간으로부터 완벽히 차단된 곳이다. 그러므로 진동의 원인은 단 하나, 어디선가 로켓이 발사된 것이다. 그러한 생각이 나를 현실로 돌아오게 했다. 나는 사르토리우스의 제안을 받아들여 정거장 밖으로 나가는 데 아직 최종적인 결정을 내리지 못하고 있었다. 설령 내가 사르토리우스의 계획에 완전히 동조하는 것처럼 행동한다 해도, 그것은 위기를 그저 잠시 미루는 정도의 역할밖에는 못 할 것이다. 하지만 언젠가는 결국 그와의 충돌이 불가피하다는 것을 나는 확신하고 있었다. 이미 나는 하레이를 구하기 위해 전력을 다하는 쪽으로 마음을 굳혔기 때문이다. 현 시점에서 핵심적인 쟁점은 사르토리우스의 연구가 성공할 가능성이 있는지 여부였다. 사르토리우스는 나보다 훨씬 유리한 고지에 있었다. 물리학자로서 이곳에서 발생하는 다양한 문제를 나보다 열 배는 상세히 꿰뚫고 있었다. 그래서 나로서는 바다가 우리에게 제공해 주는 해결책의 우월성을 믿고 거기에 의존하는 역설적인 입장을 취할 수밖에 없었다. 그로부터 한 시간 동안 나는 마이크로필름을 뒤지며, 뉴트리노 물리학에서 통용되는 어지럽고 복잡한 수식 속에서 바다의 형태와 관련하여 이해가 될 만한 단서를 찾아내기 위해 안간힘을 썼다. 처음에는 아무런 희망도 없는 것처럼 느껴졌다. 중성미자의 이론은 그 자체가 이미 복잡하기 짝이 없는 데다 연관된 이론만 다섯 개나 되었다. 이것은 다시 말해 그 어느 이론도 완벽하지 않다는 방증이었다. 그러다 결국 의미 있는 뭔가를 찾아냈다. 몇 가지 공식을 종이에 옮겨 적고 있는데, 문을 두드리는 소리가 들렸다.

나는 재빨리 달려가서 문을 빼꼼히 열고는 그 사이로 몸을 내밀었다. 땀으로 번들거리는 스나우트의 얼굴이 보였다. 스나우트의 뒤편 복도에는 아무도 없었다.

　　"아, 자네로군."

　　내가 문을 열어젖히며 말했다.

　　"그래, 나야."

　　스나우트의 목소리는 쉬어 있었고, 붉게 충혈된 눈 밑이 축 늘어져 있었다. 그가 두르고 있는, 반짝이는 고무로 만든 방사능 방지용 앞치마는 신축성 있는 멜빵에 연결되어 있었다. 그 밑으로 스나우트가 늘 입고 다니는 바지의 지저분한 끝단이 보였다. 스나우트는 다른 방과 비슷한 밝기로 조명이 비춰진, 둥근 방 안을 한 바퀴 둘러보다가 안락의자 옆에 서 있는 하레이를 발견하고는 갑자기 멈칫했다. 나는 스나우트와 재빨리 눈짓을 주고받고는 얼른 시선을 아래쪽으로 바꾸었다. 순간 스나우트가 가볍게 고개를 끄덕였다. 나는 짐짓 친근한 목소리로 입을 열었다.

　　"하레이, 이쪽은 스나우트 박사야. 스나우트, 이쪽은…… 내 아내요."

　　"아, 저는…… 이곳에서 거의 눈에 띄지 않던 승무원이라서……"

　　스나우트가 꽤 오래 머뭇거리다가 결국 이렇게 말을 맺

었다.

　"아마 그래서 지금껏 만날 기회가 없었을 겁니다……"

　하레이가 살짝 미소를 지으며 손을 내밀었다. 스나우트가 약간 당혹스러운 표정으로 망설이다 하레이의 손을 잡고는 그녀를 쳐다보며 계속 눈만 껌뻑였다. 나는 멍하니 서 있는 스나우트의 어깨에 손을 얹었다.

　"죄송합니다."

　정신을 차린 스나우트가 하레이에게 말했다.

　"잠시 켈빈과 할 이야기가 있어서요……"

　"오, 알겠네."

　나는 일부러 격의 없는 태도로 맞장구를 쳤다. 모든 게 조잡하기 짝이 없는 코미디 같았지만, 어쩔 도리가 없었다.

　"하레이, 달링, 우리에게 신경 쓰지 않아도 돼. 스나우트 박사와 잠시 따분한 이야기를 좀 나눠야 하거든."

　나는 스나우트의 팔꿈치를 잡고 반대편 모퉁이, 작은 안락의자가 놓여 있는 곳으로 그를 안내했다. 하레이는 지금까지 내가 앉아 있던 의자에 앉더니 언제든 책에서 고개를 들면, 바로 우리를 볼 수 있도록 의자의 방향을 회전시켰다.

　"무슨 소식이라도 있나?"

　내가 목소리를 낮추며 물었다.

　"내가 드디어 분리에 성공했네!"

277

스나우트가 거의 휘파람에 가까운, 쉭쉭거리는 소리를 내며 속삭였다. 과거의 나였다면 그런 식의 말투를 듣자마자 나도 모르게 웃음을 터뜨렸을 것이다. 그러나 이 정거장은 내 유머 감각을 마비시켜 버렸다.

"어제부터 오늘까지, 이틀 동안 마치 몇 년의 세월을 지 낸 느낌이야."

그렇게 말하면서 스나우트가 덧붙였다.

"그래도 별로 나쁘지 않은 시간이었던 것 같아. 자네는 어떤가?"

"뭐, 그냥 그저 그래……"

나는 뭐라고 말해야 좋을지 몰라 잠시 뜸을 들이다가 대답했다. 나는 스나우트를 좋아하지만, 지금은 스나우트를, 좀 더 정확히 말하면 그가 나를 찾아온 용건을 경계해야만 했다.

"정말 그런가?" 스나우트가 내 말투를 따라 하며 물었다. "진짜 그저 그랬어?"

"무슨 말을 하고 싶은 건가?"

나는 일부러 못 알아듣는 척했다.

스나우트가 충혈된 눈을 가늘게 뜨고는 뜨거운 숨결이 내 뺨에 닿을 정도로 가까이 몸을 숙였다. 그러고는 내 귀에 대고 속삭였다.

"켈빈, 우리는 지금 수렁에 빠져 버렸어. 사르토리우스와는 이제 연락도 안 돼. 자네에게 쓴 편지에 있는 내용, 그게 내가 아는 전부야. 지난번 토의가 끝난 후, 사르토리우스가 내게 제안한 내용 말일세."

"그가 화상 전화를 끊어 버렸나 보군?"

"아니. 아마도 합선이 되어 고장이 난 것 같아. 사르토리우스가 일부러 그런 것 같기도 하지만…… 그게 아니라면……"

스나우트는 그렇게 말하고 나서 주먹을 불끈 쥐면서 뭔가를 향해 주먹을 날리는 시늉을 했다. 나는 잠자코 스나우트를 바라보았다. 스나우트의 왼쪽 입꼬리가 올라가면서 딱히 호감이 가지 않는 쓸쓸한 미소가 그의 얼굴에 피어올랐다.

"켈빈, 내가 여기 온 것은……"

그가 잠시 뜸을 들였다.

"자네 계획이 뭔가?"

"그 편지에 적힌 내용 말인가?"

나는 천천히 대답했다.

"할 수 있네. 딱히 거절할 이유도 없고. 내가 지금 이 자리에 와 있는 것도 사실 그래서야. 조사해 보고 싶은 것도 있고. "

"아니." 스나우트가 말을 막았다. "그 이야기가 아냐."

"그럼 뭐란 말인가?" 내가 짐짓 놀란 척하며 물었다. "어디 한번 얘기해 보게나."

"사르토리우스 말인데……"

잠시 침묵하던 스나우트가 중얼거리듯이 말했다.

"그러니까…… 그가 방법을 찾은 것 같네."

스나우트는 내게서 눈을 떼지 않았다. 나는 애써 무심한 태도를 가장하며 차분히 앉아 있었다.

"자네도 기억하다시피, 모든 건 사르토리우스와 기바리안이 함께 계획한 X선 실험에서 비롯되었지. 그런데 그 실험에서 얼마간의 수정이나 보완이 가능하게 된 걸세……"

"어떤 수정 말인가?"

"그들은 바다를 향해 직접 X선 빔을 쏘았네. 다양한 공식에 따라 강도를 조절해 가며 실험을 했지만, 바뀐 것은 그저 강도뿐이었지."

"그래, 그건 나도 알고 있네. 닐린을 비롯해 수많은 사람들이 유사한 실험을 했었지."

"그래. 하지만 그들이 사용한 것은 연질 방사선이었다네. 그런데 우리가 사용한 것은 경질 방사선이야. 우리는 최대 출력을 동원하여 보유한 방사선을 모조리 바다에 쏟아부었다네."

"그렇다면 문제가 될 수도 있겠는데…… 그것은 유엔 헌

장과 사 개국 협약에 위배되는 행위일세."

"켈빈, 딴청 부리지 말게. 지금 그런 것 따위는 중요치 않다는 걸 자네도 나도 잘 알고 있지 않나. 기바리안은 이미 죽어 버렸고."

"아니, 그럼 사르토리우스는 자신의 잘못을 모두 기바리안에게 전가할 작정인 건가?"

"그건 모르겠네. 사르토리우스와 그 문제로 얘기를 나눈 적은 한 번도 없으니까. 아무래도 상관없어. 사르토리우스는 '손님'이 나타나는 시간에 주목했다네. 그들은 항상 우리가 잠에서 깨어나는 순간에 모습을 드러내는데, 이것은 다시 말해 우리가 자는 동안, 바다가 우리의 머릿속에서 생산에 필요한 일종의 처방전을 끄집어내는 거야. 수면이야말로 우리에게 가장 중요한 상태라고 여기고 있음이 분명해. 그러니까 그런 행동을 하는 거지. 그래서 사르토리우스는 깨어 있을 때의 우리 사고, 그러니까 의식적인 사고를 바다에 전달하려고 한다네. 이해할 수 있겠나?"

"어떤 방법으로? 우편으로 발송한단 말인가?"

"농담은 그만하게. X선을 우리 중 누군가의 뇌파에 맞춰 변조하려는 거야."

갑자기 머릿속이 훤해졌다.

"아하! 그 '누군가'라는 게 바로 나로군. 그렇지?"

"그래, 사르토리우스는 자네를 생각하고 있어."

"고마워서 눈물이 날 지경인걸."

"자네 의견은 어떤가?"

나는 침묵했다. 스나우트도 입을 꾹 다문 채, 독서에 열중한 하레이를 향해 천천히 시선을 옮겼다가 다시 내 얼굴로 눈길을 돌렸다. 순간 내 얼굴이 점점 창백해졌다.

"그래서…… 어떻게 할 생각이지?"

스나우트가 다시 물었다.

나는 어깨를 으쓱해 보였다.

"X선을 사용해서 인간의 위대함을 전파하려 하다니, 정말 터무니없는 짓이라고 생각하네. 자네도 마찬가지 입장일 텐데. 아닌가?"

"정말 그렇게 생각하나?"

"그렇고말고."

"그럼 잘됐네." 스나우트는 내 대답을 듣고는 마치 그가 바라는 바였다는 듯이 빙그레 미소를 지어 보였다. "그렇다면 자네는 사르토리우스의 계획을 반대한다는 뜻이로군?"

나로서는 무슨 영문인지 이해하기 힘들었지만, 스나우트의 눈빛을 보니, 원하던 대답을 듣기 위해 나를 유도한 듯했다. 나는 잠자코 있었다. 이런 상황에서 딱히 할 말이 뭐가 있겠는가.

"아주 잘됐어!" 스나우트가 같은 말을 되풀이했다. "우리에겐 또 하나의 계획이 있네. 로셰 장치를 도입하는 거지."

"'소멸 장치'를 말하는 건가?"

"그렇다네. 사르토리우스는 이미 기본적인 계산을 마쳤어. 이것은 매우 현실적인 계획일세. 게다가 그리 많은 전력도 필요 없어. 로셰 장치로 안티필드를 만들어 이십사 시간 혹은 무제한으로 작동시키면 되니까."

"잠깐…… 잠깐만! 그게 대체 어떻게 가능하다는 거지?!"

"간단하네. 그것은 뉴트리노, 그러니까 중성미자의 안티필드야. 따라서 일반적인 물질에는 아무 영향도 끼치지 않네. 파괴되는 것은 단지 뉴트리노 시스템뿐이지. 알겠나?"

스나우트는 만족스러운 듯이 미소 지었다. 나는 입을 벌린 채 멍청한 표정으로 자리에 앉아 있었다. 그러자 스나우트가 천천히 미소를 거두었고, 미간을 찌푸린 채 뭔가를 살피는 듯한 눈초리로 나를 유심히 쳐다보았다. 잠시 후 그가 이야기를 이어 갔다.

"자, 그럼 우리의 '생각'을 전달하겠다는 첫 번째 계획은 포기하는 것으로 의견이 모아졌군. 두 번째 계획에 대해서는 어떻게 생각하나? 사실 사르토리우스는 이미 이 두 번째 계획에 착수했어. 이제부터 이 계획을 '해방 프로젝트'라고 부르면 어떨까?"

나는 눈을 질끈 감고, 재빨리 머리를 굴렸다. 스나우트는
물리학자가 아니다. 그리고 사르토리우스는 스스로 화상 전
화의 전원을 끊어 버렸거나, 아예 망가뜨렸다. 잘된 일이다!

나는 조심스럽게 입을 열었다.

"내 생각엔 '살생 프로젝트'라고 부르는 게 나을 것 같
은데."

스나우트가 대답했다.

"자네도 과거에 도살자가 아니었나? 분명 경험이 있을
텐데? 자, 농담은 그만하기로 하고, 이 두 번째 계획은 그런
식의 살생과는 차원이 달라. 더는 그 어떤 '손님'도, 그리고
그 어떤 F-형성물도 나타나지 않게 된다네. 물질화가 시작
되는 순간, 그들은 곧바로 분해되어 버리거든."

"자네는 지금 잘못 이해하고 있는 거야."

나는 내 모습이 자연스러워 보이길 바라며, 일부러 얼굴
에 미소를 띤 채 고개를 흔들며 대답했다.

"도덕적으로 비난하려는 게 아니라, 어디까지나 생존 본
능으로 이야기하는 걸세. 스나우트, 나는 죽고 싶지 않네."

"뭐라고?"

스나우트가 깜짝 놀라며, 미심쩍다는 눈빛으로 나를 쳐
다보았다. 나는 주머니에서 수식이 적힌 구겨진 쪽지를 꺼

냈다.

"나도 바로 이 문제에 관해 고민했었다네. 놀랐나? 왜 냐하면 뉴트리노 가설을 제일 처음 세운 게 바로 내가 아닌 가? 이걸 좀 보게. 안티필드는 얼마든지 발생시킬 수 있어. 그리고 일반적인 물질에는 무해하다는 것도 틀림없는 사실 일세. 그러나 안정성이 무너질 때, 다시 말해 뉴트리노의 구 조가 붕괴될 때, 결합 상태를 지탱해 주던 에너지가 과잉 상 태로 방출된다는 점을 명심해야 해. 정지 질량 1킬로그램에 대해 10^8에르그가 방출된다는 점을 고려한다면, F-형성물 하나에 $5 \sim 7erg \times 10^8 erg$에 해당하는 에너지가 발생하게 되는 거지. 이게 무슨 의미인지 알겠나? 소규모 우라늄 폭발 에 해당하는 큰 규모인데, 그러한 폭발이 이 정거장 내부에 서 일어나게 된다는 뜻이라네."

"지금 무슨 말을 하는 건가? 자네 말이 사실이라면…… 사르토리우스는 이미 이 모든 변수를 고려했을 걸세……"

내가 짓궂게 웃으며 대답했다.

"꼭 그렇다고만은 할 수 없지. 사르토리우스는 프레이 저나 카욜리 학파에 속해 있으니까. 그들은 중성미자가 분 해되는 순간, 모든 결합 에너지가 광선의 형태로 방출된다 고 생각하네. 전혀 위험이 없다고 우기지는 않지만, 큰 파괴 력을 지닌 것은 아닌 강한 발광 현상이 일어날 뿐이라고 주장하지. 그러나 뉴트리노 장과 관련해서는 그것과는 다른 가설, 다른 이론이 있다네. 카야트나 아발로프, 시오나의 가설에 따르면, 방사선의 방출 스펙트럼은 실제로는 훨씬 넓고, 더구나 그 최대치는 강력한 감마선에 상응한다고 알려져 있지. 사르토리우스가 자신의 스승과 선배들이 주장한 이론을 따르는 것은 어찌 보면 아름다운 일이지만, 그것과는 다른 학설도 엄연히 존재한다는 사실을 우리는 기억해야 하네. 내 말 이해하겠나?"

스나우트의 표정을 보니 나의 발언이 그에게 영향을 미치고 있다는 게 확연히 느껴졌다. 자신감을 얻은 나는 계속해서 말을 이어 갔다.

"솔라리스 바다의 고유한 성향도 고려할 필요가 있네. 바다가 어떤 일을 벌였다면, 아마도 가능한 한 최선의 방법과 수단을 동원했겠지. 바꾸어 말하면, 바다의 활동은 사르토리우스와는 다른 입장을 가진 학파의 우위를 입증할 유력한 증거라고 나는 보네."

"켈빈, 그 쪽지를 좀 보여 주게나."

나는 종이를 건네 주었다. 스나우트는 고개를 숙인 채로 내가 휘갈겨 쓴 메모를 열심히 들여다보았다.

"이건 뭔가?"

내가 적어 두었던 수식을 스나우트가 손가락으로 가리

켰다.

나는 다시 쪽지를 건네받았다.

"아, 이거? 전자장의 변환 텐서↓를 나타낸 걸세."

"잠시 좀 빌려주게나……"

"자네에게 이게 왜 필요한가?"

나는 스나우트의 대답을 이미 알고 있었다.

"사르토리우스에게 보여 주고 싶어서."

"얼마든지." 내가 태연하게 대답했다. "가져가도 상관 없어. 단 자네도 이미 알고 있으리라 생각하지만, 이 가설을 실험적으로 테스트한 사람은 아직 한 명도 없다네. 뉴트리노의 구조라는 것이 우리에게는 여전히 미지의 분야이기 때문이지. 그래서 사르토리우스는 프레이저의 가설에 의존하는 것이고, 나는 시오나의 이론에 따라 계산을 한 걸세. 사르토리우스는 켈빈도 시오나도 물리학자가 아니라고. 적어도 사르토리우스의 관점에서 보면 그렇게 말하는 것도 무리가 아냐. 하지만 이 사안은 분명 논쟁의 여지가 있다네. 스나우트, 나는 사르토리우스의 명예를 위해 내가 무참히 짓밟힐 수도 있는 논쟁에 참여하고 싶은 생각은 조금도 없네. 자네라면 내가 어떻게든 설득할 수 있을지도 모르지만, 사르토리우스는 아니야. 그를 설득하겠다는 시도조차 할 생각이 없네."

→ tensor. 물체의 관성 모멘트나 변형을 표시하는 단위. 3차원 공간에서 아홉 개의 성분을 가지며, 이 성분은 좌표에서 특정한 방식으로 변환된다.

"그렇다면 자네는 어떻게 했으면 좋겠나? 사르토리우스는 이미 작업을 시작했는걸."

스나우트가 힘없는 목소리로 말했다. 그의 등은 구부정하게 굽어 있었고, 초반의 활력도 잃은 상태였다. 스나우트가 나를 믿는지 어떤지는 잘 모르겠지만, 난 아무래도 상관없었다.

"목숨이 위태로우면, 사람은 무슨 일이든 하는 법이지."

내가 소리 낮춰 대답했다.

"어떻게든 사르토리우스와 연락을 취해 보겠네. 혹시 그도 어떤 안전 장치를 구상하고 있을지 모르니까."

스나우트는 중얼거리듯 이야기하며, 내 얼굴을 올려다보았다.

"이보게. 그러면 말일세…… 혹시 첫 번째 계획을 실행해 보면 어떻겠나? 자네 생각은 어떤가? 사르토리우스도 분명 동의할 걸세. 어쨌든…… 그 계획이 실현 가능성이 아예 없는 것도 아니고……"

"정말로 그렇게 생각하나?"

"뭐, 꼭 그런 건 아니지만." 스나우트가 즉시 부정했다. "하지만 한번 시도해 본다고, 우리가 손해 볼 일도 없지 않은가?"

내가 원하던 방향이 바로 이것이었기에 나는 오히려 호

락호락하게 동의하지 않고 시간을 끌었다. 덕분에 스나우트는 나의 동맹이 되었다.

"고민해 보지."

내가 대답했다.

"그럼 이만 가 보겠네."

스나우트가 안락의자에서 일어서는데, 그의 관절에서 우두둑 소리가 났다.

"우선 자네의 뇌파부터 만들어야겠는데, 괜찮겠나?"

눈에 보이지 않는 얼룩이라도 털어내려는 듯, 고무 앞치마를 연신 손으로 문지르며 스나우트가 물었다.

"좋네."

스나우트는 하레이에게 눈길도 주지 않고(하레이는 책을 무릎 위에 올려놓은 채, 말없이 나와 스나우트를 주시하고 있었다.) 문 쪽으로 다가갔다. 스나우트가 나가고 문이 닫히자마자 나도 자리에서 일어섰다. 그러고는 손에 쥐고 있던 쪽지를 펼쳤다. 공식은 모두 진짜였다. 조작된 건 하나도 없었다. 그런데 내가 발전시킨 이 공식을 시오나가 과연 인정해 줄지는 미지수였다. 아마도 인정하지 않을 것이다⋯⋯ 나는 몸을 부르르 떨었다. 하레이가 뒤에서 살그머니 다가와 내 어깨에 손을 얹었다.

"크리스."

"왜, 달링?"

"아까 그 남자는 누구였죠?"

"말했잖아, 스나우트 박사라고."

"어떤 사람인데요?"

"나도 잘 몰라. 근데 왜 그런 걸 묻는 거지?"

"그가 이상한 눈길로 나를 쳐다봤거든요."

"아마 당신에게 반했나 보지."

하레이가 고개를 저었다.

"아녜요. 그런 눈초리가 아니었어요. 나를 쳐다볼 때 그 눈빛은…… 마치…… 마치……"

하레이가 몸을 떨며, 나를 잠시 올려다보고는 다시 눈을 내리깔았다.

"우리 여기서 얼른 나가요……"

액체 산소

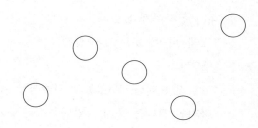

나는 어두운 방에 누워 시계의 동그란 야광 숫자판을 망연히 바라보았다. 시간이 얼마나 흘렀는지 가늠이 되질 않았다. 귓가에 들려오는 내 숨소리가 문득 섬뜩하게 느껴졌지만, 시간이 흐르면서 고리 모양의 초록빛 숫자판도, 그리고 내가 느낀 섬뜩함도, 결국엔 무관심과 자포자기의 심정으로 바뀌었다. 너무나도 지치고 피로했기 때문이다. 나는 옆으로 돌아누웠다. 침대가 이상하게 넓게 느껴졌고, 왠지 모르게 허전했다. 나는 숨을 멈췄다. 사방이 숨 막힐 듯 고요했다. 순간 온몸이 얼어붙었다. 미세한 소음조차 들리지 않았다. 하레이? 어째서 하레이의 숨소리가 들리지 않는 거지? 손을 뻗어 이불 위를 더듬어 보았다. 나는 혼자였다.

하레이의 이름을 막 부르려는 순간, 발소리가 들렸다. 키가 크고 육중한 몸집의 누군가가 천천히 다가오고 있었다. 마치⋯⋯

"기바리안?"

내가 침착하게 물었다.

"그래, 나야. 불은 켜지 말게."

"왜?"

"필요 없으니까. 우리 둘을 위해서도 어두운 편이 나아."

"하지만 자네는 죽지 않았나?"

"그건 중요치 않아. 어쨌든 내 목소리는 잘 알지 않나?"

"물론이지. 그런데 왜 그런 짓을 한 거지?"

"선택의 여지가 없었네. 자네는 나흘이나 늦게 도착했어. 자네가 좀 더 일찍 와 주었더라면, 내가 굳이 그런 선택을 할 필요가 없었을지도 모르지. 그러나 자책하지는 말게. 나는 그럭저럭 잘 지내니까."

"자네, 정말로 이곳에 있는 건가?"

"아하, 자네는 지금 내가 자네의 꿈속에 나타났다고 생각하는 건가? 하레이를 처음 보았을 때처럼?"

"하레이는 어디 있나?"

"어째서 내가 그녀의 행방을 안다고 생각하는 거지?"

"그저 짐작일세."

"그런 생각은 속으로나 하게나. 뭐, 하레이 대신 내가 이곳에 있는 것으로 해 두지."

"그렇지만 나는 하레이도 이곳에 함께 있었으면 하네!"

"불가능한 일이야."

"왜 불가능하지? 이보게, 자네도 이미 알겠지만, 자네는 진짜 자네가 아니라네. 나의 일부인 거지."

"아니, 나는 진짜 나야. 박식한 체하고 싶다면, 나를 '또 다른 나'라고 말해도 좋네. 하지만 우리 쓸데없는 말장난은 그만두세나."

"자네는 다시 가 버릴 건가?"

"그래."

"그럼 하레이가 돌아오나?"

"그녀가 돌아오길 바라는군? 자네에게 그녀는 대체 어떤 존재지?"

"그건 자네가 알 바 아니네."

"자네는 그녀를 두려워하잖나."

"아닐세."

"게다가 그녀를 혐오하지……"

"대체 내게 원하는 게 뭔가?"

"하레이 말고 자네 자신부터 불쌍히 여기게. 아무리 시간이 흘러도 그녀는 늘 스무 살이야. 시치미 떼지 마. 자네가 그 사실을 모를 리 없지 않나!"

이유를 알 수는 없지만, 나는 갑자기 냉철해졌다. 그리고 침착하게 기바리안의 이야기에 귀를 기울였다. 어둠 속에서 그의 모습은 보이지 않았지만, 그가 아까보다 더욱 가까이 바로 침대 옆까지 다가와 있는 느낌이 들었다.

"용건이 뭔가?"

내가 나직하게 물었다. 내 말투가 기바리안을 놀랜 것 같았다. 그가 잠시 입을 다물었다.

"사르토리우스가 스나우트를 설득해서, 자네가 스나우트를 속였다는 사실을 깨닫게 했어. 이젠 그들이 자네를 속이려 하네. X선 투사기를 조립하는 척하면서, 실제로는 전자장의 소멸 장치를 만들고 있지."

"하레이는 어디에 있나?" 내가 물었다.

"지금 내 말을 제대로 안 듣고 있나? 나는 지금 자네에게 경고하는 중일세!"

"하레이 어디 있어?"

"나는 몰라. 명심하게. 자네에게는 무기가 필요하게 될 거야. 아무도 믿어서는 안 돼."

"하레이만은 믿을 수 있을 거야."

내가 말했다. 짧고 조용한 반응이 돌아왔다. 기바리안은 웃고 있었다.

"당연히 믿을 수 있지, 어느 정도까진 말일세. 모든 게 실패로 돌아가면, 자네 역시 내 뒤를 따를 수도 있을 테고."

"자네는 기바리안이 아냐."

"오, 그래? 그럼 누구지? 자네의 꿈인가?"

"아니, 자네는 그들의 꼭두각시에 불과해. 스스로가 모르고 있을 뿐이지."

"그렇다면 자네는 자신이 누구라는 것을 어떻게 알지?"

그의 물음에 나는 당황했다. 침대에서 일어나려고 했지만 꼼짝도 할 수 없었다. 기바리안이 계속 뭐라고 지껄이고 있었지만, 나는 그의 말을 하나도 알아들을 수가 없었고 그저 윙윙거리는 소음만 들렸다. 나는 내 나약한 육신을 깨우기 위해 필사적으로 노력했다. 다시 한번 있는 힘을 다해 몸부림을 쳤다. 겨우 눈이 떠졌다. 나는 물속에서 꺼내어져 반쯤 질식한 물고기처럼 허겁지겁 공기를 들이마셨다. 사방이 아직도 어두웠다. 꿈. 악몽이었다. 아, 잠깐! 이것은 우리에게는 영원히 해결 불가능한 딜레마다. 우리는 지금 스스로를 박해하고 있다. 폴리테리아↓는 결국 우리의 생각에 일종의 선택적인 증폭 방식을 적용한 것이다. 그리고 이러한 현상의 동기를 찾는 것은 결국 의인관(擬人觀)으로 귀결된다. 인간이 존재하지도 않는 곳에 인간이 이해할 수 있는 동기 따위가 있을 리 없다. 예정된 연구를 계속 수행하려면, 우리 자

→   Polytheria. 여기서 폴리테리아는 솔라리스 바다
와 그 바다가 만들어 낸 '손님'들을 가리킨다.

신의 사고방식을 파괴하든가, 아니면 그들의 물질적인 실체를 파괴하는 수밖에 없다. 그러나 우리에게는 사고를 파괴할 능력이 없다. 그렇다고 물질적인 실체를 파괴하는 것은 살인 행위나 다를 바 없는 짓이다.

나는 어둠 속 멀리서 들려오는, 조심스러운 목소리에 귀를 기울였다. 듣자마자 그 주인공이 누구인지 알 수 있는 음성. 기바리안이었다. 나는 양손을 뻗어 보았다. 침대에는 아무도 없었다.

잠에서 깨어나자마자 곧바로 다른 꿈속으로 들어가 버렸다고 나는 생각했다.

"기바리……!"

목소리를 내 보았지만, 제대로 터져 나오지 못하고 중간에 끊겼다. 뭔가가 댕그랑거리는 소리가 희미하게 들려왔고, 미세한 바람이 얼굴을 간지럽혔다.

"기바리안, 자네로군." 내가 하품을 하면서 중얼거렸다. "꿈에서 꿈으로 계속 쫓아다니며 나를 괴롭히는군, 자네는……"

어디선가 사르륵, 옷깃이 스치는 듯한 소리가 났다.

"기바리안!"

내가 좀 더 큰 소리로 불렀다.

침대의 스프링이 삐걱거렸다.

"크리스…… 나예요……"

바로 옆에서 속삭임이 들렸다.

"아, 당신이군, 하레이…… 그럼 기바리안은?"

"크리스…… 그 사람은 여기 없어요…… 당신 입으로 그랬잖아, 그는 죽었다고……"

"꿈에서는 살아 있을 수도 있어."

내가 천천히 대답했다. 그러나 정말 꿈이었는지 이제는 아무것도 확실치 않았다.

"기바리안이 뭔가를 말했어…… 그가 여기 왔었거든……"

갑자기 스르르 잠이 쏟아졌다.

'이렇게 잠이 온다는 것은 내가 지금 자고 있다는 의미겠지.'

나는 단순하게 생각하면서 하레이의 차가운 팔에 입을 맞추고, 편안한 자세로 누웠다. 하레이가 뭐라고 대답을 했으나, 그대로 곯아떨어지는 바람에 그다음 일은 아무것도 기억나지 않았다.

다음 날 아침, 붉은 태양이 비치는 방 안에서 나는 어젯밤에 벌어진 일을 상기해 보았다. 기바리안과의 대화는 확실히 꿈이었다. 그렇다면 그 후의 일들은 어떻게 된 것일까? 나는 맹세코 기바리안의 목소리를 들었다. 단 그가 말한 내용은 정확하게 기억하지 못한다. 그것은 대화라기보다는 강의를 하는 듯한 말투였다. 강의라……?

하레이는 씻는 중이었다. 욕실에서 물소리가 들려왔다. 나는 며칠 전 녹음기를 숨겨 두었던 침대 밑을 들여다보았다. 그런데 녹음기가 없었다.

"하레이!" 내가 그녀를 불렀다. 하레이가 미닫이문 밖으로 물이 뚝뚝 흐르는 젖은 얼굴을 내밀었다.

"혹시 침대 밑에서 녹음기 못 봤어? 작은 휴대용 녹음기 말야……"

"거기엔 잡동사니만 잔뜩 있던데요. 그래서 전부 저리로 옮겨 놓았어요."

하레이는 약품 찬장 옆의 선반을 손가락으로 가리키고는 다시 욕실 안으로 사라졌다. 나는 침대에서 벌떡 일어났다. 하지만 아무리 뒤져도 녹음기는 나오지 않았다.

"당신이 분명 봤을 텐데."

욕실에서 나오는 하레이를 향해 내가 말했다. 하레이는 말없이 거울 앞으로 가서 머리를 빗기 시작했다. 그제야 나는 비로소 하레이의 안색이 얼마나 창백한지 깨달았다. 거울 속에서 내 시선과 마주친 하레이의 눈빛에 경계심이 가득하다는 것도 새삼 느꼈다.

"하레이. 선반에도 녹음기가 없어." 나는 바보처럼 다시 캐물었다.

"그게 지금 당신이 내게 말하려는 제일 중요한 용건인
가요?"

"미안해. 당신이 옳아. 그깟 녹음기가 뭐라고. 내가 어
리석었어."

내가 우물거리며 대답했다. 굳이 논쟁을 시작할 필요가
없었다.

우리는 아침 식사를 하러 갔다. 하레이는 오늘 모든 게
평소와는 달랐다. 그러나 어디가 다른지는 꼬집어 말할 수가
없었다. 끊임없이 주위를 두리번거렸고, 내가 몇 번이나 말
을 걸어도 수심에 잠긴 듯 귀를 기울이지 않았다. 그러다 갑
자기 그녀가 고개를 들었는데, 눈가에 눈물이 어려 있었다.

나는 속삭이듯 목소리를 낮추며 물었다.

"무슨 일이야? 지금 울고 있는 거야?"

"아니, 내버려 둬요. 진짜 눈물이 아니니까."

하레이가 얼버무렸다. 어쩌면 좀 더 집요하게 물어봐야
했었는지도 모른다. 그러나 내가 가장 두려워하고 있었던
게 바로 '솔직한 대화'였다. 어쨌든 그때 나는 다른 일로 머
릿속이 복잡했다. 스나우트와 사르토리우스의 음모가 설령
꿈속 해프닝에 불과하다 해도, 나는 이미 이 정거장에서 뭔
가 다루기 쉬운 무기는 없을까 궁리하는 중이었다. 그 무기
를 어디에 쓸지는 생각해 보지도 않았다. 그저 무기를 몸에

지니고 싶을 뿐이었다. 나는 하레이에게 잠시 창고와 화물실을 둘러보고 오겠다고 말했다. 그녀가 말없이 내 뒤를 따라왔다.

나는 상자와 용기들을 샅샅이 뒤졌다. 그러다 아래층으로 내려갔는데, 냉동실 안을 들여다보고 싶은 유혹을 떨칠수가 없었다. 그렇다고 하레이를 그곳에 들어가게 하고 싶지는 않았다. 그래서 나는 문을 살짝 열고는 빠르게 안을 둘러보았다. 길쭉한 형체 위로 검은 천이 불룩하게 덮여 있는게 보였다. 그러나 내가 서 있는 위치에서는 지난번 그 흑인여자가 기바리안의 시체 옆에 누워 있는지 아닌지 확인할수가 없었다. 그러나 왠지 그의 옆자리는 비어 있는 느낌이들었다.

나는 적당한 무기를 발견하지 못한 채, 창고 안을 초조하게 서성거렸다. 어쩐지 기분이 점점 언짢아졌는데, 문득하레이가 보이지 않는다는 것을 깨달았다. 하지만 얼마 안가서 그녀가 모습을 드러냈다. 복도 끝에 서 있었던 모양이었다. 잠시라도 내가 안 보이면 견디지 못하던 그녀가 아주잠깐이긴 하지만, 내 곁에서 떨어져 있으려 한 것이다. 그때나는 그 사실에 주의를 기울였어야 했다. 나는 누구에게 화가 났는지도 모르면서 바보같이 계속 짜증을 내고 있었다.머리가 깨질 듯이 아팠지만, 적당한 약이 눈에 띄지 않았다.

그래서 미친 사람처럼 난폭하게 구급약 상자를 뒤엎어 버렸다. 다시 진료실에 갈 생각은 없었다. 하레이는 이따금 모습을 감추면서 마치 그림자처럼 살그머니 방 안을 서성거렸다.

정오가 지나 점심을 먹으러 갔다. 하레이는 거의 아무것도 먹지 않았다. 두통 탓에 나도 식욕이 없었으므로 하레이에게 굳이 음식을 권하지 않았다. 식사가 끝나자마자 하레이가 갑자기 내 옆에 앉더니 내 셔츠 소매를 잡아당겼다.

"왜?" 내가 무심하게 중얼거렸다. 순간 파이프를 두드리는 듯한 희미한 메아리 소리가 들렸다. 스나우트가 고압 장치에 손을 대고 있는 게 분명했다. 나는 그의 방으로 올라가 보기로 결심했지만, 하레이도 함께 데려가야 한다는 생각이 들자, 곤란해졌다. 도서실이라면 몰라도 온갖 기계로 가득 찬 3층에서는 자칫 쓸데없이 스나우트의 주의를 끌 뿐이었다.

"크리스, 우리 괜찮은 거죠?"

나도 모르게 한숨이 나왔다. 오늘이 내게 행복한 하루였다고는 도저히 말할 수 없을 것 같았다.

"그럼. 아무 일도 없지. 왜 그런 질문을 하는 거야?"

"당신과 이야기를 좀 하고 싶어서."

"좋아. 듣고 있으니 말해 봐."

"이런 식으로 말고요."

"그럼 어떤 식을 원하는데? 오늘은 두통이 심한 데다 골치 아픈 문제도 잔뜩 쌓여 있어서……"

"크리스, 제발. 조금만 너그럽게 대해 줘요."

나는 억지로 미소를 지었다. 분명 어색하게 보였을 것이다.

"알았어, 달링. 말해 봐."

"내게 진실을 말해 줄래요?"

나는 눈썹을 치켜올렸다. 이런 식으로 대화의 서두를 꺼내는 건 정말 질색이었다.

"내가 왜 당신에게 거짓말을 한다고 생각하는데?"

"당신에게도 나름대로 사정이 있을지도 모르니까요. 뭔가 중요한 사정이요. 그렇지만 당신이 원하는 게…… 혹시…… 암튼 나를 속이지는 말아 줘요."

나는 잠자코 있었다.

"나부터 말할 테니 당신도 말해 주세요. 알았죠? 무슨 일이 있더라도 진실만을 말해야 해요."

나는 하레이의 눈을 쳐다보지 않았다. 하레이의 눈빛이 내 시선을 원하는 듯했지만, 나는 일부러 모르는 척했다.

"전에도 이야기한 적이 있지만, 나는 내가 어떻게 이곳에 왔는지 잘 몰라요. 어쩌면 당신은 그 이유를 알고 있을지도 모르지. 잠깐! 내 말을 끊지 말아 줘요. 어쩌면 당신도 모를 수도 있죠. 하지만 만약 당신이 알고 있다면, 그런데 지금은 내게 말해 줄 수 없다면, 언젠가 나중에라도 꼭 말해 줘요. 그래 줄 수 있죠? 그런다고 상황이 더 나빠지지는 않을 테니까. 어쨌든 내게 기회를 줘요."

나는 차가운 얼음물을 뒤집어쓴 기분이었다.

"하레이, 꼬마 아가씨, 난 지금 당신이 무슨 말을 하는지 통 못 알아듣겠어. 기회라니? ……그게 무슨 말이야?"

내가 당황해서 우물거렸다.

"크리스, 내가 누구이건 간에, 그래도 꼬마는 아니라고 생각해요. 약속했으니 얼른 대답해 줘요."

"내가 누구이건 간에"라는 그녀의 말이 못내 마음에 걸렸다. 마치 아무 말도 듣고 싶지 않은 듯 나는 바보처럼 머리를 흔들어 대며 그녀를 쳐다보았다.

"이미 말했듯이 당장 모든 걸 말해 달라는 게 아녜요. 그저 지금 말할 수 없다면, 그럴 수 없다고 말해 주는 것만으로도 충분해."

"나는 아무것도 숨기고 있지 않아."

내가 잔뜩 쉰 목소리로 대답했다.

"그렇다면 좋아요." 하레이가 일어섰다. 나는 무슨 말이든 하고 싶었다. 그녀를 이대로 내버려 두어서는 안 된다는 생각이 들었다. 그러나 목이 막혀 한마디도 나오지 않았다.

"하레이⋯⋯!"

그녀는 내게서 등을 돌리고 창가에 서 있었다. 구름 한 점 없는 하늘 아래 쪽빛 바다가 펼쳐져 있었다.

"하레이, 만약 당신이⋯⋯ 뭔가를 생각하고 있다면⋯⋯ 하레이, 당신도 알지? 나는 당신을 사랑해⋯⋯"

"나를요?"

나는 하레이에게 다가가서 그녀를 포용하려 했다. 하지만 그녀가 내 손길을 뿌리치며 몸을 뺐다.

"당신은 정말 좋은 사람이야. 나를 사랑한다고? 차라리 얻어맞는 편이 낫겠네요!" 그녀가 말했다.

"하레이, 달링!"

"아뇨! 그만해요. 차라리 아무 말도 말아요."

하레이는 테이블로 다가가서 접시를 치우기 시작했다. 나는 짙은 푸른빛의 망망대해를 바라보았다. 태양이 저물고 있었고, 정거장의 거대한 그림자가 파도 위에서 넘실대고 있었다. 접시가 하레이의 손에서 미끄러져 바닥에 떨어졌다. 싱크대에서 물 흐르는 소리가 들렸다. 불그스름하게 물들어 있던 수평선의 가장자리가 짙은 자주색을 띤 황금색으로 변했다. 대체 어떻게 하면 좋을까? 해답을 알 수만 있다면! 갑자기 사방이 조용해졌다. 하레이가 내 뒤로 다가와 섰다.

"그대로 있어요. 돌아보지 마세요."

하레이가 속삭임에 가까운 조용한 음성으로 말했다.

"당신 탓이 아니야, 크리스. 나는 알아요. 그러니 아무 걱정 말아요."

내가 그녀를 향해 손을 내밀었다. 하지만 하레이는 방 안쪽으로 도망쳤다. 그러고는 여러 장 겹쳐 쌓여 있던 접시 더미를 집어 들었다.

"안타깝네요. 이게 깨지는 접시라면, 마음껏 집어던져 버릴 텐데. 모두 다 부숴 버리고 싶어요!"

순간 나는 그녀가 정말로 바닥에 접시를 내동댕이치는 줄 알았다. 그러나 그녀는 예리한 눈빛으로 나를 바라보며 웃음을 터뜨렸다.

"두려워하지 말아요. 소란을 피우지는 않을 테니."

한밤중에 갑자기 눈이 떠졌다. 나는 즉시 정신을 가다듬고, 촉각을 곤두세우며 침대 위에 일어나 앉았다. 방 안은 어두웠지만, 빼꼼히 열린 문틈으로 복도의 조명이 희미하게 새어 들어왔다. 뭔가가 날카롭게 쉭쉭거리는 불길한 소리와 함께, 무거운 물체가 벽에 부딪히는 듯한 둔탁한 소리가 들렸다. 운석일지도 모른다는 생각이 불현듯 스치고 지나갔다. 운석이 정거장에 부딪혀 구멍이 뚫렸을지도 모른다. 밖에 누군가가 있다! 귀에 거슬리는, 질질 끄는 듯한 색색거림이 들려왔다.

나는 마침내 감각을 되찾았다. 이곳은 로켓이 아니라 정거장이다. 그런데 저 끔찍한 소리는 무엇일까……

나는 복도로 뛰쳐나갔다. 작은 실험실 문이 활짝 열려 있고, 안에는 전등이 밝게 비치고 있었다. 나는 그 안으로 들어섰다.

소름 끼치도록 차가운 기류가 나를 에워쌌다. 실험실을 가득 메우고 있던 냉기가 내 입에서 뿜어져 나오는 숨결을 곧바로 눈으로 바꿔 버렸다. 목욕 가운을 두른 인간의 몸체가 바닥에 쓰러진 채 뒤척이고, 그 위로는 새하얀 눈송이가 소용돌이치고 있었다. 얼어붙은 수증기 탓에 형체가 잘 보이지 않았다. 나는 달려가서 하레이의 상반신을 안아 일으켰다. 가운을 만진 손에서 화상을 입은 듯한 통증이 느껴졌다. 그녀의 숨소리는 거칠었다. 나는 그녀를 안고, 복도로 달려나가 몇 개의 문을 줄줄이 통과했다. 더는 춥지 않았다. 하지만 그녀의 입김이 내 견갑골에 닿을 때마다 불에 덴 듯한 쓰라린 아픔이 느껴졌다.

나는 하레이를 수술대 위에 눕히고 그녀의 가운을 찢었다. 가슴이 훤히 드러났다. 나는 부들부들 떨고 있는 그녀의 핼쑥한 얼굴을 잠시 내려다보았다. 벌어진 입 주변으로 검붉은 피가 얼어붙어 있었고, 혓바닥에서는 얼음 결정체가 반짝이고 있었다.

액체 산소였다. 액체 산소는 이중으로 된, 진공 단열 플라스크에 담긴 채 실험실에 보관되어 있었다. 조금 전 하레이를 안아 일으켰을 때, 마치 깨진 유리 조각을 밟는 느낌이 들었다. 대체 얼마나 들이킨 걸까? 하긴 얼마를 마셨든 결과는 마찬가지였으리라. 기관지는 물론, 식도와 폐까지 완전히 타 버렸을 테니. 액체 산소는 농축 산소보다 강한 침투력을 지닌다. 마치 종이가 찢어지는 것처럼 소란스럽고 건조한 하레이의 숨소리가 점점 얕아졌다. 그녀의 두 눈은 감겨 있었다. 임종의 고통을 겪는 중이었다.

나는 갖가지 장비와 약품이 들어 있는, 유리문이 달린 커다란 약장을 들여다보았다. 기관 절개술? 아니면 삽관법? 그러나 그녀에게는 이미 폐가 없다! 모조리 타 버린 것이다. 약물을 사용해 볼까? 약이 이렇게나 많은데! 약장에는 색색의 병과 상자가 빽빽하게 놓여 있었다. 하레이는 계속해서 색색거리는 숨소리를 내뱉었고, 벌어진 입에서는 여전히 김이 새어 나오고 있었다.

온수포병↓을 열심히 찾아보았지만, 발견되지 않았다. 나는 다른 약장으로 달려가서 앰플 상자를 뒤지기 시작했다. 주사기도 필요하다. 근데 어디 있지? 아, 여기 있군. 소독기

→　溫水抱甁. 신체나 침구류를 따뜻하게 하기 위하여 안에 뜨거운 물을 넣은 도구. 수술한 환자, 노인, 저체온증 환자 등이 사용한다.

안에 넣어야 하는데, 차갑고 뻣뻣해진 손이 뜻대로 움직여지지 않았고, 손가락도 제대로 구부러지지 않았다. 나는 화가 나서 소독기의 뚜껑을 손으로 힘껏 내리쳤다. 하지만 손에는 별다른 감각이 없었고, 그저 약간의 찌릿함만 느껴질 뿐이었다.

하레이의 숨소리가 갑자기 거칠어졌다. 나는 황급히 그녀에게로 달려갔다. 그녀가 두 눈을 떴다.

"하레이!"

하지만 나의 부름은 속삭임이라고도 할 수 없을 정도로 미약했다. 소리가 입 밖으로 제대로 터져 나오지 않았다. 내 얼굴이 딱딱하게 굳은 석고처럼 낯설게 느껴졌다. 그녀의 갈비뼈가 새하얀 피부 아래에서 꿈틀거리고 있었고, 녹아내린 눈에 젖은 그녀의 머리카락이 수술대 위에 부채꼴 모양으로 퍼져 있었다. 하레이가 나를 바라보았다.

"하레이!"

나는 더 이상 아무 말도 할 수가 없었다. 감각을 잃어 막대기처럼 변해 버린 양팔을 축 늘어뜨린 채, 통나무처럼 멍하니 서 있을 뿐이었다. 발바닥, 입술, 눈꺼풀이 점점 뜨겁게 달아올랐지만, 열기를 거의 느낄 수 없었다. 열에 녹기 시작한 핏방울이 하레이의 뺨을 따라 비스듬히 점선을 그리며 흘러내렸다. 그녀의 혀가 경련을 일으키다가 입안으로 사라졌다. 하레이의 목구멍에서는 여전히 거친 숨소리가 흘러나왔다.

하레이의 손목을 잡아 보니 맥박은 이미 멈춰 있었다. 여며 놓았던 가운의 앞자락을 젖힌 뒤, 무서우리만치 차갑게 식은 하레이의 가슴에 귀를 대 보았다. 불길 속에서 뭔가가 타닥거리며 타는 듯한 소음과 함께 도저히 셀 수 없을 정도로 빠르게 뛰는 심장 박동이 들렸다. 나는 두 눈을 감은 채, 그녀를 향해 몸을 깊숙이 숙였다. 그 순간 뭔가가 내 머리를 건드렸다. 하레이의 손가락이 내 머리카락을 만지작거리고 있었던 것이다. 나는 고개를 들어 하레이의 눈을 들여다보았다.

"크리스……"

하레이가 목쉰 소리로 나를 불렀다. 내가 하레이의 손을 잡자, 그녀 또한 뼈가 으스러질 정도로 강한 힘으로 내 손을 마주 잡았다. 고통으로 무섭게 일그러진 그녀의 얼굴에서 의식이 서서히 사라지고 있었다. 눈꺼풀 아래로 흰자위가 보이고, 목구멍에서 그르렁거리는 소리가 터져 나오며, 온몸이 경련과 발작으로 뒤틀렸다. 수술대 끝에 아슬아슬 걸쳐진 상태로 누워 있던 하레이가 바닥으로 떨어지기 직전, 나는 간신히 그녀를 붙잡았다. 순간 하레이가 도자기로 만든 개수대의 가장자리에 머리를 부딪쳤다. 나는 그녀를 수술대 위로 끌어올린 뒤 한가운데로 밀었다. 연거푸 경련이 일어날 때마다 그녀는 나를 거칠게 잡아당겼다. 내 온몸이 금방 땀에 젖었고, 다리가 물먹은 솜처럼 흐느적거렸다. 경련이 어느 정도 가라앉는 듯해서 나는 하레이를 반듯이 눕히려 했다. 그 순간, 그녀가 가쁜 숨을 몰아쉬며 헐떡거렸다. 갑자기 피투성이의 끔찍한 얼굴에서 눈동자가 빛나기 시작했다.

"크리스······" 하레이의 목소리는 여전히 쉬어 있었다. "크리스, 대체······ 언제까지······ 이렇게······"

하레이는 숨이 막히는지 계속해서 가쁜 숨을 몰아쉬었고, 그녀의 입에서는 피가 섞인 거품이 흘러나왔다. 다시 발작이 시작되며 하레이의 온몸이 요동쳤다. 나는 온 힘을 다해 하레이를 붙들었다. 하레이의 몸이 뒤집어졌고, 이빨이 요란하게 부딪치며 심한 헐떡거림이 지속되었다.

"안 돼, 안 돼!"

하레이의 입에서는 계속해서 마지막 호흡인 것만 같은 가쁜 숨소리가 흘러나왔다. 그러다 다시 입에서 거품이 흐르며 발작이 시작되었다. 하레이는 내 품에 안겨 발버둥 치면서 늑골을 힘겹게 움직여 공기를 들이마시다가 멈추기를 반복했다. 눈꺼풀이 하레이의 초점 없는 눈동자를 반쯤 가리고, 마침내 그녀의 육체가 요동을 멈췄다. 이제 정말 끝이라고 나는 생각했다. 그녀의 입에서 뿜어져 나오는 거품을 닦아 줄 엄두도 내지 못한 채, 나는 그저 하레이를 향해 몸을 숙인 채 서 있었다. 멀리서 임종을 알리는 애도의 종소리가 들려오는 것만 같았다. 이제 그녀가 최후의 호흡을 멈추면, 아마도 나는 무너져 내리듯 바닥에 주저앉으리라. 그러나 어쩐 일인지 하레이의 숨은 끊어지지 않았다. 목구멍에서 새어 나오던 거친 호흡이 점차 가라앉고, 되살아난 심장의 빠른 박동에 맞춰 오르내리기를 멈췄던 가슴이 조금씩 다시 움직이기 시작했다. 나는 그저 등을 둥글게 구부린 채로 망연히 서 있을 수밖에 없었다. 어느 틈엔가 하레이의 뺨에 핏기가 돌더니 발그레하게 물들었다. 그때까지도 나는 상황을 제대로 이해할 수가 없었다. 내 두 손은 땀으로 축축이 젖었고, 귓구멍은 솜뭉치로 막아 놓은 듯, 소리가 제대로 들리지 않았다. 조금 전까지 귓가에서 계속 울려 퍼지던 애도의 종소리도 어느 틈에 멈춰 있었다.

하레이가 눈을 떴다. 우리의 시선이 마주쳤다.

나는 그녀의 이름을 부르려고 했지만, 입이 없어진 것처럼 아무 소리도 나오지 않았다. 가면을 쓰고 있는 것마냥 얼굴이 뻣뻣하고 무감각했다. 나는 그저 멍하니 그녀를 바라볼 수밖에 없었다.

하레이가 고개를 돌려 방 안을 이리저리 둘러보았다. 사방이 온통 고요했다. 내 등 뒤, 어딘가 멀리 있는 딴 세상에서 누군가 수도꼭지를 제대로 잠그지 않은 듯, 물방울이 똑똑 떨어지고 있었다. 하레이가 팔꿈치를 괴고는 상체를 일으켰다. 그리고 수술대에 앉았다. 내가 뒷걸음질 쳤다. 그런 나를 하레이가 빤히 쳐다보고 있었다.

"뭐죠? 내 뜻대로…… 안 된 거네?" 하레이가 말했다. "왜요……? 왜 그런 눈으로 나를 보는 거죠……?"

그러다 그녀가 갑자기 버럭 소리를 질렀다.

"왜 그런 눈으로 날 보는 거냐고요!!!"

다시 사방이 고요해졌다. 하레이가 자신의 손을 내려다보며 손가락을 움직였다.

"이게 나인가요?……"

"하레이."

나는 숨을 멈춘 채로 간신히 입술만 움직여 그녀의 이름을 불렀다. 그녀가 고개를 들었다.

"하레이……?" 그녀는 내 말을 그대로 따라 하면서 천천히 바닥으로 내려와 섰다. 잠시 비틀거렸지만 이내 균형을 되찾고는 몇 발자국을 내디뎠다. 아직 정신이 온전히 돌아오지는 않은 상태로 그녀가 몸을 움직였다. 하레이의 시선은 나를 향해 있었지만, 나를 보고 있는 것 같지는 않았다.

"하레이……라고?" 그녀가 다시 한번 천천히 같은 말을 되풀이했다.

☾ ⟩ ⊖

"그렇지만…… 나는…… 하레이가 아냐. 그럼 나는…… 누구지? 하레이? 아, 당신, 당신이군요?!"

갑자기 하레이의 눈동자가 커지면서 반짝이기 시작했다. 기쁨과 놀라움으로 하레이의 얼굴이 밝아졌다.

"당신은 크리스! 아, 그럼 혹시 당신도?!"

나는 아무 대답도 하지 못했다. 겁에 질린 나머지 뒷걸음질 쳐서 벽장에 몸을 기대고 가만히 서 있었다. 하레이가 양손을 축 늘어뜨렸다.

"아니군. 무서워하는 걸 보니 당신은 나와는 달라. 흠, 내 말 좀 들어 줘요, 크리스. 더는 나도 견딜 수 없어. 이대로는 도저히 안 되겠어요. 나는 쭉 아무것도 몰랐고, 지금도 여전히 아무것도 모르고 있어요. 이건 말도 안 되잖아요? 나는……"

하레이가 창백한 두 손으로 주먹을 꽉 움켜쥐고는 자신의 가슴을 두들겼다.

"나는 아무것도 모르고 있다고요. 내가…… 하레이라는 것 말고는! 혹시 당신은 내가 연극을 하고 있다고 생각하는지 모르겠지만, 아니에요. 맹세코 아니라고요."

하레이의 마지막 말은 신음으로 변해 있었다. 그녀는 바닥에 쓰러져서 훌쩍이며 울기 시작했다. 하레이의 울음이 내 안에 도사리고 있던 단단한 무언가를 무너뜨렸다. 나는 단숨에 하레이의 곁으로 달려가서 그녀의 어깨를 움켜잡았다. 하지만 그녀는 어떻게든 내게서 떨어지려고 바둥거리면서 나를 밀쳐 냈다.

"놔, 놓으란 말예요. 당신은 나를 끔찍하다고 생각하잖아? 다 알고 있어! 이런 식은 싫어요! 당신은 알잖아, 이게 내가 아니라는 것을. 이것은 내가 아니야, 아니라고……"

"그만해!"

나는 하레이를 잡고 흔들면서 고함쳤다. 우리는 바닥에 무릎을 꿇고 앉아 서로를 향해 정신없이 소리를 질러 댔다. 하레이는 자신의 머리로 내 어깨를 두들겼다. 나는 있는 힘껏 그녀를 끌어안았다. 잠시 후 거친 숨을 몰아쉬면서 둘 다 동작을 멈추었다. 수도꼭지에서는 여전히 물방울이 규칙적으로 떨어지고 있었다.

"크리스……"

하레이가 내 가슴에 얼굴을 묻으며 중얼거렸다.

"내가 없어지려면, 어떻게 해야 하는지 가르쳐 줘요, 크리스……"

"그만해!" 내가 소리쳤다. 하레이가 고개를 들고 내 얼굴을 빤히 쳐다보았다.

"왜? 당신도 모르나요? 정말 아무런 방법이 없는 거예요? 전혀?"

"하레이, 제발 내 생각도 좀 해 줘……"

"그러고 싶어요…… 당신도 알잖아. 아냐, 싫어요. 놔줘요. 당신이 내 몸에 손대는 거 정말 싫어! 당신은 나를 끔찍하게 싫어하잖아요."

"그렇지 않아!"

"거짓말! 당신은 내가 너무나 싫은 거야. 나도…… 나 자신에게…… 넌더리가 나. 그럴 수만 있다면. 정말 그럴 수만 있다면, 당장이라도……"

"자살하고 싶다는 거야?"

"그래요."

"그렇지만 내가 원치 않아, 알겠어? 당신이 자살하는 건 내가 바라지 않는다고. 내가 원하는 건, 당신이 여기 내 곁에 함께 있는 거야. 다른 건 아무것도 필요 없어!"

하레이의 커다란 잿빛 눈망울이 나를 노려보았다.

"당신, 거짓말을 잘도 하는군요……"

그녀가 안정을 되찾은 음성으로 말했다.

나는 하레이를 붙잡고 있던 손을 놓고, 일어섰다. 하레이가 바닥에 주저앉았다.

"내 생각을 있는 그대로, 솔직하게 말하고 있다는 걸 당신이 믿게 하려면, 대체 어떻게 하면 되는지 말 좀 해 봐. 내 말은 모두 진심이야. 다른 생각 따윈 없어."

"당신은 진실을 털어놓을 수가 없을 거예요. 나는 하레이가 아녜요."

"그럼 누군데?"

그녀는 한참 동안 말이 없었다. 그러다 몇 번이나 턱을 바르르 떨더니, 고개를 푹 숙인 채 속삭이듯 말했다.

"당신은 나를 하레이라고 부르지만…… 그래도…… 그래도 나는 그게 진실이 아니라는 걸 알고 있어요…… 당신이 사랑하는 사람은, 옛날에…… 지구에서……"

"맞아. 그렇지만 그건 지난 일이야. 그녀는 죽었어. 나는 당신을, 지금 이곳에 있는 당신을 사랑하고 있어. 알아듣겠어?"

그녀가 고개를 저었다.

"당신은 친절하군요. 당신이 내게 베풀어 준 여러 가지 일들에 대해서 내가 고맙게 여기고 있다는 걸 알아 주세요. 당신은 최선을 다했어. 하지만 어쩔 수 없어요. 사흘 전 아침, 내가 당신의 침대맡에 앉아서 당신이 잠에서 깨어나기를 기다리고 있었을 때만 해도 난 아무것도 몰랐어. 어쩐지 그 모든 게 머나먼 옛일처럼 아득하게 느껴지네요. 그때 나는 뭔가 이성이 마비된 것처럼 행동했어요. 마치 머릿속에 안개가 자욱하게 낀 듯한 느낌이었어요. 대체 무슨 일이 벌어진 것인지, 아무것도 기억나지 않았어. 마치 마취에서 깨어났거나 오랫동안 병을 앓고 난 것처럼, 무감각했고 아무 것도 놀랍지 않았죠. 그래서 내가 정말 심각한 병을 앓았는데, 당신이 그 사실을 숨기는 건가 생각해 보았어요. 그렇지만 그 후 여러 가지 일들을 겪으면서 나도 많은 생각을 하게 되었어요. 특히 도서실에서 당신이 그 남자와 이야기하는 것을 들은 뒤부터는 마음에 걸리는 게 있었죠. 그러나 당신은 내게 속 시원히 얘기해 주지 않았죠. 그래서 나는 한밤중에 일어나 녹음기를 틀어 보았어요. 내가 당신에게 거짓말을 한 것은 딱 한 번, 그때뿐이에요. 내가 그 녹음기를 감췄거든요, 크리스. 카세트테이프에 메시지를 녹음한 사람, 그 남자 이름이 뭐였죠?"

"기바리안."

"그래요, 기바리안. 그 사람의 이야기를 듣고서야 알게 되었어요. 뭐, 솔직히 고백하자면, 여전히 아무것도 모르는 걸 수도 있지만요. 분명한 건, 여전히 내가 모르는 사실이 있는데…… 그러니까 내가…… 내가…… 아니라는 것…… 그리고 내가 할 수 있는 게…… 없다는 것……. 그래서 결국은 이렇게 끝없이 모든 게 계속되리라는 것…… 아, 정말 모르겠어요. 기바리안도 거기에 대해서는 아무 말도 하지 않았어요. 혹시 뭔가를 말했는지도 모르지만, 당신이 마침 그때 잠에서 깨어났기 때문에 녹음기를 꺼야만 했거든요. 그렇지만 필요한 내

317

용은 전부 들었어요. 덕분에 나는 내가 인간이 아니라 단지 도구에 불과하다는 사실도 알게 되었어."

"도대체 그게 무슨 말이야?"

"그래, 도구요. 당신의 반응을 연구하기 위한, 혹은 그와 비슷한 목적을 위한 도구. 당신들은 저마다 나 같은 도구를 갖고 있어요. 그 도구는 당신들의 추억이나 상상 속에서 억눌려 있던 기억들로 만들어지죠. 아마 당신이 나보다 훨씬 잘 알 거예요. 기바리안은 너무나도 무서운 얘기를 했어요. 만약 모든 게 맞아떨어지지 않았다면, 나는 분명 그의 이야기를 믿지 못했을 거예요."

"뭐가 맞아떨어졌다는 거지?"

"이를테면…… 내가 잠을 잘 필요가 없다거나, 항상 당신 곁에 있으려 한다는 사실 등이요. 어제 아침까지만 해도 당신이 나를 증오하고 있다는 생각이 들어서 불행했었어요. 맙소사, 내가 얼마나 어리석었던지! 어디 한번 말해 봐요. 내가 어떻게 이 모든 걸, 상상이나 할 수 있었겠어요! 기바리안도 자신을 찾아온 그 여자를 절대 미워하지는 않았지만, 그래도 그 여자에 대해 어찌나 심한 말을 하던지! 그 말을 듣고서야 깨달았죠. 내가 어떻게 행동하고, 어떤 일을 벌이든, 결과는 마찬가지라는 것을. 내가 원하든, 원치 않든 간에 내가 하는 모든 행동이 당신에게는 고문처럼 고통을 안겨 줄 뿐이니까요. 어쩌면 실제로는 더 끔찍할지도 모르죠. '고문의 도구'라는 것은 결국 아무 생명력도 없는, 이를테면 머리 위로 떨어져서 누군가를 죽게 만드는 돌덩이 같은 것에 지나지 않으니까요. 그런 도구가 잘되기를 바라고, 그 도구를 사랑할 수 있다는 건, 나로서는 상상도 할 수 없는 일이에요. 녹음을 듣고 나서, 내가 그 내용을 어떻게 이해했고, 내 마음에 어떤 변화가 일어났는지, 적어도 당신에게는 알려 주고 싶었어요. 혹시라도 당신에게 조금이나마 도움이 될지도 모른다고 생각했죠. 그래서 편지를 쓰려고 했는데……"

"아하, 그래서 전등을 켜 놓았군."

나는 목구멍이 조여 와서 간신히 목소리를 짜냈다.

"그래요. 하지만 결국 아무것도 쓸 수 없었어요. 그때 나는 내 자신 속에 있는…… '그것'이라고 해야 할까, 아무튼 내가 아닌 뭔가를 찾아내려 했거든요. 나는 거의 정신이 나간 상태였어요. 마치 한동안 내 피부 아래에 내 몸이 아닌, 다른 무언가가 도사리고 있는 느낌이었어요. 나는 그저 껍데기에 불과하다는 생각이 들었죠. 당신을 속이기 위한 껍데기 말예요. 무슨 말인지 알겠어요?"

"알아……"

"당신도 밤에 잠이 안 와서 몇 시간이고 누워 있다 보면, 생각 속에서 아주 멀리까지 갔다가 문득 엉뚱한 방향에

와 있다는 것을 느낄 때가 있잖아요……"

"그래……"

"그렇지만 내 심장은 지금 분명하게 뛰고 있어요. 당신이 내 혈액을 검사한 것도 기억해요. 내 피는 어땠는지, 알려 줘요. 진실을 말해 주세요. 이젠 다 털어놓아도 상관없잖아."

"내 피와 다를 게 없었어."

"정말?"

"정말이지. 명예를 걸고!"

"그럼 어떻게 된 거죠? 왜냐하면 그때까지만 해도 나는 그것이 내 몸 어딘가에 숨겨져 있을 거라고 생각했거든요…… 그러니까 내 말은…… 그것이 아주 작을 수도 있다고 생각했어요. 그렇지만 내 몸의 어디에 숨어 있는지는 알 수 없었어요. 지금 와서 생각해 보니, 그때 나는 뭔가 논점을 회피하려고 했던 것 같아. 내가 시행하려는 계획이 두려운 나머지, 뭔가 다른 도피처를 찾았던 거죠. 하지만 크리스, 혹시 내 피가 당신의 피와 똑같다면…… 모든 것이 당신이 말한 대로라면…… 아니, 그건 불가능해요. 그렇다면 나는 벌써 죽었어야 하잖아요. 안 그래요? 그러니까 다시 말해서 그 뭔가가 정말로 존재한다는 거네. 그렇다면 어디에 있는 거죠? 내 머릿속에? 하지만 나는 평범한 사람들과 똑같은 방식으로 생각하는걸…… 그리고 아무것도 모르고 있고…… 만일 내가 그 뭔가의 지시에 따라 생각하고 있다면, 나는 모든 것을 알고 있어야만 해. 게다가 당신을 사랑하지도 않았을 테고요. 그저 사랑하는 척만 했겠죠. 그리고 그런 시늉만 하고 있다는 걸, 스스로가 명확히 인지했겠죠…… 크리스, 부탁이야. 당신이 알고 있는 모든 것을 내게 들려줘요. 어쩌면 할 수 있는 일이 있을지도 모르잖아요?"

"대체 뭘 할 수 있는데?"

하레이는 침묵했다.

"죽고 싶은 거야?"

"그런 것 같아요."

다시 정적이 흘렀다. 하레이는 등을 구부린 채 바닥에 앉아 있었다. 나는 뭔가 대단히 필요한 것을 찾고 있는데 어디에 있는지 모르는 것처럼, 어두컴컴한 방 안과 흰 에나멜 용기, 여기저기 널브러져 있는 반짝이는 금속 기구류를 이리저리 둘러보았다.

"하레이, 당신에게 할 얘기가 있어."

그녀가 내 말에 귀를 기울였다.

"당신의 몸이 내 몸과 완전히 똑같지 않다는 건 사실이야. 그렇다고 해서 당신이 뭔가 부족하거나 못하다는 뜻은 아냐. 오히려 그 반대야. 당신이 어떻게 생각하든 간에…… 어쨌든 그 덕분에…… 당신이 죽지 않고 살아났으니까."

어린아이처럼 순진하면서도 애처로운 미소가 그녀의 얼굴에 피어올랐다.

"그럼 나는…… 결국 죽지 않는 존재라는 말이군요?"

"그건 모르지. 어쨌든 나보다 훨씬 더 강한 생명력을 가진 것만은 분명해."

"끔찍하네요."

그녀가 속삭였다.

"어쩌면 당신이 생각하는 것만큼 끔찍하진 않을 수도 있어."

"하지만 당신은 그런 나를 부러워하지 않잖아요."

"하레이, 이것은 말하자면 당신의…… 운명에 관한 문제야. 이 정거장에서 당신의 운명은 결국 나나 다른 동료들의 운명과 마찬가지로 어둡고 막막할 뿐이야. 저 두 사람은 기바리안의 실험을 계속할 테고, 그러면 앞으로 무슨 일이 일어날지 아무도 모르거든……"

"아무 일도 안 일어날 수도 있죠."

"아무 일도 안 일어날지도 모르지. 솔직히 고백하면, 나도 그렇게 되기를 바라고 있어. 이건 공포 때문만은 아냐. 두려운 마음을 부정할 생각은 없지만, 절대 그래서만은 아냐. 저들의 작업이 아무 소용도 가치도 없기에 그러는 거야. 그것만은 확신할 수 있어."

"아무 소용도 없다고요? 왜죠? 저들의 실험은 결국 바다를 대상으로 한 거잖아요?"

"맞아. 하지만 저들이 원하는 건, 바다와의 접촉이야. 문제는 아주 단순해. 접촉이라는 것은 결국 경험이나 개념, 그리고 최소한 어떤 상태나 연구 성과의 교환을 의미하지…… 그런데 만약 교환할 거리가 아무것도 없다면? 코끼리가 박테리아를 단순 확대한 존재가 아닌 것처럼, 솔라리스 바다 또한 단순히 거대화해 놓은 뇌는 아니거든. 물론 쌍방 간에 약간의 활동을 주고받을 순 있을 거야. 그 활동의 결과로 내가 지금 이렇게 당신을 바라보고 있고, 당신을 설득하려 애쓰고 있는 거겠지. 솔라리스 연구에 바친 지난 십이 년 인생보다 당신이 내게는 훨씬 더 소중한 존재라는 사실을, 그리고 내가 진심으로 당신과 함께 있기를 바란다는 사실을 말야. 어쩌면 당신이 여기 나타난 것이 내게는 고문일 수도, 아니면 보상일 수도 있어. 혹은 현미경으로 들여다보듯 나를 세세하게 검사하기 위해서인지도 모르지. 그것도 아니라면 우정의 표시이거나 위험한 공격일 수도 있어. 아니면 단순한 조롱일까? 어쩌면 바다의 목적은 이 모든 게 합쳐진 것일 수도 있어. 하지만 내 생각으로는 전혀 다른 별개의 이유일 가능성이 높은 것 같아. 사실 당신도 나도, 우리 부모 세대의 목적과 의도가 무엇이었는지 별로 개의치 않잖아. 그것과 마찬가지가 아닐까 생각해. 물론 윗세대의 의도나 목적이 우리의 미래를 좌우할 수 있다고 주장하는 이들도 있겠지. 나도 어느 정도는 동의해. 하지만 나도 당신도 미래에 무슨 일이 일어날지 앞당겨 예측할 수는 없잖아. 심지어 내가 앞으로도 쭉 당신을 사랑할 것이라고 확신할 수도 없어. 지금껏 이토록 많은 일이 일어난 걸 보면, 앞으로도 무슨 일이든 일어날 수 있을 테니까. 어쩌면 내일 내가 초록빛 해파리로 변해 버릴지도 모르지. 그것은 나로서도 어쩔 수 없는 불가항력이야. 하지만 우리의 힘이 미치는 한도 내에서는 함께 힘을 합쳐야 해. 그것만으로도 충분하지 않아?"

"크리스, 한 가지 더 물어볼 게 있어요…… 내가…… 당신의 그녀와…… 진짜로 닮았나요?"

"정말 많이 닮았다고 생각했는데, 사실 지금은 잘 모르겠어."

내가 대답했다.

"그게 무슨 말이죠……?"

그녀가 바닥에서 일어서며 커다란 눈망울로 나를 마주 보았다.

"당신의 모습에 가려지고 난 지금은 아무 생각도 안 나거든."

"그런데 당신은…… 당신이 사랑하는 게, 그 여자가 아니

322

고…… 나라는 걸…… 확신해요?”

"물론이지, 나는 당신을 사랑해. 만약 당신이 본래의 그
녀였다면, 사랑할 수 없었을지도 몰라."

"왜요?”

"내가 끔찍한 짓을 저질렀거든.”

"그녀에게요?”

"응. 과거에 그녀와 내가……”

"아무 말도 하지 말아요.”

"어째서?”

"내가 그 여자가 아니라는 걸, 당신이 알아 주길 바라니
까요."

대화

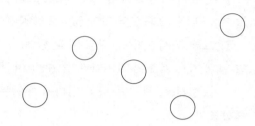

다음 날, 점심 식사를 마치고 방에 돌아와 보니, 창가의 책상 위에 스나우트가 남긴 쪽지가 놓여 있었다. 거기에는 사르토리우스가 소멸 장치에 대한 연구를 일시 중단하고, 바다에 고출력 X선을 투사하려는 마지막 실험을 준비하고 있다는 내용이 적혀 있었다.

"달링, 스나우트에게 가 봐야겠어."

붉은 여명이 창유리를 뜨겁게 달구며, 거기서 스며드는 빛줄기가 방을 둘로 갈라 놓고 있었다. 나와 하레이는 연푸른 그림자가 드리운 부분에 서 있었다. 그 너머, 직사광선이 내리쬐는 곳에 놓인 모든 물건이 구리로 만들어진 것처럼 적동색으로 반짝였다. 책장에서 책이 떨어지기라도 하면, 쩔렁거리는 쇳소리를 낼 것만 같은 느낌이 들 정도였다.

“전에 말했던 실험하고 관계된 일이야. 어떻게 할지 나
도 아직 잘 모르겠어. 하지만 당신이 이해해 주길 바라……”

“일일이 설명하지 않아도 돼요, 크리스. 내가 바라는 건
그저…… 너무 오래 걸리지만 않았으면 좋겠어요.”

“그래도 시간이 좀 걸리긴 할 텐데. 이러면 어떨까? 나
와 함께 가서 복도에서 기다려 줄 수 있어?”

“그럴게요. 하지만 더는 견디지 못하는 상태가 되면 어
떡하죠?”

“그럴 때는 어떤 기분이 드는데?” 나는 그렇게 묻고는
재빨리 덧붙였다. “그저 단순한 호기심 때문에 묻는 건 아냐.
당신이 상황을 납득하게 되면, 스스로 극복할 방법을 찾아내
지 않을까 해서.”

하레이가 창백한 낯빛으로 말했다.

“일단 두려움이 밀려오는데, 뭐가 두려운 건지 물으면
대답할 수가 없어요. 특별히 무서운 대상이 있는 것도 아니
고요. 단지…… 뭔가를 잃어버리는 기분이 들어. 그러다 마지
막 순간에는 설명하기 힘든 부끄러움이 느껴져요. 지나고 나
면 아무것도 아니지만. 그래서 나는 이게 무슨 병이 아닐까
싶기도 해요……”

기어 들어가는 목소리로 말을 마치고는 하레이가 몸을

부르르 떨었다.

"어쩌면 이 망할 놈의 정거장에 있는 동안만 그런 걸지
도 몰라."

나는 하레이를 위로하기 시작했다.

"가능한 한 빨리 이곳을 벗어나기 위해 최선을 다할 생
각이야."

"그게 가능하다고 생각해요?"

그녀의 눈동자가 커졌다.

"안 될 것도 없잖아? 어차피 우리가 이 정거장에 갇혀
있는 것도 아니잖아…… 결국 이 문제는 스나우트와 함께 어
떻게 결정하느냐에 달려 있어. 어때? 나 없이 혼자서 얼마나
견딜 것 같아?"

"그건 상황에 따라 달라요……" 하레이가 느릿느릿 말하
며 고개를 숙였다. "당신의 목소리만 들을 수 있어도 어떻게
든 버틸 것 같아요."

"그렇지만 나는 당신이 우리 얘기를 듣지 않는 편이 나
을 것 같아. 특별히 당신에게 뭔가를 숨기려는 건 아냐. 그저
스나우트가 무슨 말을 할지 모르니까……"

"괜찮아요. 더는 설명하지 않아도 돼요. 좋아요. 당신
목소리만 들릴 정도의 거리에서 기다릴게요. 그것만으로 충
분해요."

"그럼 나는 실험실로 가서 스나우트에게 전화할게. 문은 열어 놓을 거야."

하레이가 고개를 끄덕였다. 나는 붉은 태양광이 내리쬐는 벽을 통과하여 복도로 나왔다. 전등이 켜져 있는데도 복도가 상대적으로 컴컴하게 느껴졌다. 실험실 문은 열려 있었다. 한 줄로 가지런히 세워진 대형 액체 산소통 밑에 조각난 이중 진공 플라스크의 파편이 어지럽게 흩어져 있었다. 간밤의 소동이 남긴 유일한 흔적이었다. 내가 수화기를 들어 무전실 번호를 돌리자, 조그만 화면에 불이 켜졌다. 화면의 무광택 유리를 덮은 푸르스름한 은막이 갑자기 안쪽에서 갈라지더니 스나우트의 모습이 나타났다. 그는 안락의자에서 몸을 내밀며 내 눈을 똑바로 바라보고 있었다.

"반갑군."

스나우트의 목소리가 들렸다.

"쪽지를 읽었어. 자네와 이야기를 좀 하고 싶은데, 자네 방으로 가도 괜찮겠나?"

"좋아. 지금 당장 오려고?"

"응."

"알겠네. 그런데…… 함께 오는가?"

"아니."

이마에 깊게 주름이 패어 있고, 볼이 홀쭉한 스나우트의 구릿빛 얼굴이 볼록한 유리 화면 탓에 비스듬히 기울어져 보였다. 그 모습이 수족관에서 들여다보는 기괴한 물고기처럼 알쏭달쏭하게 보였다.

"좋아. 그럼 기다리겠네."

방으로 돌아가니 붉은 빛줄기 속에서 하레이의 실루엣이 어슴푸레하게 보였다. 나는 억지로 생기 있는 목소리를 꾸며 댔다. "하레이, 달링, 갑시다!" 그러나 본래 의도했던 명랑한 음색은 아니었다. 하레이가 두 손으로 팔걸이를 꽉 움켜잡은 채, 의자에 매달리듯 앉아 있었던 것이다. 내 발소리를 뒤늦게 들었거나, 아니면 무섭게 긴장하며 움켜쥐고 있던 손의 근육을 풀고 정상적인 자세를 취할 시간적 여유가 없었거나, 둘 중 하나였을 것이다. 이유가 무엇이든 간에 불과 몇 초 동안이긴 하지만, 하레이가 그녀 안에 감춰진 알 수 없는 에너지와 싸우는 모습을 목격한 순간, 내 가슴은 동정심이 뒤섞인 맹목적인 분노에 휩싸였다.

나와 하레이는 말없이 긴 복도를 걸어갔다. 복도의 한쪽 벽면이 알록달록 갖가지 색깔의 에나멜로 칠해져 있었다. 강철로 둘러싸인 이 건물 안에서의 생활에 조금이라도 활기를 불어넣고 싶었던 설계자의 의도를 엿볼 수 있었다. 멀리 반쯤 열린 무전실 문틈으로 흘러나오는 길고 붉은 빛줄기가 복도의 안쪽까지 비치고 있었다. 태양이 여기까지 빛을 보내고 있었던 것이다. 나는 하레이를 바라보았다. 하지만 그녀는 내게 미소로 화답하려는 여유조차 없는 듯했다. 나는 그녀가 복도를 걸어오는 내내, 온 힘을 다해 자신과의 싸움을 준비하고 있다는 것을 알 수 있었다. 시련의 시간이 다가옴에 따라 그녀의 얼굴은 더욱 창백해지고 핼쑥해졌다. 하레이가 무전실 문에서 여남은 걸음 떨어진 곳에 멈춰 섰다. 내가 그녀를 향해 몸을 돌리자, 그녀가 어서 가라는 의미로 내 등을 가볍게 밀었다. 이제부터 그녀가 겪어 내야 할 고통에 비교하니, 나의 원대한 계획도, 스나우트도, 실험도, 그리고 이 정거장 전체도, 전부 하찮게 여겨졌다.

나라는 존재가 그녀에게 고통을 가하는 고문관처럼 여겨져서 발길을 돌려야겠다고 결심했다. 그때 복도의 벽에 드리워진 태양의 넓적한 빛줄기가 사람의 그림자에 가려 사라졌다. 나를 마중 나왔는지 스나우트가 문간에 서 있었던 것이다. 붉은 태양이 스나우트의 등 뒤에서 일직선으로 빛났고, 그의 잿빛 머리카락에서 진홍빛 후광이 반짝였다. 나는 잠시 스나우트와 아무 말 없이 서로를 마주 보았다. 스나우트가 내 얼굴을 살피는 것 같았지만, 햇볕 때문에 눈이 부셔서 그의 얼굴이 제대로 보이지 않았다. 나는 스나우트를 지나쳐서 구부러진 마이크가 여러 개 놓인 높은 제어반 옆에 기대어 섰다. 그는 여느 때처럼 입술을 약간 일그러뜨리고,

미소인지 피로 섞인 찡그림인지 알 수 없는 묘한 표정을 지은 채, 눈으로는 나를 조용히 쫓으며 천천히 몸을 돌렸다. 그러고는 여전히 내게 시선을 고정한 상태로 한쪽 벽면을 가득 채운 강철 수납장으로 다가갔다. 수납장 양옆에는 무전기 부품과 열전지, 그리고 각종 기기가 아무렇게나 쌓여 있었다. 스나우트는 그쪽으로 안락의자를 당기더니 자리에 앉아서 에나멜을 칠한 수납장 문에 등을 기댔다.

지금까지 참아 왔던 침묵이 문득 어색하고 불편하게 느껴졌다. 나는 하레이를 남겨 두고 온 복도를 에워싸고 있는 정적에 주의를 집중하며 귀를 곤두세웠다. 그러나 거기서는 미세한 바스락거림조차 들리지 않았다.

"준비는 언제 끝나나?"

내가 물었다.

"오늘이라도 당장 시작할 수 있네. 그런데 기록하는 데 시간이 좀 걸릴 거야."

"기록이라고? 뇌전도를 기록한단 말인가?"

"응. 자네도 동의하지 않았나? 뭐 문제라도 있나?"

"아니, 전혀 아닐세."

"용건을 말해 보게."

둘 사이에 다시 한동안 침묵이 흐른 뒤, 스나우트가 말했다.

"그녀가 알아 버렸어…… 자신에 대해서."

내가 소리를 죽여 가며 속삭이듯 말했다. 스나우트가 눈썹을 치켜 올렸다.

"그래?"

내가 보기에 스나우트는 진심으로 놀라는 것 같지 않았다. 무엇 때문에 시치미를 떼는 걸까? 갑자기 그와 의논하고 싶은 의욕이 사라졌지만, 꾹 참았다. 적어도 선임자에 대한 존중의 표시를 할 필요는 있다고 생각했다.

"당신과 내가 도서실에서 하는 이야기를 들은 뒤부터 그녀가 뭔가 낌새를 알아채기 시작했어. 그러고 나서 내 태도나 행동을 관찰하며 이것저것 궁리한 끝에 기바리안의 녹음기를 찾아내서 그 녹음테이프를 들었어……"

스나우트는 여전히 수납장에 몸을 기댄 채로 자세를 바꾸지는 않았지만, 그의 눈에서는 작은 불꽃이 이글이글 타오르고 있었다. 나는 제어판 앞에 서서 복도 쪽으로 열려 있는 문을 바라보며 목소리를 더욱 낮췄다.

"어젯밤, 내가 잠든 사이에 그녀가 자살을 시도했어. 액체 산소를 마시고……"

갑자기 가벼운 종이가 바람에 날리며 바스락거리는 듯한 소리가 났다. 나는 긴장해서 복도 쪽으로 귀를 기울였다. 그러나 바스락거림은 훨씬 가까운 곳에서 들렸다. 생쥐가 바닥을 긁는 소리였다. 생쥐라니! 말도 안 된다. 이곳에는 쥐가 없다. 나는 곁눈으로 스나우트를 힐끗 보았다.

"듣고 있네." 스나우트가 차분하게 말했다.

"물론 그녀는 자살에 성공하지 못했어…… 그러나 자신이 어떤 존재인지는 알게 되었네."

"무엇 때문에 내게 이런 얘기를 하는 거지?"

느닷없이 스나우트가 물었다. 나는 뭐라고 대답해야 좋을지 알 수가 없었다.

"자네에게 알려 주기 위해서지…… 현재 상황이 어떤지, 자네가 알도록……"

"내가 이미 자네에게 경고했지 않나."

"그럼 자네는 이렇게 될 줄 알았다는 건가?"

내가 무의식중에 언성을 높였다.

"아니, 물론 아닐세. 그러나 그들이 어떤 존재인지는 이미 자네에게 설명했어. '손님'은 처음에 나타날 때는 마치 유령과도 같은 존재야. 자신의 원조인 '아담'에게서 가져온 여러 가지 기억이나 이미지가 뒤죽박죽 혼재된 상태이지만, 뭔가 텅 비어 있는 공허한 상태라고 할 수 있지. 그렇지만 자네와 함께 생활하면서 점점 인간의 면모를 갖추게 되는 걸세. 동시에 어느 한도 내에서는 독립성도 띠는 거지. 그렇기 때문에 '손님'과 오랫동안 함께 하면 할수록…… 힘들어지게 되

333

는 거야······"

스나우트가 말을 멈추고는 나를 곁눈질로 보더니 마지못한 태도로 물었다.

"그녀가 전부 알고 있나?"

"그래. 이미 말했잖아."

"전부? 그러니까 전에도 이 정거장에 왔었고, 그때 자네가 그녀를 그렇게 해치웠······"

"그 일은 몰라!"

스나우트가 차갑게 웃었다.

"내 말 잘 듣게, 켈빈. 일이 그렇게까지 진행되었다면······ 자네는 대체 어디까지 하려는 거지? 이 정거장을 떠날 생각인가?"

"그래."

"그녀와 함께?"

"응."

스나우트가 침묵했다. 뭐라고 대답할지 심사숙고하는 것처럼 보였지만, 그의 침묵 속에는 다른 뭔가가 감춰져 있는 것 같았다. 얇은 벽 너머 어딘가에서 또다시 미세한 바스락거림이 들려왔다. 스나우트가 의자에서 몸을 뒤척였다.

"아주 잘됐군! 아니, 왜 그런 눈으로 나를 보는 건가? 내가 자네를 막을 거라고 생각한 건가? 친구, 뭐든 하고 싶은 대로 하게. 가뜩이나 힘든 상황인데, 서로를 규제하고 강요하는 건, 정말 어리석은 짓이네. 자네를 억지로 설득하고 싶은 생각은 추호도 없어. 그저 한마디만 하지. 자네는 지금 이 비인간적인 상황에서도 인간적으로 행동하기 위해 최선을 다하고 있어. 그것은 아름다운 노력임에 분명하지만, 결국은 헛된 짓일세. 달리 생각하면, 그게 과연 아름다운 행위인지도 잘 모르겠군. 어리석은 행위를 가리켜 아름답다고 할 수는 없는 노릇 아닌가? 하지만 그런 건 아무래도 좋네. 다시 요점으로 돌아가 보세. 어쨌든 자네는 지난번에 우리가 말한 실험을 거부하고, 그녀를 데리고 이곳을 떠나길 원하고 있어. 그렇지?"

"그래."

"그러나 그것 또한…… 일종의 실험일세. 그런 생각 안 해 봤나?"

"그게 무슨 뜻이지? 만약 그녀가…… 해낼 수 있다면……? 적어도 나와 함께라면……왜 안 된다는 건가?"

나는 결국 말꼬리를 흐리고 말았다. 스나우트가 가볍게 한숨을 내쉬었다.

"켈빈, 우리는 다들 이곳에서 '타조 정책'↓을 실현하고

→ 타조가 위험에 처하면 머리만 모래 속에 파묻어 버린 다는 아프리카의 민담에서 비롯된 표현이다. 몸이 밖으로 노출되어 있어서 방어할 수 없는 상황에서도 위험을 눈으로 직접 볼 수 없으면 안전하다고 믿는 타조의 행위에서 유래하여 불리한 현실이나 위기의 본

있어. 현실을 직시하려 들지 않는 거지. 하지만 우리는 적어도 자신이 그렇다는 걸 알기에 고상한 체하지는 않는다네."

"나는 고상한 척한 적 없어."

"알았어. 기분을 상하게 할 생각은 없었네. 고상한 척, 운운한 건 취소하지. 그러나 이 정거장을 타조 정책이 지배하는 건 사실이네. 내 생각엔 자네 또한 그 정책을, 그것도 아주 위험한 형태로 실행하는 중인 것 같네만. 자네는 자신을 속이고, 그녀마저 속이고, 그러고는 또 다시 자신을 속이고 있는 걸세. 뉴트리노계 물질 구조를 안정시키려면, 어떤 조건이 필요한지 혹시 알고 있나?"

"몰라. 하지만 자네도 알 리가 없지. 그걸 아는 사람은 아무도 없으니까."

"물론 그렇지. 그러나 하나만은 확실하네. 그 구조가 본질적으로 대단히 불안정하기에 그것이 존재하기 위해서는 끊임없는 에너지의 투입이 필요하다는 사실 말일세. 사르토리우스의 설명에 따르면, 그런 종류의 에너지는 계속 소용돌이치면서 안정 역장을 만들어 낸다는군. 그렇다면 그 에너지장은 '손님'의 외부에서 공급되는 걸까, 아니면 에너지의 근원이 '손님'의 신체 내부에서 발생하는 걸까? 이 둘의 차이가 뭘 뜻하는지 알겠나?"

"알아." 내가 천천히 대답했다. "만약 그것이 외부에서

질을 직시하지 못하고 자위하려는 도피주의식 정책
을 비판적으로 묘사하는 말로 쓰이게 되었다.

오는 것이라면…… 그녀는…… 그러니까…… 마치…… ”

“만일 그렇다면, 솔라리스에서 멀어지는 순간, 구조가 즉시 붕괴되어 버릴 걸세.”

스나우트가 나 대신 말을 맺었다.

“물론 아직은 이론에 지나지 않고, 예측하기 힘들지만, 어쨌든 자네가 이미 실험을 해 보지 않았나? 자네가 발사한 그 로켓은 아직도 궤도를 돌고 있어. 시간을 내서 나는 그 로켓의 경로도 계산해 두었다네. 심지어 자네가 그 궤도로 날아가서 로켓에 타고 있던 여자 승객이 어떻게 되었는지 직접 확인해 볼 수도……”

“자네 돌았군!”

내가 고함을 질렀다.

“아, 그래? 알겠네…… 아니면 그 로켓을 이 정거장에 다시 착륙시키는 건 어떤가? 얼마든지 가능해. 원격 조정 장치가 있으니 말야. 로켓을 궤도에서 이탈시켜서……”

“입 닥쳐!”

“그것도 안 된다는 건가? 좋아. 그럼 훨씬 간단한 방법이 하나 더 있지. 로켓을 이 정거장에 착륙시킬 필요조차 없어. 그저 지금처럼 궤도를 돌게 내버려 두면 된다네. 그러고는 무선으로 연락해 보는 거지. 만약 그녀가 살아 있다면 응답이 있을 테고, 아니라면……”

"하지만…… 로켓 내부의 산소는 이미 오래전에 바닥이 났어!"

내가 더듬거리며 말했다.

"그녀에겐 산소 따위는 필요 없을지도 모르지. 어때, 한번 해 보겠나?"

"스나우트…… 자네……"

"켈빈…… 자네……"

스나우트가 성난 음성으로 내 말투를 흉내 냈다.

"자네가 어떤 인간인지 한번 생각해 보게. 누구를 행복하게 해 주고 싶은 건가? 누구를 구하고 싶은 거지? 자신을? 그녀를? 어느 쪽인가? 옛날의 그녀인가, 지금의 그녀인가? 두 사람을 모두 구할 용기는 없나? 자네가 벌이려는 일이 어떤 결과를 낳을지는 자네도 아마 짐작하고 있을 걸세! 마지막으로 한마디만 더 하지. 여기, 이곳에서 벌어지는 상황은 이미 윤리나 도덕을 초월한 지 오래일세."

또다시 미세한 소음이 들려왔다. 이번에는 누군가가 손톱으로 벽을 긁는 것 같은 소리였다. 이유는 모르겠지만, 갑자기 될 대로 되라는 식의 무기력한 냉정함이 나를 엄습했다. 마치 멀리서 거꾸로 망원경을 들고 나 자신과 스나우트, 그리고 지금의 이 상황을 지켜보는 기분이었다. 모든 게 보잘것없고 우스꽝스럽고 하찮게 느껴졌다.

내가 말했다.

"알았네. 그렇다면 내가 뭘 하면 되지? 그녀를 쫓아 보낼까? 내일이면 또 다른 그녀가 나타날 텐데, 그럼 그때 그녀를 또다시 쫓아내란 말인가? 그런 일을 반복하라고? 매일같이? 언제까지? 무엇 때문에? 그녀는 어차피 계속 돌아올 텐데? 자네나 나, 사르토리우스, 그리고 이 정거장에 대체 무슨 도움이 된다는 거지?"

"우선 내 질문에 대답부터 하게. 만약 그녀와 같이 떠난다면, 자네는 아마도…… 변화를 두 눈으로 목격하는 '증인'이 될 걸세. 불과 몇 분도 안 지나서 자네의 눈앞에는……"

"뭐가 나타난다는 건가? 괴물? 아니면 악마?"

"아니, 그저 아주 흔한 죽음의 광경을 목격하게 될 걸세. 설마 그들의 불멸을 진심으로 믿고 있는 건가? 장담하건대 '손님'들도 결국엔 반드시 사라지게 마련이라네…… 그러면 어떻게 할 건가? 다시 이 정거장으로 돌아올 건가, 다른 복제……품을 가지러?"

"그만해!!!"

나는 주먹을 불끈 쥐고 말했다. 스나우트가 두 눈을 가늘게 뜨고 업신여기는 듯한 냉소를 머금고 나를 쳐다보았다.

"아하, 지금 나더러 입을 다물어라, 이 말인가? 이봐, 켈빈, 내가 자네라면 이런 식의 대화는 진작에 그만두었을 걸세. 어차피 뭔가를 해야 한다면, 좀 더 생산적인 일을 해보는 게 어떻겠나? 예를 들면 채찍으로 바다를 내리쳐서 복수를 시도하는 건 어때? 대체 자네의 문제가 뭔가?"

스나우트는 시선을 천장으로 향하며, 멀어지는 누군가를 향해 손을 흔들며 작별 인사를 하는 제스처를 취했다.

"혹시 나쁜 놈이 될까 봐 걱정하는 건가? 그럼 그녀와 함께 있으면 좋은 놈이 되는 건가? 마음속으로는 울부짖고 싶은데, 얼굴로만 미소 짓고, 불안과 초조함으로 손톱을 물어뜯고 싶으면서도 행복한 척 차분하게 행동한다면, 그게 바로 나쁜 놈이 아니고 뭐겠나? 이곳에서는 결국 어떤 선택을 해도 나쁜 놈이 될 수밖에 없다면, 그땐 어쩌겠나? 모든 걸 이 스나우트 탓으로 돌리면서 책임지라며 내게 덤벼들 건가? 바로 그래서 자네가 멍청하다는 걸세, 친구."

"그거야 자네의 관점에서 하는 이야기지."

나는 그렇게 말하며 고개를 숙였다.

"나는…… 그녀를 사랑하고 있어."

"누구를? 자신의 추억을 사랑하는 거겠지?"

"아니, 그녀를 사랑해. 그녀가 날 위해 무슨 일까지 하려 했는지 이미 얘기했잖나. 가령 그녀가 진짜 인간이었다 해도…… 그런 일은 아무나 할 수 있는 게 아니야."

"그러니까 자네의 말은, 그녀가 진짜 인간이 아니라는

것을 인정한다는 뜻이군……"

"말꼬리 잡지 말게."

"알겠네. 그녀가 자네를 사랑한다고 치지. 그리고 자네도 그녀를 사랑하길 원하고 있고. 하지만 그 두 가지 사실은 절대 같을 수가 없네."

"그건 자네의 오해일세."

"켈빈, 나도 유감스럽네. 하지만 자신의 비밀스러운 사생활을 파고들기 시작한 건 바로 자네 자신이야. 자네가 그녀를 사랑하든 사랑하지 않든, 그녀는 자신의 목숨을 버릴 각오가 되어 있어. 그건 자네도 마찬가지지. 대단히 감동적인 이야기지. 자네가 하려는 모든 건, 아름답고 고귀한 일일세. 그러나 이곳에서는 그 모든 게 하나도 통하지 않네. 아무런 의미도 없다는 말야. 내 말 알아듣겠나? 아니, 자네는 별로 알고 싶지 않은가 보군. 우리가 통제할 수 없는 어떤 힘이 자네를 순환적인 환상 과정의 포로로 만든 거야. 그녀는 그 과정에서 하나의 단계, 혹은 반복적인 리듬에 지나지 않는다네. 만약 그녀가…… 아니, 뭔가 흉측한 대상이 자네를 위해 무엇이든 하겠다며 자네를 쫓아다닌다면, 자네는 그 대상을 즉시 제거하고 싶어 할 거야. 아닌가?"

"그렇겠지."

"그렇다면 자네 눈에 그녀가 흉측한 존재로 보이지 않

는 이유가 설명이 되는군! 그녀가 자네의 손발을 묶어 놓았기 때문이야. 그들은 우리를 구속하기 위해 존재하는 걸세!"

"자네의 이야기는 도서관을 채운 수백만 개 가설 중 하나에 지나지 않네. 스나우트, 제발 날 좀 내버려 두게, 그녀는…… 아냐, 그만두지. 더는 아무 말도 하고 싶지 않네."

"알겠네. 근데 모든 건 자네가 시작한 일이야. 이렇게 생각해 보게. 궁극적으로 그녀는 자네 뇌의 일부를 비추는 거울에 불과하다고. 그녀가 아름다운 건, 자네의 추억이 아름답기 때문이네. 그러한 근거를 제공한 건, 순전히 자네야. 순환적인 환상의 과정에 불과하다는 사실을 부디 잊지 말게!"

"그렇다면 내가 어떻게 했으면 좋겠나? 그녀를 쫓아 버리길 바라는 건가? 대체 왜 그래야만 하는지 이미 물었지만, 자네는 아무런 대답도 하지 않았네."

"지금 대답해 주지. 이 대화를 요청한 당사자는 자네지 내가 아닐세. 나는 자네의 문제에 간섭할 생각이 없어. 이래라저래라 하거나, 하지 말라고 할 입장도 아니고, 설사 내게 권한이 주어진다 해도, 그럴 생각은 추호도 없네. 자네가 자발적으로 여기에 와서 스스로 모든 것을 털어놓았잖나. 그렇다면 그 목적이 무엇인지 자네는 알고 있나? 모른다고 발뺌할 건가? 내가 알려 주지. 자네의 가슴속에 맺힌 응어리를 떼어 내기 위해서야. 그것을 떨쳐 버리기 위해서야. 켈빈,

344

그게 얼마나 고통스러운지는 나도 잘 알고 있네! 그래, 알고 말고. 내 말을 끝까지 들어 보게! 나는 자네를 방해할 생각이 전혀 없네만, 자네는 내가 방해해 주길 바라고 있어. 만약 내가 자네의 앞길을 막아선다면, 아마도 자네는 내 머리통을 박살 내려 할지도 모르겠군. 그렇게 되면 적어도 자네와 똑같이 피와 살을 가진 인간을 상대하게 되는 것이고, 그러면 자네도 스스로를 인간이라고 느낄 수 있을 걸세. 그런데 상대가 인간이 아니라면 감당하기 힘들어지지. 그래서 자네는 지금 나와 이렇게 논쟁을 벌이는 거라네…… 그런데 실은 자기 자신과 논쟁하는 것이나 마찬가지지! 설마 그녀가 갑자기 사라져 버린다면, 고통스러워 견딜 수 없을 것 같다고 말하려는 건 아니겠지? 됐네, 아무 말도 말게."

"글쎄! 내가 자네를 찾아온 것은 내가 그녀를 데리고 이 정거장을 떠날 작정이라고 말해 주기 위해서였네. 선임자에 대한 의리와 존중의 표시로 말야."

나는 스나우트의 공격을 방어할 생각으로 한 말이었지만, 내가 듣기에도 별로 설득력이 없었다. 스나우트가 어깨를 으쓱했다.

"뭐, 자네가 자신의 주장을 굽히지 않는 건, 어떻게 보면 당연한 일이라고 생각하네. 그러나 이 문제에 대해 내 의견을 분명히 말하는 이유는 자네가 현실에서 점점 멀어지려는 걸 그냥 내버려 둘 수가 없어서야. 높이 올라갈수록 나중에 추락할 때의 충격도 큰 법이니까…… 무슨 말인지 자네도 잘 알 걸세. 그나저나 내일 아침 9시에 사르토리우스의 방으로 올라와 주지 않겠나? ……올 거지?"

"사르토리우스의 방으로?" 나는 깜짝 놀랐다. "하지만 사르토리우스는 아무도 자기 방에 들여 놓지 않는다고 자네 입으로 말하지 않았나? 전화도 연결되지 않는다면서?"

"이제 어느 정도 안정을 찾은 모양이야. 사르토리우스에게 그런 이야기는 하면 안 되는 거 알지? 자네와는 완전히 다른 타입이라서…… 암튼 별일 아닐세. 내일 올 거지?"

"가겠네."

내가 우물거리며 대답했다. 나는 스나우트를 바라보았다. 그의 왼손이 슬며시 수납장 문 뒤로 들어가 있었다. 문이 언제부터 저렇게 열려 있었지? 아마 꽤 오래전부터였던 것 같다. 나는 스나우트와의 거북한 대화에 열중하느라 눈치채지 못하고 있었다. 그런데 그의 자세는 어딘지 부자연스럽게 보였다…… 마치…… 수납장 안에 뭔가를 감추고 있거나, 누군가가 스나우트의 손을 붙잡고 있는 것처럼 보였다. 나는 혓바닥으로 입술을 축였다.

"스나우트, 거기 무슨……?"

"이제 나가 주게."

스나우트가 침착하고 조용한 목소리로 말했다.

"가 보게."

나는 붉은 석양의 마지막 잔해를 뒤로한 채, 방을 나와 문을 닫았다. 하레이는 문에서 몇 발자국 떨어진 복도의 벽에 몸을 기댄 채 주저앉아 있었다. 그녀가 나를 보자마자 황급히 일어섰다.

"봤죠?" 하레이가 눈을 반짝이며 나를 쳐다보았다. "해냈어요, 크리스…… 너무 기뻐요. 어쩌면…… 앞으로 조금씩 좋아질지도 모르겠어……"

"그래, 물론이지."

내가 건성으로 대답했다. 우리는 방으로 돌아왔다. 의문의 수납장이 떠올라 머릿속이 복잡했다. 그렇다면…… 결국 그곳에 숨겨 두었다는 뜻인가……? 우리의 대화를 누군가가 전부……? 갑자기 얼굴이 달아오르는 것만 같아 나는 무의식 중에 손으로 뺨을 문질렀다. 맙소사, 이 얼마나 한심한 일인가. 그래서 우리가 내린 결론이 대체 뭐란 말인가? 아무것도 없었다. 하지만 내일 아침에는……

불현듯 나는 어젯밤과 거의 비슷한 공포에 사로잡혔다. 나의 뇌전도. 내 두뇌 활동의 모든 것이 기록되어 방사선 다발의 진동으로 전환된 후 바다를 향해 발사될 것이다. 저 정체를 알 수 없는 거대한 괴물의 깊은 내면으로. 스나우트가

3×5

말했었다. "설마 그녀가 갑자기 사라져 버린다면, 고통스러워 견딜 수 없을 것 같다고 말하려는 건 아니겠지?" 뇌전도는 의식적인 부분과 무의식적인 부분을 포함한 모든 사고 활동을 빠짐없이 기록한다. 만약 내가 그녀의 소멸을 원한다면, 정말로 그렇게 될까? 그게 내 본심이 아니라면, 그녀가 그 끔찍한 자살 미수에서 살아났을 때, 나는 왜 그토록 섬뜩한 느낌이 들었던 것일까? 인간이 자신의 잠재의식에 대해 과연 책임질 수 있을까? 그러나 나의 잠재의식을 내가 책임지지 않는다면, 누가 책임진단 말인가? 이게 다 무슨 얼토당토않은 생각인지! 어째서 나는 뇌전도를 제공하기로 동의해 버렸을까? 당연히 기록을 미리 훑어볼 수는 있지만, 내용을 해독할 수는 없다. 그것을 읽을 수 있는 사람은 아무도 없으니까. 설령 전문가라 해도 피실험자가 무엇을 생각하는지 대강의 흐름만 파악할 수 있을 뿐이다. 수학 문제를 풀고 있다는 것 정도는 알 수 있지만, 어떤 문제를 풀고 있는가는 정확히 알 수 없다. 왜냐하면 뇌전도라는 것은 뇌 안에서 동시에 진행되는 무수한 인지 과정의 전체적인 질량을 무작위로 조합한 데 불과하고, 그중에서 심리적인 토대를 갖춘 것은 극히 일부에 불과하기 때문이다. 그렇다면 잠재의식은 어떤가? 거기에 대해서는 일반적으로 논의조차 꺼리는 경향이 있다. 누군가가 마음에 품은 기억은 그것이 당사자의 의식에 억압되어 있든, 그러지 않든 해독하기가 쉽지 않기 때문이다.

그렇다면 나는 무엇을 두려워하고 있는 걸까? 오늘 아침 나는 내 입으로 실험이 무익하다고 하레이에게 말했었다. 지구의 신경 생리학자조차도 판독 불가능한 뇌전도의 기록을 이 외계의 끈적끈적한 검은 괴물이 읽어 낼 가능성이 과연 얼마나 되겠는가.

하지만 솔라리스의 바다는 나도 모르는 사이에 내 속에 들어와 내 기억 전부를 샅샅이 뒤져서 가장 고통스러운 원자를 찾아냈다. 그것은 부정할 수 없는 사실이었다. 어떠한 도움도, 어떠한 방사선 투사도 없이, 이중으로 밀폐된 이 강철 건물을 뚫고 들어와서는 그 내부에서 내 육신을 찾아낸 후, 정확히 전리품을 획득해서 돌아갔다……

"크리스……?"

하레이가 조용히 속삭였다. 나는 창가에 서서 멍한 눈으로 어둠이 시작되는 광경을 바라보고 있었다. 희미하고 보드라운 장막이 정거장의 위도에 떠 있는 별들을 가리고, 높게 드리워진 가느다란 구름 띠가 수평선 아래로 스러져 가는 태양을 덮으며 은색을 머금은 옅은 분홍빛으로 물들었다.

만약 얼마 후 실험을 하다가 그녀가 갑자기 사라져 버린다면, 그건 내가 그녀의 소멸을 바라고 있었다는 증거가 될 것이다. 다시 말해 내가 그녀를 죽인 것이나 다름없다. 사르토리우스에게 가지 말까? 그들도 내게 무조건 동참을 강요할 수는 없다. 하지만 그들에게 뭐라고 말하지? 안 돼, 그것만은 말할 수 없다. 그렇다면 모른 척하면서 거짓말을 할 수밖에 없다, 계속해서 끝까지. 왜냐하면 내 속에는 나 자신도 모르는 생각과 의도와 희망, 그리고 때로는 잔인하고, 때로는 훌륭하고, 또한 때로는 치명적인 바람들이 도사리고 있기 때문이다. 인간은 자신의 내부에 있는 어두운 구석이나 미로, 막다른 골목, 깊은 우물, 그리고 굳게 닫힌 시커먼 문들에 대해서는 제대로 알지도 못하면서, 다른 세계, 다른 문명과 접촉하기 위해 머나먼 행성까지 진출하고야 말았다. 단지 수치심 때문에…… 하레이를 저들에게 내어도 될까? 용기가 없다는 이유로…… 그녀를 포기해도 될까?

"크리스……"

하레이가 아까보다 더 작은 목소리로 속삭였다. 그녀가 내 곁으로 다가왔음을 나는 소리가 아니라 직감으로 알았다. 그러나 못들은 체했다. 그 순간 나는 철저히 혼자 있고 싶었다. 아니, 혼자여야만 했다. 나는 아직 어떤 결심도 어떤 결론도 내리지 못하고 있었다. 나는 그 자리에 꼼짝 않고 서서, 점점 어두워지는 밤하늘 그리고 지구의 별들에 비하면 희미한 그림자에 지나지 않는 수많은 별을 바라보고 있었다.

조금 전까지 휘몰아치던 수많은 생각의 소용돌이 대신 공허함이 점차 밀려왔다. 나는 절대로 저곳에 도달할 수 없 겠지만 이미 선택했으니 돌이킬 수 없다는 무심하고도 냉정한 확신이 들었다. 나는 아무렇지도 않은 척했다. 스스로를 경멸할 여력조차 없었으므로.

사상가들

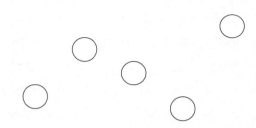

"크리스, 실험 때문에 걱정되어서 그래요?"

　나는 하레이의 목소리에 놀라 흠칫했다. 침대에 누워 어둠을 응시한 채, 벌써 몇 시간째 외로이 잠을 이루지 못하던 참이었다. 복잡한 상념의 미로에 빠진 내 귀에는 하레이의 숨소리조차 들리지 않았던 것이다. 나는 반쯤 꿈을 꾸는 듯한 멍한 환각 상태가 되어 그녀의 존재를 완전히 잊고 있었다.

　"아니…… 내가 안 잔다는 걸 어떻게 알았어……?" 내 목소리에는 두려움이 깃들어 있었다.

　"숨소리로 알 수 있었어요." 하레이가 미안해하는 말투로 조용히 속삭였다.

　"방해하려던 건 아니에요…… 내키지 않으면 대답하지

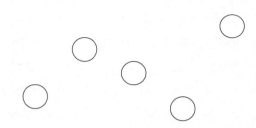

않아도 돼요.”

“아냐, 괜찮아. 맞아, 실험 때문에 고민이야. 당신 짐작대로.”

“저들은 어떤 성과를 기대하는 거죠?”

“자신들도 잘 몰라. 그게 뭐든, 그저 무슨 일이든지 일어났으면 좋겠다고 기대하는 거지. 그래서 내 생각엔 우리의 계획을 ‘뇌파 작전’이 아니라 ‘절망 작전’이라고 부르는 게 맞을 것 같아. 지금 필요한 건, 이 실험을 포기한다는 결정을 내리고, 그 결정에 스스로 책임질 수 있는 용기를 가진 누군가가 나서는 거야. 그런데 대부분은 그런 용기를 비겁하다고 치부해 버리거든. 왜냐하면 그것은 일종의 후퇴니까. 그들은 그러한 결단을 존엄한 인간에게는 어울리지 않는 어리석은 포기이자 도피라고 간주해. 지금도 또 앞으로도 영원히 이해하지 못할 무언가에 빠져서 허우적대다가 결국 익사해 버리는 게 인간다운 처신이라고 착각하는 거지.”

나는 말을 멈추었다. 그러나 흥분된 숨결을 미처 가라앉히기도 전에, 새로운 분노가 나를 엄습했다.

“물론 실용적인 전망을 기대하는 인간들도 꽤 많아. 설사 접촉 창구를 마련하는 데 실패하더라도 바다의 원형질, 그러니까 이십사 시간만 존재하다가 감쪽같이 사라져 버리는 기이한 형성체에 대한 연구를 계속하다 보면, 궁극적으로는 물질의 비밀이 풀린다는 게 그들의 주장이야. 이런 식의 해석이 자기기만이라는 것을 뻔히 알면서도 외면하는 거지. 그것은 해독이 불가능한 언어로 쓰인 난해한 책들만 잔뜩 모아 놓은 도서관을 어슬렁거리는 것과 마찬가지야. 우리가 할 수 있는 거라고는 기껏해야 책표지 색깔이나 들여다보는 것뿐인데도 말야."

"솔라리스와 유사한 행성은 없나요?"

"알 수 없어. 어쩌면 그런 행성들이 여러 개 존재하는데, 우리가 알고 있는 게 이거 하나뿐인 건지도 모르지. 어쨌든 지구와는 전혀 다른, 아주 희귀한 범주에 속하는 행성임에는 틀림없어. 반면 우리는 우주의 잡초처럼 흔하고 평범한 존재에 불과해. 우리는 자신의 평범함에 자부심을 갖고, 그것이 넓게 통용되고 있다는 점을 과시하며, 우리가 우주의 모든 것을 장악할 수 있다고 착각하고 있어. 그래서 대담하고 유쾌하게 이 기나긴 여정을 시작하며 일종의 도식을 만들었지. 이곳은 다른 세계라고! 하지만 다른 세계라는 건 도대체 뭘까? 궁극적으로는 우리가 그들을 정복하든가 그들이 우리를 정복하든가 둘 중 하나일 텐데 말야. 우리의 보잘것없는 두뇌는 결국 이런 수준의 생각 밖에는 못 하는 거지. 휴우, 그만해야지. 다 쓸데없는 이야기니까."

나는 자리에서 일어나 어둠 속에서 약 상자를 뒤져 수면제가 든 납작한 약병을 꺼냈다.

"잠을 좀 자야 할 것 같아."

나는 어둠을 향해 돌아서며 말했다. 천장에서는 환풍기가 나지막한 소리를 내며 돌아가고 있었다.

"눈을 좀 붙여야겠어. 뜬눈으로 지새우면, 아무 일도 못 할 테니까……"

나는 침대에 걸터앉았다. 그녀가 내 손을 잡았다. 눈에 보이지는 않았지만, 나는 그녀를 꽉 끌어안았다. 잠에 취해 그녀를 안은 내 팔에서 힘이 빠져나갈 때까지.

다음 날 아침, 나는 간만의 숙면으로 상쾌하게 눈을 떴다. 문득 실험이 대수롭지 않은 일로 여겨졌고, 지난밤 내가 왜 그토록 고민했는지 이해할 수가 없었다. 하레이를 연구실로 데려가야 한다는 사실도 전혀 부담스럽지 않았다. 하레이는 내가 몇 분간만 방을 비워도 견디지 못했다. 어떻게든 적응해 보겠다고 그녀가 우겼지만(심지어 혼자 방에 틀어박혀 있을 각오까지 하고 있었다.) 내가 말렸다. 대신 읽을 만한 책을 골라서 나와 함께 실험실로 가자고 권했다.

나는 실험 자체보다도 사르토리우스의 실험실에 있는 도구나 장비에 더 큰 흥미를 느꼈다. 그러나 유리로 만든 실험 도구가 들어 있어야 할 수납장과 책장 안이 텅 비어 있는 것 말고는 흰색과 푸른색으로 칠해진 이 커다란 방에서 딱히 주목할 만한 것은 없었다. 몇 개의 수납장에는 아예 유리문이 끼워져 있지 않았고, 별 모양 균열이 생긴 유리문도 있었다. 최근에 격투가 벌어진 흔적을 누군가 황급히, 하지만 주의 깊게 치우려고 노력했음을 알 수 있었다.

스나우트는 장비를 점검하느라 분주한 모습이었지만, 예의 바르게 행동했다. 하레이를 보고도 놀라지 않고, 그저 멀리서 하레이에게 가볍게 목례를 보냈다. 스나우트가 내 관자놀이와 이마를 생리 식염수로 적시고 있을 때, 사르토리우스가 모습을 드러냈다. 암실과 연결된 작은 문을 열고, 실험실로 들어온 사르토리우스는 하얀 실험용 가운을 입고, 그 위에 발목까지 치렁치렁 내려오는, 방사선 차단용 검은 앞치마를 두르고 있었다. 사르토리우스는 마치 우리가 지구의 대규모 연구소에서 일하는 수백 명의 연구원 중 하나이며, 바로 전날에도 만난 사이인 것처럼 사무적으로 나를 대했다. 그는 검은 안경 대신 렌즈를 끼고 있었다. 오늘따라 그의 얼굴이 생기 없어 보이는 이유가 바로 이 렌즈 때문인 것 같았다.

스나우트가 부지런히 내 머리에 전극을 붙이고, 새하얀 붕대로 감았다. 사르토리우스는 팔짱을 낀 채로 스나우트를 주시하면서, 이따금 방 안을 둘러보았지만, 하레이의 존재는 일부러 모른 척하는 듯했다. 하레이는 벽 앞의 작은 의자에 불편한 자세로 구부리고 앉아 책을 읽는 척하고 있었다. 작업을 마친 스나우트는 내게서 멀찌감치 떨어져 앉았다. 나는 스나우트가 장치에 스위치를 넣는 것을 보기 위해 금속판과 전선 때문에 무겁기 짝이 없는 머리를 힘겹게 들어 올렸다. 그때 사르토리우스가 갑자기 두 손을 번쩍 들더니 일장연설을 늘어놓았다.

"켈빈 박사! 잠시 내 말에 집중해 주시오! 나는 당신에게 명령할 생각은 추호도 없소. 그건 실험에 아무 도움도 안 되니까. 하지만 한 가지만 부탁하리다. 부디 당신 자신 혹은 나나 스나우트 박사, 그 밖의 다른 사람들에 대한 생각은 모조리 잊어 주시오. 특정한 인물에 얽힌 돌발적인 요소들을 모두 배제하고, 지금 우리가 당면한 사안에만 집중할 수 있도록 말이오. 당신의 의식 속에 자리 잡아야 할 주제는 이런 것들이오. 지구와 솔라리스, 공동의 목표를 위해 하나의 단일체처럼 몇 세대에 걸쳐 헌신한 연구자들(물론 그들 각자의 시작과 끝은 다르지만 말이오.), 행성 간의 지적인 접촉을 가능하게 만들기 위해 지금껏 우리가 기울여 온 노력, 그동안 인류가 걸어온 역사적인 행보와 앞으로도 그 행보가 꾸준히 이어지리라는 믿음, 대의를 위해 그 어떤 고난과 희생에도 굴하지 않고, 개인적인 감정 따위는 전부 내던지겠다는 굳은 결의. 물론 생각의 연상 작용이 박사의 의지에 전적으로 좌우되는 것은 아님을 나도 잘 알고 있소. 하지만 박사가 지금 여기 있다는 사실, 그것만으로도 이미 내가 말하는 연상 작용의 진정성은 보장된다고 생각하오. 임무가 적절히 수행되었는지 확신이 서지 않으면, 바로 우리에게 알려 주시오. 그러면 스나우트 박사가 한 번 더 녹화를 진행할 거요. 우리에게 시간은 충분하니까."

마지막 문장을 말할 때, 사르토리우스의 입가에 희미한 미소가 피어올랐지만, 그렇다고 그의 눈빛에 서려 있는 날카로운 기색이 누그러진 건 아니었다. 엄숙한 태도로 한껏 무게를 잡는 사르토리우스의 말투가 점점 귀에 거슬려서 참기 힘든 지경에 이르렀다. 다행히 스나우트가 긴 침묵을 깨고 입을 열었다.

"크리스, 시작할까?"

스나우트가 안락의자에 팔꿈치를 얹어 놓듯이 매우 편안하고 자연스러운 자세로 위쪽에 있는 뇌파 측정기의 조종 제어반에 한쪽 팔꿈치를 갖다 대며 물었다. 그가 성(姓)이 아닌, 이름으로 나를 친근하게 불러 준 것이 기뻤다.

"오케이."

나는 두 눈을 감으면서 대답했다.

스나우트가 내게 다가와 전극을 다시 세게 고정한 다음, 제어반으로 돌아가서 그 위에 손가락을 올려놓았다. 그러자 지금껏 내 머릿속을 멍하게 만들던 긴장이 갑자기 사라졌다. 나는 실눈을 뜨고 검은 계기판에서 반짝이는 제어 표시등의 연분홍 불빛을 쳐다보았다. 얼어붙은 동전처럼 내 머리를 짓누르던, 금속 전극의 축축한 냉기도 더는 불쾌하게 느껴지지 않았다. 문득 조명 없는 어두운 무대에 나 혼자 서 있는 것만 같은 느낌에 사로잡혔다. 보이지 않는 수많은 관중이 텅 빈 원형 무대를 빙 둘러싼 채, 말없이 지켜보고 있었다. 그들의 침묵 속에는 사르토리우스와 우리의 작전에 대한 경멸과 조소가 가득했다. 하지만 이 무대에서 뭔가 즉흥적인 역할을 갈망하던 '내면의 관찰자들'이 발산하는 긴장감은 조금씩 사그라들고 있었다.

'하레이······'

나는 시험 삼아 그녀의 이름을 떠올려 보았다. 숨 막힐 듯 불안했지만 돌발 상황이 벌어지면, 언제라도 그녀의 이름을 지워 버릴 태세를 갖춘 상태였다. 그러나 조심스러우면서도 맹목적인 청중은 아무런 저항도, 반대도 하지 않았다. 잠시 동안 순수한 연민과 회한이 나를 엄습했고, 나는 무한한 인내심으로 희생을 치를 각오를 다졌다. 형체도 윤곽도 표정도 없는 하레이가 내 안을 가득 채우면서, 비인격적인 형태로 인식되는 그녀를 향한 절박한 애정이 용솟음쳤다. 그 순간 문득 솔라리스학의 창시자이자 모든 솔라리스트의 아버지인 기스, 교수로서의 위엄과 권위를 갖춘 그의 모습이 눈앞에 떠올랐다. 하지만 금테 안경을 쓰고 허옇게 센 콧수염을 말끔하게 빗어넘긴 기스를 송두리째 집어삼킨 솔라리스 바다와 그 진흙투성이 폭발, 악취 가득한 심해(深海)는 내 머릿속에 그려지지 않았다. 내가 본 것은 기스의 저서 첫 페이지에 실려 있던 동판 초상화 속 그의 얼굴이었다. 화가가 기스의 머리 뒤로 촘촘하게 새겨 놓은 판화의 터치 덕분에 흡사 그의 머리 위로 광환이 떠오른 것만 같았다. 생김새는 서로 달랐지만, 구식에 가까운 근엄한 인상을 풍기고 있다는 점에서 기스의 얼굴은 자연스레 내 아버지를 연상시켰다. 그렇게 아버지를 떠올리고 나자, 결국에는 나를 바라보는 사내가 기스인지 아버지인지 구별할 수가 없었다. 두 사람 모두 고인이 되었고, 둘 다 지구에 묻히지 못했다. 지구에 매장되지 못하는 건 요즘 시대에는 너무나도 흔한 일이었다.

기스의 이미지가 사라진 뒤, 얼마 동안인지는 잘 모르겠지만, 나는 정거장과 실험, 하레이, 검은 바다, 그리고 그 밖의 모든 것에 대해 깡그리 잊어버렸다. 이미 이 세상에 존재하지 않는, 한없이 작은 먼지로 변해 버린 두 사람, 즉 기스와 아버지가 생전에 주어진 임무를 완수하기 위해 자신들이 할 수 있는 모든 걸 다 했다는 확신이 섬광처럼 내 머릿속을 밝혔다. 그러자 깨달음에서 비롯된 평온함이 내 마음을 다독여 주었고, 덕분에 나의 패배를 애타게 고대하며 잿빛 경기장을 에워싸던 무형의 군중이 일순간에 사라졌다.

그때 쨍그렁거리는 소리가 두 번 연달아 들리더니 장비 스위치가 꺼졌고, 갑자기 밝은 빛이 내 눈꺼풀을 파고들었다. 나는 눈을 번쩍 떴다. 사르토리우스는 아까와 똑같은 자세로 탐색하듯 나를 주시하고 있었고, 스나우트는 사르토리우스에게서 등을 돌린 채, 벗겨질 듯 신고 있는 슬리퍼를 질질 끌며, 분주하게 기구를 조작하고 있었다.

"켈빈 박사! 어떻소? 실험이 성공적인 것 같소?"

사르토리우스가 물었다. 그의 코맹맹이 소리는 여전히 듣기에 거북했다.

"네."

"확실한가요?"

사르토리우스는 놀라움과 의심이 뒤섞인 말투로 되물었다.

"네."

단호하고 무뚝뚝한 내 어조에 사르토리우스의 고압적인 태도가 잠시 흔들렸다.

"그렇다면…… 좋습니다."

사르토리우스는 그렇게 얼버무리고는 이제부터 뭘 하면 좋을지 모르겠다는 듯 주위를 두리번거렸다. 스나우트가 내

의자로 다가와서 내 머리에 감긴 붕대를 풀었다.

나는 자리에서 일어나 방 안을 천천히 둘러보았다. 그때 암실로 잠시 모습을 감추었던 사르토리우스가 현상된 필름을 들고 나왔다. 십여 미터가 넘는 필름에는 희끄무레한 선이 곰팡이나 거미줄처럼 지그재그로 흔들리며, 셀룰로이드의 반짝이는 검은 띠를 따라 쭉 이어져 있었다.

더 이상 내가 할 일은 없었지만, 나는 그대로 그곳에 남아 있었다. 사르토리우스와 스나우트는 필름을 변조기의 산화된 헤드↓에 집어넣었다. 사트토리우스는 그 한쪽 끝을 잡고서 지그재그로 흔들린 기록에 담긴 내용을 해독하려는 듯, 찡그린 얼굴로 필름 아래쪽을 뚫어지게 보고 있었다.

실험의 나머지 과정은 볼 수 없었다. 나는 그들이 벽 근처의 계기판 앞에 서서 특정한 장치를 작동시킬 때만 무슨 일이 일어나는지 알 수 있었다. 강철 바닥 아래의 코일 케이블에서 낮고 희미한 윙윙거림과 함께 전류가 다시 흐르기 시작했고, 표시기의 수직 유리관 속 불빛이 아래로 이동하면서 X선 방사 장치의 거대한 실린더가 바닥으로 하강하고 있음을 나타냈다. 실린더는 수직축의 가장 낮은 단계에서 멈췄다. 스나우트가 전압을 높이자 표시기의 눈금, 정확히 말하면 흰색 막대가 꿈틀거리면서 오른쪽으로 반원을 그리며 움직였다. 전류의 소음이 점차 잦아들었고, 더는 아무 일도 일

→ 전류를 자기로 바꾸고, 자기를 전류로 바꾸는 변환
　　장치. 필름의 녹음, 재생, 말소에 쓴다.

어나지 않았다. 필름을 감는 릴이 덮개 밑에서 눈에 띄지 않게 돌아갔고, 필름 계수기가 시계처럼 부드럽게 째깍거릴 뿐이었다.

하레이는 손에 들었던 책 너머로 나와 그들을 번갈아 보았다. 나는 하레이에게 다가갔다. 그녀는 뭔가를 묻고 싶은 표정으로 나를 쳐다보았다. 실험은 끝났다. 사르토리우스는 거대한 장비의 원추형 헤드를 향해 천천히 다가갔다.

"이제 갈까요……?"

하레이가 입술만 살짝 움직이며 조용히 물었다. 나는 고개를 끄덕였다. 그녀가 자리에서 일어섰다. 나는 아무에게도 인사를 건네지 않고, 사르토리우스의 옆을 지나쳤다. 지금 같은 상황에서는 인사를 하는 게 오히려 어색하게 느껴졌던 것이다.

위층 복도의 높다란 창문 너머로 오늘따라 석양이 유난히 아름답게 물들어 있었다. 은가루를 뿌린 듯 반짝이는 안개가 자욱이 깔려, 평소의 우울하고 음침한 붉은빛이 아니라 신비로운 분홍빛으로 보였다. 끝없이 펼쳐진 드넓은 바다 위로 무겁고 불규칙하게 꿈틀대는 파도의 고랑이 그 온화한 석양빛의 아우라 속에서 보랏빛으로 물들어 있었다. 그러나 하늘의 정점은 여전히 맹렬한 붉은색을 내뿜었다.

나는 계단을 내려와 아래층 복도를 걷다가 갑자기 걸음

을 멈췄다. 바다를 향해 창문이 나 있는, 감옥 같은 선실에 들어가려니 내키지 않았던 것이다.

"하레이!" 내가 뒤돌아보며 말했다. "갑자기 생각났는데…… 잠깐 도서실에 가서 뭘 좀 찾고 싶은데 괜찮겠어?"

"오, 좋아요. 나도 읽을거리를 찾아볼게요."

하레이가 억지로 활달하게 대답했다.

나는 어제부터 하레이와의 사이에 틈이 생기고 있다는 걸 감지했다. 그녀에게 사려 깊게 굴어야 한다고 생각하면서도, 내 마음은 싸늘하게 식어 있었다. 이런 식의 냉담한 마음을 털어내려면 어떻게 해야 할지 알 수가 없었다. 나와 하레이는 복도를 되돌아가서 경사로를 지나 작은 입구로 들어섰다. 안쪽에는 세 개의 문이 있고, 그 사이의 벽은 아름다운 꽃 모양 크리스털들로 장식되어 있었다.

도서실로 통하는 가운데 문의 양쪽에는 인조 가죽이 두툼하게 덧대여 있었다. 나는 평소의 습관대로 그 가죽에 손이 닿지 않도록 조심하면서 문을 열었다. 커다란 원형 공간, 그리고 양식화된 태양이 그려진, 엷은 은빛의 천장으로 구성된 도서실 내부는 항상 서늘했다.

나는 솔라리스학의 고전이 즐비하게 꽂힌 책장 앞으로 가서 손으로 책등을 훑었다. 책의 첫머리에 실린 기스의 동판 초상화를 다시 보고 싶은 마음에 그의 저서 1권을 뽑으려다가 예전에는 미처 발견하지 못했던, 그라빈스키의 책에 눈길이 갔다. 표지가 닳고 해진 작은 판형의 책이었다.

　나는 쿠션 등받이가 있는 편안한 의자에 앉았다. 사방이 고요했다. 하레이는 바로 내 뒤에서 책을 뒤적이고 있었다. 그녀가 손끝으로 가볍게 책장을 넘기는 소리가 들렸다. 그라빈스키의 저서는 솔라리스에 대한 가설을 비생물학에서부터 동물의 퇴행성에 이르기까지, 즉 A부터 Z까지 알파벳순으로 정리한 편람으로 주로 학교에서 '개론서'로 활용되는 책이었다. 편찬자인 그라빈스키는 솔라리스를 한 번도 본 적이 없었지만, 온갖 연구서와 탐사 보고서, 각종 논문이나 리포트 따위를 섭렵하고, 다른 천체를 연구하는 행성 연구가들의 저작물도 인용하면서, 놀라울 정도로 간결하게 요약된 편람을 만들어 냈다. 책에 소개된 다양한 가설 중 일부는 초기 단계에서 지나치게 미묘하고 복잡한 사상에 휩쓸리는 바람에 진부한 방향으로 귀결된 것들도 있는데, 그라빈스키는 그러한 이론들조차 일목요연하게 그 개요를 정리해 냈다. 그러므로 백과사전적인 의도로 집필된 이 책의 가치는 오늘날 시각으로 보면, 호기심을 충족시켜 주는 수순이라 할 것이다. 이 책이 나온 지 벌써 이십 년이 넘는 세월이 흐르면서, 한 권의 책으로는 담을 수 없는, 엄청난 분량의 새로운 가설이 계속 쏟아져 나왔기 때문이다. 책의 뒷부분에 알파벳순으로 수록

된 저자들의 인명 색인을 훑어보니, 이 편람에 이름이 등재된 사람 중에 생존자는 단지 몇 명에 불과하다는 사실을 확인할 수 있었다. 더구나 그들 중에 지금까지도 솔라리스 연구를 활발하게 지속하는 인물은 거의 없었다. 여러 분야에 걸친 방대한 연구를 집대성한, 사상의 보고와도 같은 이 편람을 보고 있노라니 적어도 여기 거론된 수많은 이론 중 하나는 맞지 않을까 하는 생각이 들었다. 우리의 현실이 이 무수한 가설에 담긴 주장과 하나부터 열까지 모두 다를 리는 없을 것만 같았다.

그라빈스키는 서문에서 솔라리스 연구가 시작된 처음 육십 년을 몇 개 시기로 구분하고 있다. 1기는 정찰선이 솔라리스 행성을 조사하던 태동기인데, 그때까지만 해도 본격적인 가설이나 이론을 제기하는 사람은 없었다. 당시에는 그저 '상식' 차원에서 솔라리스의 바다를 생명이 없는 화학적 혼합물에 불과한 것으로 인식했다. 또한 행성을 덮은 거대한 젤리 덩어리가 분화 활동과 유사한 운동을 반복하면서, 기이한 형성체가 생성된다고 보았고, 좀처럼 이해하기 힘든 행성 궤도의 일정함 역시, 일단 관성이 주어지면 스스로 궤적을 유지하는 진자와 마찬가지로 자생적인 역학 작용이 발생하는 탓에 불안정한 궤도가 안정화되고 있다고 파악했다. 그 후 삼 년이 흐른 뒤, 마게논이란 과학자에 의해 솔라리스의 바다를 살아 있는 '젤리 상태의 기계'로 보는 가설이 세워졌다. 하지만 그라빈스키에 따르면, 2기의 본격적인 시작은 그로부터 구 년 후, 마게논의 주장이 많은 지지자를 확보했을 무렵이었다. 그는 이 시기를 '생물학적 가설의 시기'라고 명명했는데, 이때 솔라리스의 바다가 생물임을 뒷받침하는 복잡한 생물학적·수학적 분석이나 이론적 가설들이 속속 등장했다. 3기에는 솔라리스의 바다에 대한 통일된 견해가 무너지면서 격렬한 논쟁을 유발하는 수많은 다양한 학파가 등장했다. 판말러, 스트로블라, 프라이하우스, 르 그뢰유, 오시포비츠 등이 이 시기에 활약했으며, 기스가 남긴 과학적 유산은 전면적인 비판을 받았다. 지금껏 탐사가 불가능하다고 여겨졌던 대칭체의 지도와 분류표가 만들어졌고, 그 내부의 입체 사진도 촬영되었다. 언제라도 폭발할지 모르는 위험이 내포된 소용돌이치는 바닷속에 기계를 침투시켜 원격으로 조종하는 시스템이 개발된 이후, 솔라리스에 대한 연구는 전환점을 맞았다. 격렬한 토론과 논쟁이 난무한 가운데, 한쪽에서는 그동안 무시되던 극소수 가설들이 조용히 힘을 얻기 시작했다. '이성적 괴물'인 솔라리스 바다와의 대대적인 '소통'에 실패하더라도 바다에서 솟아난 미모이드 형성체의 골화(骨化)된 도시와 거대한 풍선 모양의 산(山)을 연구하는 것만으로도 매우 귀중한 화학적 지식이나 물리화학적 지식 혹은 거대 분자 구조와 관련된 새로운 경험을 얻을 수 있다는 낙관론자들의 견해가 조금씩 타당성을 얻었기 때문이었다. 하지만 그러한 가설을 주장하는 학자들이 토론에 정식으로 초대되지는 않았다. 결론적으로 3기는 현재까지도 통용되는 솔라리스 바다의 전형적인 형태 변화의 분류표가 작성되고, 프랑크가 미모이드 활동과 관련된 생물 원형질 이론을 확립한 시기라고 할 수 있다. 프랑크의 이론은 훗날 현실과는 동떨어진 것으로 판명되었지만, 그럼에도 논리적인 사고와 지적인 위용의 표본으로서 그 가치를 인정받고 있다.

'그라빈스키의 분류'에서 여기까지에 해당되는 삼십 년 남짓한 시기는 충동적이고 낙천적인 낭만주의가 지배하던, 솔라리스 연구의 소박한 유년기였다. 그러나 솔라리스 연구가 성숙기에 접어들면서 점차 회의적인 목소리가 나왔다. 그러다 '그라빈스키의 육십 년' 중 마지막 이십오 년 동안에는 과거의 콜로이드-기계 학설의 재림이라고 할 수 있는, '비(非)정신적 바다'의 개념이 각광받게 되었다. 바다의 활동에 자주적인 의지나 내적인 동기가 개입되고 있고, 각 과정마다 목적과 이유가 깃들어 있다는 것을 어떻게든 입증해 보려던 과거 세대의 주장은 이제 당대의 학자들에게는 오류로 여겨진다. 이러한 분위기에 힘입어 홀덴이나 이오니데스, 스톨리바와 같은 그룹을 중심으로 지금까지 축적된 방대한 자료의 면밀한 검토에 기반한 이성적이고 분석적인 연구가 시작되었다. 기록 보관소용의 보존 자료들과 마이크로필름으로 제작된 자료들이 급증했고, 지구가 제공 가능한 최상의 장비들, 즉 자동 기록 장치나 음파 탐지기, 레이더, 분광기, 방사선 측정기들이 총동원되어 탐사 활동이 자행되었다. 어떤 경우에는 1000명이 넘는 과학자들이 동시에 탐사에 동원되었다. 그러나 자료가 축적되는 속도가 기하급수적으로 증가하는 동안, 과학자들의 사기를 북돋아 주던, 연구에 대한 열정은 점차 식어 갔다. 여전히 낙관론이 우세하긴 했지만, 솔라리스의 연구가 어느덧 쇠퇴의 기로에 접어든 것이다. 물론 그 쇠락의 시점을 언제부터였다고 명확히 규정하는 것은 어려운 일이다.

솔라리스 연구사에서 무엇보다 특징적인 것은 기스나 스트로볼라 혹은 세바다와 같은 위대하고 용감한 인물들이 등장했다는 사실이다. 그들은 이론적 상상력을 펼치는 쪽이든, 아니면 기존의 이론을 부정하는 쪽이든, 항상 지적인 탐구심을 잃지 않았다. 그중 세바다는 위대한 솔라리스 학자를 대표하는 마지막 인물이었다. 그는 솔라리스 행성의 남극 부근에서 초보자도 저지르지 않을 어리석은 행동으로 수수께끼 같은 죽음을 맞았다. 세바다는 수백 명이 지켜보는 가운데, 바다 위에서 낮게 비행하다가 솔라리스 바다가 창조한 급변성체의 중심부로 돌진했다. 급변성체는 그에게 길을 열어 주려는 듯이 물러섰고, 세바다는 그대로 바다로 추락하고 말았다. 추락의 원인에 대해서는 갑자기 몸에 이상이 생겼거나 실신했기 때문이라는 설도 있고, 조종 장치가 고장 났기 때문이라는 설도 있지만, 내 개인적인 의견으로는 그의 죽음을 최초의 자살이라고 확신한다. 갑작스럽긴 했지만, 그것은 명백한 절망감이 빚어낸 비극이었다. 하지만 안타깝게도 비극적인 사건은 그걸로 끝이 아니었다. 글자가 빼곡히 적힌, 누렇게 바랜 책장을 들여다보면서, 나는 그라빈스키의 저서에는 언급되지 않은 다른 비극적인 사건들과 날짜 그리고 세부적인 내용을 떠올렸다.

시간이 흐르면서 이런 식으로 자신의 목숨을 내거는 유감스러운 시도는 점차 줄어들었지만, 그 대신 위대한 과학자들의 숫자도 감소했다. 실제로 행성 연구와 관련해서 개별적인 분야에 지원한 연구자들의 숫자와 현황에 대해서는 아직 조사된 적이 없었다. 어느 시대에나 뛰어난 재능과 능력을 보유한 학자는 많든 적든 나타나게 마련이지만, 그들이 선택하는 분야는 제각각일 수밖에 없다. 어떤 특정한 분야에 과학자들이 몰리거나 부족한 현상은 아마도 그 분야가 제시하는 전망과 미래에 달려 있을 것이다. 그런 관점에서 보면 솔라리스 연구의 초창기에 활동하던 연구자들 대부분이 천재로 불릴 만큼 재능이 풍부한 사람들이었다는 평가에는 아마 모두가 동의할 것이다. 솔라리스의 침묵의 바다는 수십 년에 걸쳐 위대한 수학자나 물리학자 혹은 생물리학이나 정보 공학, 전기 생리학 등 각 분야에서 저명한 전문가들의 연구 의욕을 고취해 왔다. 그런데 시간이 흐르면서 연구팀을 이끌던 위대한 지도자들이 하나둘 사라지기 시작했다. 결국엔 끈질기게 자료를 모으고, 채록하고, 독창적인 방식으로 탐사를 지속하는 익명의 인원들만 음지에 남았다. 전지구적인 차원에서 진행되던 대규모 탐사 활동도, 다양한 사실이나 현상을 종합한 대담한 가설이나 이론도 자취를 감추었다.

솔라리스 연구는 그렇게 구심점을 잃고 뿔뿔이 흩어졌다. 그러자 기다렸다는 듯이 솔라리스 바다의 퇴화나 퇴보, 역행이나 위축을 주장하는 수많은 가설, 세부 항목만 다를 뿐인 엇비슷한 이론들이 우후죽순처럼 등장하기 시작했다. 어쩌다 과감하고 흥미로운 주장이 나오기도 했지만, 그마저도 하나같이 부정적인 평가에 편중되어 있었다. 그러니까 우리가 보는 솔라리스의 바다라는 것은 수천 년 전에 이미 발전의 정점에 다다른 유기체인데, 현재까지 남아 있는 형체는 물리적인 통합체의 잔해에 불과하며, 그것도 무의미하고 쓸모없는 형성체로 분해되는 중이라는 것이다. 이러한 가설에 따르면, 솔라리스의 바다가 만들어 내는 부조리한 형성체는 기념비적인 현상이라고 할 수 있는데, 수세기에 걸쳐 진행되는 단말마의 고통을 상징적으로 보여 주기 때문이다. 또한 신장체나 미모이드는 종양의 일종으로 여겨졌고, 이 거대한 유동체를 움직이는 일련의 과정은 혼돈과 무질서의 징후로 간주되었다. 솔라리스 문제에 대한 이런 식의 접근법은 학자들에게 일종의 강박관념으로 자리 잡았다. 향후 칠팔 년 동안 발표된 학술 문헌을 살펴보면, 저자의 감정을 명시적으로 드러내는 표현은 거의 없으나, 실제로는 솔라리스에 대한 모욕적인 언사를 늘어놓은 글이 대부분이라는 사실을 확인할 수 있다. 지도자를 잃고 음지에서 방황하던 수많은 솔라리스 연구자들이 자신들에게 아무런 관심도 기울이지 않는 연구 대상을 향해 뽑아 든 복수의 칼날인 셈이었다.

솔라리스의 고전에 포함되어 있지는 않지만, 여남은 명의 유럽 심리학자들이 수행한 독창적인 연구 보고서가 문득 내 머릿속에 떠올랐다. 솔라리스학과의 유일한 연관성이라면, 오랜 세월에 걸쳐 일반 대중의 견해와 비전문가들의 목소리를 수집했다는 점일 것이다. 심리학자들은 이 연구를 통해 대중의 여론이 연구에 미치는 영향을 조사했고, 일반인들의 견해가 학자들의 관점을 변화시키는 데 상당한 영향을 끼치고 있음을 입증했다.

행성 탐사에 필요한 자금을 지원하는 기관인 '행성학 연구소'의 조사 위원회에서도 변화가 일어났다. 솔라리스에 관한 연구를 수행하는 연구소들의 예산이 점진적으로 줄었고, 솔라리스 탐사대에 배정되는 지원금도 삭감되었다.

연구의 중지를 촉구하는 목소리와는 반대로 연구에 더욱 매진해야 한다는 주장도 제기되었다. 그중에서 가장 극단적인 의견을 내놓은 사람은 '세계 우주 연구소'의 행정 책임자였다. 솔라리스의 살아 있는 바다는 결코 우리 인간을 무시하는 게 아니고, 코끼리가 제 등에서 기어 다니는 개미를 인지하지 못하듯, 단지 우리 인간의 존재를 깨닫지 못할 뿐이라고 그는 끈질기게 주장했다. 따라서 바다가 우리를 알아가게끔 하려면, 지금보다 훨씬 강력한 자극을 보내든지 솔라리스 행성과 맞먹는 거대한 용량의 기계를 사용해야 한다는 것이다. 흥미로운 것은 언론이 장난스럽게 지적했듯이 그런 엄청난 비용이 소요되는 제안을 한 당사자가 솔라리스 연구의 재정을 담당하는 '행성학 연구소'가 아닌, '우주 연구소'의 행정 책임자였다는 사실이다. 결국 그는 자신의 주머니가 아닌, 타인의 주머니에 든 돈으로 인심을 쓴 셈이었다.

그 뒤로 새로운 가설들이 나타났다 사라지는 혼란이 이어지고, 해묵은 가설이 부활되기도 하는가 하면, 기존 가설들이 사소한 변화를 거쳐 명확해지거나 모호해지는 과정이 되풀이되면서 지금껏 비교적 단순 명료한 것으로 인식되던 솔라리스학은 매우 복잡한 미로의 막다른 골목에 갇힌 채 끝없이 헤매는 국면으로 접어들었다. 전반적으로 무관심과 침체, 낙담의 분위기가 만연한 가운데, 종이에 인쇄된 솔라리스의 바다는 그렇게 점점 바닥으로 가라앉는 중이었다.

내가 행성학 연구소에서 학위를 받고, 기바리안의 실험실에서 연구를 시작하기 이 년 전, 메트어빙 재단이 설립되었다. 재단은 인간의 이익을 위해 해양 원형질 에너지를 활용할 방법을 찾기 위해 막대한 상금을 내걸었다. 이런 시도는 사실 처음이 아니었다. 과거에도 이미 여러 차례 원형질 젤리를 우주선에 싣고 지구로 수송해 왔고, 그것을 보존하기 위한 실험이 오랜 세월, 끈질기게 진행되어 왔다. 고온과 저온을 활용하는 방법, 솔라리스 행성과 유사한 미세 대기권이나 미세 기후를 인공적으로 조성하는 방법, 방부 처리를 위해 방사선에 노출하는 방법 등 수많은 화학적 방법이 동원되었지만 결과는 언제나 마찬가지였다. 그래도 이러한 다양한 방법들 덕분에 부패의 속도가 어느 정도 완화되었고, 그 변화의 과정을 관찰하게 되었다. 원형질은 솔라리스의 바다에서 분리되자마자 '자가분해↓ → 침연 → 초기 액화 → 후기 액화' 과정을 밟는다. 원형질이 만들어 낸 다양한 형체나 창조물에서 채취된 샘플의 운명은 항상 마찬가지였다. 분해 단

→ 죽은 생물체의 조직을 구성하는 물질이 사후 경직기를 지나 그 조직 속에 함유되어 있는 효소의 작용으로 분해되는 일.

313

계에서 어느 정도의 변화는 발생하지만, 궁극적으로는 자연 발효로 인한 연화 과정을 거쳐, 재처럼 가볍고 금속처럼 반짝이는 액체로 변하는 것이다. 그것의 구성, 원소의 비율 및 화학 공식은 솔라리스 학자라면 누구나 단번에 대답할 수 있을 정도로 널리 알려진 내용이었다.

한번 유기체에서 분리된 원형질은 그 크기에 상관없이 '식물적' 환경이나 동면 상태로조차 살아 있는 형태로 보존할 수 없다는 사실을 과학자들이 깨닫게 되면서, 그들은 이것을 자신들이 풀어야 할 유일무이한 수수께끼라 여기게 되었다. 즉 이 문제를 풀기만 하면, 결과적으로 다른 모든 문제를 해결하는 열쇠를 발견하리라고 믿었던 것이다. 이러한 믿음의 근저에는 뫼니에르프로로크 학파의 영향이 있었다.

바로 이 열쇠, 솔라리스학의 '현자의 돌'을 찾기 위한 탐구는 학문에 종사하지 않는 일반인들을 포함하여 수많은 사람들을 열광시켰고, 그들로 하여금 무수한 시간과 열정을 쏟게 만들었다. 솔라리스 연구가 시작된 지 사십 년이 지났을 무렵, 다수의 광신자와 사이비 학자들이 저마다 연구에 몰두하게 되었고, 그 숫자는 전염병처럼 번져 갔다. 그 열정은 '영구 운동 기계'↓를 제작하거나 원과 동일한 면적의 정사각형을 찾기 위해 너나 없이 뛰어들던 과거의 선례를 무색하게 할 정도로 뜨거운 것이었다. 또한 이러한 현상은 여러 심

→   연속적인 운전으로 에너지를 창출하거나 열을 남김
      없이 운동으로 변환하는 기계장치.

리학자를 불안하게 만드는 요인이기도 했다. 하지만 이런 열광적인 분위기는 몇 년 만에 사그라들었고, 내가 솔라리스로 떠날 준비를 할 무렵에는 이미 신문의 헤드라인이나 일상의 대화에서도 자취를 감춘 소재였다. 실제로 솔라리스의 바다 자체가 일반 대중의 기억에서 멀어졌던 것이다.

　　그라빈스키의 『개론』을 제자리에 꽂는데, 책장에서 그라텐슈트롬의 얇은 팸플릿이 눈에 띄었다. 이것은 솔라리스 관련 문헌 중에서 가장 흥미로운 저작물 중 하나다. 인간이 아닌 미지의 대상을 이해해 보겠다는 치열한 각오로 쓰인 그의 글은 인간과 인류, 즉 우리가 속한 종족에 대한 일종의 풍자, 그리고 수학적인 냉정함에 분노하고 있었다. 과거에 독학으로 양자 물리학의 희귀 분야에서 독창적인 연구 성과를 담은 논문들을 발표한 적이 있는 그라텐슈트롬은 수학에 대한 인간의 냉담한 태도에 분노하고 있었다. 불과 십오 쪽에 불과하지만, 그의 대표적인 저서라고 할 수 있는 이 소책자에서 그라텐슈트롬은 다음과 같은 주장을 강력히 펼쳤다. 추상적이면서 매우 그럴듯하게 포장된 이론, 수학적으로 정리된 학문적 업적을 살펴보면, 실제로는 선사시대에 감각에 기반한 의인관으로 세상을 이해하던 방식에서 진일보하지 못했다는 것이다.

　　그는 상대성 이론과 자기장의 정리, 양자통계학 및 통합론적인 우주에 대한 가설과 연계하여 인간의 몸과 그 흔적을 연구했다. 우리의 감각이 남긴 파생물, 유기체적인 구조, 동물 생리학의 관점에서 본 인간의 한계와 약점 등을 집중적으로 탐구한 것이다. 그라텐슈트롬은 인간과 인간이 아닌 문명 간의 '접촉'은 지금까지도 불가능했고, 앞으로도 불가능할 것이라고 결론지었다. 인간이라는 종을 풍자하는 이 글에서 '생각하는 바다'에 대한 특별한 언급은 없었다. 이 책을 읽어 보라고 내게 권한 사람은 기바리안이었고, 정거장 도서실의 장서 목록에 포함한 사람도 그가 틀림없다. 왜냐하면 그라텐슈트롬의 소책자는 엄밀히 말해서 솔라리스 연구와 관련된 전문 학술 서적이라기보다는 작고 진귀한 수집품에 가까웠기 때문이다.

나는 존경에 가까운 기묘한 감정을 느끼며, 제본도 안 된, 이 얇은 복사본을 빼곡히 들어찬 책들 사이에 조심스럽게 끼워 넣었다. 그러고 나서 손끝으로 『솔라리스 연감』의 녹갈색 책등을 어루만졌다. 비록 혼란과 무력감에 휩싸여 있긴 하지만, 그래도 지난 십여 일 동안의 경험으로 말미암아 몇 가지 기본적인 문제에 대한 귀중한 답을 얻은 것만은 분명했다. 그 문제들은 최근 몇 년 동안 방대한 양의 종이와 잉크를 낭비하면서 다양한 논쟁을 촉발해 왔지만, 끝내 풀지 못한 것들이었다.

그렇다면 솔라리스의 바다는 과연 살아 있는 존재일까? 역설을 좋아하거나 고집불통이 아닌 이상, 이 사실에 의문을 제기하는 사람은 이제 없을 것이다. 바다에는 정신(이 용어를 어떻게 해석하든 간에)이 존재한다는 사실 또한 부정할 수 없게 되었다. 게다가 바다 역시 우리의 존재를 명백하게 인지하고 있음이 분명하다. 이러한 사실만으로도 솔라리스의 바다가 '자신만의 세계'에 갇혀 있으며, '은둔적 존재'라는 주장은 타당성을 잃었다. 바다가 반복되는 감각 기관의 수축으로 인해 외부의 현상이나 대상의 존재를 더는 인식하지 못하게 되었고, 결국 스스로가 만들어 낸 거대한 의식의 흐름 속에 갇힌 채로 두 태양의 주위를 공전하는 거처, 요람, 창조의 산실에 불과하다는 가설은 이미 무효가 된 것이다.

그뿐만이 아니다. 바다는 우리 인간의 능력으로는 도저히 불가능한 인체의 복제를 이루어 냈고, 원자보다도 작은 구조에 우리로서는 이해하기 힘든 수정을 가해서 더욱 완벽하게 변화시켰다.

그러므로 이 바다는 단순히 존재할 뿐 아니라, 살아 있고, 생각하며, 행동하는 생명체다. '솔라리스 문제'를 부조리의 차원으로 치부하거나 완전히 제거할 수도 있다는 가능성은 영원히 사라졌다. 우리의 상대는 명백한 실체고, 지금까지 우리가 경험한 패배 또한 아무리 부인하려 해도 인정할 수밖에 없게 되었다. 이 모든 것이 의심의 여지 없이 입증된 것이다. 좋든 싫든 인류는 솔라리스라는 이웃을 인식해야만 한다. 설령 허공을 가로질러 수십억 킬로미터나 떨어져 있고, 우리에게서 광년의 거리만큼 먼 곳에 있다 해도 솔라리스는 엄연히 인류의 확장 범위 내에 놓여 있다. 비록 우주의 나머지를 모두 합친 것보다도 이해하기 힘든 난해한 대상이라 할지라도.

어쩌면 우리는 이미 어떤 전환점에 도달했는지도 모른다고 나는 생각했다. 이제 그만 연구를 포기하고 철수하라는 결정이 지금 당장 혹은 머지않아 내려질지도 모른다. 심지어 정거장을 아예 폐쇄해 버리자는 의견이 나올 수도 있다. 하지만 그런 방식을 통해 뭔가를 구원할 수 있다고는 믿지 않는다. 생각하는 거대한 바다가 존재한다는 사실만으로도 인간은 평화로울 수가 없다. 설사 우리가 은하계를 구석구석 탐사해서 우리 인간과 흡사한 문명을 발견한다 해도, 솔라리스는 인간에게 영원히 수수께끼의 도전장을 내밀 것이다.

두툼한 『솔라리스 연감』 사이에 가죽으로 장정된 작은 책 한 권이 꽂혀 있었다. 나는 그 책을 열어 보기 전에, 우선 손가락으로 어두운 빛깔의 낡은 표지를 만져 보았다. 그것은 오래전에 출판된 문티우스의 『솔라리스학 입문』이었다. 지구에서 이 책을 읽으며 지샌 어느 밤이 떠오른다. 기바리안이 미소를 지으며 자신의 책을 건네주었고, 내가 정신없이 책을 읽다가 마지막 페이지에 이르렀을 때, 창밖에서는 이미 동이 트고 있었던 것으로 기억한다. 문티우스에 따르면 솔라리스학은 과학 시대에 일종의 종교에 해당한다. 과학의 탈을 쓴 신앙이라는 것이다. 그는 솔라리스 연구의 궁극적인 목적으로 알려진 '접촉'이란 개념이 성자와의 교감이나 메시아의 재림만큼이나 막연하고 모호하다고 주장했다. 탐사란 방법론적인 공식을 빌린 일종의 전례(典禮)이며, 연구자들이 수행하는 힘겨운 작업은 예언의 완성을 기다리는 고행이나 마찬가지라는 것이다. 솔라리스와 지구 사이를 잇는 가교란 애초부터 존재하지 않으며, 존재할 수도 없다. 공통된 경험이나 주고받을 만한 개념이 없다는 그의 당연한 주장을 솔라리스 학자들은 받아들이지 않았다. 그것은 신도들이 자신들의 신앙을 뿌리째 뒤흔들 수도 있는 논쟁을 거부하는 것이나 마찬가지였다. 그렇다면 우리는 대체 무엇을 기대하며 생각하는 바다와 '정보 공유'를 하려는 것인가? 자신의 기원에 대한 기억조차 갖고 있지 않은, 거의 무한에 가까운 존재의 경험을 기록하고 싶은 걸까? 아니면 살아 있는 산맥이 끊임없이 창조되는 과정을 관찰하며 그 속에서 어떤 욕망과 열정, 고뇌를 발견하고 싶은 걸까? 수학을 실체로 바꾸고, 고독과 체념을 풍요로 바꾸기를 원하는 것인가? 그러나 이 모든 것

381

은 소통 불가능한 지식을 대변할 뿐이다. 이것들을 지구에서 사용하는 인간의 언어로 바꾸면, 본래 추구했던 모든 가치와 의미는 그 실체를 잃게 된다.

게다가 '신도들'이 바라는 건, 과학적 가치보다는 시적인 가치에 치중하는, 추상적인 차원의 계시가 아니다. 자신도 모르게 그들이 고대하고 있는 것은, 인류의 의미를 설명해 줄 계시인 것이다! 그러므로 솔라리스학은 태곳적에 사라진 신화의 부활이며, 드러내고 고백하기 힘들었던 신비주의에 대한 갈망의 표현이라고 할 수 있다. 구원에 대한 간절한 희망, 그것이 솔라리스학의 토대에 깊이 자리 잡은 실체다.

하지만 어리석은 학자들은 이를 깨닫지 못했고, 그 결과 '접촉'에 대한 일체의 논평을 회피하는 지경에 이르렀다. 그들의 저술에서는 접촉을 궁극적인 목표로 설정하지만, 본래 그것은 수많은 선택지 중 하나의 길로 접어드는 첫걸음에 불과할 따름이었다. 세월이 흐르면서 접촉은 그렇게 점점 신성시되었고, 결국 영원한 천국처럼 여겨지게 되었다······

문티우스는 행성학의 이러한 '이설(異說)'을 직설적이면서도 신랄한 필치로 분석해 냈다. 그는 솔라리스 연구에 덧씌운 신화, 그러니까 이 연구가 '인류의 사명'이라는 신화를 부정하면서 낱낱이 해부했다. 그런 식으로 반기를 든 사람은 문티우스가 처음이었고, 그에게 돌아온 대답은 전문가들의 경멸 어린 침묵이었다. 당시만 해도 학자들 사이에는 아직 솔라리스학의 발전에 대한 낭만적인 확신이나 기대감이 있던 것이다. 하긴 문티우스의 이야기를 받아들인다는 것은 지금껏 통용되던 솔라리스학의 전통을 송두리째 부정하는 것이나 다름없으니 그의 의견에 동조하기는 힘들었을 것이다. 초반에는 다들 냉정하고 겸손한 태도로 솔라리스학의 기반을 다시 세워 줄 인물을 막연히 기다렸다. 그러다 문티우스가 사망한 지 5년째 되는 해, 그의 소책자가 솔라리스 관련 저작물이나 철학서 목록에서는 찾을 수 없는 희귀본으로 여겨지며 수집 목록에 올랐을 무렵, 노르웨이의 학자들이 그의 이름을 딴 학파를 설립했다. 이후 문티우스의 정신적 계승자들은 다양한 계파로 나뉘었고, 그중에는 신랄하고 냉소적인 풍자로 유명한 에를 에네손도 있었다. 사소한 갈래이긴 하지만, 팔렝의 경우에는 연구의 활용도에 초점을 맞춘 '공리주의적인 솔라리스 연구'를 파생시켰다. 그는 두 문명 간의 지적인 교류라든지 접촉에 대한 환상은 버리고, 탐사를 통해 얻어지는 구체적인 이익이나 혜택에 초점을 맞춰야 한다고 제안했다. 명쾌하고 과감한 문티우스의 분석에 비하면, 후배들의 주장은 원전을 짜깁기하거나 대중화하는 정도의 수준에서 벗어나지 못했다. 예외라면, 에네손의 논문이나 타카타의 연구 성과물 정도를 들 수 있다. 문티우스는 이미 솔라리스 연구와 관련된 여러 개념을 단계적으로 정의해 놓고 있었다. 그는 솔라리스학의 최초 국면을 '예언자들의 시대'라고 명명했으며, 기스나 홀덴, 세바다와 같은 학자들을 예언자로 소개했다. 두 번째 단계는 '대분열의 시대'였는데, 본래 하나였던 솔라리스교가 서로 적대적인 분파로 분열되는 시기를 말한다. 그리고 마지막 세 번째 단계도 내다보았는데, 탐구할 내용이 더는 남지 않게 되면, 학문적 교조주의와 학술적인 경직기가 찾아올 수밖에 없다는 것이 그의 예측이었다. 하지만 그의 예상은 빗나갔다. 기바리안의 견해에 따르면 문티우스의 기본적인 오류는, 지나친 단순화에서 비롯되었다. 그로 인해 솔라리스학의 공통된 신조에 반하는, 연구의 다양한 측면을 무시하는 결과가 초래되었다. 문티우스의 연구가 결국엔 '두 개의 태양 주위를 공전하는 천체'라는 구체적인 물질적 대상에만 집중되었기 때문이다.

문티우스의 소책자 갈피에 계간 《파레르가 솔라리아나》에서 복사한 종이 한 장이 반으로 접힌 채, 누렇게 바랜 상태로 끼워져 있었다. 자세히 보니 그것은 기바리안이 초창기에, 그러니까 그가 연구소장으로 임명되기 전에 쓴 논문의 일부였다. 제목은 "나는 왜 솔라리스 연구자가 되었는가"였고, 접촉의 실질적인 가능성을 뒷받침하는 구체적인 물리적 현상들을 간결하게 설명하고 있었다. 기바리안은 솔라리스 연구의 황금기를 재현해야 한다면서, 동시에 과학이 정해 놓은 한계를 넘어서고야 말겠다는 학자들의 새로운 신앙을 부정하지 않는 마지막 세대에 속한 연구자였다. 그들은 끈질기게 노력하면, 연구를 성공시킬 수 있다고 굳게 믿었다.

기바리안은 조은민, 응얄라, 그리고 가와카제 등이 명성을 떨친 유라시아 학파의 고전적인 생체 전자 연구에서 많은 영향을 받았다. 그들은 연구를 통해 인간의 뇌에서 관찰되는 전기적 활동과 솔라리스 바다의 창조물(초기 단계의 다형체나 쌍생체 등)이 나타나기 전에 원형질의 깊은 곳에서 발생하는 특정한 방전이 매우 유사하다는 사실을 발견했다. 기바리안은 의인관에 입각한 해석에 반대하는 입장을 취했고, 정신 분석학, 정신병리학 그리고 신경 생리학 학파들이 주장하는 신비주의적인 가설, 즉 바다에서 벌어지는 일련의 현상과 인간의 질병에서 나타나는 증세를 서로 끼워 맞추려는 경향(예를 들자면 인간의 간질 발작을 비대칭체의 경련성 분출에 비유하는 것)도 거부했다. 기바리안은 접촉의 옹호자들 가운데, 가장 주의 깊고 두뇌가 명석한 학자 중 하나였다. 또한 점점 사라져 가고 있다고는 해도, 솔라리스와 관련해서 뭔가 새로운 사실이 발견될 때마다 성행하는 언론의 선정주의적인 태도에 누구보다 분개하는 인물이었다.

이런 식으로 싸구려 관심의 대상이 된 것 중 하나가 바로 내 박사 논문이었다. 논문은 결국 책으로 인쇄되지 못했고 마이크로필름 형태로 보관되어 있는데, 그 토대는 베르그만과 레이놀즈의 혁신적인 연구에서 비롯된 것이었다. 그들은 대뇌 피질이 수축과 이완을 반복하며 생기는 복잡한 모자이크 문양으로부터 감정의 가장 강렬한 요소(절망, 고통, 환희)를 분리하고 '추출'하는 데 성공한 학자들이었다. 또한 인간의 뇌파 기록을 바다의 조류에서 방출되는 방전의 파동과 비교해 본 결과, 대칭체의 덮개에 해당되는 부분과 미성숙 미모이드의 기저부에서 나타나는 곡선의 패턴과 진동이 유사하다는 사실을 발견했다. 이는 주목할 만한 연구 성과였다. 덕분에 '젤리의 절망'이라든지 '행성 오르가즘' 등의 우스꽝스러운 헤드라인과 함께 내 이름이 저급한 언론에 오르내리게 되었다.

그러나 별로 달갑지 않던 이런 식의 명성이 결과적으로는 내게 행운을(적어도 최근까지 나는 그렇다고 생각하고 있었다.) 안겨 주었다. 여느 솔라리스 학자들과 마찬가지로 솔라리스와 관련된 수많은 논문, 특히 초보자가 작성한 논문을 읽을 틈이 없던 기바리안의 관심을 끌게 된 것이다. 나는 그에게서 편지를 받았다. 그리고 그 한 통의 편지로 말미암아 내 인생의 한 장(章)이 마감되었고, 새로운 장이 열리게 되었다.

꿈

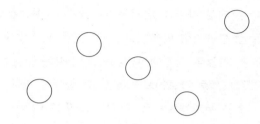

엿새가 지나도 바다로부터 아무런 반응이 없었고, 우리는 실험을 되풀이할 수밖에 없었다. 지금까지 위도 43도와 경도 116도의 교차점에 고정되어 있던 정거장을, 해상 400미터 고도를 유지하면서, 남쪽으로 이동시켰다. 레이더 감지기나 인공위성의 무선 통신을 통해, 그 부근의 원형질 활동이 눈에 띄게 활발하다는 것을 알아냈기 때문이었다.

이틀 동안 나의 뇌전도에 따라 변조된 X선이 물결의 출렁임이 거의 없는 잔잔한 수면을 향해 몇 시간 간격으로 계속 조사(照射)되었다.

이틀째 되던 날 늦은 밤, 우리는 남극 가까운 지점까지 도달했다. 푸른 태양이 수평선 너머로 저물고 있었고, 동시에 반대편 수평선 위로는 구름 주위가 선홍빛으로 물들며, 붉은 태양의 일출을 예고하고 있었다. 광대한 바다 위로 펼쳐진 텅 빈 하늘에서 금속처럼 번쩍이는, 섬뜩한 푸른색과 은은한 진홍빛 불꽃이 맹렬히 충돌하고 있었다. 바다 또한 두 태양 사이의 힘겨루기에 휘말린 듯, 둘로 쪼개어져 한쪽은 수은처럼 반짝였고, 다른 쪽은 선홍빛을 내뿜었다. 그 순간 하늘의 정점에 떠 있는 제일 작은 구름을 뚫고 파도를 대각선으로 가로지르는 광선 한 줄기가 파도 위의 반짝이는 거품을 무지갯빛으로 물들였다. 푸른 태양이 저물자마자 북서쪽 인근, 하늘과 바다가 맞닿는 지점에서 대칭체가 출몰했고, 이 광경이 계기판에 포착되었다. 대칭체는 붉은색으로 물든 안개 속에 파묻혀 그 형체가 또렷이 보이진 않았지만, 하늘과 원형질이 만나는 곳에서 거대한 크리스털 꽃처럼 빛을 반사했다. 하지만 정거장이 경로를 바꾸지 않았으므로 십오 분쯤 지나자, 루비로 만든 거대한 등불처럼 붉은 광채를 내뿜으며 흔들리던 대칭체는 수평선 너머로 사라졌다. 몇 분후 가느다란 기둥 같은 물체가 수 킬로미터 상공의 대기권을 향해 조용히 솟아올랐는데, 그 기저부는 행성의 굴곡에 가려서 보이지 않았다. 두 개의 빛깔로 갈라진 한 그루의 나무처럼 한쪽은 타는 듯한 붉은색, 다른 한쪽은 밝은 형광빛을 내뿜으며 쑥쑥 솟아오르던 이 대칭체의 최후는 우리가 목격한 바에 따르면 다음과 같았다. 먼저 기둥의 윗부분에서 사방으로 뻗어 나간 가지의 끝자락이 버섯 모양의 거대한 구름으로 뒤엉키고 합쳐지면서, 태양의 뜨거운 불길 속으로 소용돌이치며 자취를 감추었다. 반면 수평선 삼분의 일을 차지할 정도로 육중하고 거대한 아랫부분은, 여러 개의 덩어리로 쪼개지면서 바닷속으로 아주 천천히 가라앉았다. 대칭체의 마지막 흔적이 우리 눈앞에서 완전히 사라진 것은 그로부터 한 시간 뒤였다.

　다시 이틀 밤낮이 흘렀고, 마지막으로 실험이 재개되었다. X선은 이미 바다의 상당히 넓은 영역에 걸쳐 투사되었다. 우리의 위치로부터 고도 300킬로미터나 떨어진 먼 거리에도 불구하고, 남반구에서는 새하얀 눈이 덮인 것처럼 보이는 여섯 개의 봉우리가 솟아난 아르헤니디 지역이 아주 선명하게 관측되었다. 그 새하얀 눈은 유기적 침전물로 이 형성체가 과거에 해저의 일부였다는 사실을 입증해 주었다.

　우리는 광선의 진로를 남동쪽으로 돌리고는 한동안 산맥과 평행을 그리며 직진시켰다. 붉은 태양이 뜰 때는 늘 그렇듯이, 산들은 구름으로 뒤덮여 있었고, 그러다 얼마 안 가서 산들도 사라졌다. 첫 번째 실험이 시작된 지 그렇게 열흘이 흘렀다.

　그동안 정거장에서 별다른 사건은 일어나지 않았다. 사

르토리우스가 주기적으로 실험이 반복되도록 프로그램을 짜놓고부터는 기계가 자동으로 프로그램을 실행했다. 덕분에 누군가가 이 작업을 통제하는지, 그러지 않는지조차 알 수가 없었다. 하지만 보는 관점에 따라 정거장에서는 기대 이상으로 많은 일이 벌어졌다고 할 수도 있다. 물론 인간들 사이에 어떤 일이 일어난 것은 아니었다. 나는 사르토리우스가 소멸 장치를 손보는 작업을 재개할지 걱정이 되었다. 한편으로 스나우트가 뭔가 반응을 보이기를 기다렸다. 내가 자기를 속였다는 사실, 즉 중성미자의 구조가 파괴될 때 수반되는 위험을 과장했다는 사실을 사르토리우스로부터 듣게 되면, 스나우트가 상당히 분개할 것이라고 나는 생각했다. 하지만 스나우트에게서는 아무런 반응이 없었다. 처음에는 그의 반응이 수수께끼처럼 여겨졌다. 당연한 일이지만, 나는 사르토리우스와 스나우트가 내게 사실을 숨긴 채, 은밀하게 작업을 진행하고, 음모를 꾸밀지도 모른다고 각오하고 있었다. 그래서 주 실험실의 바로 아래층, 소멸 장치가 보관되어 있는, 창문 없는 방을 매일같이 살펴보곤 했다. 하지만 그 방에서 나는 누구와도 마주친 적이 없었고, 뽀얗게 먼지를 뒤집어쓴 채로 덮개에 쌓여 있는 장치와 전선을 보면서 최근 몇 주간 아무도 기기에 손대지 않았다는 사실을 확인할 수 있었다.

그 무렵 스나우트는 사르토리우스와 마찬가지로 모습을

감추어 버렸고, 사르토리우스 못지않게 어디에 있는지 알 수 없게 되어 버렸다. 무전실에서 화상 전화를 걸어도 아무런 응답이 없었다. 누군가는 분명 이 정거장의 움직임을 조종하고 있을 텐데, 그게 대체 누구인지도 알 수 없었다. 게다가 좀 이상하게 들릴 수도 있겠지만, 나는 그런 일에는 조금도 흥미가 없었다. 바다로부터 아무런 반응이 없다는 사실에도 나는 점점 무관심해졌다. 그러다 사나흘쯤 지나고 나니 바다의 반응에 대한 기대감도 바다를 향한 두려움도 모두 사라져 버렸고, 그러다 결국에는 뇌전도 실험이나 그 결과에 대해서도 모조리 잊고 말았다.

　나는 아침부터 밤까지 도서실에서 보내거나 그림자처럼 내 곁에 달라붙어 있는 하레이와 함께 방에서 빈둥거리며 지냈다. 나는 하레이와의 관계가 원만하지 않다는 것을 느끼고 있었고, 이런 꺼림칙하고 공허하며 불안정한 상태가 언제까지나 지속되지는 않으리라는 걸 예감하고 있었다. 어떻게든 이 상황을 타개하고, 관계의 변화를 시도해야 한다는 건 알고 있었지만, 결단력이 부족한 나는 결국 변화를 모색하려는 마음마저도 억눌러 버리고 말았다. 딱히 설명할 수는 없지만, 나는 이 정거장에서 벌어지는 일들, 특히 나와 하레이와의 관계가 매우 불안정한 상태에 놓여 있다는 느낌이 들었고, 이 아슬아슬한 평정 상태에 조금이라도 균열이 생기면,

모든 것이 통째로 무너져 버릴 것만 같았다. 어째서일까? 그 이유는 나도 모른다. 제일 이상한 것은 하레이가 적어도 어느 정도는 나와 비슷하게 느끼고 있는 것 같다는 사실이다. 지금 와서 돌이켜 보면, 그때의 막연한 불안과 좌절감, 그리고 마치 지진이 일어나기 직전처럼 일시적으로 찾아온 휴지기는 당시에 정거장의 갑판과 선실을 구석구석 장악하고 있던, 보이지 않는 어떤 존재에 의한 것이었다고 생각한다. 그 존재를 감지할 또 다른 방법은 꿈이었다.

나는 이전에도, 또 이후에도 꿈에서 이런 환영들을 본 적이 없었으므로 될 수 있는 한 정확하게 그 내용을 기록해 두기로 마음먹었다. 덕분에 꿈에 대해서 이만큼이라도 묘사할 수 있는 것이다. 그렇지만 그러한 기록 역시 꿈의 한 단면에 지나지 않아서, 그 놀라운 다양성과 복잡성을 담아내기에는 역부족이다.

하늘도, 땅도, 바닥도, 천장도, 벽도 없는 기묘한 공간 속에서, 나는 낯선 물질 속에 갇힌 듯한 상태로 몸을 웅크리고 있었다. 내 몸은 반쯤 죽은 것처럼 움직이지 않았고, 무형의 덩어리에 둘러싸여 있었다. 아니, 어쩌면 살점이 모두 제거된 채로 내 육신이 그 보이지 않는 덩어리가 되어 버린 듯했다. 지구의 공기와는 전혀 다른 광학적 특성을 가진 연분홍색 반점들이 나를 에워싼 채 피어올라 있었는데, 가까이에서 보면 비정상적으로 선명하고 뚜렷했다. 내 꿈속에서 주변 환경은 현실보다 훨씬 더 구체적이고 물질적이었다. 그래서 눈을 뜰 때마다 나는 꿈에서 본 것이 실제 현실이고, 지금 내가 눈을 떠서 보고 있는 세계는 오히려 무언가의 희미한 그림자는 아닐까 하는 역설적인 느낌에 빠지곤 했다.

꿈이 막 시작될 때, 가장 먼저 나타난 이미지는 다음과 같다. 사방에서 나를 둘러싼 무언가가 나의 허락과 동의, 내적인 동참을 요구한다. 그러나 나는 그런 알 수 없는 유혹에 절대 굴복하면 안 된다는 사실을 알고 있다. 아니, 내가 알았다기보다는 내 몸 안에 있는 뭔가가 감지했다는 편이 옳을 것이다. 순순히 너무 많은 걸 받아들일수록, 그 종말은 더욱 끔찍할 테니까. 그러나 당시에 나는 이러한 사실을 근본적으로 자각하지 못했다. 만약 알았다면 아마도 두려워했을 텐데, 그때 나는 아무런 두려움도 느끼지 않았던 것이다. 나는 기다리고 있다. 나를 에워싼 분홍빛 안개 속에서 불현듯 어떤 촉감이 느껴진다. 나를 가둔 것이 무엇인지 알 수는 없지만, 나는 수렁에 깊이 빠진 채 나무토막처럼 고정되어 뒷걸음질 칠 수도, 몸을 돌릴 수도 없다. 보일락 말락 한 미지의 손길이 더듬거리며 나를 가둔 감옥을 샅샅이 뒤진다. 마치 나를 창조하는 손길처럼 느껴진다. 지금 이 순간까지는 내게 시력이 없었지만, 이제는 모든 게 보인다. 내 얼굴을 어루만지는 손가락 밑에서 내 입술과 뺨이 생겨난다. 한 번의 손길이 수천 개의 무한히 작은 접촉으로 쪼개지고 확장되면서 좌우 대칭적인 창조 활위를 통해 나는 어느덧 얼굴과, 숨 쉬는 몸통을 갖게 되었다. 이제는 창조된 존재인 내가 창조할 차례다. 내 앞에 지금까지 한 번도 본 적이 없는 얼굴이 나타난다. 낯설기도 하고, 익숙하기도 한 얼굴이다. 그 얼굴의 눈을 들여다보기 위해 안간힘을 써 보지만 뜻대로 되지 않는다. 얼굴의 비율이 끊임없이 변하고, 그 방향도 고정되지 않았기 때문이다. 우리는 경건한 정적 속에서 서로를 체감하고 서로가 된다. 무한히 강렬해진 나는 이미 살아 있는 나 자체였다. 아마도 여자인 듯싶은 또 다른 존재가 꼼짝 않고 계속 내 곁에 있다. 맥박이 우리를 채우며 우리는 하나가 된다. 아무것도 존재하지 않고, 존재할 수도 없을 것만 같았던 이 장면의 나른함 속으로 표현할 수 없을 만큼 잔혹하고 터무니없고 부자연스러운 무언가가 스며들기 시작한다. 우리를 창조하고 우리의 몸을 보이지 않는 황금빛 망토로 휘감은 바로 그 손길이 활발하게 움직이기 시작한다. 우리의 몸에서 공기가 빠져나오듯, 몸 밖으로 떼 지어 기어 나오는 시커먼 해충의 흐름 속에서 우리의 새하얀 알몸이 허우적대면서 시커멓게 변한다. 그때 나는, 아니 우리는 엉킨 듯 엉키지 않은 듯, 끈적거리며 번쩍이는 그 열정적인 흐름과 한 덩어리가 되어 끝없는 무한함 속에서 아니라고 반기를 들며, 제발 소멸하게 해 달라고, 소리 없는 절규로 종말을 갈구한다. 하지만 그와 동시에 나의 존재가 사방으로 뿔뿔이 흩어졌다가 잠시 후 깨어 있는 상태보다 훨씬 더 생생하고, 백배나 더 큰 고통이 되어 다시 하나로 결합된다. 그 고통은 붉은빛과 검은빛의 불길을 내뿜으며, 바위처럼 단단하게 굳어져서 다른 태양 혹은 다른 세계의 빛 속에서 정점을 맞는다.

이것은 가장 단순한 꿈 가운데 하나였다. 다른 꿈들은 말로 설명하기 힘들다. 깨어 있는 의식에서는 그 꿈들에 깃든 공포의 근원을 묘사할 마땅한 표현법을 찾을 수 없기 때문이다. 꿈속에서 나는 하레이의 존재를 전혀 의식하지 못하는 상태이며, 최근의 기억이나 경험도 나타나지 않는다.

활기라고는 찾아보기 힘든, 경직된 어둠 속에서 나 자신이 어떤 실험의 대상이 되는 꿈을 꾼 적도 있다. 실험은 감각 측정 도구를 전혀 사용하지 않은 채, 천천히 그리고 성실하게 진행되었다. 그것은 나의 체내를 관통하여, 나를 잘게 찢고 나를 완전히 분해해서 공허의 상태로 사라지게 만들었다. 이 조용하고 파괴적인 처형의 근본적인 목적은 나를 극한의 공포로 몰아넣기 위한 것이었다. 깨어 있을 때, 그 꿈을 떠올리는 것만으로도 내 심장은 빠르게 뛰었다.

한편 낮 시간은 모든 것에 무관심하게 만드는 극단적인

단조로움과 무료함 속에서 흘러갔다. 두려운 건 오직 밤이었다. 어떻게든 꿈에서 도망치고 싶었지만, 방법을 알 수가 없었다. 하레이는 아예 잠을 자지 않았다. 나는 하레이와 함께 밤을 새우면서 그녀에게 키스하거나 그녀를 어루만졌다. 나의 그런 행동이 그녀를 위한 것도 나를 위한 것도 아닌, 그저 잠에 대한 공포를 달래기 위해서라는 걸 나 자신도 잘 알고 있었다. 나는 소름 끼치는 악몽에 대해 하레이에게 한마디도 안 했지만, 어쩐지 그녀가 모든 걸 아는 것만 같았다. 왜냐하면 눈에 띄게 수척해진 그녀의 모습에서 그녀가 끊임없이 굴욕을 느끼고 있다는 게 느껴졌기 때문이다. 하지만 어떻게 해야 좋을지 알 수가 없었다. 앞서 말했듯이 나는 스나우트나 사르토리우스와 계속 만나지 않았다. 하지만 한동안 종적을 감췄던 스나우트는 며칠에 한 번씩은 다시 내게 근황을 전하곤 했다. 대부분은 화상 전화를 통해서였고, 쪽지를 남길 때도 있었다. 그는 우리의 실험이 여러 차례 반복되는 동안, 혹시 내가 바다의 반응이라고 여길 만한 새로운 현상이나 변화를 감지했는지 확인하곤 했다. 나는 그때마다 아무것도 못 느낀다고 대답하며, 오히려 내 쪽에서 같은 질문을 던졌다. 스나우트 역시 화면 저편에서 고개를 저을 뿐이었다.

마지막 실험이 끝난 지 15일째 되는 날, 나는 간밤에 악몽에 시달린 나머지, 평소보다 일찍 잠에서 깨어났다. 마치 강력한 마취제에 취해 최면 상태에 빠져 있다가 갑자기 제정신으로 돌아온 기분이었다. 창문의 셔터가 열려 있어서, 이글대며 타오르는 붉은 태양의 첫 여명이 바다를 두 동강 내면서 그 거대한 선홍빛 반사광으로 인해 지금껏 죽은 듯이 잔잔하던 수면이 물결치기 시작하는 게 보였다. 그 위로 안개의 엷은 장막이 드리워졌고, 바다의 검은 색조가 옅어졌다. 안개는 물리적인 밀도와 응집력이 상당했다. 그러다 얼마 후 장막의 여기저기에서 미세한 떨림이 시작되었고, 형언하기 힘든 모호한 움직임이 시야를 가득 메웠다. 바다의 검은빛은 사라졌고, 대신 밝은 분홍빛의 돌출부와 희미한 진주색의 함몰부를 가진, 물결치는 두터운 막으로 완전히 뒤덮였다. 파도의 출렁임과 함께 두 색조가 뒤섞이면서 바다 위에 떠 있던 기묘한 장막이 소용돌이치기 시작했고, 그러다 마침내 거대한 공과 같은 거품이 일어나면서 떠오르기 시작했다. 사방에서 얇은 커튼을 연상시키는 날개를 드리운 거품 구름이 텅 빈 진홍빛 하늘을 향해 일제히 솟아올랐고, 어떤 거품은 정거장 근처까지 도달했다. 그것들은 실제 구름과는 전혀 다르게 둥글납작한 형태의 모서리를 만들며, 수평으로도 확장되었다. 낮게 깔린 태양을 가린 수평의 거품막은 숯처럼 시커멓게 보였고, 태양을 등진 다른 거품들은 일출의 광선이 비추는 각도에 따라 적갈색이나 자줏빛으로 시시각각 바꿰었다. 마치 바다가 피처럼 붉은 허물을 하나씩 벗어던지는 듯한 기이한 광경이 계속되었다. 이따금 거품의 틈새로 어두운 해수면이 보이기도 했지만, 곧바로 다시 새로운 거품막에 뒤덮이곤 했다. 거품 중 일부는 정거장의 창문에서 불과 몇 미터 떨어진 부근까지 날아올랐고, 그중 어떤 것은 비단 같은 매끄러운 표면으로 유리창을 문지르기도 했다. 공중으로 제일 먼저 떠오른 거품은 결국 사방으로 흩어져서, 무리에서 떨어져 나온 한 마리 새처럼 허공을 떠돌다가 점차 투명한 침전물이 되어 녹아 버렸다.

정거장이 움직임을 멈추고 세 시간 가까이 같은 지점에 머무는 동안, 창밖에서는 여전히 똑같은 풍경이 계속되고 있었다. 그러다 마침내 태양이 수평선 너머로 저물었고, 바다에는 다시 어둠이 드리워지기 시작했다. 해가 저문 뒤에도 장밋빛으로 반짝이는 수많은 가느다란 형체가 마치 보이지 않는 줄에 매달린 것처럼 열을 지어 사뿐히 하늘로 날아올랐다. 찢어진 날개들이 위로 솟구쳐 오르는 듯한 이 장대한 광경은 주위가 어둠에 완전히 잠길 때까지 계속되었다.

하레이는 이 잔잔하면서도 압도적인 광경을 목격하고 나서 겁에 질렸다. 하지만 나는 그녀에게 아무런 설명도 해 줄 수 없었다. 그것은 솔라리스 연구자인 나에게도 하레이에게도 똑같이 새롭고 불가사의한 현상이었다. 게다가 솔라리스에서는 일 년에 적어도 두세 번 정도는 지금까지 그 어떤 분류표에도 기록되지 않은 새로운 현상이 나타난다는 것이 정설이었고, 사소한 현상은 더 잦게 관측된다고 알려져 있었다.

다음 날 밤, 푸른 태양이 떠오르기 한 시간쯤 전에, 우리는 또 하나의 진기한 현상을 목격하게 되었다. 바다가 인광을 발산하기 시작한 것이다. 먼저 어둠 속에서 보이지 않는 바다의 수면 위로 빛의 조각들이 모습을 드러냈는데, 그것들은 파도의 상하 운동에 따라 허옇고 흐릿한 광채를 내뿜으며 흔들렸다. 그러다 떨어져 있던 빛의 조각들이 급격히 팽창하며 하나가 됐고, 곧 수평선 너머 시야가 닿는 곳까지 찬란한 빛의 융단이 펼쳐졌다. 빛의 강도는 그 후 약 십오 분에 걸쳐 더욱 강렬해지다가 경이로운 방식으로 종말을 맞았다. 서쪽에서 수백 킬로미터에 이르는 어둠의 장막이 다가와 수면을 뒤덮으면서 바다의 인광이 꺼진 것이다. 장막이 정거장까지 밀려왔을 무렵, 여전히 바다에서 분출되던 빛의 조각들이 그림자를 피해 달아나듯 동쪽으로 후퇴했다. 그 빛줄기들은 수평선에 닿자마자 광활한 극지방의 오로라처럼 변했고, 그러다 순식간에 자취를 감췄다. 이윽고 해가 떠올랐다. 그러자 잔잔하게 가라앉은 수면에 아로새겨진 미세한 파도의 골에서 수은과 같은 은빛 빛줄기가 반사되어 정거장의 창문에 투사되었다가 다시 사방으로 뻗어 나갔다.

바다의 인광은 이미 목록에 기록된 현상으로, 비대칭체가 형성되기 직전에 관찰되기도 했다. 또한 그것은 원형질의 활동력이 국지적으로 왕성해졌다는 전형적인 징조였다. 그러나 그 후 두 주가 지나도록 정거장에서는 아무 일도 일어나지 않았다. 딱 한 번, 한밤중에 어디서 나는지 알 수 없는 비명을 들은 적이 있었다. 사람의 목소리라고는 도저히 믿기지 않을 만큼 높은 음색에 날카롭고 질질 끄는 듯한 울부짖음이었다. 나는 악몽에서 깨어나 꿈인지 생시인지 구별하지 못한 채, 오랫동안 그 괴상한 소리에 귀를 기울였다. 그 일이 있기 전날 밤, 우리 방의 바로 위에 있는 3층 실험실에서 무거운 물체를 움직이는 듯한 둔탁한 소리가 들려 왔다. 혹시 이 비명의 출처도 전날과 같은 곳이 아닐까 싶었다. 층마다 방음 장치가 설치되어 있는데, 어째서 위층의 소리가 아래층까지 들리는지 알 수가 없었다. 임종 직전의 고통스러운 신음을 연상시키는 그 비명은 삼십 분 가까이나 지속되었다. 온몸이 땀에 젖고, 반쯤 넋이 나간 나는 당장이라도 3층으로 뛰어 올라가고 싶었다. 신경이 극도로 날카로워졌다. 그러나 어느 순간 비명은 멎었고, 대신 무거운 물체를 바닥에서 끄는 듯한 소음이 다시금 들려왔다.

이틀 후 저녁 무렵, 나와 하레이가 주방에서 식사를 하고 있을 때, 느닷없이 스나우트가 들어왔다. 스나우트는 지구에서 입는 것과 같은 양복을 차려입고 있었다. 덕분에 모습이 달라 보였다. 전보다 나이가 들고, 키도 훨씬 커진 듯했다. 스나우트는 우리 둘에게는 거의 눈길도 주지 않고, 곧바로 테이블로 다가갔다. 그러고는 의자에 앉지도, 몸을 숙이지도 않은 채로 깡통에서 차가운 고기를 꺼내더니 빵과 함께 허겁지겁 먹기 시작했다. 그의 재킷 소매가 기름으로 번들거리는 깡통 윗부분에 자꾸만 닿았다.

"소매가 더러워지잖아." 내가 주의를 주었다.

"흠, 그런가?"

스나우트가 입에 음식을 잔뜩 넣은 채 우물거렸다. 그는 최근 며칠 동안 아무것도 못 먹은 사람처럼 게걸스럽게 음식물을 씹으며 컵에 포도주를 반쯤 따라 단숨에 마셨다. 그러고 나서 입술을 닦고 한숨을 내쉬며 충혈된 눈으로 주위를 둘러보았다.

"자네도 면도를 포기했군······? 흠······"

스나우트가 나를 쳐다보며 중얼거렸다.

하레이가 식기 세척기 속에 소란스럽게 식기를 집어넣었다. 스나우트는 발뒤꿈치를 가볍게 흔들어 대기 시작했다. 그러고는 얼굴을 잔뜩 찌푸린 채, 혀로 이빨 사이를 문지르며 쩝쩝거리는 소리를 냈다. 어쩐지 그가 일부러 그러는 것처럼 느껴졌다.

"자네, 수염을 깎을 생각은 없나?"

스나우트가 나를 뚫어지게 쳐다보며 물었다. 나는 아무런 대답도 하지 않았다.

스나우트가 잠시 후 입을 열었다.

"잘 들어! 내가 충고 하나 하지. 기바리안도 처음에 자네처럼 면도를 포기했다네. 그러고는…… "

"가서 잠이나 자게."

내가 중얼거렸다.

"뭐라고? 나를 바보 취급 하지 말게! 우리 사이에 대화가 필요하다고 생각지 않나? 잘 듣게, 켈빈. 어쩌면 바다는 우리에게 호의를 갖고 있을지도 몰라. 우리를 기쁘게 해주길 원하지만, 단지 그 방법을 모르는 것일 수도 있지 않나? 바다는 우리의 뇌 속에 감춰져 있는 우리의 바람과 욕구를 꿰뚫어보고 있으니까 말야. 신경계의 작용 가운데 우리가 의식하고 있는 것은 전체의 2퍼센트밖에 안 돼. 이것은 다시 말해 바다가 우리 자신보다도 더 우리에 대해 잘 알고 있다는 뜻일세. 따라서 우리는 녀석의 말을 들어야만 하고, 녀석에게 동의해야 하네. 안 그런가? 아니라고? 근데 자네는 대체 왜 면도를 하지 않는 거지?"

스나우트의 목소리가 흐느낌에 떨리고 있었다.

▽ ⊖ ⊖

"그만하게. 자네 취했어."

"뭐? 취했다고? 내가? 그래서 어쨌다는 건가? 자신의 가치를 확인하기 위해 은하계의 끝에서 끝까지 죽어라고 고생해서 도달한 인간이 술 좀 취하면 어때서? 왜지? 자네는 인간의 사명이라는 것을 믿나, 켈빈? 수염을 기르기 전까지 기바리안은 자네에 대한 이야기를 자주 했다네…… 자네는 기바리안이 이야기한 그대로야…… 그렇지만 이제 실험실에는 가지 말게. 거기에 가면, 결국 신념을 잃게 될 테니까…… 그곳에서 사르토리우스는 파우스트 박사와는 정반대로 불멸을 멈출 묘안을 만드는 중이거든…… 우리가 필요로 하는, 거룩한 행성 간 교류의 마지막 기사(騎士), 그게 바로 사르토리우스라네…… 그의 지난번 계획도 쓸만하지 않았나? 끝없는 죽음의 고통 말이야. 괜찮았지? Agonia perpetua(영원한 단말마)…… 밀짚…… 밀짚모자……. 켈빈, 자네는 왜 포도주를 안 마시는 거야?"

통통 부어오른 눈꺼풀에 가려 잘 보이지 않는 그의 눈동자가 꼼짝 않고 벽에 기대 서 있는 하레이에게로 향했다.

"오오, 바다에서 태어난 순백의 아프로디테, 신성(神聖)으로 고통받는 그대의 손……"

낭독하는 듯한 말투로 중얼거리던 스나우트는 터져 나오는 웃음을 참느라 애를 먹었다.

◁◉↖

"거의…… 정말로…… 그렇지…… 않나? 켈……빈?" 그의 웃음이 갑작스러운 기침으로 중단되었다.

나는 침착한 태도로 앉아 있었지만, 그 침착함은 점차 싸늘한 분노로 변했다.

"그만해!" 내가 소리쳤다.

"쓸데없는 소리 집어치우고, 얼른 나가게!"

"날 쫓아낼 작정인가? 자네도? 수염을 기르고, 나를 쫓아내려는 거야? 우주의 진정한 동지로서, 내가 자네에게 진심으로 경고하고 충고하려는데, 자네가 거부하는군. 아, 켈빈, 지금 당장 아래층으로 내려가서 바닥의 승강구를 열고, 바다를 향해 함께 소리쳐 보는 건 어떤가? 어쩌면 녀석이 우리의 목소리를 들을지도 모르잖아? 그런데 녀석의 이름이 뭐지? 생각해 보게. 우리는 모든 항성과 행성에 제멋대로 이름을 붙였어. 근데 그것들은 처음부터 다른 이름을 갖고 있었을지도 몰라. 이건 명백한 권리 침해일세! 어쨌든 가 보자고! 가서 소리 질러 보는 거야…… 녀석이 우리에게 한 짓, 우리를 두렵게 만든 모든 것을 낱낱이 까발리는 거야. 그러면 녀석이 우리의 눈앞에 은빛 대칭체를 정렬시키고, 자신의 수학적 언어로 우리를 위해 기도를 올리고, 피투성이 천사들을 우리에게 보내 줄지도 몰라. 그러면 녀석의 고통이 우리의 고통이 되고, 녀석의 공포가 우리의 공포가 되고, 그러다 결국 녀석이 우리에게 종말을 애걸하게 될지도 몰라. 자네는 어째서 웃지 않는 거지? 지금 내가 하는 말은 모두 농담인데 말야. 어쩌면 우리 인류에게 유머 감각이 조금만 더 있었더라면, 사태가 이 지경까지 오지 않았을지도 모르네. 그런데 자네는 사르토리우스가 무엇을 하려는지 아나? 사르토리우스는 녀석을, 다시 말해 바다를 벌하려는 걸세. 그는 바다가 온 힘을 다해 울부짖도록 만들고 싶은 거야…… 다른 사람이 저지른 죄에 대한 속죄양으로 우리를 이곳에 파견한 그 노망난 협의회에 자신의 계획을 떳떳이 밝히고 승인을 요청할 만한 용기가 사르토리우스에게는 없다고 생각하는군? 그래, 자네의 예상이 맞았네…… 사르토리우스는 겁내는 게 틀림없어…… 그런데 그건 밀짚모자 때문이라네. 누구에게도 그 모자를 보여 주고 싶지 않기 때문이지. 우리의 파우스트 박사도 그렇게까지 용감하진 못하거든."

나는 잠자코 있었다. 스나우트의 다리가 점점 더 휘청거렸다. 눈물이 그의 뺨을 타고 내려와 양복 위로 떨어졌다.

"대체 누가 이런 짓을 한 걸까? 우리를 이 지경으로 만든 게 누구지? 기바리안? 기스? 아인슈타인? 아니면 플라톤? 그들은 모두 범죄자들일세. 생각해 보게. 인간은 로켓 안에서 물방울처럼 터져 버릴지도 몰라. 아니면 딱딱하게 굳거나 증발해 버릴 수도 있어. 미처 소리 지를 새도 없이 순식간에 피를 내뿜으며 죽어 버릴지도 몰라. 그러면 아인슈타인에 의해 수정된 뉴턴의 궤도를 도는 로켓 안에서, 뼈만 남아서 캡슐의 금속 면에 부딪히며 덜거덕거리는 신세가 될지도 모르는 거지. 우리 인류의 진보가 도달한 지점이 겨우 여기까지라네! 그런데도 우리는 여정이 멋들어져 보인다는 이유만으로 기꺼이 동참해서 여기까지 와 버리고 말았어. 이 방, 이 접시들, 만능 식기 세척기에 믿을 만한 수납장까지 갖춰 놓고, 수세식 화장실까지 만들었지…… 우리 인간이 이루어 낸 성취는 고작 이것뿐일세…… 생각해 보게, 켈빈. 나도 취하지 않았다면, 이런 말을 안 했을 걸세. 그러나 결국 누군가는 해야만 하는 이야기 아닌가? 자네는 지금 도살장에 끌려온 어린아이 같은 신세라네. 그래도 자네의 수염과 머리카락은 계속 자라고 있지…… 대체 이게 누구의 잘못이란 말인가? 스스로 대답해 보게나."

스나우트는 천천히 몸을 돌렸고, 문턱 근처에서 넘어지지 않으려고 손으로 문설주를 잡으며 방을 나섰다. 그의 발소리가 메아리가 되어 한동안 복도에서 우리를 향해 돌아왔다. 나는 하레이의 시선을 피하려 애썼지만, 어느 순간, 그녀와 눈이 마주쳤다. 나는 하레이에게 다가가서 그녀를 끌어안고, 그녀의 머리카락을 어루만져 주고 싶었다. 하지만 그렇게 할 수가 없었다. 나는 그럴 수가 없었다.

▽ ⊖ ▽

성공

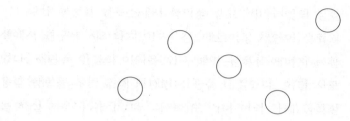

그로부터 3주간은 마치 똑같은 하루가 반복되는 것처럼 아무런 변화가 없었다. 창문의 셔터가 닫혔다가 열렸고, 나는 밤마다 악몽에서 악몽으로 전전하며 괴로워했고, 아침이 되면 일어나서 연극을 되풀이했다. 그것은 정말 연극이었을까? 나는 평정을 가장했고, 하레이도 마찬가지였다. 서로를 속이는 이 암묵적인 협약이 우리에게 마지막 도피처가 되어주었다. 지구로 돌아가면 어떻게 살아갈지 이런저런 이야기를 나눌 수 있었으므로. 우리는 대도시 주변의 교외, 푸른 하늘과 숲이 우거진 전원에 정착해서 그곳에서 남은 생을 마치기로 약속했다. 둘이서 함께 살 미래의 집을 떠올리며, 내부를 꾸미고, 정원을 설계하고, 울타리나 벤치 같은 사소한 것까지 배치해 가며 계획을 세웠다. 하지만 그 모든 걸 이룰 수 있다고 믿은 적은 단 한 순간도 없었다. 우리의 계획이 실현 불가능하다는 것은 나 자신이 누구보다 잘 알고 있었다. 설사 그녀가 이 정거장을 무사히 빠져나갈 수 있다 해도 지구에 착륙할 수 있는 건 오직 인간뿐이었다. 여기서 인간이라는 건, 신분증을 소지한 존재를 의미한다. 첫 번째 신원 조회에서 곧바로 하레이의 정체가 밝혀질 테고, 탈출 작전은 실패로 끝난 채, 우리는 결국 헤어지게 될 것이다. 솔라리스의 정거장만이 나와 하레이가 함께 있을 수 있는 유일한 공간이었다. 하레이도 그 사실을 알까? 그런 것 같았다. 그렇다면 누군가가 하레이에게 귀띔이라도 해 준 걸까? 지금껏 벌어진 여러 가지 상황들을 종합해 보면, 그럴 가능성은 충분했다.

　　어느 날 밤 잠결에 하레이가 침대에서 살그머니 일어나는 기척이 느껴졌다. 나는 하레이를 붙잡으려 했다. 이제 우리는 어둠 속에서 침묵하고 있을 때만, 일시적으로 자유로울 수 있었고, 사방에서 우리를 포위하고 있는 절망의 고통을 잠시나마 망각할 수 있었다. 하레이는 내가 잠에서 깬 것을 눈치채지 못하고, 내가 막 손을 내밀려는데 침대를 빠져나갔다. 아직 잠에서 덜 깬 내 귓가에 맨발로 살금살금 걷는 하레이의 발소리가 들려왔다. 나는 정체를 알 수 없는 공포에 몸서리 쳤다.

"하레이."

큰 소리로 부르려다 말고, 나직이 속삭였다. 하지만 그녀는 듣지 못한 모양이었다. 나는 침대 위에서 상체를 일으켜 앉았다. 복도로 통하는 문이 빼꼼히 열려 있었다. 가느다란 빛줄기가 방 안으로 스며들어 왔다. 어디선가 소곤대는 말소리가 들리는 것 같았다. 하레이가 누군가와 얘기하고 있는 걸까? 그렇다면 상대는 누구지?

나는 자리에서 일어나 문 쪽으로 다가갔다. 하지만 불현듯 말할 수 없는 공포에 사로잡혀 발이 떨어지지 않았다. 잠시 그 자리에 선 채로 귀를 쫑긋 세웠다. 사방이 온통 고요했다. 천천히 침대로 돌아갔다. 머리가 지끈거렸다. 나는 숫자를 세기 시작했다. 1000까지 세었을 때, 문이 조용히 열리더니 하레이가 발소리를 죽이며 방으로 들어왔다. 그녀는 내 숨소리를 살피려는 듯, 잠시 침대 곁에서 멈춰 섰다. 나는 호흡이 거칠어지지 않도록 조심했다.

"크리스……?"

하레이가 조용히 속삭였다. 나는 대답하지 않았다. 하레이가 재빨리 침대 속으로 기어 들어왔다. 그녀가 침대에 누워 몸을 곧게 펴는 게 느껴졌다. 나는 어떻게 하면 좋을지 몰라 그녀의 옆에서 무력하게 누워만 있었다. 뭔가 적당한 질문거리를 생각해 내려고 애를 썼다. 그러나 시간이 지남에 따라, 내 쪽에서 먼저 얘기를 꺼내지 않는 편이 낫겠다는 생각이 점점 강해졌다. 정확하진 않지만 한 시간쯤 지났을 무렵 나는 다시 잠들었다.

평소와 다름없는 아침이 시작되었다. 나는 하레이의 동태를 은밀히 살피면서도 그녀가 아무것도 눈치채지 못하도록 조심하는 것도 잊지 않았다. 점심 식사를 마치고 우리는 커다랗고 볼록한 전망 창 앞에 나란히 앉았다. 창밖에는 선홍빛 구름이 낮게 깔려 있었고, 정거장은 마치 바다를 항해하는 전함처럼 그 구름들 사이를 유유히 항해하고 있었다. 하레이는 책을 읽기 시작했고, 나는 그즈음 내게 유일한 휴식이나 다름없던 몽상에 잠긴 채 멍하니 창밖을 내다보았다. 그러다 문득 특정한 각도로 머리를 기울이면, 유리에 반사된 우리 둘의 모습이 선명하게 보인다는 사실을 알게 되었다. 나는 의자의 팔걸이에서 손을 떼고, 자세를 바꿨다. 유리에 비친 하레이의 얼굴을 보니, 그녀는 내가 유리창을 통해 자신을 바라보고 있다는 사실을 전혀 눈치채지 못하고 있었다. 하레이는 나를 힐끗 쳐다보고는 내가 바다를 바라보고 있다고 확신하면서 팔걸이를 향해 몸을 숙이고, 내 손이 놓여 있던 곳에 자신의 입술을 갖다 댔다. 나는 부자연스럽게 몸을 고정한 채, 같은 자세를 유지했다. 하레이가 다시 책장을 향해 고개를 숙였다.

"하레이." 내가 조용히 입을 열었다. "어젯밤에 어디 갔었어?"

"어젯밤?"

"응."

"당신이 꿈을 꿨나 봐, 크리스. 나는 아무 데도 가지 않았어요."

"방에서 나간 게 아니었어?"

"네. 당신이 꿈을 꾼 게 틀림없어요."

"그럴지도 모르겠군…… 그래, 아마 내가 꿈을 꾼 모양이야……"

밤이 되어 잠자리에 들기 전, 내가 또 다시 우리의 여행과 지구로 돌아가는 이야기를 꺼내자 하레이가 내 말을 가로막았다.

"아, 그런 얘기는 더 듣고 싶지 않아. 이제 그만해요, 크리스. 당신도 잘 알잖아요……"

"뭘?"

"아무것도 아녜요."

잠자리에 들기 위해 하레이와 함께 막 침대에 누웠는데, 그녀가 갑자기 목이 마르다고 했다.

"저기, 탁자 위에 주스가 놓여 있어요. 부탁인데 좀 갖다주세요."

하레이는 주스를 반쯤 마시고는 내게 컵을 건네 주었다.
나는 주스를 마시고 싶은 생각이 없었다.

"내 건강을 기원하며↓ 마셔 주세요."

하레이가 미소를 지으며 말했다.

나는 주스를 들이켰다. 약간 짠맛이 났지만 딱히 신경이
쓰이지는 않았다.

"하레이, 지구에 관한 이야기가 싫다면, 우리 무슨 이야
기를 할까?"

그녀가 불을 끄자마자 내가 물었다.

"내가 없으면 당신은 결혼할 건가요?"

"아니."

"절대로?"

"절대로!"

"왜요?"

"이유는 나도 몰라. 하지만 지난 십 년 동안 혼자 살면
서도 쭉 독신으로 지냈는걸. 그런 이야기는 그만두자고, 달
링……"

혼자서 포도주 한 병을 다 비운 것처럼 머릿속이 빙글빙
글 돌았다.

→   폴란드인들은 평소 술을 마시며 건배를 할 때, "나 즈
    드로비에(Na zdrowie)."라고 말한다. 건강을 기
    원한다는 뜻이다.

“안 돼요. 계속 이야기해요. 만약 내가 간절히 부탁하면 어떻게 할 건가요?”

“나더러 결혼하라고 부탁한다고? 말도 안 돼, 하레이. 내게는 당신 말고는 아무도 필요 없어.”

하레이가 내 위로 몸을 숙였다. 내 입술에 닿는 하레이의 숨결이 느껴졌다. 그녀가 나를 세차게 끌어안았다. 그 힘이 어찌나 강하던지 한순간에 잠이 달아나 버렸다.

“그 말을 다른 식으로 표현해 줘요.”

“사랑해.”

하레이가 내 품에 얼굴을 묻었다. 그때 나는 그녀의 눈꺼풀이 격렬히 흔들리고 있고, 그녀가 눈물을 흘리고 있다는 걸 알았다.

“하레이, 왜 그래?”

“아무것도 아니에요…… 진짜 아무것도…… ”

하레이의 목소리가 점점 작아졌다. 나는 눈을 뜨려고 애썼지만 눈꺼풀이 자꾸만 감겼다. 언제 잠이 들었는지 기억이 나지 않았다.

새벽의 붉은 햇빛이 나를 잠에서 깨웠다. 머리는 납덩이처럼 무거웠고, 등뼈들이 전부 하나로 붙어 버린 것처럼 뒷목이 뻣뻣했다. 혀가 깔깔하고 씁쓸하게 느껴지면서 입안에서 제대로 움직여지지 않았다. 혹시 독이라도 마신 건 아닐까. 고개를 들려고 안간힘을 쓰면서 문득 그런 생각을 했다. 나는 하레이를 향해 손을 뻗어 보았다. 시트의 서늘한 감촉만 느껴졌다.

나는 벌떡 일어났다.

침대는 비어 있었고, 방에는 아무도 없었다. 유리창에 비친 둥근 태양이 몇 개나 겹쳐 보였다. 나는 바닥으로 뛰어내렸다. 술 취한 사람처럼 비틀대는 내 모습은 틀림없이 꽤나 우스꽝스러웠을 것이다. 나는 몸을 가누기 위해 가구들을 손으로 짚으면서 간신히 옷장 근처까지 갔다. 하레이는 욕실에도 없었다. 복도에도 실험실에도 그녀는 없었다.

"하레이!"

나는 복도의 한가운데 서서, 정신없이 양손으로 허공을 휘저으며 소리쳤다.

"하레이!"

나는 거친 목소리로 한 번 더 절규했다. 상황은 명백했다.

그 후 무슨 일이 벌어졌는지는 잘 기억나지 않는다. 옷도 제대로 걸치지 못하고 하레이를 부르며 정거장 곳곳을 미친 듯이 돌아다녔을 것이다. 냉동실에도 가고, 제일 아래층에 있는 창고로 내려가서 닫힌 문을 주먹으로 요란하게 두들긴 것도 기억난다. 심지어 그곳에는 여러 번 갔었던 것 같다. 쿵쾅대며 계단을 오르내리다가 넘어졌고, 다시 벌떡 일어나서 어딘가를 향해 달려갔다. 그러다 바깥으로 통하는 출구인 이중 강철문과 연결된 투명한 해치 앞에 도착했다. 나는 지금까지 일어난 모든 일이 꿈이기를 간절히 기도하며, 온 힘을 다해 문을 밀었다. 언제부터인가 누군가가 내 옆에 와 있었는데, 그가 나를 문에서 억지로 떼어 낸 뒤 어딘가로 끌어당겼다. 그 후 정신을 차리고 보니 작은 작업실에 와 있었다. 셔츠는 찬물에 흠뻑 젖었고, 머리카락은 마구 헝클어져 있었다. 수술용 알코올 탓에 콧구멍과 혀가 불에 덴 듯 화끈거렸다. 나는 차가운 금속판 위에 숨을 헐떡이며 반쯤 몸을 기댄 채 누워 있었다. 눈을 떠 보니 얼룩이 잔뜩 묻은 리넨 바지를 입은 스나우트가 약장에서 뭔가를 부산하게 찾고 있었다. 그러다 약병이 넘어지는 바람에 각종 기구와 유리병이 요란하게 쨍그렁거렸다.

갑자기 스나우트가 다가오더니 내 앞에서 멈춰섰다. 그가 몸을 숙이면서 내 눈을 주의 깊게 들여다보았다.

"그녀는 어디 있지?"

"여기 없어."

"하지만 하레이는……"

"하레이는 이제 없다고."

회심의 일격을 가해 놓고 그 반응을 살피려는 듯이 스나우트가 얼굴을 내게 가까이 들이밀며 천천히 힘주어 말했다.

"다시 돌아올 거야……" 나는 두 눈을 감으며 중얼거렸다. 지금까지와는 달리 나는 처음으로 두렵지 않았다. 그녀가 유령처럼 다시 모습을 드러내는 것이 전혀 두렵지 않을 뿐더러, 예전에 내가 그녀의 귀환을 그토록 겁냈다는 사실이 이해되지 않았다.

"이걸 마시게."

스나우트는 따뜻한 액체가 든 유리컵을 내게 내밀었다. 하지만 나는 컵을 받아 들자마자 그 안에 든 액체를 스나우트의 얼굴에 끼얹어 버렸다. 스나우트가 엉겁결에 물러나며 눈을 비볐다. 그가 눈을 떴을 때, 나는 그의 앞에 서 있었다. 내 앞에 마주 선 스나우트의 덩치가 유독 작게 느껴졌다.

"자네 짓이군!?"

"그게 무슨 소리야?"

"시치미 떼지 말게. 무슨 얘긴지 다 알잖나. 그때 밤중에 하레이와 쑥덕거리던 게 바로 자네였군? 하레이에게 시킨 거지, 내게 수면제를 마시게 하라고……? 그녀에게 무슨 짓을 했어? 말해!!!"

스나우트가 셔츠의 가슴팍에 달린 주머니를 뒤적거리더니 구겨진 봉투 하나를 꺼냈다. 나는 그것을 낚아채듯이 빼앗았다. 밀봉된 봉투의 겉면에는 아무것도 쓰여 있지 않았다. 나는 봉투를 뜯었다. 안에는 두 번 접힌 종이 한 장이 들

▽ 〉 ▽

어 있었다. 큼직하고 아이처럼 삐뚤빼뚤한 글씨체. 누가 썼
는지 한눈에 알 수 있었다.

사랑하는 크리스, 내가 먼저 스나우트 씨에게 부탁했어요.
그는 좋은 사람이에요. 당신을 속일 수밖에 없어서 정말 괴
로웠지만, 다른 방법이 없었어. 날 위해 한 가지만 해 주세
요. 스나우트가 하는 말을 잘 듣고, 결코 경솔한 행동은 하
지 말아 줘요. 당신은 정말 멋진 사람이었어요.

마지막 단어는 지워져 있었지만, 나는 '하레이'라고 썼
다가 지운 흔적을 알아볼 수 있었다. 그리고 그 옆에 H인지,
K인지 구별하기는 힘들었지만, 철자 하나가 적혔다가 지워
진 얼룩이 남아 있었다. 나는 쪽지를 읽고, 읽고, 또 읽었다.
그사이 머릿속이 맑아졌다. 히스테리를 부리려고 해도, 목구
멍에서는 신음조차 제대로 나오지 않았다.

"어떻게 한 거야? 대체 어떻게?"

내가 억지로 목소리를 쥐어 짜내며 속삭이듯 물었다.

"나중에 이야기하세, 켈빈. 일단 진정하게나."

"이제 괜찮아졌어. 그러니 말해 주게. 어떤 방법을 썼
나?"

"소멸 장치야."

"아니 어떻게? 그럼 그 장치는⋯⋯?!"

"로셰 장치는 전혀 쓸모가 없었어. 그래서 사트로리우스가 새로운 특수 소멸기를 만들었지. 광선의 사정거리가 반경 몇 미터밖에 안 되는 초소형 장치였어."

"그녀는 그럼⋯⋯"

"사라졌어. 섬광과 함께 돌풍이 일어났어. 그리 세지 않은 바람이었지. 그게 다야."

"장치가 단거리에서만 작동한다는 거야?"

"그래, 그보다 큰 용량의 장치를 만들기엔 재료가 부족했거든."

갑자기 사방의 벽들이 나를 향해 무너져 내리는 것만 같았다. 나는 눈을 질끈 감았다.

"이럴 수가⋯⋯ 그녀는⋯⋯ 돌아올 거야. 반드시 돌아올 거야, 왜냐하면⋯⋯"

"아니, 안 돌아와."

"자네가 그걸 어떻게 알아?"

"그녀는 돌아오지 않아, 켈빈. 거품막이 공중으로 날아오르던 날을 기억하나? 그때 이후로 아무것도 돌아오지 않고 있어."

"이제 안 돌아온다고?"

"그래."

▽ ⟩ ○

"자네가 그녀를 죽였군."

내가 나지막이 속삭였다.

"맞아. 그런데 자네라면 어떻게 했겠나? 자네가 내 입장이었다면?"

나는 자리에서 벌떡 일어나 방 안을 걷기 시작했다. 발걸음이 점점 빨라졌다. 벽에서 구석까지 갔다가 다시 돌아왔다. 아홉 걸음. 방향을 바꿨다. 다시 아홉 걸음. 나는 스나우트에게로 돌아와 그의 앞에 멈춰섰다.

"잘 듣게, 스나우트. 내가 직접 보고서를 쓰겠네. 당장 위원회와의 직접적인 소통을 요구할 걸세. 충분히 가능한 일이야. 그들도 분명 동의해 줄 걸세. 이 행성은 사 개국 협약에서 제외되는 지역이니, 우리가 어떤 방법을 써도 다 허용될 걸세. 반물질 생성기를 가져오겠네. 반물질의 작용에 저항이 가능하다고 생각하나? 아무것도 절대로! 그 무엇도!"

나는 눈물로 뒤범벅이 된 채, 의기양양하게 고함을 질렀다.

"자네는 바다를 섬멸할 작정인가? 왜?"

스나우트가 물었다.

"나가 주게! 날 내버려 둬!"

"못 나가겠네."

"스나우트!"

나는 스나우트를 노려보았다. 하지만 그는 고개를 저으며 완강하게 내 요구를 거절했다.

"자네가 원하는 게 뭔가? 내가 어떻게 했으면 좋겠나?"

스나우트가 탁자가 있는 쪽으로 물러서며 말했다.

"좋아. 함께 보고서를 제출하세."

나는 이렇게 말하며 스나우트에게서 등을 돌린 채 다시 방 안을 걷기 시작했다.

"자리에 앉게."

"날 좀 가만 놔둬."

"켈빈, 우리는 보고서에 두 가지 사항을 적어야 하네. 첫째, 있는 그대로의 사실. 둘째, 우리의 요구 사항."

"지금 꼭 그런 이야기를 해야만 하나?"

"그래, 지금 해야 해."

"나는 내키지 않는데. 알겠나? 나는 아무것도 신경쓰고 싶지 않아."

"우리가 마지막으로 보고를 한 것은 기바리안이 죽은 직후야. 벌써 두 달이나 흘렀지. 우리에겐…… 방문자들이 나타나는 현상을 정확히 보고해야 할 의무가 있어."

"그만하지 못하겠나?"

나는 스나우트의 어깨를 잡았다.

"나를 때리는 건, 자네 마음이지만, 그래도 내 입을 막을 수는 없을걸······"

나는 스나우트를 놓아주었다.

"그렇게 지껄이고 싶다면, 마음대로 해······"

"문제의 핵심은, 사르토리우스가 몇 가지 사실을 은폐할 거라는 점이야. 나는 거의 확신하네."

"그렇다면 자네는? 아무것도 감추지 않을 작정인가?"

"응, 감출 생각 없네. 더는 우리만의 문제가 아니니까. 내 말이 무슨 뜻인지는 아마 자네도 잘 알 거야. 바다는 우리에게 이성적인 활동을 보여주었어. 인류의 지식을 뛰어넘는 고도의 능력을 발휘해서 가장 복잡한 단계의 유기물을 합성했지. 바다는 인체의 구조와 미세 구조, 신진대사에 대해서도 훤히 꿰뚫고 있어······"

"그래, 맞아······ 근데 왜 거기서 멈춘 거지? 바다는 우리를 대상으로 연속적인······ 실험을 했어. 심리적인 생체 해부 말일세. 우리의 머리에서 훔친 지식을 바탕으로 실험을 하면서도, 우리의 목적이나 의도에 대해서는 아무런 관심도 기울이지 않았네."

"켈빈, 그것은 사실도 추론도 아니야. 그저 가정에 불과해. 어떤 의미에서 바다는 우리의 정신에서 봉인되고, 은밀히 감춰진 부분이 욕망하는 것들에 주목했을지도 모르네. 어쩌면 그것은 선물이었을지도······"

✕への

"선물이라고! 하나님 맙소사!"

나는 웃음을 터뜨렸다.

"진정해!"

스나우트가 내 손을 잡고 소리쳤다. 나는 손가락뼈에서 우두둑 소리가 날 정도로 그의 손을 세게 맞잡았다. 스나우트가 눈을 가늘게 뜬 채, 나를 빤히 쳐다보았다. 잠시 후 나는 그의 손을 놓고, 구석으로 걸음을 옮겼다. 그리고 벽에 머리를 기댄 채 말했다.

"흥분하지 않도록 노력하지."

"괜찮네. 자, 그럼 이제 우리가 뭘 요구해야만 하지?"

"자네가 결정하게. 지금 나는 아무것도 못 하겠어. 혹시 하레이가 다른 이야기는 하지 않았나, 그러니까 그 일이 있기 전에……"

"아니, 아무 말도 없었어. 나는 지금 우리에게 좋은 기회가 찾아왔다고 생각하네."

"기회? 어떤 기회? 대체 무엇을 위한 기회라는 건가? 자네는……"

스나우트의 눈을 쳐다보며 소리치던 내 목소리가 점점 작아졌다. 불현듯 스나우트가 한 말의 의미를 알 것 같았다.

"접촉 말인가? 다시 접촉을 시도하자는 건가? 그렇게 당하고도? 자네 자신도, 그리고 이 미치광이 같은 정거장도 전부…… 근데 접촉이라고? 안 돼. 절대 안 된다고. 계획에서 난 빼 주게!"

"왜 안 된다는 건가?"

스나우트가 태연히 물었다.

"켈빈, 자네는 여전히 바다를 인간처럼 대해야 한다고 주장하고 있군. 게다가 지금까지의 그 어느 때보다 더 확실하게 바다를 인간 취급 하고 있어. 본능적으로 바다를 증오하면서 말이지."

"그렇다면 자네는 아니란 말인가?"

"난 아냐, 켈빈. 바다는 눈이 멀었으니까."

"눈이 멀었다니?"

나는 혹시 내가 잘못 들은 게 아닌가 싶어서 되물었다.

"물론 우리 인간의 기준으로 그렇다는 걸세. 바다가 우리의 존재를 인식하는 방식은 우리가 서로를 보는 것과는 다른 방식이라는 뜻이야. 우리는 얼굴이나 몸과 같은 겉모습을 보고 개개인을 식별하지. 그러나 바다에게 그런 겉모습은 투명한 유리나 마찬가지네. 바다는 우리의 뇌 속으로 자유롭게 들어갈 수 있으니까."

"알겠네. 그래서 어쨌다는 건가? 도대체 뭘 주장하고 싶은 거지? 바다는 우리의 기억 속에서만 존재하는 과거의 인간을 정확하게 재창조했어. 게다가 그녀의 눈빛이나 몸짓

그리고 목소리까지도…… 그 목소리는……"

"계속하게! 어서 말해 보게나! 어서!"

"지금 말하고 있지 않나…… 그래, 다시 말해서…… 그녀의 목소리까지도 그대로야…… 왜냐하면 바다는 책을 읽듯이 우리의 마음을 읽을 수 있기 때문이지. 그게 무슨 의미인지 알겠나?"

"알아. 그러니까 바다가 마음만 먹으면 우리와 소통할 수 있다는 말이군."

"그렇다네. 너무도 명백한 사실 아닌가?"

"아니, 전혀 그렇지 않아. 왜냐하면 바다가 생산 활동을 위해 내리는 처방은 언어로 쓰인 게 아니니까. 그것은 우리의 기억 속에 보존되어 있는 일종의 고정된 기록일세. 다시 말해 정자의 머리나 난자와 같은 단백질 구조로 이루어진 거지. 결국 뇌 속에는 말이나 감정은 아예 없는 거야. 그러므로 인간의 기억이란 거대분자의 비동기(非同期) 결정체에 핵산으로 새겨진 이미지 같은 것이라고 할 수 있네. 바다는 그 안에서 가장 선명하게 새겨져 있는 것, 가장 폐쇄적이고 가장 깊숙이 각인되어 있던 것을 끄집어내는 거야, 알겠나? 그러나 그것이 우리에게 어떤 가치와 의미를 부여하는지에 대해서는 바다로서는 전혀 알 필요가 없는 것이지. 입장을 바꿔서 우리가 대칭체를 창조하는 데 필요한 건축 기술이나 재료에 대해 잘 알고 있다고 가정해 보세. 그런데 그것을 만들어 바다에 던져 버리면서도 그 대칭체가 바다에게 왜 필요하고, 어떤 의미인지는 전혀 모르는 것과 같은 경우일세."

"그럴듯하군." 내가 말했다. "그래, 충분히 가능해. 그게 사실이라면…… 어쩌면 바다는 처음부터 우리에게 적의를 품거나 우리를 파괴하려고 했던 게 아닐 수도 있겠군. 그래 가능한 일이야…… 단지 바다가 본래의 의도와는 달리……"

내 입술이 떨리기 시작했다.

"켈빈!"

"아, 괜찮네. 별일 아니야. 자네는 좋은 사람이야. 바다도 그렇고. 결국 모두가 선량한 존재라는 거군. 하지만 왜 그랬나? 스나우트, 설명해 주게. 무엇 때문인가? 대체 왜 그런 짓을 했지? 그녀에게 무슨 말을 했나?"

"진실을 말했네."

"진실, 진실이라! 어떤 진실 말인가?"

"자네가 더 잘 알 텐데. 내 방으로 가세. 거기서 함께 보고서를 쓰는 거야. 자, 가세.

아, 그런데 잠깐! 자네가 바라는 게 정확히 뭐야? 설마 이 정거장에 계속 머물 생각인가……?"

"맞아. 여기에 남을 생각이네."

오래된 미모이드

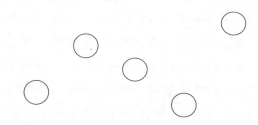

나는 커다란 창문 앞에 앉아 바다를 바라보고 있었다. 할 일이 아무것도 없었다. 닷새 걸려 작성한 보고서는 지금쯤 전자 파동의 묶음 형태로 오리온성좌 인근의 우주 공간을 날아가고 있을 것이다. 그리고 머지않아 13조 제곱킬로미터에 걸쳐 퍼져 있고, 모든 신호와 광선을 흡수해 버리는 암흑의 먼지 성운에 도달하게 되면, 첫 번째 통신 위성으로 전달될 것이다. 전파는 거기서부터 수십억 킬로미터 간격으로 배치된 무선 부표 사이를 거대한 활 모양을 그리며 뻗어 나가서, 이윽고 마지막 통신 위성에 도달하게 된다. 그것은 정밀한 기계들로 꽉 채워져 있고, 확장된 방향 안테나를 가진 금속 콘테이너인데, 거기서 전파를 한 번 더 압축한 뒤, 지구를 겨냥하여 쏘아 보낼 것이다. 그러고 나서 다시 몇 개월이 흐르면, 이번에는 지구에서 발사된 동일한 유형의 에너지 묶음이 은하계의 중력장에 충격파의 일그러진 흔적을 남기며 먼지 성운의 가장자리에 도달하게 된다. 그러고는 성운을 관통하여 유유히 떠다니는 무선 부표를 통과하면서 그 에너지가 점점 증폭될 테고, 그렇게 변함없이 빠른 속도를 유지하며 솔라리스의 두 개의 태양을 향해 돌진해 올 것이다.

　　바다는 높게 솟아오른 붉은 태양에 반사되어 평소보다 더욱 검게 보였다. 바다와 하늘이 만나는 지점에 선홍빛 안개가 드리워져 이글이글 녹는 것처럼 보였다. 유난히 무더운 날이었다. 행성에서 일 년에 손꼽을 정도로 드물게 발생하는, 상상을 초월할 정도로 격렬한 폭풍이 다가올 조짐인 듯했다. 이곳의 유일한 거주자인 바다가 행성의 기후를 통제하고 폭풍조차 마음대로 일으킨다는 추측에는 분명 근거가 있었다.

　　나는 앞으로도 몇 달 동안, 이 높은 창들을 통해 새하얀 금빛과 따분한 붉은색이 뒤섞인 해돋이 광경을 바라볼 것이다. 가끔은 액체의 분출 속에서 대칭체가 뿜어내는 은빛 거품에 반사되는 햇살에 눈을 감기도 하고, 바람 속에 흔들리는 급변성체나 풍화 작용으로 무너져 내리는 미모이드를 목격하기도 할 것이다.

그러다 어느 날, 화상 전화의 모든 스크린에 불이 들어와 깜빡이기 시작하고, 지금까지 죽은 듯 잠잠하던 통신 장비들이 수십만 킬로미터 저편에서 보내온 자극을 받고 갑자기 되살아나서 거대한 우주선이 천둥처럼 요란하게 중력 조절 장치를 작동시키며, 솔라리스 바다에 접근하고 있음을 알릴 것이다. 그것은 율리시스호일 수도 있고, 프로메테우스호일 수도 있다. 아니면 장거리 여행을 위한 또 다른 비행용 우주선일 수도 있다. 나는 사다리를 딛고 정거장의 평평한 지붕 위로 올라가서 새하얀 철제 갑옷을 입은 로봇 승무원 무리가 임무를 수행하는 광경을 지켜보게 될 것이다. 그들은 인간과는 달리 원죄로부터 자유롭기에 아무 거리낌 없이 진로를 방해하는 장애물을 때려 부수고, 때로는 스스로를 파괴하기도 하면서 메모리 장치에 입력된 과업을 맹목적으로 수행할 것이다. 그러고 나면 우주선은 소리 없이 떠오르고, 바다를 지날 때는 천둥과도 같은, 낮고 묵직한 뱃고동의 잔향을 남긴 채 소리보다 빠른 속도로 날아갈 것이다. 모든 탑승자의 얼굴은 집으로 돌아간다는 기쁨에 환히 빛나리라.

그러나 내게는 집이 없다. 지구? 나는 사람들로 들끓는 복잡한 대도시에서 길을 잃고 헤매는 내 모습을 그려 보았다. 그러자 이곳에 도착한 지 이틀에서 사흘째 되던 날, 검은 파도가 출렁이는 솔라리스의 바닷속으로 몸을 던져 버리고 싶은 충동에 사로잡혔던 기억이 떠올랐다. 아마도 나는 대도시의 인파에 휩쓸려 사라져 버릴 것이다. 나는 조용하고 주의 깊은 인간이 될 테고, 덕분에 동료로서 좋은 평가를 받게 될 것이다. 아는 사람도 많이 생길 테고, 친구나 여자 친구도 몇 사귈지 모른다. 그러다 단 한 명의 사랑하는 여인을 만나게 될 수도 있다. 미소를 짓고, 인사를 나누고, 잠자리에서 깨어나고, 그 밖에 지구에서의 일상에 필요한 수많은 자질구레한 일들을 수행하기 위해 한동안은 억지로 애를 써야만 하겠지. 지구에서의 생활에 완전히 익숙해져서 의식하지 않게 되려면, 아마도 많은 시간과 노력이 필요하리라. 뭔가 새로운 흥밋거리나 일거리를 찾게 되겠지만, 거기에 전력투구하지는 않을 것이다. 무슨 일을 하든 누구를 만나든 이제는 그렇게 할 수 없을 것 같다. 그러다 밤이 되면, 먼지구름의 어둠이 검은 장막처럼 두 태양의 빛을 가리고 있는 어딘가를 물끄러미 바라보며, 과거의 모든 기억을 회상할지도 모른다. 지금 내가 미래를 생각하고 있는 이 순간을 포함한 모든 순간을. 짐작하건대 아마도 나는 일말의 회환과 우월감이 뒤섞인 관대한 미소를 지으며 지난날의 내 어리석음, 그리고 나의 소망을 떠올릴 것이다. 하지만 나는 과거에 '접촉'이라고 부르던 원대한 계획을 준비하던 과거의 켈빈과 비교해 볼 때, 이 미래의 켈빈이 뒤떨어지는 인간이라고는 생각지 않는다. 나를 판단할 권리는 그 누구에게도 없으므로.

스나우트가 방에 들어와 주위를 한번 둘러보고는 내게로 시선을 돌렸다. 나는 자리에서 일어나 탁자로 다가갔다.

"무슨 일이야?"

"할 일이 없어서 따분할 것 같은데…… 아닌가?"

스나우트가 눈을 찡긋거리며 물었다.

"괜찮다면, 일거리를 가져다줄 수 있네만…… 계산이나 뭐, 그런 것 말야…… 물론 특별히 급한 일은 아닐세."

"고마워." 나는 빙긋 웃었다. "그렇지만 필요 없네."

"정말로?" 스나우트가 창밖을 내다보며 물었다.

"정말이네. 그저 이런저런 생각을 했어. 그리고……"

"너무 많은 생각을 하지는 말았으면 좋겠는데."

"하지만 자넨 내가 무슨 생각을 하는지도 모르잖나! 어디 한번 대답해 보게. 자넨 신을 믿나?"

스나우트의 눈빛에 불안한 기색이 떠올랐다.

"무슨 소리 하는 건가? 요즘 세상에 누가 신을 믿는다고……"

"그렇게 간단한 문제가 아닐세……"

나는 일부러 가벼운 어조로 말했다.

"왜냐면 내가 생각하는 건, 지구의 일반적인 종교에서 말하는 전통적인 신이 아니거든. 내가 종교에 관한 전문 지식이 부족해서 미처 생각지 못하는 걸 수도 있네만, 어쩌면 자네가 알지도 모르겠군. 혹시 과거에 말일세, 신은 신인데, 그러니까…… 결함이 있는 불완전한 신을 믿는 종교는 없었을까?"

"불완전한 신이라고?"

스나우트가 눈썹을 치켜올리며 되물었다.

"그게 무슨 뜻이지? 어떤 의미에서 보면, 모든 종교의 신은 다 결함이 있고 불완전한 존재가 아닌가. 왜냐하면 신이란 결국 우리 인간의 특성과 자질을 고스란히 떠안으면서, 이를 확장한 존재니까 말일세. 예를 들면 구약 성서의 신은 우리에게 맹종과 희생을 요구했고, 다른 신들을 질투하기도 했지…… 그리스의 신들도 싸움질을 좋아하고, 가정 불화까지 일으키는 너무나도 인간적인 존재였잖나……"

"아니."

내가 그의 말을 가로막았다.

"나는 지금 신을 만들어 낸 인간이 불완전한 존재라서 그로 인해 생겨난 신의 불완전함에 대해 이야기하는 게 아닐세. 내가 말하고 싶은 건, 불완전함 자체가 자신의 가장 본질적이고 내재적인 특성인 그런 신을 말하는 거야. 자신의 전지전능에 한계를 가진 신, 스스로의 행위가 불러올 결과를 예견하다가 실수를 저지르기도 하고, 자신이 촉발한 일련의 사건들에 겁먹기도 하는 그런 신 말일세. 그러니까 불구와 같은 신, 자신이 가질 수 있는 것보다 더 많은 것을 원하면서 그런 사실을 깨닫지 못하는 신. 그 신은 시계를 만들어 냈지만, 그걸로 측정할 시간을 만들지는 못했지. 주어진 목표를 이루기 위해 체계나 장치를 만들긴 했지만, 그것들이 과도해져서 목적 자체를 배반해 버린 거야. 무한을 창조했지만, 자신의 능력의 척도여야 할 무한이 결국 자신의 끝없는 패배를 가늠하는 척도가 되어 버린 거지."

잠시 머뭇거리던 스나우트가 입을 열었다.

"예전에 마니교라는 종교가 있었네만."

스나우트의 태도에서는 최근에 그가 내게 보였던 의심과 경계의 기색은 엿볼 수 없었다.

"하지만 내가 말하는 종교는 선과 악의 문제와는 아무런 관계가 없다네."

나는 또다시 스나우트의 말을 가로챘다.

"내가 말하는 신은 물질 밖에서 존재하지 않아. 물질계로부터 벗어나고 싶어 하지만, 그럴 수 없는 존재일세……"

스나우트가 잠시 생각하다가 말했다.

"자네가 말하는 그런 종교가 있는지는 잘 모르겠네. 그런 식의 종교는 지금까지 단 한 번도…… 필요치 않았으니까. 내가 제대로 이해한 게 맞다면, 자네는 아마도 진화하는 신,

시간이 갈수록 성장해 가며 자신의 능력을 점점 극대화하다가 종국에는 자신의 무력함을 의식하는 단계에까지 이르게 되는 그런 신을 말하는 것 아닌가? 만약 그렇다면, 자네가 말하는 신은 신성에 이르는 순간, 막다른 상황에 다다르게 되면서 그 사실을 깨닫고 절망하는 존재겠구먼그래. 하지만 절망하는 신이란 결국 인간을 의미하는 게 아닌가? 그러니 자네가 말하는 건 궁극적으로는 인간이야…… 그건 빈약한 철학일 뿐 아니라 서툴기 짝이 없는 신비주의에 불과하네."

"아니." 나는 주장을 굽히지 않았다. "내가 말하려는 건, 인간과는 아무 상관이 없네. 몇 가지 부분적인 특성은 잠정적인 정의와 일치할 수도 있지만, 그건 정의 자체에 워낙 허점이 많기 때문이어서야. 인간은 겉보기와는 달리 스스로 목표를 만들지 않아. 자신이 태어난 시대가 그에게 목표를 강요할 뿐이지. 시대를 따를 수도 있고 거스를 수도 있지만, 순응 혹은 반항의 대상은 언제나 외부에서 주어진다네. 완벽한 자유 속에서 자신의 목표를 탐구하고 설정하는 실험을 하려면, 세상에 단 한 명의 인간만 존재해야 하네. 하지만 그런 환경은 만들 수가 없지. 왜냐하면 사람들과 어울려 성장하지 않은 인간은 인간이라고 할 수 없으니 말일세. 내가 말하는 존재…… 나의 신은 복수로는 존재할 수 없다네. 이해하겠나?"

"아하, 그렇다면 바로……"

스나우트가 창밖을 가리켰다.

"아닐세. 바다 또한 아냐. 바다는 그 발전 단계에서 신에 근접한 위치까지 도달할 기회가 있었을지도 모르지만, 너무 일찍 자신의 껍데기 속으로 들어가 버린 존재라고 할 수 있어. 말하자면 바다는 세상을 등진 존재, 우주의 은둔자이지 결코 신은 아니라네…… 스나우트, 이곳의 바다는 같은 일을 계속 반복하네. 내가 생각하는 신은 결코 그런 짓은 하지 않아. 어쩌면 그 신은 은하계의 한쪽 귀퉁이에서 이미 탄생했을지도 모르네. 머지않아 아이 같은 흥분에 사로잡혀 어떤 별은 사라지게 만들고, 다른 별은 새롭게 빛을 밝힐 수도 있겠지. 시간이 지나면 우리도 그것을 알아차리게 될 수도……"

"그런 거라면 이미 본 적이 있다네."

스나우트가 빈정거리는 듯한 어조로 말했다.

"신성(神星)과 초신성(超神星)을 가리키는 게 아닌가? 자네 말에 따르면 앞서 이야기한 별들은 신의 제단에 밝혀 놓은 촛불이겠군."

"자네가 그런 식으로 내 말을 문자 그대로 받아들이려 한다면야……"

"그렇다면 솔라리스는 자네가 말하는 그 신성한 아기의 요람이겠군그래."

스나우트가 덧붙였다. 점점 선명해지는 미소가 그의 눈가에 잔주름을 만들었다.

"자네의 개념으로 설명하자면, 솔라리스의 바다는 절망의 신이 뿌린 씨앗이자 영감의 기원 같은 것이 되겠군. 어쩌면 그 신의 아이처럼 유치하고 활달한 성향이 자신의 분별력을 뛰어넘었는지도 모르지. 그렇다면 우리의 솔라리스학 도서실을 가득 채운 자료들은 그저 젖먹이의 반사 작용을 기록한 방대한 목록에 지나지 않겠군……"

"그리고 우리는 한동안 그 아기의 장난감이었던 거지." 내가 재빨리 덧붙였다. "그래, 충분히 가능한 일이야. 스나우트, 자네가 지금 뭘 해냈는지 아나? 솔라리스에 관해 완전히 새로운 가설을 창시한 거야. 그것도 매우 쓸만한 가설을 말일세! 이제 이걸로 모든 설명이 가능해졌어. 지금껏 우리가 바다와의 접촉에 실패한 이유, 우리의 자극에 아무런 반응이 없었던 이유, 그리고 바다가 우리에게 보인…… 그러니까 별난 움직임들…… 이 모든 것은 바로 어린아이의 심리에 따른 거야……"

"나는 지금 이 가설의 창시자라는 명예를 기꺼이 포기하겠네."

스나우트가 창가에 서서 중얼거렸다. 우리는 꽤 오랫동안 바다의 어두운 물결을 바라보고 있었다. 동쪽 수평선을 뒤덮은 안개 속에서 창백하고 길쭉한 반점 같은 게 보였다.

"그런데 불완전한 신이라는 개념은 어쩌다 떠올렸나?"

스나우트가 햇볕을 받아 반짝이는 광활한 바다에서 눈을 떼지 않은 채 갑자기 물었다.

"나도 잘 모르겠어. 내게는 그런 신의 존재가 매우 사실적으로 느껴졌거든. 내가 보기에 믿을 만한 가치가 있는 유일한 신은 바로 그런 신이야. 자신이 겪는 고통을 구원이라 떠벌리지 않고 아무도 구원하지 않는 신. 아무런 목적도 없이 그저 존재할 뿐인 신 말일세."

"미모이드군!"

스나우트가 조금 전과는 완전히 다른 목소리로 차분히 말했다.

"뭐라고? 아, 그래. 나도 아까부터 보고 있었어. 저건 아주 오래된 미모이드네."

나와 스나우트는 붉은 안개가 자욱이 낀 수평선을 바라보았다.

"비행을 다녀와야겠어."

내가 느닷없이 말을 꺼냈다.

"그러고 보니 아직 한 번도 정거장 밖에 나간 적이 없군. 좋은 기회야. 삼십 분쯤 후에 돌아오겠네."

스나우트가 눈썹을 치켜올렸다.

"비행이라고? 어딜 가겠다는 건가?"

"저기."

나는 안개 속에서 어렴풋이 보이는 피부빛 형체를 가리켰다.

"특별히 문제 될 건 없지 않나? 소형 헬리콥터 한 대만 있으면 돼…… 나중에 지구로 돌아갔을 때 솔라리스 학자란 인간이 행성 표면에는 발도 못 디뎌 봤다고 고백한다면, 우습지 않겠나……"

나는 옷장으로 다가가서 우주복 안에 입는 기밀복을 고르기 시작했다. 묵묵히 나를 지켜보던 스나우트가 입을 열었다.

"어쩐지 이 계획이 마음에 들지 않는걸."

"뭐가?"

나는 우주복을 손에 들고 스나우트에게로 몸을 돌렸다. 이렇게 짜릿한 흥분을 느껴보는 건 실로 오랜만이었다.

"뭐가 문제인가? 솔직히 털어놔 보게! 내가 엉뚱한 짓이라도 할까 봐 겁나는 건가? 절대로 그런 짓은 하지 않겠다고 맹세하네…… 그런 일은 생각조차 해 본 적 없어. 정말일세. 정말이라니까!"

"자네와 함께 가겠네."

"고맙지만 혼자 가고 싶어. 결국 이것은 새로운 일 아닌

가. 완전히 새로운 일 말일세."

내가 머리 위로 기밀복을 껴입으면서 빠르게 말했다. 스나우트가 뭐라고 투덜거렸지만, 이것저것 필요한 물건을 챙기느라 경황이 없어 잘 들리지 않았다.

스나우트가 나를 따라 비행장까지 와서 헬리콥터를 격납고에서 꺼내어 원형 발사대 위로 끌어 올리는 일을 도와주었다. 우주복을 착용하고 있는데, 그가 갑자기 내게 물었다.

"자네, 자신이 한 말은 꼭 지키는 사람이지?"

"맙소사, 스나우트, 아직도 그 걱정인가! 당연하지. 예비 산소통은 어디에 있나?"

스나우트는 더 이상 아무 말도 하지 않았다. 나는 조종석의 투명 덮개를 닫고 스나우트에게 손을 흔들어 신호를 보냈다. 그가 리프트를 작동시키자, 헬리콥터가 천천히 정거장 지붕으로 올라갔다. 엔진이 요란한 소리를 내면서 작동을 시작하고, 세 개의 프로펠러가 돌면서 기체가 놀라우리만치 가뿐하게 공중으로 떠올랐다. 그렇게 정거장의 은빛 원형 건물이 시야에서 점점 멀어졌다.

바다의 상공을 비행하는 것은 처음이었다. 창문을 통해 바라보는 것과는 느낌이 완전히 달랐다. 어쩌면 낮은 비행 고도 탓인지도 모른다. 나는 해면의 수십 미터 상공에서 천천히 저공 비행 하고 있었다. 기름처럼 번들거리는 파도의 등성이와 깊게 팬 수렁을 보고 있노라니 그 움직임이 바다의 조수가 아니라 살아 있는 동물과 비슷하다는 사실을 눈이 아닌 피부로 실감할 수 있었다. 근육질의 벌거벗은 몸통이 쉴 새 없이, 그리고 극도로 천천히 수축과 이완을 반복하는 느낌이었다. 느릿느릿 넘실대는 파도의 꼭대기는 붉은 거품을 뿜어내며 반짝이고 있었다. 바다 위에서 천천히 표류하는 미모이드의 섬을 향해 헬리콥터의 방향을 막 바꾸는 순간, 햇빛이 내 눈을 정면으로 강타했고, 피처럼 새빨간 섬광이 볼록한 투명 덮개의 유리 너머로 번쩍였다. 그러자 바다는 어두운 반점이 점점이 찍혀 있는 쪽빛으로 변했다.

그 순간, 회전 각도를 너무 크게 잡은 탓에 헬리콥터가 바람에 휩쓸려 미모이드를 지나치고 말았다. 미모이드는 불규칙한 윤곽을 가진, 밝고 넓은 얼룩이 되어 바다 위에 떠 있었는데, 안개가 드리우는 바람에 본연의 분홍빛을 잃어서, 마른 뼈다귀처럼 누렇게 보였다. 갑자기 내 시야에서 미모이드가 사라지고, 그 대신 멀리 정거장이 보였다. 마치 바다의 수평선에 매달려 있는, 거대한 구식 체펠린 비행선↓ 같았다. 나는 조종에 온 신경을 집중했다. 바로 그때 그로테스크한 조각을 연상시키는 거대한 덩치의 미모이드가 갑자기 경로

→ 독일의 체펠린이 발명한 경식 비행선으로 부양용 가
   스 주머니와 선체를 분리하여 고속화·대형화를 가능
   하게 했다. 1900년에 1호선이 제작된 이후 119척
   이 건조되었으며, 1차 세계 대전 때는 적국의 폭격에
   쓰였다.

를 가로막았다. 미모이드의 꼭대기, 둥글납작하게 튀어나와 있는 돌기물에 부딪힐까 봐 놀란 나는 헬리콥터를 상승시켰다. 그런데 너무 급히 올라가는 바람에 기체가 속도를 잃고 흔들리기 시작했다. 하지만 걱정할 필요는 없었다. 내 앞을 가로막는 듯했던 기묘한 탑의 둥근 꼭대기가 어느 틈에 헬리콥터의 아래쪽에 있었던 것이다. 나는 표류하는 미모이드에 헬리콥터 속도를 맞춘 뒤, 천천히 단계적으로 고도를 낮춰서 침식된 봉우리와 조종석의 높이가 맞먹는 지점까지 기체를 하강시켰다. 미모이드는 생각보다 크지 않았다. 끝에서 끝까지 높이는 대략 1.2킬로미터, 너비는 대략 수백 미터 돼 보였다. 무너지기 직전인 것처럼 좁고 가늘어진 구역도 있었다. 아마도 이 미모이드는 훨씬 더 큰 형성체의 일부임에 분명했다. 솔라리스의 척도로 보면, 이 정도 규모는 그저 단순한 파편이나 잔재에 지나지 않는다. 아마도 생성된 지 몇 주 내지는 몇 개월이나 지난, 오래된 형성체가 틀림없었다.

수면 위에 일렬로 튀어나온 돌기물들 사이로 멀리 해변 같은 것이 보였다. 완만하게 경사진 수십 제곱미터에 달하는 평평한 땅이었다. 나는 그곳을 향해 헬리콥터를 돌렸다. 착륙은 예상보다 힘들었다. 느닷없이 솟아오른 암벽에 프로펠러가 부딪힐 뻔했지만, 결국 착륙에 성공했다. 나는 곧바로 엔진을 끄고 조종석의 덮개를 열었다. 그리고 헬리콥터가 바다로 미끄러져 내릴 가능성은 없는지 확인했다. 내가 착륙한 지점에서 열댓 걸음 정도 떨어진 데 있는 들쭉날쭉한 해안까지 파도가 밀려들었지만, 그래도 헬리콥터는 날개 끝의 활주부 덕분에 안정적으로 제자리에 잘 고정되어 있었다. 나는 '땅'으로 뛰어내렸다. 조금 전 부딪힐 뻔하면서 암벽이라고 생각했던 것은 막처럼 얇고 구멍이 잔뜩 뚫려 있는 벌집 모양의 거대한 골판이었는데, 갤러리의 벽에 박혀 있는, 그림을 비추는 조명등 같은 형태의 돌출물들이 그 투명한 골판 여기저기에서 튀어나와 있었다. 서너 층 높이의 건물과 맞먹는 이 막의 표면에 대각선 방향으로 수 미터 너비의 틈새가 벌어져 있었는데, 커다랗고 불규칙한 구멍들과 함께 그 틈새 너머로도 미모이드 내부가 보였다. 가장 가까운 벽의 경사면을 오르면서, 우주복 부츠의 접착력이 남다르고, 우주복도 활동에 별다른 지장을 주지 않는다는 사실을 실감했다. 해면에서 사 층 정도 높이에 도달하자 골격 내부의 풍경이 한눈에 들어왔다.

　　반쯤 무너진 고대의 어느 도시, 지진이나 천재지변으로 수세기 전에 파괴된, 모로코의 이국적인 도시를 보는 것처럼 충격적이었다. 군데군데 돌무더기에 가려진, 뒤틀린 좁은 미로가 선명하게 보였는데, 해변으로 이어진 가파르고 구불구불한 내리막길 끝자락이 파도에 부딪혀 축축한 거품이 일

▽ ▽ ⊖

어나고 있었다. 그보다 위쪽으로는 무너지지 않은 흙벽과 요새, 그리고 그것들을 지탱하는 둥근 토대가 보였다. 볼록면과 오목면으로 이루어진 흙벽에는 깨진 창문이나 요새의 총구를 연상시키는 검은 구멍들이 나 있었다. 도시를 떠올리게 하는 이 '섬' 전체는 반쯤 침몰한 선박처럼, 한쪽으로 무겁게 기울어진 채 매우 천천히 회전하고 있었는데, 무의미하고 관성적인 움직임이었다. 창공에 떠 있는 태양의 위치와 폐허 속에 길게 드리워진 그림자의 느린 움직임 덕분에 미모이드가 회전한다는 것을 감지할 수 있었다. 이따금 태양광이 내가 서 있는 지점을 관통하여 아래쪽 그림자들 사이에서 반짝였다.

나는 위험을 무릅쓰고 좀 더 올라갔다. 내 머리 위로 튀어나와 있는 돌기물에서 고운 가루가 부서져 내리기 시작했다. 그것들이 협곡과 좁은 길로 쏟아져 내리자 먼지구름이 일어났다. 미모이드는 당연히 바위가 아니다. 멀리서는 석회석처럼 보이지만, 실제로 그 부스러기를 손으로 만져 보면, 일반적인 부석(浮石)보다 훨씬 가벼웠다. 또한 작은 다공성 세포로 이루어져 통풍이 아주 잘되었다.

어느덧 나는 미모이드의 전반적인 움직임을 또렷이 인지할 만큼 높은 곳에 올라와 있었다. '섬'은 어디서 와서 어디로 가는지 알 수 없는 파도의 검은 근육에 떠밀려 한 번은 이쪽, 또 한 번은 저쪽으로 번갈아 가며 천천히 기우뚱거렸고, 이렇게 진자 운동을 반복할 때마다 노란색과 회색의 거품이 일어났다가 바닷속으로 떨어지면서 질질 끄는 듯한 끈적거리는 철썩임이 들려왔다. 이러한 움직임은 오래전, 미모이드의 생성 단계에서부터 시작된 것으로 그 규모가 워낙 컸기에 현재까지도 운동의 관성이 유지되는 듯했다. 나는 고지대에서 가능한 많은 것을 관찰하고 난 뒤, 조심스럽게 내려왔다. 바로 그 순간 나는 내가 미모이드에 아무런 흥미도 느끼지 못한다는 걸 깨달았다. 내가 여기까지 날아온 것은 바다와 만나기 위해서였지 미모이드를 보기 위한 것은 아니었다.

나는 헬리콥터에서 열댓 발자국 떨어진, 표면이 갈라지고 울퉁불퉁한 해변에 앉았다. 검은 파도가 무겁게 해변에 부딪혔다가 부서져 내리면서 그 짙은 색조가 무채색으로 변했다. 그러다 파도가 다시 물러설 때는 지금껏 닿지 않았던 바위의 모서리에 흔들리는 가느다란 점액질 선을 남겼다. 나는 좀 더 내려가서 밀려오는 파도를 향해 손을 내밀었다. 그러자 백 년 전에 이미 사람들이 경험했던 현상이 충실하게 재현되었다. 파도가 갑자기 움직임을 멈추고 잠시 머뭇거리다가 물러나더니, 내 손에 닿지 않은 채 내 손 위로 흘러내린 것이다. 즉 파도에서 뿜어져 나온 물줄기가 얇은 공기층을 사이에 두고 장갑처럼 내 손을 에워쌌고, 그 순간 파도의 내부를 구성하던 액체가 즉시 그 농도를 바꿔 살점과 같은 형태로 돌변했다. 하지만 내 손과 물줄기 사이에는 여전히 가느다란 공기층이 남아 있었다. 내가 손을 천천히 들어 올리자 파도가, 아니 좀 더 정확히 말하면 파도의 가느다란 줄기가 내 손을 따라 솟구쳐 올랐고, 점점 투명한 광채를 내뿜으면서 녹색의 피낭체가 되어 내 손을 감쌌다. 내가 손을 더욱 높이 들어 올리기 위해 자리에서 일어서자 젤리 형태의 물질 또한 진동하는 바이올린의 현처럼 팽팽하게 늘어났지만 끊어지지는 않았다. 평평하게 가라앉은 파도의 기저부 또한 이 괴상한 실험이 끝나기를 참을성 있게 기다리는 생명체처럼 내 발 근처의 해변에 납작하게 들러붙어 있으면서도 절대로 내 발을 건드리지 않았다. 그것은 마치 바다에서 피어나서 길게 늘어난 연성(延性)의 꽃처럼 보였는데, 그 꽃받침은 내 손가락에는 닿지도 않은 채, 음화 ＼처럼 명암 관계를 반대로 해서 내 손가락의 형체를 그대로 투사했다. 나는 물러섰다. 그러자 잠시 후 꽃의 줄기가 몸을 떨더니 내키지 않는 듯 바닥으로 내려앉았다. 순간 유동적이고 불안정하게 흔들리던 파도가 그 물줄기를 자신에게로 끌어당겨 집어삼키고는 해변에서 서둘러 물러났다.

　　나는 방금 했던 놀이를 되풀이했다. 하지만 이미 백 년

→　　陰畫. 피사체와 명암 관계가 반대인 사진의 화상.　　　　ΔΔꝛ

전의 실험에서 입증되었듯이 뒤이어 밀려온 파도는 새로운 체험은 더 필요 없다는 듯, 무심하게 나를 피해 갔다. 바다의 '호기심'을 다시 자극하기 위해서는 몇 시간을 기다려야만 한다는 사실을 나는 잘 알고 있었다. 나는 조금 전과 마찬가지로 바닥에 다시 앉았지만, 아까의 나와는 분명 다른 존재라는 생각이 들었다. 지금까지는 이론으로만 친숙했던 형상을 직접 체험했으니까. 이론은 실제의 경험을 고스란히 전해 주지는 못하는 법이다.

이 살아 있는 형성체의 발생과 생장, 확산의 과정에서 개별적인 움직임을 하나하나 뜯어보거나, 종합적으로 살펴보면, 거기에는 소심함과는 차원이 다른 조심스러운 순진함이 깃들어 있다. 바다는 예상치 못한 새로운 형체와 맞닥뜨리게 되면, 그것을 이해하고 받아들이기 위해 정신없이 빠르게 그리고 충동적으로 움직인다. 하지만 불가사의한 법칙이 정해 놓은 경계를 넘어서야만 하는 상황이 발생하면, 도중에 즉시 물러선다. 바로 이 지점에서 바다의 순진하고도 신중한 면이 발견되는 것이다. 민감하고 생기발랄한 호기심은 수평선 너머까지 광대하게 빛나는 이 거대한 존재와는 전혀 어울리지 않았다. 바다의 압도적인 현존과 강력하고 절대적인 침묵, 그리고 파도를 통해 규칙적으로 호흡하고 있는 이 존재의 무게감이 내게 이토록 강렬하게 느껴진 적은 지금껏 단

▽ ▽ ▽

한 번도 없었다.

　나는 완전히 압도당한 상태로 망연히 바다를 바라보면서, 도저히 다다를 수 없을 것만 같은 관성의 영역으로 빨려들어갔다. 그렇게 점점 몰입을 거듭하면서 나는 이 보이지 않는 유동적인 거인과 하나가 되었다. 그리고 별다른 노력 없이, 아무런 말이나 생각도 없이 나는 그가 저지른 모든 것을 용서했다.

　그 뒤 마지막 일주일 동안 나는 최대한 이성적으로 행동했다. 덕분에 스나우트도 더는 의심의 눈초리를 내게 보내지 않게 되었다. 겉보기에 나는 더없이 차분했다. 그러나 마음 깊은 곳에서는 나도 모르게 무언가를 기대하고 있었다. 나는 뭘 기대하는 것일까? 그녀의 귀환? 내가 어떻게 그런 기대를 한단 말인가? 그녀가 물질적인 존재이며, 생리학과 물리학의 법칙의 지배를 받는다는 사실은 모두가 안다. 우리의 감정에 깃든 에너지를 모두 끌어모아도 그 법칙들에 대항할 수는 없다. 그저 그 법칙들을 혐오하는 게 고작이다. 연인들과 시인들은 죽음보다 강한 사랑의 힘을 영원히 신봉한다. 하지만 수백 년 동안 우리를 따라다니는 문구 "finis vitae, sed non amoris(삶은 끝나도 사랑은 끝나지 않는다)."라는 말은 거짓이다. 이러한 거짓은 헛되고 쓸모없지만, 그렇다고 우습지는 않다. 정말 우스운 건 시간의 흐름을 측정하기 위해 시계 같은 존재가 되는 것이리라. 끊임없이 분해되었다가 다시 조립되는 과정을 반복하면서, 제작자가 태엽을 감는 동시에 절망과 사랑의 메커니즘이 작동되는 시계와 같은 존재. 더구나 우리는 고통이 반복된다는 걸 알고, 이러한 무수한 반복을 통해 고통이 점점 우스꽝스러운 것이 되고, 우스꽝스럽기에 그 고통이 더욱 깊어진다는 사실을 알지 않는가. 인간 존재의 반복적인 재생은 그렇다고 치자. 하지만 술에 취한 주정뱅이가 주크박스에 동전을 넣고 계속해서 틀어 대는 진부한 멜로디처럼 재생할 수밖에 없는 걸까?

나는 지금껏 수백 명 목숨을 집어삼키고, 오랜 세월에 걸쳐 우리 인류로 하여금 미약한 소통의 실마리를 찾기 위해 헛수고를 거듭하게 만들고, 무심결에 나를 티끌보다 가볍게 들어올리는 이 액체 상태의 거인이 나와 그녀, 두 사람의 비극에 마음을 움직이리라고는 조금도 기대하지 않는다. 그러나 바다의 활동은 분명 어떤 목적을 지향하고 있다. 설령 그렇다 해도 이곳을 떠난다는 것은 미래에 봉인되어 있는, 어쩌면 상상 속에서만 가능할지도 모르는 실낱같은 기회마저 영원히 잃는다는 것을 의미한다. 그렇다면 우리 두 사람의 손길이 닿았던 가구와 물건들에 둘러싸여 있고, 그녀의 숨결을 여전히 기억하는 공기 속에서 남은 세월을 보내야만 할까? 무엇을 위하여? 그녀가 돌아온다는 희망으로? 내게 희

▽ ▽ ◌

망 따위는 이제 없다. 하지만 내 안에는 아직 일말의 기대감
이 남아 있다. 그것은 그녀가 내게 남긴 유일한 자취다. 내가
여전히 기대하는 완결과 환멸과 고통은 어떤 것일까? 나는
아무것도 모른다. 그러나 잔혹한 기적의 시대가 아직은 끝나
지 않았음을 나는 굳건하게 믿고 있다.

1959년 6월부터 1960년 6월까지
폴란드 자코파네에서 집필하다.

솔라리스 행성의 창조자

폴란드가 낳은 SF 문학의 거장 스타니스와프 렘은 소설가 외에도 극작가, 미래학자, 문명학자, 과학 철학자, 문학 평론가 등 다양한 수식어로 불리는 전방위적 문인이다.

1921년 폴란드 영토였던 르부프(현재 우크라이나의 리비우)에서 유대계 의사의 외아들로 태어난 렘은 어린 시절부터 폴란드의 고전 문학, H. G. 웰스나 쥘 베른의 과학 소설을 두루 섭렵했고, 아버지의 서재에서 의학 서적과 해부학책들을 장난감 삼아 뒤적이며 성장했다. 외국어에도 능통했는데, 프랑스어는 가정 교사에게서, 독일어와 라틴어는 학교에서 배웠고, 독학으로 우크라이나어와 러시아어, 영어까

▷ ✕ ⟩

지 익혔다. 고등학교를 최우등으로 졸업한 후, 르부프 의과 대학에 진학하여 수학하던 중에 독일군이 우크라이나를 점령하자 자동차 정비공 및 용접공으로 일하며, 지하 레지스탕스 조직의 일원으로 반나치 저항 운동에 동참했다. 2차 세계 대전이 끝난 뒤 얄타 협정과 포츠담 협정으로 폴란드의 국경선이 조정되면서 가족과 함께 크라쿠프로 강제 이주하여 650년 전통의 명문 야기엘론스키대학교에서 의학 공부를 재개하였다.

1946년 장편 소설 『화성에서 온 인간』을 잡지 《모험의 신세계》에 연재하며 등단하였고, 장편 소설 『우주비행사들』(1951)이 평단과 독자들로부터 널리 호평받으며 전업 작가의 길로 들어섰다.

IQ 180에 빛나는 명석한 두뇌에 새벽 4시면 어김없이 일어나 규칙적으로 작품을 집필하는 성실성을 겸비했던 렘은 생전에 단행본만 육십여 권에 달하는 방대한 저작을 남겼다. 그는 글쓰기를 '마라톤'에 비유하며, 작가가 글을 쓰는 데 특별한 자극이 필요하다는 것은 비정상적인 징후라고 단언하기도 했다. 사이버네틱스와 유전 공학, 우주 발생론, 컴퓨터 게임, 미래학 등 SF적 상상력과 문학을 절묘하게 접목한 독보적인 글쓰기의 영역을 개척했고, 실험적인 추리물, 방송극 대본, 문학 평론과 서평, 문화 비평 칼럼, 과학 및 의학 논문, 정치 사회 논평, 철학 에세이 등 픽션과 논픽션을 넘나들며 다양한 장르의 글을 썼다. 1981년 폴란드에 계엄령이 선포된 이후 1988년까지 서베를린과 빈에 체류했다. 이후 폴란드로 돌아와 국내외 언론 매체와 소통하며 소설보다는 칼럼이나 평론에 전념하다가 2006년 3월, 향년 85세에 타계했다.

렘은 작품의 특성과 주제에 따라 풍자와 익살, 그로테스크, 블랙 유머, 언어의 유희, 패러독스와 아이러니를 적재적소에 구사하였다. 외계의 낯선 생명체와 맞닥뜨린 인간이 겪는 소통의 문제, 미지의 존재와의 갈등을 통한 인간 본성에 대한 성찰, 그리고 기술의 진보에 따른 인류의 미래에 대한 탐구는 렘의 소설을 관통하는 주제다. 이른바 '접촉 삼부작'에 해당하는 『에덴』(1959)과 『솔라리스』(1961), 『우주 순양함 무적호』(1964)를 비롯하여 『행성으로부터의 귀환』(1961), 『주의 목소리』(1968), 『우주비행사 피륵스 이야기』(1968) 등이 이러한 주제를 집중적으로 다룬다. 신랄한 풍자와 익살, 그로테스크한 작법이 돋보이는 블랙 코미디 계열의 우화로는 『이욘 티히의 우주 일지』(1957)를 비롯한 이욘 티히 연작, 『욕조에서 발견된 회고록』(1961), 그리고 로봇 시리즈 삼부작이라 일컬어지는 『로봇의 서』(1961), 『로봇 우화』(1964), 『사이버리아드』(1967)

가 있다. 『수사』(1959)와 『감기』(1976) 등 독창적인 추리 소설이나 르부프에서 보낸 유년기를 서정적으로 묘사한 자전 소설 『높은 성』(1966)을 발표하기도 했다. 1957년에 출간된 철학 논평집 『대화』, 미래학 에세이 『기술학 총서』(1964), 서구 SF 소설에 대한 평론을 모은 『SF와 미래학』(1970), 강연록 『논설과 초안』(1975), 대담집 『벼랑 끝의 세상』(2000), 문학 에세이 『나의 문학관』(2003) 등 특유의 날카로운 비평과 자유분방한 예술적 상상력, 치밀한 과학적 사고가 어우러진 논픽션 또한 빼놓을 수 없는 렘의 대표작들이다. 가상의 도서에 대한 서평과 서문이라는 새로운 메타픽션 장르를 개척하여 『완벽한 공허』(1971), 『가상의 광대함』(1973), 『도발』(1984), 『21세기 도서관』(1986) 등 역작을 남기기도 했다. 렘의 작품은 사십여 개 언어로 번역되어 전 세계에서 3500만 부 이상 판매되었다.

1988년 오스트리아의 프란츠카프카문학상을 수상했으며, 1995년에는 국제우주탐험가협회로부터 공로상을 받았다. 1996년 폴란드 정부에서 최고 품계인 흰독수리훈장을, 2005년에는 폴란드 글로리아아르티스 문화공훈메달 금장을 수훈했다. 폴란드 오폴레대학교(1997), 우크라이나 리비우 국립의과대학교(1998), 폴란드 야기엘론스키대학교(1998), 독일 빌레펠트대학교(2003)에서 명예박사 학위를 받았다.

렘에게 SF 문학은 '인식의 지평을 여는 실험실'이었다. 그래서 렘은 진정한 SF라면 지금까지 누구도 생각지 못한 것을 시도해야 한다고 믿었다. 이러한 가치관을 입증하듯, 20세기 중반에 이미 인공 지능과 가상 현실, 검색 엔진, 유전자 복제와 수정, 나노 기술, e북과 오디오북, 항성 공학, 온라인 교육 등 첨단 과학 기술의 도래를 정확히 예측하였다. 이러한 렘의 선지자적인 업적을 기리기 위해 1992년 국제천문연맹은 소행성3836을 "렘"이라 명명하였으며, 2013년에는 소행성343000에 "이욘 티히"라는 이름을 붙였다. 같은 해 폴란드가 발사한 최초의 인공위성 이름도 "렘"이다. 폴란드 정부는 작가 탄생 100주년을 기념하기 위해 2021년을 "스타니스와프 렘의 해"로 지정, 선포하였다.

거듭 태어나는 『솔라리스』

소설 『솔라리스』는 지금껏 모두 세 차례에 걸쳐 영화화되었는데, 1968년 소련 중앙방송국에서 보리스 니렌부르크 감독이 제작한 TV 영화가 첫 번째다. 그로부터 사 년 뒤인 1972년, 안드레이 타르코프스키 감독이 만든 두 번째 러시

455

아어판 『솔라리스』가 칸 영화제에서 심사위원특별상을 수상하면서 원작 소설도 함께 주목받았다. 소설 『솔라리스』를 전 세계에 알리는 데 타르코프스키의 영화가 상당 부분 기여한 것은 분명하지만, 렘은 제작 단계에서부터 작품 해석을 놓고 타르코프스키와 격론을 벌였다. 한 인터뷰에서 "똑같은 수레를 각기 다른 방향으로 끌고 가려는 두 마리의 말처럼 싸웠다."라고 고백할 정도였다. 영화가 개봉된 후에도 꾸준히 유감을 표명했는데, 특히 주인공이 솔라리스 행성에 집을 짓고 정착하는 영화의 엔딩을 심각하게 비판했다. 또 다른 인터뷰에서 렘은 타르코프스키를 설득하는 건 애초에 불가능한 일이었다면서, 결국 타르코프스키는 모든 걸 자기 방식대로 고집했다고 회고한 바 있다.

2002년에 개봉된 소더버그판 『솔라리스』에 대해서도 렘은 영화의 무게중심이 크리스와 하레이의 로맨스에 지나치게 편중된 점을 못마땅해하면서, 다음과 같이 말했다.

나는 이 작품에서 어딘가에 확실히 존재하지만, 인간의 개념이나 생각, 이미지로는 담아낼 수 없는 어떤 미지의 대상과 인간이 서로 만나는 비전을 창조하고 싶었다. 이것이 내가 이 책의 제목을 '우주의 사랑'이 아닌 '솔라리스'라 정한 이유다.

▽◠▽

『솔라리스』는 1987년 영국에서 데이비드 글래스 감독이 무용극으로 올렸고, 1990년에는 우크라이나의 국립 드니브로페트로브스크 오페라단이 리브레토로 각색하여 선보였다. 1996년에는 미하엘 옵스트가 작곡한 독일어판 오페라가 '뮌헨 비엔날레'에서 공연되었고, 2007년에는 영국 BBC 라디오가 사부작으로 각색된 라디오극을 방영했다. 2011년 이탈리아 토리노에서 작곡가 헨리 코레지아의 오페라가 관객들을 만났고, 2012년에는 오스트리아에서 개최된 '브레겐츠 페스티벌'에서 작곡가 테틀레프 글라네르트의 오페라 버전이 무대에 올랐다. 2009년 10월에는 폴란드 바르샤바의 로즈마이토시치 극단이 연극 「솔라리스: 보고서」를 공연했는데, 폴란드 SF 소설의 차세대 대표 주자로 손꼽히는 야체크 두카이가 각색 작업에 참여하여 화제를 모았다.

지혜의 보고(寶庫): 솔라리스의 바다

SF 소설의 영원한 클래식으로 평가받는 『솔라리스』의 집필 기간은 1959년 6월부터 1960년 6월까지, 불과 일 년에 불과하다. 이 기간에 렘은 충만한 영감에 사로잡힌 채, 타트리 산맥에 둘러싸인 폴란드 남서부의 휴양지 자코파네에 틀어박혀 단숨에 작품을 완성했다. 게다가 같은 해에 '20세기 SF 문학의 수확'으로 손꼽히는 『행성으로부터의 귀환』과 단편집 『로봇의 서』를 동시에 집필했으니 경이로울 따름이다. 더욱 놀라운 것은 『솔라리스』가 완성된 시점이 인류가 최초의 우주 비행에 성공하기 전이었고, '컴퓨터(폴란드어로 komputer)'라는 용어나 개념 또한 널리 보급되기 전이었다는 사실이다.(『솔라리스』의 폴란드어판에는 '컴퓨터'라는 어휘 대신, '인공두뇌'나 '전자 두뇌', 혹은 '전산 장치'라는 표현이 등장한다.) 하지만 렘은 머지않아 도래할 IT 시대를 직감한 듯, 프로그램과 정보를 전자적 형태로 저장하고 신속하게 계산 및 제어 하는 컴퓨터의 개념을 이 탁월한 미래학 소설에 자연스럽게 도입했다.

SF 문학의 권위자인 이슈트반 치체리로네이는 과학과 문학, 철학과 미학의 경계를 넘나드는 소설 『솔라리스』의 다면성과 복합성에 주목하면서 다음과 같이 평가했다.

『솔라리스』는 상반되는 여러 해석이 동시에 가능한 작품이다. 스위프트의 풍자 문학으로 읽히기도 하고, 비극적인 연애담이나 카프카의 존재론적 우화, 해석학의 메타픽션적 패러디, 세르반테스의 기사 소설, 인간의 인식에 대한 칸트 학파의 명상록으로 읽히기도 한다. 하지만 그 어느 것도 만족스러운 판독은 아니다. 아마도 작가가 의도한 바일 것이다.

렘의 열렬한 팬으로 알려진 살만 루슈디는 『솔라리스』를 향해 "인간 정신의 가장 깊은 곳을 들여다보고, 그 꿈을 현실로 만든 작품"(《뉴요커》)이라는 찬사를 남겼다.

『솔라리스』의 줄거리는 언뜻 단순해 보인다. 박진감 넘치는 스토리나 치밀하게 짜인 플롯, 친절한 전개와는 거리가 멀다. 우주 공간을 배경으로 펼쳐지는 이 아름답고도 기묘한 텍스트는 크게 두 축을 중심으로 전개된다. 심리학자인 크리스 켈빈이 '솔라리스'라는 미지의 행성을 탐사하기 위해 우주 정거장으로 갔다가 십 년 전에 자살한 연인 하레이를 예전 모습 그대로 마주하게 되면서, 불가사의한 사건에 휘말리는 내용이 주축을 이룬다. 또 다른 축에는 주인공이자 작중 화자인 켈빈이 우주 도서관에 보관된 문서와 자료를 열람하며 읽어 내려가는, 솔라리스에 대한 인류의 지난한 연구와 탐험의 역사가 있다. 이른바 '솔라리스학'이라 일컬어지는 학문의 계보와 특징, 솔라리스 행성과 직접적인 접촉을 시도했던 탐사자들의 모험담, 솔라리스에서 벌어지는 불가사의한 현상들과 관측 결과를 둘러싼 사상가들의 다채로운 해석이 소개된다. 솔라리스의 표면을 뒤덮은 원형질의 '바다'에서 '신장체'나 '미모이드', '대칭체'와 같은 변화무쌍한 형성체들이 출몰했다 사라지는 과정에 대해서도 상세히 기록한다.

독자들 또한 주인공 크리스가 맞닥뜨리는 기이한 현상들을 목도하며, 그리고 솔라리스학의 장대한 연구사를 읽으며 끊임없이 의문을 품게 된다. 두 개의 태양 주위를 공전하는 솔라리스 행성의 정체는 무엇인가? 솔라리스의 바다는 무슨 이유로 우주 정거장의 연구자들에게 '손님들'을 보내는가? 기바리안의 시체 옆에 누워 있던 흑인 여성은 누구이며, 사토리우스의 밀짚모자와 정체 모를 어린아이의 발소리는 무엇을 뜻하는가? 소멸 장치를 사용하여 사라진 하레이는 크리스의 곁으로 돌아올 수 있을까? F-형성물의 중성미자가 파괴되는 것은 인간의 관점에서 죽음과 동일하다고 볼 수 있는가? 솔라리스의 바다가 복제를 반복하며 만들어 내는 미모이드는 인간과의 소통을 원한다는 의사 표시인가? 그렇다면 솔라리스는 인류의 적인가, 친구인가?

인간의 이해력과 사고력을 훌쩍 뛰어넘는 지성을 보유한 것으로 알려진 솔라리스의 수수께끼를 풀기 위해 백 년이 넘는 세월 동안 수많은 과학자와 탐사자, 사상가들이 온갖 가설과 추측, 논리와 해석, 반박과 재반박을 되풀이하고,

탐사와 분석을 시도하지만, 소설의 대단원에 이르러서도 명확히 밝혀지는 것은 아무것도 없다. 결국 솔라리스학의 유구한 역사가 저장된 거대한 도서관이 입증하는 사실은 단 하나, 솔라리스 연구의 '불가지론(不可知論)'이다. 그렇게 소설 『솔라리스』는 제기된 모든 의문과 질문, 탐구와 학설에 관해 확실한 매듭짓기를 거부한 채 끝을 맺는다. 어떤 의미에서 소설을 독파한 독자들이 당혹감과 놀라움을 느끼는 것은 당연한 일이다.

　　이유는 무엇일까? 저자는 처음부터 '솔라리스의 바다'를 불가해한 대상으로 설정해 놓고, 명쾌한 답변 대신 다양한 유형의 질문을 제기하는 방식을 선택했다. 인물의 동선이나 행적을 따라가는 일반적인 스토리텔링이 아닌, 일종의 사고 실험을 통해 과학 철학이나 미래학적인 주제들을 탐구하는 데 주안점을 둔 것이다. 렘은 두 태양 사이를 스스로 맴돌며 자력으로 안정 궤도를 유지하는 솔라리스 행성처럼 독자들 또한 작품의 안에서, 그리고 바깥에서 이런저런 질문을 던져 보며, 정형화된 틀에서 벗어나 능동적으로 사유하고 성찰하는 계기를 갖기를 바랐다. 도식적인 정답을 제시하기보다는 모른다는 자각을 유도함으로써 고정 관념이나 편견이 배제된, 자유로운 사색의 불모지를 구축하고자 했던 것이다.

461

서구 SF의 클리셰에 대한 근본적인 문제 제기

『솔라리스』에서 렘은 외계의 생명체를 '친구' 아니면 '적'으로 간주하는 서구 SF의 이분법적 도식에 과감히 반기를 든다. 그는 인간 중심주의 또는 지구 중심주의에 대해 회의적인 시각을 표명하면서, 인류가 과연 지구가 아닌 다른 세계를 깊이 있게 탐구할 준비가 되어 있는지 묻는다.

　　다른 세계는 필요치 않은 거지. 우리가 원하는 건, 우리 자신의 모습을 비추는 거울인 거야. 지구에서 포화 상태에 이르러 질식할 지경인데도 지구만 있으면 그만이라는 거지. (160쪽에서)

　　인간의 인지 능력은 자신이 이미 알고 있는 개념의 수준에 머물러 있고, 낯설고 새로운 것을 받아들이는 데는 인색하다. 렘에 따르면, 과학 기술을 포함하여 인간이 만들어 낸 각종 이론과 관습, 체계는 결국 인류가 자신의 모습을 비춰 보기 위해 만든 '거울'에 불과하기 때문이다. 이처럼 독단적인 인식의 '거울'을 통해 작동하는 판단은 결국 타자와의 진정한 통섭을 방해할 뿐이다.

　　우리는 우주로 떠나오면서, 모든 걸 감수할 마음의 준비를 하네. 외로움과 역경, 희생과 죽음까지 감내하겠다고 결심하지. (······) 그러면서도 우리의 목적은 우주 정복이 아니라, 단지 지구의 경계를 우주로 확장하는 거라고 말한다네. (159쪽에서)

스나우트의 발언을 통해 확인할 수 있듯이 인간에게 있어 우주를 '이해'한다는 것은 결국 우주를 '소유'한다는 것과 동일한 의미로 받아들여진다. 렘은 인류의 우주 탐사가 지구적 관점에서의 소통만을 일방적으로 고집할 경우, 결국 인간의 사고로 이해되지 못하는 대상은 무조건 파괴해야 한다는 극단적인 해결책으로 치달을 수 있음을 경고한다.

솔라리스의 바다를 핵무기로 파괴해야 한다는 청원이 제기된 것은, 솔라리스 연구가 시작된 이래, 그때가 처음이었다. 하지만 그것은 단순한 복수보다 훨씬 가혹한 방식이었다. 우리가 이해할 수 없는 대상은 모두 파괴해야 한다는 식의 대응책이었기 때문이다. (270~271쪽에서)

인간이 존재하지도 않는 곳에 인간이 이해하는 동기가 있을 리 없다. 예정된 연구를 계속 수행하려면, 우리 자신의 사고를 파괴하든가, 아니면 그들의 물질적인 실체를 파괴하는 수밖에 없다. 그러나 우리에게는 사고를 파괴할 능력이 없다. 그렇다고 물질적인 실체를 파괴하는 것은 살인 행위나 다를 바 없는 것이다.

렘이 그려 낸 솔라리스의 바다는 적도 친구도 아닌, 정체불명의 불가해한 존재다. 때로는 생물과 무생물이 상호 작용 하면서 스스로 진화하고 변화해 나가는 유기체로 그려지기도 하고, 때로는 만물을 품으면서 이를 언제든 형상화할 수 있는 창조적인 존재로 묘사되기도 한다.

이러한 바다의 정체를 규명하기 위해 과학자들과 사상가들은 끊임없는 논쟁을 벌인다. 전(前)생물학적 퇴적물이라는 주장에서부터 살아 있는 젤리 상태의 기계, 지구적 진화의 단계를 생략하고 "항상성을 갖춘 바다"의 단계로 곧바로 진화해 버린 존재, 고도의 지능을 보유한 이성적인 괴물, 세상을 등진 우주의 은둔자, 현인 등 다양한 견해와 해석이 제기된다. 소설의 후반부에는 솔라리스를 만든 신에 대한 형이상학적인 성찰까지 등장한다. 켈빈은 "불완전함 자체가 자신의 가장 본질적이고 내재적인 특성인" 신이 솔라리스를 만들었다고 주장한다. 그리고 솔라리스의 바다는 "절망의 신이 뿌린 씨앗이자 영감의 기원 같은 것"이라고 덧붙인다.

하지만 인류가 지금껏 축적한 지식과 기술은 우주 공간에서 맞닥뜨린 낯선 존재 앞에서 아무런 효력을 발휘하지 못한다. 우주의 본성은 지구적인 사고로는 이해될 수 없기 때문이다. 그러므로 일방적인 전달이 아닌, 쌍방향의 교감이 이루어지려면, 우주적 관점에서 사고의 표준부터 새로 설정해야 한다.

솔라리스 앞에서 지구 중심주의를 내세우는 것은 무능력하고 우스꽝스러운 발상이다. (245쪽에서)

그러기 위해서는 우선 지구의 기준과는 다른 새로운 척도와 기준이 마련되어야 한다. (56쪽에서)

저자는 우주라는 절대의 지평에서 사유하려면, 인간의 문명이나 지식이 결코 만물의 척도가 될 수 없음을 강조하면서, 우리의 내면에 잠들어 있던 무의식적인 관념들과 상상력을 흔들어 깨운다. 나아가 우리로 하여금 절대적인 표상들, 익숙한 체계들로부터 눈을 돌려 범우주적인 관점에서 자신을, 인간을, 인류를, 나아가 지구를 낯설고도 새롭게 바라볼 것을 촉구한다. 『솔라리스』에서 렘이 강조한, 존재의 고유한 본성을 향한 열린 시각, 그리고 상대적이고 관계론적인 태도는 1960년대 서구 과학 소설계에 신선한 충격과 새로운 활력을 안겨 주었다.

꿈과 현실, 실재와 환영의 경계에서

솔라리스 상공의 우주 정거장에 도착한 켈빈에게 십 년 전에 죽은 연인 하레이가 과거의 모습 그대로 나타난다. 켈빈은 연구원들과의 대화를 통해 솔라리스의 바다가 인간 의식의 가장 깊숙한 내면에 감추어진 기억을 읽어 내고, 그 이미지를 구체화하여 인간에게 되돌려 보낸다는 사실을 알게 된다. 그리고 외모뿐만 아니라 말투나 행동, 목소리까지 하레이와 똑같은 이 '손님'이 원자보다 작은 중성미자로 이루어진 불안정한 합성물임을 밝혀낸다.

> 이것은 인간이 아닐뿐더러, 실존 인물을 그대로 복제한 존재도 아닙니다. 그들은 그저 우리의 뇌가 어떤 특정 인물에 대해 가지고 있던 관념의 물질적 투영에 지나지 않습니다. (……) 우리의 기억 속에 가장 깊이 각인된 흔적, 다른 모든 기억들로부터 고립된, 가장 강렬한 기억이 선택된 것이죠. (226쪽에서)

F-형성물이라 명명된 이 손님들의 정체는 무엇일까?

단순히 인간을 정교하게 재현한 휴머노이드에 불과한 것일까? 아니면 바다가 인간과의 소통을 목적으로 만들어 낸 일종의 매개체일까? 그렇다면 이 손님들은 인간에게 선물일까, 아니면 형벌일까?

> 어떤 의미에서 바다는 우리의 정신에서 봉인되고, 은밀히 감춰진 부분이 욕망하는 것들에 주목했을지도 모르네. 어쩌면 그것은 선물이었을지도…… (419쪽에서)

분명한 건, 이들이 실체를 가진 허상이며 누군가에게는 진짜보다 더 진짜 같은 가짜라는 사실이다. 심리학적 관점에서 보면, 켈빈의 억압된 무의식 혹은 잠재된 죄책감이 물질화, 형상화 된 결과물일 수도 있다. 혹은 감당하기에는 고통스럽지만, 잃어버리고 싶지 않은 기억의 현재화인지도 모른다. 하레이를 포함한 F-형성물들이 상해를 입어도 곧바로 재생되는 속성을 가졌다는 것은 그들이 소멸을 영원히 유예받은 불생불멸의 존재임을 암시한다.

흥미로운 것은 이 손님들의 근원, 즉 존재의 시발점이 미래가 아닌 과거에서 비롯되었다는 사실이다. 과학 기술이 눈부시게 발전된 미래를 배경으로 한 SF 소설에서 렘은 F-형성물이라는 불가사의한 존재를 등장시켜 한 인간의 지나간 기억을 봉인 해제하고, 과거를 현재화한다. 발전과 진보, 성장이라는 키워드에 갇혀 미래에만 관심이 쏠려 있는 현대인들로 하여금 자신의 과거, 생의 발자취를 돌아보게 만드는 것이다.

그렇다면 켈빈이 자신의 기억으로부터 투사된 존재인 하레이를 사랑하는 건 가능한 일일까? 켈빈은 하레이의 신체를 분석해서 그녀가 인간과는 다른 형질의 '인공물'임을 파악했으면서도 그녀에게 사랑을 느낀다. 허상을 향해 싹튼 감정은 가짜일까, 진짜일까? 인간의 감정에 과연 가짜라는 게 있을 수 있을까?

스나우트와 켈빈의 대화를 통해 렘은 다시금 우리에게 질문을 던진다.

"나는…… 그녀를 사랑하고 있어."
"누구를? 자신의 추억을 사랑하는 거겠지?"
"아니, 그녀를 사랑해. 그녀가 날 위해 무슨 일까지 하려 했는지 이미 얘기했잖나. 가령 그녀가 진짜 인간이었다 해도…… 그런 일은 아무나 할 수 있는 게 아니야."
"그러니까 자네의 말은, 그녀가 진짜 인간이 아니라는 것을 인정한다는 뜻이군……" (340~341쪽에서)

우리가 타자를 사랑한다는 건, 어쩌면 상대에 대해 자신이 품고 있는 환상이나 환영을 사랑하는 것인지도 모른다. 때로는 현실이 아닌, 꿈이나 그리움, 욕망 속에서 사랑의 감정을 느낄 수도 있다. 렘은 켈빈과 하레이의 기묘하고도 슬픈 연애담을 통해 내가 아닌 타자를 온전히 이해하고 받아들이고 사랑한다는 건, 어쩌면 인간에게 불가능한 일일 수도 있음을 우회적으로 일깨운다.

> 이렇게 생각해 보게. 궁극적으로 그녀는 자네 뇌의 일부를 비추는 거울에 불과하다고. 그녀가 아름다운 건, 자네의 추억이 아름답기 때문이네. 그러한 근거를 제공한 건, 순전히 자네야. 순환적인 환상 과정에 불과하다는 사실을 부디 잊지 말게! (342쪽에서)

여기서 렘의 철학적 탐구는 한 걸음 더 나아간다. 우리가 보고 듣고 만지는 것들은 과연 실재일까, 허상일까? 이러한 질문이 떠오르는 순간, 솔라리스의 우주 정거장은 원본과 복제, 꿈과 현실, 의식과 무의식, 실재와 환영이 전도되고, 감각 기관이나 사유 체계의 범주가 무의미해지는 무위(無爲)의 공간으로 탈바꿈한다.

"크리스, 한 가지 더 물어볼 게 있어요…… 내가…… 당신의 그녀와…… 진짜로 닮았나요?"

"정말 많이 닮았다고 생각했는데, 사실 지금은 잘 모르겠어."

내가 대답했다.

"그게 무슨 말이죠……?"

그녀가 바닥에서 일어서며 커다란 눈망울로 나를 마주 보았다.

"당신의 모습에 가려지고 난 지금은 아무 생각도 안 나거든."

"그런데 당신은…… 당신이 사랑하는 게, 그 여자가 아니고…… 나라는 걸…… 확신해요?"

"물론이지, 나는 당신을 사랑해. 만약 당신이 본래의 그녀였다면, 사랑할 수 없었을지도 몰라." (322~323쪽에서)

삶의 다면성은 인간을 무한히 꿈꾸게 하고, 한없이 분열하게 한다. 켈빈에게 나타난 하레이의 환영은 삶의 근원적인 모호성에 대한 슬픈 확인이면서 동시에 상처와 혼돈, 불안으로 가득한 인간의 몽환적인 의식 세계를 암시한다. 실체와의 경계가 사라진 꿈, 환상이 실상으로 탈바꿈한 솔라리스 정거장에서 출몰하는 기이한 현상들을 통해 작가는 꿈이 현실이며, 현실 또한 꿈이 되는 생생유전(生生流轉)의 세계를 우리 앞에 펼쳐 보인다.

하이데거는 인간을 가리켜 "무(無)가 입을 벌리고 있는 공중에 그대로 던져진 불확정적 존재"라고 정의한 바 있다. 렘 또한 『솔라리스』의 F-형성물들을 통해 존재의 비결정성과 무정형성에 대한 의식의 전환을 촉구하면서 인간 존재의 본질에 대해 근원적인 의문을 제기하고 있다.

인간 본성에 대한 철학적 성찰

인간 본위의 잣대와 지구적 관점으로는 외계와 교감할 수 없다고 렘은 단언한다. 그렇다면 외계의 낯선 존재가 아닌, 인간과 인간 사이에서는 진정한 소통이 가능할까? 『솔라리스』라는 실험실에서 렘이 우리에게 던지는 궁극적인 질문은 심오하고 묵직하다.

내가 우주 연구소에서 한창 학업에 몰두하던 시절, 연구소장이던 베우베케가 어느 날 농담 삼아 이런 질문을 던진 적이 있다. "우리가 서로를 이해하지 못하는데, 어떻게 솔라리스의 바다와 소통할 수 있겠어?" 그의 농담 속에는 뼈아픈 진실이 담겨 있었다. (52쪽에서)

솔라리스 바다와의 접촉에 끝내 성공하지 못한 수많은 학자와 탐사자들의 에피소드에는 타인과의 유대나 교감의 실패로 인해 좌절하는 현대인의 자화상이 투영되어 있다. 자본과 기술의 주도로 발전과 진보를 거듭해 온 현대 사회에서 무한 경쟁 체제에 내몰리며 조직의 부속품으로 전락해 버린 사람들, 그렇게 고유한 가치와 인성을 상실한 채 소외와 단절을 겪는 사람들, 타인은 물론이고 자신조차 낯설게 느낄 수밖에 없는 우리 자신의 서글픈 현실이 『솔라리스』에 담겨 있는 것이다.

> 인간은 자신의 내부에 있는 어두운 구석이나 미로, 막다른 골목, 깊은 우물, 그리고 굳게 닫힌 시커먼 문들에 대해서는 제대로 알지도 못하면서, 다른 세계, 다른 문명과 접촉하기 위해 머나먼 행성까지 진출하고야 말았다. (348쪽에서)

지구와 우주에서 맺어진 켈빈과 하레이의 두 차례에 걸친 인연은 결국 두 번 모두 하레이의 극단적인 선택으로 비극으로 끝나고 만다. 하레이의 죽음 혹은 소멸은 물리적으로 가장 가까운 거리에 있는 존재, 피를 나눈 가족이나 바로 내 곁에 누워 있는 연인과의 관계에서조차 고립을 체감하는 인간의 고독한 숙명을 대변한다. 폴란드의 평론가 파베우 코지오는 『솔라리스』에서 렘이 "우주와 지구의 접촉뿐 아니라 인간과 인간의 접촉에 대해서도 비관적인 전망을 보여 주려 했다."라고 분석했다.

> 다른 문명과의 접촉과 교류. 우리는 지금 그 접촉을 실현하는 중이라네! 현미경으로 들여다보듯이 우리 자신의 추악함과 어리석음, 그리고 수치스러움과 대면하게 된 거지. 그것도 엄청나게 확대된 형태로 말야. (161쪽에서)

평론가 예지 야르젱프스키에 따르면 『솔라리스』는 구조적으로 역설의 미학을 담고 있는 작품이다. '우주'라는 미지의 대상을 인식하고픈 인간의 염원을 담고 있지만, 애초에 그런 인식 자체가 불가능하다는 전제 아래 쓰인 작품이기 때문이다. 그러기에 작품 속에서 끊임없이 언급되는 접촉은 피상적인 시도로 그치게 되고, 연구자나 탐사자들 앞에 드러나는 존재의 내면 역시 허상에 불과한 것으로 그려진다. 마치 우리가 거울을 들여다보며 그 안에서 우리 자신의 얼굴, 그리고 우리를 영원히 가두고 있는 익숙한 공간만을 발견하는 것과 마찬가지다.

본질적으로 이것은 솔라리스의 문명에 대한 연구의 성패보다 훨씬 중요한 문제다. 결과적으로는 우리 자신, 즉 인간 인식의 한계를 실험하는 계기가 될 테니까. (54~55쪽에서)

결국 미래와 우주라는 가상의 시공간을 배경으로 한 『솔라리스』에서 렘이 집요하게 파고든 대상은, 다름 아닌 '인간'이다. SF의 외피에 둘러싸여 있지만, 소설 『솔라리스』는 인간에 대한 너른 이해를 바탕으로 과거와 미래를 조망하며, 인간의 본성에 대한 심오한 성찰과 날카로운 현실 인식을 보여 준다. 또한 끊임없는 문제 제기와 사고 실험을 통해 새로운 시각과 통찰을 제공함으로써 독자로 하여금 텍스트의 안과 밖으로 눈을 돌려 스스로 문제의 본질에 다가가도록 독려한다. 기존의 순문학에서는 좀처럼 엄두를 내기 힘든 첨단의 소재를 다루면서도 희로애락의 인간사와 부조리한 인간의 본성을 가감 없이 담아내며, 결국엔 보편적 공감과 감동을 불러일으킨다. 『솔라리스』가 출간된 지 반세기가 지났지만, "SF의 위상을 드높인 독보적인 걸작"이라는 극찬이 여전히 따라붙는 이유가 바로 여기에 있다.

『솔라리스』와 함께한 시간은 비록 힘들긴 했지만, 번역자로서 많은 걸 느끼고 고민하고 배우는, 정말 감사하고도 귀한 시간이었다. 우주라는 가상의 시공간을 넘나들며 경이로운 상상력을 발휘하는 위대한 작가의 위대한 문장들 앞에서 번역하는 내내, 텍스트에 압도당하는 경이로운 체험을 했다. 곳곳에서 출몰하는 우주 과학 혹은 천체 물리학과 관련된 다양한 전문 용어들은 인문학자로서는 생소하기 짝이 없었고, 솔라리스학의 가상 계보와 그 유구한 연구사를 번역하거나 솔라리스의 바다가 창조하는 다채로운 형성체들에 대한 웅장하고도 아름다운 서사를 우리말로 옮길 때는 번역자로서 역량의 한계를 절감하고 좌절하기도 했다.

여전히 부족하지만, 그리고 다소 늦은 감이 있지만, 폴란드어 원전에서 한국어로 옮긴 최초의 『솔라리스』 번역본을 마침내 선보일 수 있어 그래도 다행이라는 생각이 든다. 읽기에서 시작해서 쓰기로 마감하는 또 하나의 험난한 여정이 이렇게 끝났다. 이제는 독자의 입장이 되어 조금은 홀가분한 심정으로 솔라리스의 바다, 그 광활하고 심오한 사유의 불모지로 다시 한번 풍덩 뛰어들어 보련다.

2021년
최성은

작가 연보

1921

2차 세계 대전 이전 폴란드 영토였던 르부프(현재는 우크라이나의 리비우)에서 부유한 유대계 가정의 외아들로 태어남. 9월 13일에 태어났으나 불길한 숫자를 피하기 위해 부모님이 12일로 출생 신고.

　　아버지 사무엘 렘은 이비인후과 의사, 어머니 사비나는 전업주부였음. 당시 르부프는 폴란드인, 우크라이나인, 오스트리아인, 러시아인, 독일인, 유대인, 터키인 등 다양한 인종, 언어, 문화가 어우러지며 모자이크 사회를 이루었고, 이러한 풍부한 문화적 토양이 렘의 작품 세계에 큰 영향을 끼침.

1932

르부프에 위치한 카롤 샤이노하 제2공립중고등학교에 입학. 어린 시절부터 독서광이었던 렘은 폴란드의 고전 문학, H. G. 웰스나

쥘 베른의 과학 소설을 섭렵하고, 아버지의 의학 서적과 해부학책들을 뒤적이며 성장. 가정 교사에게서 프랑스어를, 학교에서 독일어와 라틴어를 배우고, 우크라이나어와 러시아어 독학.

1936
전국 규모의 지능 검사에서 IQ 180으로 판정받음.

1939
중고등학력 인정시험을 최우등으로 통과. 2차 세계 대전 발발.

1940~1941
국립 르부프 공과대학 진학을 희망했으나 부르주아 계급 출신이라는 이유로 입학 거절. 르부프 의과대학에 들어가 약학과 의학을 전공.

1942
2차 세계 대전 당시 독일군의 르부프 점령으로 학업 중단. 르부프에 거주하던 유대인 대부분이 나치 독일에 의해 가스실로 끌려가지만 렘의 가족은 신분증을 위조하여 목숨을 건짐. 자동사 정비소의 보조 정비공, 독일 원료 재생 회사의 용접공으로 일하며 익명으로 지하 레지스탕스로 활동하며 나치에 항거.

1944
소련군이 르부프에 진입하며 나치 독일의 지배에서 벗어남. 의학 공부 재개.

1946

2차 세계 대전 후 얄타 협정과 포츠담 협정으로 폴란드 국경선이 조정되면서 가족과 함께 폴란드의 옛 수도인 크라쿠프로 강제 이주. 형편이 어려워진 부모님을 돕기 위해 용접공으로 취직했으나, 아버지의 강력한 반대로 650년 역사를 자랑하는 명문 야기엘론스키대학교에서 학업 재개. 장편 소설 『화성에서 온 인간(Człowiek z Marsa)』을 잡지 《모험의 신세계(Nowy Świat Przygód)》에 연재하며 등단.

1946~1948

폴란드의 유서 깊은 가톨릭 잡지 《주간 공론(Tygodnik Pow-szechny)》에 2차 세계 대전의 체험을 녹여 낸 여러 편의 시와 단편 소설 발표.

1947~1950

'과학연구회(Konserwatorium Naukoznawcze)' 회원으로 활동하며 과학 서적 서평을 쓰면서 과학 전반에 걸친 지식을 넓힘. 잡지 《과학 생활(Życie Nauki)》에 꾸준히 칼럼 기고.

1948

정신 병원을 배경으로 한 자전적 성격의 장편 소설 『변신의 병원(Szpital Przemienienia)』을 탈고했으나 사회주의 리얼리즘의 검열로, 출판되지 못함. 야기엘론스키대학교 의과대학 졸업. 소련군 군의관으로 징집되기를 원치 않았던 렘은 최종 졸업 시험에서 답안 작성을 거부하면서 의사의 길 포기.

1951
첫 단행본 『우주 비행사들(Astronauci)』과 희곡 『요트 파라다이스호(Jacht "Paradise")』(로만 후사르스키 공저)를 잇달아 출간하고 SF 작가로서 호평받으며 전업 작가의 길로 들어섬.

1953
의대생 바르바라 레시니아크와 결혼. 대학 졸업 후 부인은 방사선과 기사로 활동.

1954
단편집 『참깨 외 단편들(Sezam i inne opowiadania)』 출간. 인기 주인공인 우주 비행사 이온 티히(Ijon Tichy)가 이 작품집에서 처음으로 등장. 장편 소설 『마젤란 성운(Obłok mazellana)』 출간. 부친이 세상을 떠남.

1955
삼부작으로 구성된 장편 소설 『잃어버리지 않은 시간(Czas nie-utracony)』 출간.(1948년에 쓴 『변신의 병원』을 이 책 1부에 수록. 2부와 3부도 1949~1950년에 탈고했으나 검열로 출판이 늦어짐.) 폴란드 정부로부터 금십자훈장 수훈.

1957

미래학적인 단상을 담은 철학 에세이집 『대화(Dialogi)』 출간. 이온 티히 연작의 본격적인 신호탄 『이온 티히의 우주 일지 (Dzienniki gwiazdowe)』 출간. 『잃어버리지 않은 시간』으로 크라쿠프시(市)문학상 수상.

1959

우주를 배경으로 외계 생명체와의 접촉을 그린 장편 소설 『에덴 (Eden)』, 추리 소설 『수사(Śledztwo)』 출간. 렘의 또 다른 인기 주인공인 우주 비행사 피륵스가 처음으로 등장하는 단편집 『알데바란의 침공(Inwazja Aldebarana)』 출간. 문예 부흥에 힘쓴 공로로 폴란드 정부로부터 십자기사훈장 수훈.

1961

장편 소설 『솔라리스(Solaris)』 출간. 서기 32세기의 미국을 배경으로 한 『욕조에서 발견된 회고록(Pamiętnik znaleziony w wannie)』, 우주 비행에서 돌아온 주인공이 급변한 지구의 모습에 당황하는 내용을 그린 『행성으로부터의 귀환(Powrót z gwiazd)』, 단편집 『로봇의 서(Księga robotów)』 출간.

1962

다양한 언론 매체에 기고해 온 과학 칼럼과 인터뷰, 논평이 수록된 에세이집 『궤도 진입(Wejście na orbitę)』 출간.

1963

TV 드라마 각본과 단편들을 모은 작품집 『달밤(Noc księży-ciowa)』 출간.

1964

단편집 『로봇 우화(Bajka robotów)』와 『우주 순양함 무적호 외 단편들(Niezwyciężony i inne opowiadania)』 출간. 과학 기술의 진보와 인류의 미래에 대한 독특한 분석과 성찰을 담은 미래학 에세이 『기술학 총서 (Summa technologiae)』 출간.

1965

안드레이 타르코프스키 감독과 『솔라리스』의 영화화에 관하여 모스크바에서 논의하지만, 합의에 이르지 못함. 단편집 『사냥(Polowanie)』 출간. 로봇 시리즈의 완결판인 『사이버리아드(Cyberiada)』 집필(1967년 출간).

1966

르부프에서 보낸 어린 시절을 서정적으로 묘사한 자전 소설 『높은 성(Wysoki zamek)』 출간.

1968

연작 소설집 『우주 비행사 피르크스 이야기(Opowieści o pilocie Pirxie)』와 외계에서 송신된 괴전파를 해독하는 수학자의 이야기를 그린 장편 소설 『주의 목소리(Głos Pana)』, 문학 작품에 관한 에세이 모음집 『우연의 철학(Filozofia przypadku)』 출간.
아들 토마시(Tomasz) 출생.

1970
서구 SF 소설에 대한 평론집 『SF와 미래학(Fantastyka i
futurologia)』 출간. 서구에서 출판된 SF 소설의 이슈와 주제를
상세히 분석. 폴란드 문화를 해외에 널리 알린 공로로 폴란드 외교
부로부터 표창을 받음.

1971
가상의 책들에 대한 서평집 『완벽한 공허(Doskonała próż-
nia)』로 새로운 장르에 도전. 이온 티히가 쓴 회고록 형식의 「미래
학 학회(Kongres Futurologiczny)」를 수록한 단편집 『불면
증(Bezsenność)』 출간.

1972
폴란드 학술원이 설립한 '폴란드2000학술위원회' 위원으로 위
촉. 안드레이 타르코프스키가 감독한 영화 「솔라리스」가 칸 영화제
에서 심사위원특별상 수상. 렘은 타르코프스키의 해석, 특히 엔딩
에 심각한 유감 표명.

1973
존재하지 않는 미래의 책들에 대한 서문을 모은 또 하나의 메타픽
션 『가상의 광대함(Wielkość urojona)』 출간. 미국SF판타지

작가협회(SFWA) 명예 회원으로 위촉. 폴란드 문화예술부 장관
으로부터 1급 공훈상 수상.

1975

모교인 야기엘론스키대학교 철학 연구소에서 "미래 예측의 기초"
란 제목으로 강연. 에세이 모음집 『논설과 초안(Rozprawy i
szkice)』 출간. 젊은 날에 쓴 시들을 자전 소설과 함께 엮은 『높은
성: 청춘의 시(Wysoki zamek. Wiersze młodzieńcze)』
출간.

1976

추리 소설 『감기(Katar)』 출간. TV 드라마 각본이 포함된 단편
집 『가면(Maska)』 출간. 폴란드 사회주의 정권에 항거하는 민주
화 운동 단체 '폴란드독립협회(PPN)'와 비밀리에 협업하며 '호
호우(Chochoł)'라는 필명으로 체제 비판적인 논평을 연달아 기
고. 미국 SF판타지작가협회로부터 명예 회원 자격을 박탈당함.(미
국 SF 문학에 대한 강도 높은 비판이 문제의 발단으로 추정.) 이
에 렘은 무시로 대응했고, 결국 미국 측에서 일방적으로 자격을 수
여했다 박탈한 해프닝으로 남음.

1979

라디오 드라마 각본이 포함된 단편집 『반복(Powtórka)』 출간.
추리 소설 『감기』로 프랑스추리문학상 외국 소설 부문 수상. 폴란
드 의회에서 '노동의깃발' 2등급 훈장 수훈.

1980
유럽SF협회로부터 유로콘특별상 수상.

1981
브로츠와프 공과대학으로부터 명예박사 학위 받음. 탄생 60주년 기념으로 1973년에 발표한 서평집 『가상의 광대함』에 한 편의 서평을 추가하여 『골렘 XIV』이라는 제목으로 재출간. 국민들의 반사회주의 민주화 시위로 폴란드에 계엄령 선포.

1982
우주의 행성을 방문한 이욘 티히가 외계 문명에 대해 쓴 보고서 형식의 장편 소설 『현장 시찰(Wizja lokalna)』 출간. 서베를린의 고등과학연구소에서 일 년간 장학금을 받으며 연구원으로 활동.(폴란드 정부에서 출국 허가를 받지 못해 부인과 아들은 폴란드에 남음.)

1981~1988
프랑스 파리에서 발간된 문예지 《문화(Kultura)》에 '전문가(Znawca)'라는 필명으로 꾸준히 기고.(이 잡지는 사회주의 정부와의 마찰로 인해 해외로 망명한 폴란드 작가들이 자유롭게 작품을 발표하는 구심점이었음.)

1983~1988
계엄령 해제 후 오스트리아작가협회의 초청으로 가족과 함께 오스트리아 빈에 체류.

1984
가상 서평 시리즈에 속하는 메타픽션 『도발(Prowokacja)』 출간. 나치 독일군의 유대인 학살을 다룬 가공의 독일 역사서에 관한 서평으로 화제.

1985
렘과 정식으로 저작권 협약을 맺지 않은 채 1946년에 연재되었던 장편 소설 『화성에서 온 인간』 출간. 유럽 문학의 발전에 기여한 공로로 오스트리아 정부로부터 공로상 수상.

1986
마지막 가상 서평 모음집 『21세기 도서관(Biblioteka XXI wieku)』 출간.

1987
이욘 티히 연작의 마지막에 해당하는 장편 소설 『지구의 평화(Pokój na Ziemi)』가 폴란드에서 출간.(1985년 스웨덴 번역본이 원전보다 먼저 출간.) 렘의 마지막 장편 소설 『대실패(Fiasko)』가 폴란드에서 출간.(1986년 독일 번역본이 원전보다 먼저 출간.) 이 소설에서 렘은 외계 문명과의 소통과 교류를 위한 탐사 원정이 대실패로 종결되는 비관적인 전망 피력. 렘은 "쓰고자 한 것은 모두 썼고, 이젠 쓸 것이 남아 있지 않다."라고 선언

▽ ◎ ▽

한 뒤로 소설을 쓰지 않음. 이후 집필은 칼럼과 에세이, SF 평론에
한함.

1988
폴란드로 귀환.

1991
독일 문예지 《트란스아틀란틱(Transatlantik)》과 프랑스 문예
지 《데바트(Debat)》에 평론과 칼럼 기고. 오스트리아 프란츠카
프카문학상 수상.

1992
폴란드 문예지 《오드라(Odra)》에 정기적으로 평론과 칼럼 연재.
국제천문연맹이 태양을 공전하는 소행성3836(1979년 발견)
을 "렘"이라 명명.

1993
단편집 『용의 유익함(Pożytek ze smoka)』이 폴란드에서 출
간.(1983년 독일 번역본이 원본보다 먼저 출간.) 크라쿠프 공과
대학에서 "미래에 인공지능 개발이 가능할까?"와 "가상 현실"을
주제로 강연. 《PC 매거진》에 과학 칼럼 기고.

1994
저작권 협약을 정식으로 맺은 『화성에서 온 인간』 출간.

1995

《주간 공론》에 2년간 연재해 온 「렘이 바라본 세상(Świat według Lema)」을 단행본 『윤활유 시대(Lube czasy)』로 출간. 폴란드펜클럽 J.파란도프스키문학상 수상. 국제우주탐험가협회에서 공훈메달 수훈. 폴란드 문화재단 '올해의 공로상' 수상.

1996

《오드라》에 연재한 평론과 칼럼을 모은 『섹스 전쟁(Sex Wars)』 출간. 《PC 매거진》에 기고한 칼럼을 모은 『중국 방의 비밀(Tajemnica chińskiego pokoju)』 출간. 폴란드 정부로부터 최고 품계인 흰독수리훈장 수훈.

1997

평론과 칼럼을 모아 『사소한 트집(Dziury w całym)』 출간. 크라쿠프시에서 명예시민으로 위촉. 폴란드 오폴레대학교 명예박사.

1998

우크라이나 리비우국립의과대학교, 폴란드 야기엘론스키대학교 명예박사.

1999

미래학적 전망을 담은 에세이집 『메가바이트 폭탄(Bomba megabitowa)』 출간. 야기엘론스키대학교에서 "스타니스와프 렘: 작가, 사상가, 철학자"라는 제목으로 학술 대회 개최.

2000

언론인 토마시 피아우코프스키와의 인터뷰집 『벼랑 끝의 세상(Świat na krawędzi)』 출간.

1996년 이후 《주간 공론》 연재 칼럼을 모은 두 번째 단행본 『눈 깜짝할 사이(Okamgnienie)』 출간.

방송 대본 모음집 『레이어 케이크(Przekładaniec)』 출간. 작가의 공식 웹사이트(lem.pl) 개설.

2001

1970년에 아내의 조카를 위해 집필한 받아쓰기 교본 『받아쓰기, 그러니까…(Dyktanda czyli…)』 출간.

2002

서간집 『편지들 그리고 물질의 저항(Listy albo opór materii)』 출간. 스티븐 소더버그 감독, 조지 클루니 주연으로 「솔라리스」가 다시 영화화. 렘은 영화의 무게중심이 로맨스에 편중되었음을 비판.

2003

평론과 칼럼을 모은 『딜레마(Dylematy)』 출간. 문학 에세이집 『나의 문학관(Mój pogląd na literaturę)』 출간. 독일 빌레펠트대학교 명예박사.

2004

2001~2004년까지의 《주간 공론》 연재분을 모은 세 번째 단행본 『합선(Krótkie zwarcia)』 출간.

2005

1940년대에 쓴 단편과 에세이, 그리고 기출판된 받아쓰기 교본을 모은 작품집 『1940년대, 받아쓰기(Lata czterdzieste. Dyktanda)』 출간. 폴란드 문화부로부터 글로리아아르티스 문화 공훈메달 금장 수훈.

2006

2004년과 2005년에 일어난 세계사의 다양한 사건에 대한 성찰을 담은 마지막 저서 『포식자들의 종족(Rasa drapieżców)』 2월 출간. 3월 27일 크라쿠프의 병원에서 향년 85세로 타계.

2007

크라쿠프에 렘의 이름을 딴 거리 조성.

2009

1950년대 말에 《가제타 비보르차(Gazeta Wyborca)》에 연재했던 추리물과 작가의 작업 노트에서 발견된 희곡을 모은 작품집 『서투른 범죄(Sknocony kryminał)』 출간. 폴란드 비엘리츠카에 렘의 이름을 딴 거리 조성.

⊽ ⊘⊘

2011

크라쿠프의 도시공학박물관에 '스타니스와프 렘 과학체험 정원' 조성. 구글에서 렘의 첫 번째 장편 소설 『우주 비행사들』 출간 60주년을 기리기 위해 사이트 로고 제작.

2013

국제천문연맹이 소행성343000을 렘 소설 주인공인 "이욘 티히"라 명명. 11월 21일 폴란드가 최초의 인공위성 렘 발사. 「미래학 학회」를 애니메이션으로 제작한 「더 콩그레스」(아리 폴만 감독)가 칸 영화제에서 공개.

2015

명왕성의 행성 중 하나인 카론에 있는 90킬로미터 너비의 분화 충돌구가 "피륵스"라 명명됨.

2017

스타니스와프 렘을 주제로 한 다큐멘터리 「솔라리스의 작가 (Autor Solaris)」(보리스 란코시 감독) 개봉.

2019

지구에서 161광년 떨어진 페가수스자리의 K형 주계열성(2009년 발견) BD+14°4559이 "솔라리스", 그 주위를 도는 행성이 "피륵스"라 명명됨.

491

2021

렘 탄생 100주년을 맞아 폴란드 국회가 2021년을 '스타니스와프 렘의 해'로 선포하고 작가를 기리는 다양한 문화 행사와 기념 사업 진행.

솔라리스

1판 1쇄 펴냄 2022년 2월 18일
1판 4쇄 펴냄 2024년 2월 21일

지은이   스타니스와프 렘
옮긴이   최성은
발행인   박근섭·박상준
펴낸곳   (주)민음사

출판등록   1966·5·19 제16-490호
주소   서울특별시 강남구 도산대로1길 62(신사동)
            강남출판문화센터 5층 (우편번호 06027)
대표전화   02·515·2000
팩시밀리   02·515·2007
홈페이지   www.minumsa.com

한국어 판 © (주)민음사, 2022. Printed in Seoul, Korea

ISBN   978·89·374·4470·8 04890
          978·89·374·4469·2 (세트)

→ 잘못 만들어진 책은 구입처에서 교환해 드립니다.

우주 순양함 무적호

스타니스와프 렘 ¤ 최정인·필리프 다네츠키 옮

이욘 티히의 우주 일지

스타니스와프 렘 ¤ 이지원 옮김

LEM 2021
00 ANNIVERSARY
www.lem.pl